Für Linda.
Danke, dass du meine Schwester bist.

Playlist

MIIA – *Dynasty*
Major Lazer, Sia, Labrinth, Diplo – *Titans*
Iván Torrent, Celica Soldream – *Facing Fears*
Tommee Profitt, Wondra – *I'm Not Afraid*
Skillet – *Feel Invincible*
Panic! At The Disco – *House of Memories*
Michael Schulte – *Falling Apart*
Charlotte OC – *Darkest Hour*
Damned Anthem – *Raising the Damned*
Supergirl, RAIGN – *Hero (I Will Survive)*
Vo Williams, Klergy – *NEVER BACK DOWN*
The Score – *Stronger*
Sam Tinnesz, Yacht Money – *Play with Fire*
Elley Duhé – *MIDDLE OF THE NIGHT*
Phlotilla, Andrea Wasse, Topher Mohr – *Going Down Fighting*
Vitamin String Quartet – *Someone Like You*
Ruelle – *War of Hearts (Acoustic Version)*
Tommee Profitt, brooke – Can't Help Falling In Love – *DARK*
Ruelle – *Up In Flames*
Hidden Citizens – *I Think We're Alone Now (Epic Trailer Version)*
Klergy, BEGINNERS – *Will You Fight*
League of Legends, 2WEI, Edda Hayes – *Warriors*
C21fx – *Fallen Heroes*
Tommee Profitt, Sam Tinnesz – *With You Til The End*

Prolog

CALLANISH, ISLE OF LEWIS, SCHOTTLAND, IM JAHRE 1721

Schnelle Schritte. Keuchende Atemzüge. Gedämpfte Stimmen.

»Beeilt euch!«, rief Isabelle und raffte den Stoff ihres Rocks und Arisaids fester. Ihre Beine schmerzten vor Anstrengung, aber sie rannte unbeirrt weiter. Die Pferde waren der letzten Attacke des Dämons zum Opfer gefallen. »Wir sind fast da!«

Die Fackeln ihrer Begleiter warfen ein flackerndes Licht auf ihre Umgebung, erhellten das feuchte Gras und spiegelten sich in der stürmischen See der Bucht wider. Im Schein des Vollmonds ragten die ersten Steine von Callanish wie Mahnmale in der Nacht auf.

Bei ihrem Anblick glomm ein Hauch von Erleichterung in Isabelle auf. Sie hatten es beinahe geschafft. Sie mussten den Dämon in den Kreis der Monolithen locken, dann würde die Hexe ihr Ritual vollziehen und sie würden ihn besiegen. Diesmal endgültig.

Gellende Schreie ertönten hinter ihr. Isabelles Herz verkrampfte sich vor Furcht, doch sie drehte sich nicht um, hielt nicht an. Der Brollachan, eine der stärksten magischen Kreaturen, die je existiert hatten, jagte die Mitglieder des Ordens über die weiten Ebenen der Isle of Lewis, die so flach und verlassen waren, dass sie kaum Schutz boten. Dennoch waren die heiligen Steine von Callanish der richtige Ort, um dem Ganzen ein Ende zu bereiten. Der einzige Ort. Diese Bestie hatte schon zu viele Menschen getötet.

Nur Rob MacKenzie hatten sie es zu verdanken, dass sie es trotz der blutigen Kämpfe in den Highlands bis hierher auf die Isle of Lewis geschafft hatten. Denn während die anderen Mitglieder seiner Familie in diesem Augenblick gegen verfeindete Clans kämpften, war er mit ihnen gekommen, um sich einer anderen, einer viel größeren Bedrohung zu stellen.

In diesen Zeiten war es nirgendwo sicher, ganz gleich, auf welcher Seite man stand. Die Menschen bekriegten sich gegenseitig und wussten nicht einmal, dass die wahre Gefahr woanders lauerte. Sie ahnten nichts von den Dämonen und den Kämpfen im Verborgenen, die der Orden der Goldenen Flamme führte.

Ein weiterer Schrei in der Nacht. Isabelle biss die Zähne zusammen. Sie durfte sich nicht umdrehen, durfte sich nicht um die anderen sorgen. Ihre Pflicht stand über allem anderen. Sie waren diese Mission als Gruppe von dreißig Männern und Frauen angetreten, doch gerade mal die Hälfte von ihnen hatte es bis auf die Insel geschafft. Wenn es ihnen heute Nacht nicht gelang, den Brollachan zu vernichten, würden sie alle sterben – und unzählige weitere Opfer folgen.

Kurz bevor sie die Steine erreichte, tauchte James an ihrer Seite auf und griff nach ihrem Arm. »Isabelle …«

Die Wärme seiner Hand durchdrang sowohl den Stoff ihres Arisaids, der sie vor Wind und Kälte schützte, als auch ihren Hemdsärmel. Seine Brust hob und senkte sich so schnell, dass die Brosche an seiner Schulter, die seinen Plaid mit dem vertrauten Tartanmuster zusammenhielt, das Licht der Fackeln reflektierte.

»Für den Orden«, raunte er heiser. Sein Atem strich über ihr Gesicht, als er seine Stirn gegen ihre lehnte. »Für unsere Familie.« Mit rauen Fingern streichelte er ihr über die Wange. »Was auch immer passiert, ich liebe dich, Isabelle. Denke immer daran.«

Trotz der Schrecken, die hinter ihnen lagen, und der unbekannten Zukunft, die sich vor ihnen ausbreitete, quoll ihr Herz vor Freude über. Sie waren zusammen. Sie würden immer zusammenbleiben. Ein Lächeln breitete sich auf ihrem Gesicht aus und sie packte ihn an seinem Leinenhemd.

»Und ich liebe dich, James Beauvil«, erwiderte sie atemlos und sah ihm fest in die Augen. »Ganz gleich, was geschieht.«

Er nickte lächelnd. Ein letzter gestohlener Moment, dann mussten sie sich voneinander trennen. Die anderen Krieger und Kriegerinnen des Ordens hatten sie bereits eingeholt.

Sie erreichten die Felsformation, die sich abweisend in der Nacht erhob, und traten gemeinsam in den Kreis. Isabelle wollte sich gerade umdrehen, um ihre verbliebenen Mitstreiter anzusehen, als eine Bewegung in den Schatten sie aufschreien ließ. Der Brollachan trat hervor, eingehüllt in Finsternis und ein Gefühl von Macht, das sie alle mit jeder Faser wahrnahmen, obwohl keiner von ihnen über magische Fähigkeiten gebot. Ein ohrenbetäubendes Brüllen ließ alles um sie herum erzittern. Bevor einer von ihnen handeln konnte, traf ein heftiger Schlag aus dem Nichts Isabelle und die anderen Ordensmitglieder in die Brust und riss sie von den Füßen. Sie landete mehrere Meter weiter im Gras und erhob sich keuchend. Instinktiv suchte sie nach James und atmete auf, als sie ihn entdeckte. Er schien unverletzt zu sein und sprang in diesem Moment bereits wieder auf, doch nicht weit von ihm entfernt lag Margaret Shieldblade vor einem Felsen auf dem Boden und rührte sich nicht mehr. Das Licht der Fackeln enthüllte ihr bleiches Gesicht ebenso wie das Blut, das sich rund um ihre zierliche Gestalt ausgebreitet hatte.

Nein … Isabelle presste die Lippen zu einer harten Linie zusammen.

Ein verzweifelter Schrei zerriss die Nacht. Margarets Ehemann Thomas stürzte sich mit seinem Schwert auf den Dämon. Die Klinge traf den Brollachan und hinterließ einen tiefen Schnitt quer über seine Brust. Die Bestie wich einen Schritt zurück und sah an sich hinunter auf das schwarze Blut, das auf den Boden tropfte. Dann hob sie lächelnd den Kopf. Binnen eines Augenblicks schloss sich die Wunde, als wäre sie nie da gewesen. Thomas stolperte zurück, aber er war nicht schnell genug. Flammen leuchteten in der klauenartigen Hand des Dämons auf, schossen durch die Luft – und der nächste Ordensbruder fiel.

Klingen blitzten im Schein des Mondlichts auf. Silberketten rasselten. Pfeile wurden angelegt. Einer nach dem anderen zog seine Waffe und stürzte sich auf den Brollachan.

Isabelle blickte hektisch zur Seite und entdeckte die Hexe. Vom Rande der Felsen aus beobachtete sie die Schlacht. Heute Abend würde sich auch ihre Zukunft und die ihrer Familie entscheiden, doch wie sie es besprochen hatten, wartete sie auf den richtigen Moment. Den Moment, den sie, die Brüder und Schwestern des Ordens, herbeiführen mussten.

»MacKenzie!«, brüllte James unvermittelt. Für einen kurzen Moment zeichneten Schock und Angst sein Antlitz, doch dann stand sein bester Freund wieder auf.

»Alles in Ordnung.« Rob MacKenzie zeigte ein kurzes Lächeln, obwohl sein Gesicht vor Schmerz verzerrt war. »So schnell wirst du mich nicht los.« Er ergriff James' dargebotene Hand und ließ sich von seinem Freund wieder auf die Beine helfen.

Doch das war erst der Anfang. Isabelle ließ ihre Silberkette durch die Luft wirbeln. Weitere Klingen rasten auf den Dämon zu. Die Wunden des Brollachan heilten, noch während sie sie ihm zufügten. Schweiß trat auf Isabelles Stirn. Erschöpfung verkrampfte ihre Arme. Aber sie gab nicht auf. Niemals.

Messer und brennende Pfeile regneten auf ihren Gegner nieder. Drängten die Kreatur zurück. Weiter, immer weiter, bis sie alle im Zentrum des steinernen Mahnmals angekommen waren.

»Macht euch bereit!« Der Ruf der Hexe übertönte den Kampflärm und das Rauschen des Meeres unter ihnen.

Sie hatten diesen Plan viele Male besprochen, doch als Isabelle sich nun umsah, musste sie mit Schrecken feststellen, dass nur noch dreizehn von ihnen übrig geblieben waren. Dreizehn Mitglieder des Ordens. Das war das Minimum, das die Familie der Hexe verlangt hatte, um das Ritual erfolgreich durchführen zu können. Wenn noch einer von ihnen fiel, wäre es zu spät. Dann wäre alles vergebens gewesen.

Der schrill pfeifende Wind kam aus dem Nichts, wirbelte um den Dämon herum, bis dieser den Arm ausstreckte, und …

»James!«

»Nicht!« Katherine Evander packte sie von hinten und hielt sie zurück. »Wir müssen die Position halten.«

Alles in Isabelle drängte darauf, zu ihrem Liebsten zu rennen, zu dem Mann, dem sie ihr Herz, ihre Seele und ihr Leben geschenkt hatte. Dem Vater ihrer Kinder. Aber sie hielt die Stellung, auch wenn es ihr das Herz zerriss, ihn verletzt zu sehen.

Mühsam hievte sich James wieder hoch. Blut bedeckte eine Seite seines Gesichts und ein dunkelroter Fleck begann sich auf Schulterhöhe auf seinem Leinenhemd auszubreiten, während sein Arm in einem unnatürlichen Winkel herabhing. Doch sein Blick war ungebrochen und entschlossen.

»Jetzt!«, rief er.

Es war ihre letzte Chance, dem Grauen ein Ende zu bereiten. Wenn sie den Brollachan hier und heute nicht besiegten, gab es keinen Weg mehr, die Menschen, die sie liebten, und diejenigen, die nichts hiervon wussten, zu beschützen. Die nächsten Generationen vor einem grausamen Schicksal zu bewahren.

Die Hexe trat vor und rief Worte in einer Sprache, die vertraut und gleichzeitig vollkommen fremd klang. Isabelle verstand ihre

Bedeutung nicht, aber das war auch nicht nötig. Sie hatten den Brollachan eingekreist und er erstarrte mitten in der Bewegung, als die Hexe mit ihrer Beschwörung begann. Ein monströses Grollen drang aus seiner Kehle und ließ die ganze Ebene erneut erzittern. Sogar die gigantischen Steine von Callanish vibrierten davon. Doch mit jedem weiteren Wort, das die Hexe in die Nacht schleuderte, schien er schwächer zu werden. Der Boden direkt unter ihm leuchtete golden auf und ein Beben wanderte durch seinen schattenhaften Körper, der dem eines Menschen auf so bizarre Weise glich.

Isabelles und James' Blicke trafen sich und hielten einander mit aller Macht fest.

Mit einem ohrenbetäubenden Brüllen sank der Dämon zwischen ihnen auf die Knie. Das Licht unter ihm erstrahlte immer heller. Auf einmal flossen goldene Fäden durch den Boden und geradewegs auf die Krieger und Kriegerinnen des Ordens zu, bis sie alle mit der Bestie verbunden waren. Dann breitete sich das goldene Licht zu einem Kreis aus, der sie alle miteinander verknüpfte.

Die Hexe schrie die letzten Worte ihrer Inkantation. Glühende Energie schoss aus dem Brollachan heraus, durch die goldenen Fäden hindurch und in die Ordensmitglieder hinein. Isabelle strauchelte, aber es gelang ihr, sich auf den Beinen zu halten.

Verwundert sah sie an sich hinunter. Innerhalb von Sekunden schlossen sich ihre Wunden und die Kratzer verblassten. *Heilung*, dachte sie verwundert. Sie heilte sich selbst, so wie es der Dämon zuvor getan hatte. Auch in den Gesichtern der anderen sah sie reinstes Erstaunen.

Sollte es ihnen wirklich gelungen sein? War ihr Plan aufgegangen? Der Dämon stieß den Arm nach vorne, doch die Attacke blieb aus. Kein Feuer. Kein Wind. Keine andere seiner vielfältigen Kräfte.

Vor Erleichterung stiegen ihr Tränen in die Augen. Sie hatten das

Unmögliche vollbracht: Sie hatten der Bestie ihre Magie geraubt und die Gefahr gebannt.

Isabelle wollte einen Schritt auf James zu machen – und konnte es nicht. Ein seltsam taubes Gefühl begann sich in ihren Gliedmaßen auszubreiten. Panisch blickte sie an sich hinunter. Ihre Beine wurden eins mit dem Boden unter ihren Füßen. Knochen und Muskeln verhärteten sich Stück für Stück. Ihre Haut nahm die graue Farbe von Stein an.

Und sie war nicht die Einzige. Jede einzelne der dreizehn Personen in ihrem Kreis kämpfte gegen die plötzliche Erstarrung an.

Wutentbrannt sah sie zur Hexe. »Was geschieht hier? Das war nicht Teil der Abmachung! Du hast uns hereingelegt!«

Das Gesicht der Hexe zeigte keine Regung. »Das ist der Preis der Magie.«

Verzweifelt versuchte Isabelle, sich zu bewegen und wieder die Macht über ihre Gliedmaßen zu erhalten. Vergeblich.

Panik schnürte ihr die Kehle zu, als sie den Blick ihres Geliebten fand. Er war bereits bis zum Hals erstarrt und konnte sich nicht länger rühren.

Ich liebe dich, dachte sie verzweifelt. *Jetzt und für alle Zeiten.*

»Für den Orden«, wisperte sie. Tränen liefen ihr über die Wangen, während erst ihre Arme und dann ihr gesamter Oberkörper versteinerte. »Für unsere Familie …«

Kapitel 1

DUNDEE, SCHOTTLAND, GEGENWART

Fast mein ganzes Leben lang war ich auf der Flucht gewesen – doch das war nun vorbei. Auch wenn sich der Weg von meiner WG bis zum Campus an diesem Morgen ein wenig danach anfühlte. Kein Wunder, wenn einem der große Bruder im Nacken saß.

»Hast du alles, was du brauchst, Faith?«, fragte er zum wiederholten Mal. »Handy, Geld, deine Unterlagen?«

Ich bemühte mich, nicht die Augen zu verdrehen, während ich die Straße hinuntereilte. Ich bemühte mich wirklich sehr.

Die Möwen kreischten, die Sonne schien und es könnte ein rundum schöner Tag werden. Der erste Tag an der University of Dundee. Der erste Tag meines neuen Lebens. Falls Levi mich endlich mal für ein paar Sekunden aus den Augen lassen würde.

Zuerst war ich ein bisschen traurig darüber gewesen, dass wir nicht zusammenwohnen würden. Mittlerweile war ich heilfroh darüber, dass ich in einer WG mit Maisie untergekommen war und er eine kleine Wohnung auf der anderen Seite des Campus hatte.

»Ja, ich hab alles. Immer noch.« Ich warf ihm ein freches Grinsen über die Schulter zu. »Hast *du* denn, was du brauchst, Bruderherz?«

Seine Augen verengten sich, aber ich bemerkte auch das Zucken in seinen Mundwinkeln. Levi mochte der personifizierte Beschützerinstinkt sein, aber wenigstens hatte er Humor.

»Wenn etwas ist, rufst du mich an, verstanden?«

Diesmal konnte ich den Impuls nicht unterdrücken und rollte mit den Augen. Ich liebte meinen Bruder. Da der Altersunterschied zwischen uns nur knapp drei Jahre betrug, hatten wir früher fast alles zusammen gemacht. Aber manchmal wollte ich ihm trotzdem den Hals umdrehen.

»Ich komme zurecht«, beharrte ich, da wir dieses Gespräch nicht zum ersten Mal führten. »Schließlich habe ich auch die letzten zwei Jahre Highschool überlebt, ohne dass du mir permanent über die Schulter geschaut hast.«

Normalerweise würden wir nicht am selben Tag mit dem Studium anfangen, aber die Umstände waren ungewöhnlich. Ich hatte rund um die Uhr für meinen Abschluss gelernt und mir mein Stipendium hart erarbeitet. Levi hatte ein wenig mehr Zeit gebraucht, um sich für ein Studium begeistern zu können, aber dann hatte auch er aufgrund seiner sportlichen Qualifikationen ein Stipendium für sein Sportwissenschaftsstudium erhalten. Kein Wunder – immerhin hatte er zwei Jahre lang als Fitness- und Kampfsporttrainer gearbeitet und sein Chef hatte ihm eine glühende Empfehlung geschrieben. Deshalb fingen wir heute zusammen an der Uni an. Auch wenn Levi mir mit seinem Anthony-Bridgerton-Gehabe das Gefühl gab, nur *ich* wäre neu, während er bereits alles wusste, was es zu wissen gab.

»Hier trennen sich unsere Wege.« Ich blieb vor der naturwissenschaftlichen Fakultät stehen, die sich in einem stattlichen Neubau befand. »Wie schade.«

Levi schüttelte den Kopf über meinen Sarkasmus. »Ich hab Mum versprochen, auf dich aufzupassen. Du meldest dich bei mir, wenn irgendetwas ist. Egal was.«

Das war keine Frage, sondern eine Forderung. Ich hatte schon früh gelernt, solche Aussagen geflissentlich zu ignorieren.

»Das ist mein Ernst, Faith. Stell ja keinen Blödsinn an, hörst du?«

Seine Worte erinnerten mich viel zu sehr an den Abschied von Mum … und an den kleinen Vortrag, den sie mir gehalten hatte.

»Versprich mir nur eines, Faith: keine Tattoos, keine Mutproben, keine seltsamen Aufnahmerituale, keine Sauforgien – generell: überhaupt keine Orgien! Keine Intimpiercings, keine rituellen Opferungen, keine –«

»Mum!«, hatte ich sie lachend unterbrochen. »Dir ist schon klar, dass ich nur studieren gehe und keiner Sekte beitrete, oder?«

»Ja, schon, aber …« Sie hatte geseufzt und ein besorgter Ausdruck war in ihre Augen getreten. »Versprich mir wenigstens, dass du dich von Jungs mit Motorrädern fernhältst. Und von solchen mit Tätowierungen. Aber vor allem von tätowierten Jungs, die Motorrad fahren.«

Ob sie Levi auch vor all diesen Dingen gewarnt hatte? Oder war seine Liste wesentlich kürzer ausgefallen? Wenn er denn überhaupt eine hatte. Wahrscheinlich hätte Mum eher die ganze Uni warnen müssen, dass Levi ein Herzensbrecher sein konnte.

Ich schnitt eine Grimasse und entfernte mich rückwärts gehend von meinem Bruder. »Oh, ich werde definitiv Blödsinn anstellen. Und du kannst nichts dagegen tun.« Die letzten Worte glichen einem Singsang, wie früher schon, wenn ich mich heimlich auf eine Party geschlichen hatte, obwohl Levi es mir verboten hatte.

Ich konnte ihm förmlich ansehen, wie genervt er von mir war. Zwischen seinen Brauen, die denselben dunkelblonden Farbton hatten wie sein kurzes Haar, hatten sich zwei steile Falten gebildet. In seinen grauen Augen funkelte es warnend. »Faith …«

Ich grinste nur und winkte ihm zum Abschied. »Bye, Levi.«

Er wandte sich schnaubend ab. Na also. Ich hatte meine Pflicht als kleine Schwester erfüllt.

Zufrieden betrat ich das Gebäude und nahm wenige Minuten

später am ersten offiziellen Vorlesungstag im Semester meinen Platz in der Mitte des Hörsaals ein.

Meine Finger kribbelten vor Aufregung und ich konnte kaum stillsitzen, aber da schien ich nicht die Einzige zu sein. Der ganze Raum war erfüllt von aufgeregtem Stimmengemurmel und nervösem Rascheln. Unruhig kramte ich in meiner Collegetasche und zog die Bücher heraus, um sie auf den kleinen Tisch vor mir zu legen. Offiziell mussten wir sie erst diese Woche besorgen, aber ich hatte mich bereits im Vorfeld so genau wie möglich über meinen Studiengang informiert und alles vorbereitet. Also griff ich jetzt auch nach meinem Notizblock und …

»Autsch!« Ich zuckte zusammen, als ich den heißen Schmerz in meinem Daumen spürte, und riss die Hand zurück.

Ein etwa ein Zentimeter großer Papierschnitt prangte auf meiner Daumenkuppe und der erste dicke Blutstropfen quoll hervor. Mein Herz begann zu hämmern. Schnell schaute ich mich um. Niemand beachtete mich. Niemand sah, wie sich der Schnitt innerhalb eines Sekundenbruchteils wieder schloss. Ich wischte das Blut an einem Taschentuch ab. Dort leuchtete der rote Tropfen wie eine grelle Warnung auf, aber meine Haut war unversehrt.

Mein Herz hämmerte noch immer viel zu schnell, als ich mich ein weiteres Mal umsah, ob irgendjemand etwas mitbekommen hatte. Denn das würde nur zu Fragen führen, zu Neugier und Misstrauen … und das wiederum führte immer dazu, dass wir früher oder später die Stadt verlassen mussten.

Doch diesmal schien ich Glück zu haben. Alle waren vollkommen mit sich selbst und ihrer Aufregung beschäftigt, keiner nahm von mir Notiz.

Ich warf einen schnellen Blick auf die Uhr, die über der Tür hing. Eigentlich sollte es schon losgehen, aber …

Die Gespräche verstummten nach und nach, bis es so still wurde, dass ich meinen eigenen Herzschlag hören konnte. Und das nervöse Räuspern von einigen anderen Studierenden.

Vorne stand eine Frau, die ich nicht hatte hereinkommen sehen. Sie trug eine elegante dunkelgraue Bügelfaltenhose mit Gürtel, Blazer in derselben Farbe und weißer Bluse. Dazu High Heels mit Absätzen, die so hoch waren, dass ich mir das Genick brechen würde, müsste ich darin laufen. Das kastanienbraune Haar, durch das sich einige graue Strähnen zogen, hatte sie streng nach hinten gekämmt und hochgesteckt. Dazu trug sie eine randlose Brille auf der Nase. Ein paar wenige Falten zierten ihre Stirn, ebenso wie die Augen- und Mundpartie, aber es fiel mir schwer, ihr Alter einzuschätzen.

Mittlerweile starrte jeder im Saal sie an, obwohl sie bisher keinen einzigen Ton von sich gegeben hatte. Ihre ruhige Präsenz genügte, um jeden zum Schweigen zu bringen. Erst als es so still war, dass man eine Stecknadel hätte fallen hören können, wanderten ihre Mundwinkel nach oben und sie ergriff das Wort. »Herzlich willkommen in Dundee. Sie haben eine gute Wahl getroffen – vor allem diejenigen von Ihnen, die eine Karriere in der Genetik, Molekularbiologie oder Biochemie anstreben, denn dafür ist diese Fakultät, wie Sie sicherlich alle bereits wissen, berühmt. Natürlich sind Sie auch in allen anderen Fachbereichen an dieser Universität richtig – allerdings nicht in diesem Raum. Wenn Sie sich also verirrt haben, ist das jetzt Ihre Chance, zu gehen.«

Die Ansprache brachte ihr ein paar Lacher ein. Und tatsächlich standen ein Mädchen und ein Junge in den hinteren Reihen auf und eilten mit hochroten Köpfen aus dem Hörsaal.

Die Dozentin nickte zufrieden, sobald sich die Tür hinter ihnen geschlossen hatte. »Nachdem das nun geklärt ist, möchte ich mich Ihnen kurz vorstellen. Mein Name ist Dr. Sylvia Kingsley. Wie Sie habe ich Genetik und Molekularbiologie in Dundee studiert, habe für verschiedene Universitäten und Unternehmen in Großbritannien und Europa gearbeitet und in London promoviert. Dort war ich zuletzt, bevor es mich zurück ins sonnige Dundee verschlagen hat.« Sie schaute über die Reihen und für einen kurzen Moment hatte ich das Gefühl, als würde sie mich direkt ansehen, ehe ihr Blick weiterwanderte und sie mehr über ihren Werdegang, über das kommende Semester und die Prüfungsphase im Dezember erzählte. Und das war erst der Anfang.

Die Zeit an meinem ersten Tag verging wie im Flug. Ich lernte jede Menge Leute kennen, wanderte von einem Unigebäude ins andere und schaffte es, mich dabei nur ein einziges Mal zu verlaufen. Die wenige Zeit zwischen den Kursen füllte ich, indem ich mir Notizen in meinem Journal machte, und war froh, es heute Morgen eingesteckt zu haben. Den ganzen Tag über war ich so hibbelig, dass ich sogar vergaß, zu essen – was mich mein Magen laut knurrend wissen ließ, als ich am späten Nachmittag aus einem der Fakultätsgebäude kam. Ich legte mir die Hand auf den Bauch und blinzelte gegen die warmen Sonnenstrahlen an. Es war ein milder Nachmittag Ende September, auch wenn mir der kühle Wind vom Meer meine knapp schulterlangen Haare durcheinanderwirbelte.

Ich hatte bereits wieder vergessen, wie das Gebäude hieß, aus dem ich gerade spazierte, aber es umschloss zusammen mit zwei weiteren eine hübsche, gepflegte Grünfläche. Nach und nach würde ich noch lernen, mich hier zurechtzufinden. Aber auch wenn ich ziemlich erledigt und halb verhungert war, musste ich immerzu lächeln. Ich hatte es geschafft. Ich war hier. Ich hatte es wirklich geschafft.

Langsam setzte ich mich in Bewegung und folgte dem Weg zwischen den Universitätsgebäuden hindurch, ohne mir Gedanken darüber zu machen, wo er mich hinführte. Glücklicherweise war in Dundee alles in Laufnähe. In fünfzehn Minuten könnte ich schon zu Hause oder im Zentrum sein, um mir etwas zu essen zu holen –

oder um weiterhin nach einem Nebenjob zu suchen. Ich unterdrückte ein Seufzen. *Das* wiederum war in dieser Stadt echt nicht einfach.

Nach einer Weile blieb ich stirnrunzelnd stehen. Ich war so in meine Gedanken vertieft gewesen, dass ich keine Ahnung hatte, vor welchem Gebäude ich gelandet war ... und ob es überhaupt noch zur Universität gehörte. Dennoch zog mich etwas an dem mehrstöckigen Haus aus beigefarbenem Sandstein an.

Neugierig näherte ich mich dem Eingang. Wenige Meter von der Tür entfernt war etwas in die Mauer geritzt. Auf den ersten Blick nahm man es kaum wahr, erst bei genauerem Hinsehen erkannte ich die fast schon unscheinbaren sechs Linien, die in einem interessanten Muster angeordnet waren, beinahe wie ein Stern. In der Mitte prangte etwas, das mich an einen Wassertropfen oder eine Kerzenflamme erinnerte, und darunter waren zwei stachelige Blumen. Rosen? Disteln?

Wahrscheinlich gehörte das Symbol zu einer Studentenverbindung. Zumindest kam es mir bekannt vor. Bestimmt hatte ich es schon irgendwo auf dem Campus, in der Stadt oder auf einem Flyer gesehen, ohne mir dessen bewusst zu sein.

Ich hatte nicht einmal gemerkt, dass ich die Hand danach ausgestreckt hatte, als mich eine Stimme zusammenzucken ließ.

»Hey, Faith!«

Ich entdeckte meine Mitbewohnerin Maisie, die gerade aus dem Gebäude kam und mich mit einem teils fragenden, teils amüsierten Ausdruck im Gesicht betrachtete.

Maisie war das, was man von einer klassischen schottischen Schönheit erwarten würde: feuerrotes, leicht gelocktes Haar, das sie zu einem unordentlichen Dutt zusammengebunden trug. Die vielen Sommersprossen auf Wangen und Nasenrücken sah ich selbst auf die Entfernung und sie wurden nur deutlicher, als ich ihr entgegenlief. Dazu hatte sie eine kurvige, attraktive Figur, um die ich sie beneidete. Im Gegensatz zu ihr war ich ziemlich dünn und mein seit Jahren platinblond gefärbtes Haar versteckte nur ein langweiliges Hellbraun, mit dem ich leider nie viel hatte anfangen können.

»Hast du dich verlaufen?«, fragte Maisie und deutete um sich.

Ich runzelte die Stirn. »Nein, warum?«

»Weil sich hier die Fakultäten für Geschichte, Sprachen und Philosophie befinden. Biologie und Naturwissenschaften sind am anderen Ende des Campus.«

Oh. Ups.

»Ich habe nicht aufgepasst, wo ich hinlaufe«, gestand ich und warf einen letzten Blick zurück auf das imposante Sandsteingebäude mit dem rätselhaften Symbol. »Hier finden deine Kurse statt? Nicht schlecht.«

Grinsend hakte sie sich bei mir unter. »Tja, die ganzen modernen Neubauten gehören euch Naturwissenschaftlern, aber das hier ist auch nicht übel. Du solltest mal die Bibliothek sehen!«

Maisie zog mich weiter, und auch wenn ich nicht wusste, was sie vorhatte, ging ich bereitwillig mit.

Ich war erleichtert, dass Maisie und ich uns sofort gut verstanden hatten, auch wenn das noch ungewohnt für mich war. Es war lange her, seit ich eine Freundin gehabt hatte. Meist waren wir nicht lange genug an einem Ort geblieben, um enge Beziehungen aufzubauen, und es gab viel zu viele Situationen, in denen es schwer war zu verheimlichen, dass jeder Kratzer und jeder blaue Fleck bei mir in Sekundenschnelle verheilte. Irgendwann hatte ich damit aufgehört, nach Freundschaften zu suchen, weil sie ja doch nur wieder zerbrechen würden – oder im schlimmsten Fall zu einer ganzen Reihe unangenehmer Fragen führten. Aber Maisie war nicht einfach irgendjemand, den ich in einer neuen Stadt kennengelernt hatte. Sie war meine Mitbewohnerin, und wenn alles gut lief, würden wir die nächsten drei Jahre zusammenwohnen. Und für mich stand bereits fest, dass ich alles dafür tun würde, dass es gut lief.

»Hast du schon die Plakate für den Winterball gesehen?«, fragte sie unvermittelt und deutete auf eines der Schwarzen Bretter, die an verschiedenen Stellen auf dem Campus aufgestellt waren. »Die haben sie heute aufgehängt.«

Ich folgte ihrem Fingerzeig zu der Pinnwand, an der lauter bunte Zettel hingen. Von Yoga- und Töpferkursen über Wohnungssuchen bis hin zu Infoblättern für die verschiedenen Societys an der Uni hing dort alles kreuz und quer, doch ein großes Plakat zog alle Aufmerksamkeit auf sich: Der traditionelle Winterball der Universität fand auch in diesem Jahr am 30. November, dem St. Andrew's Day, statt.

»Wir müssen unbedingt hingehen!« Maisie drückte meinen Arm. »Keine Ausreden, hörst du?«

»Hey, ich hab keinen Ton gesagt!«

»Dann wäre das ja geklärt.« Sie grinste fröhlich. »Kommst du mit nach Hause?«

Ich schüttelte den Kopf und machte mich an der Straßenecke von ihr los. »Leider nicht. Ich muss endlich einen Job finden.«

»Viel Glück.« Maisie verzog mitfühlend das Gesicht, wobei sich die Sommersprossen auf ihrer Nase kräuselten. »Nach Semesterbeginn ist das echt schwierig, das sagen alle.«

»Ich muss es zumindest versuchen. Wir sehen uns heute Abend!« Ich winkte meiner Mitbewohnerin ein letztes Mal zu, dann machte ich auf dem Absatz kehrt und lief los Richtung Innenstadt.

Ich mochte vielleicht noch ohne Job und dafür voller Schuldgefühle sein, aber das hier war jetzt mein Leben. Mein wundervolles neues, *normales* Leben – und ich würde alles dafür tun, damit es auch so blieb.

Kapitel 2

Vier Tage später stand ich am frühen Abend mitten im Zentrum von Dundee und atmete tief die kühle Meeresluft ein, während ich den Blick über die Häuser wandern ließ. In der ganzen Stadt fügten sich moderne Gebäude nahtlos zwischen georgianische Altbauten im typisch beige-braunen Sandstein ein. Über mir kreischten ein paar Möwen um die Wette. Eine dicke Wolke schob sich vor die Sonne und tauchte meine Umgebung in ein dramatisches Spiel aus Licht und Schatten.

Bis auf die Tatsache, dass ich noch immer verzweifelt nach einem Job suchte, hatte ich mich inzwischen gut eingelebt. Die Stadt war eine erfrischende Mischung aus Alt und Neu und die Menschen, mit denen ich bisher zu tun gehabt hatte, unglaublich herzlich. Selbst wenn sie mir mit bedauerndem Blick erklärten, dass sie leider keine Arbeit für mich hatten.

Heute war Freitag, und da ich nur bis mittags Vorlesungen hatte, hatte ich die Zeit genutzt, um weiter alle möglichen Shops, Cafés, Restaurants und Pubs auf der Suche nach einem Job abzuklappern. Alle Schwarzen Bretter der Uni und die gängigen Online-Job-Portale hatte ich bereits vergeblich durchsucht. Mittlerweile war es früher Abend geworden, die Sonne stand tief und ich war nicht einen Schritt weitergekommen, obwohl ich schon seit Stunden unterwegs war. Meine Füße taten vom vielen Laufen weh und meine Hoffnung war zusammen mit meinem Selbstbewusstsein immer weiter geschrumpft. Irgendwo in dieser Stadt musste es doch noch Arbeit geben, die mir kein anderer Student und keine andere Studentin vor der Nase weggeschnappt hatte. So schwer konnte das doch nicht sein, oder? Sogar Levi hatte einen Job als Hafenarbeiter gefunden, Himmel noch mal.

Wieder mal verfluchte ich den Umstand, dass wir erst so spät in Dundee angekommen waren. Mein Stipendium mochte zwar alle Studienkosten decken und ließ mir sogar ein kleines Taschengeld, aber das reichte bei Weitem nicht für Miete und Benzinkosten, meine geliebten Journaling-Utensilien und dafür, ein ganz normales Leben als Studentin zu führen. Ich wollte ausgehen, etwas unternehmen und mir nicht ständig Gedanken darüber machen müssen, ob ich mir das Essen im Pub oder den nächsten Kaffee leisten konnte oder lieber günstig in der Kantine essen ging.

Also schleppte ich mich weiter durch die Straßen der Stadt, vorbei an schicken kleinen Restaurants, einem typisch schottischen Friedhof mit parkähnlicher Atmosphäre und Grabsteinen, die wie stumme Wächter in die Höhe ragten, und den imposanten *McManus Galleries* im Herzen der Stadt. Von außen sah das Museum aus wie ein Schloss mit seinen Türmchen, der eleganten Steintreppe und den zahlreichen Spitzbogenfenstern.

Während ich in die nächste kleine Gasse einbog, lenkte ich mich mit der ewigen Frage ab, wie es sein konnte, dass ich zwar Wunden heilen, aber nichts gegen schmerzende Füße oder eine sich ankündigende Kopfschmerzattacke tun konnte.

Ein plötzliches Prickeln im Nacken ließ mich langsamer werden. Es fühlte sich an, als würden Ameisen über meine Haut laufen, als würde jemand – oder etwas – mich intensiv beobachten. Eine Gänsehaut breitete sich auf meinen Armen aus.

Ich blieb stehen und sah mich möglichst unauffällig um. Vereinzelt gingen Menschen an mir vorbei, warfen mir aber kaum einen zweiten Blick zu. Da war niemand, der mich verfolgte oder aus irgendeiner Ecke gruselig beobachtete. Ich runzelte die Stirn. Hatte ich mir das nur eingebildet? Nach den letzten Jahren sollte das keine Überraschung sein, und dennoch … Ich versuchte, das ungute Gefühl abzuschütteln, drehte mich um – und lief geradewegs in eine andere Person hinein. Eine junge Frau mit schwarzen Locken, so viel konnte ich gerade noch erkennen, bevor mich mein Schwung beim Zurückweichen gegen die nächste Wand prallen ließ. Ein Summen meldete sich in meiner Brust, und ich fing mich gerade noch ab.

»Oh, tut mir leid!«, rief ich reflexartig und wandte mich zu der Frau um, doch die Gasse war leer.

Seltsam. Würde der Schmerz des Aufpralls nicht noch kurz in meiner Schulter nachhallen, hätte ich gedacht, ich hätte sie mir nur eingebildet.

Ich schüttelte den Kopf und ging weiter, doch schon nach wenigen Schritten blieb ich neben einem Gebäude stehen. Der typische helle Sandstein war von Wind und Wetter gezeichnet, obwohl das Haus hier in der Seitenstraße geschützt dalag. Von außen sah es aus wie ein beliebiges Wohnhaus, doch ich vernahm deutlich die Musik und Stimmen, die gedämpft nach draußen drangen. Dann entdeckte ich auch das Schild über der Eingangstür, das das Lokal in geschwungener, verblasster Goldschrift als *Jo's* bezeichnete. Als ich an einem der Gitterfenster einen handgeschriebenen Zettel entdeckte, auf dem *Aushilfe gesucht* stand, zögerte ich keine Sekunde, sondern riss die Tür auf.

Warme Luft und eine Vielzahl an Gerüchen strömten mir entgegen. Das Erste, was ich wahrnahm, war die für Pubs typische Einrichtung aus dunklem Holz: rustikale Tische und Stühle sowie Bodendielen, über die schon unzählige Gäste gelaufen waren. Nur die Wände waren in einem helleren, wärmeren Holzton gehalten. Gerahmte Fotos und alte Werbebanner für Bier, Whiskey und Gin schmückten die Wände ebenso wie kleine schwarze Tafeln, auf denen die aktuellen Angebote prangten. Eine einsame Palme stand an einem der Fenster und brachte etwas Grün in den Raum. Außerdem war da auch noch eine unscheinbare Plakette an der Wand. Ich musste die Augen zusammenkneifen, um die eingravierten Buchstaben besser erkennen zu können: *Wiederaufgebaut nach dem Feuer von 2018.*

Ich blinzelte verdutzt. Hatte es hier einen Brand gegeben? Davon war heute eindeutig nichts mehr zu sehen.

Das Herzstück des Raumes bildete ein L-förmiger Tresen, der sich über die ganze linke Wandseite erstreckte. Am anderen Ende des Pubs führte ein Flur zu weiteren Räumen, vermutlich der Küche und den Toiletten.

Der Laden war gut besucht, aber wahrscheinlich war das an einem Freitagabend und zu Semesterbeginn kein Wunder. Ich bemerkte, dass es vor allem Leute in meinem Alter waren, die die meisten Tische besetzt hatten. Aber dazwischen saßen auch Familien, die für ein frühes Abendessen hergekommen waren, und Einheimische, die mit einem Feierabendbier direkt an der Bar hockten und das Fußballspiel mitverfolgten, das stumm auf dem Fernseher an der gegenüberliegenden Wand lief.

Auf den ersten Blick entdeckte ich niemanden, der so aussah, als hätte er oder sie hier das Sagen und würde neue Leute einstellen, also durchquerte ich den Raum und stellte mich zwischen zwei leeren Hockern an den Tresen. Der rotblonde Barkeeper mit den ergrauten Schläfen und dem getrimmten Bart, der so groß und breit gebaut war wie ein Schrank, kassierte gerade bei ein paar Leuten ab und bedeutete mir mit einem knappen Nicken, zu warten. Also zog ich mein Handy aus der Hosentasche und textete Maisie, die wie jeden Tag danach fragte, wie die Jobsuche gelaufen war. Ich schnitt eine Grimasse. *Katastrophal.* Sehr viel mehr hatte ich leider nicht zu berichten. Dann schrieb ich Mum, dass es mir gut ging und ich bisher weder an Mutproben noch an rituellen Opferungen teilgenommen hatte. Aber wer wusste schon, was der Abend bringen würde?

Als ich den Kopf das nächste Mal hob, war der bärtige Barkeeper mit einem anderen Gast beschäftigt und hatte mich anscheinend vergessen. Dafür war ein zweiter Mann hinter dem Tresen aufgetaucht. Er war deutlich jünger als der andere Kerl, schlank, groß und trug ein langärmliges dunkelgraues Shirt mit V-Ausschnitt. Im schummrigen Licht des Pubs wirkten seine Haare schwarz und hatten einen beinahe bläulichen Schimmer. Sie waren an den Seiten kurz, dafür war das Deckhaar länger, und er sah auf eine lässige Weise so aus, als würde er gerade aus dem Bett kommen.Von meinem Platz am Ende der Bar aus konnte ich sein Gesicht nicht richtig erkennen, dafür nahm ich umso deutlicher die langen Finger wahr, mit denen er der jungen Frau vor sich einen Drink mixte. Mein Blick wanderte höher, über seine Arme bis hin zu seinem Bizeps, der sich anspannte, während er mit Gläsern und Flaschen herumhantierte.

Okay. Er war eindeutig attraktiv – aber das musste man vielleicht auch sein, um hier zu arbeiten. Und es schadete dem Pub anscheinend nicht, wenn ich so die Frauen betrachtete, die sich hier aufhielten und um den Tresen scharten.

Mein Blick wanderte zurück zu dem Barkeeper. Er sprach mit ein paar anderen Gästen, reichte Bestellungen über den Tresen und kassierte ab. Alles gleichzeitig und ohne dabei im Geringsten gestresst zu wirken. Im Gegenteil. Er verströmte eine coole Lässigkeit, als würde er das hier schon seit Jahren machen, dabei war er sicher nicht viel älter als Levi oder ich.

Unvermittelt hob er den Kopf und sah mich direkt an.

Hitze loderte in meinem Bauch auf, schlängelte sich durch meine Adern und breitete sich in meinem ganzen Körper aus.

Jetzt konnte ich sein Gesicht deutlich erkennen. Leider nicht die genaue Augenfarbe, dafür aber die dunklen Wimpern, die sie umrahmten, und die tief liegenden ausdrucksstarken Brauen. Er hatte einen schön geformten Mund, die Unterlippe war ein klein wenig breiter als die Oberlippe, und unter den dunklen Bartstoppeln zeichnete sich eine starke Kieferpartie ab. Da war auch etwas an seinem Hals, das ich im dämmrigen Licht nicht sonderlich gut ausmachen konnte. Eine Narbe vielleicht? Oder nur ein Schatten? Zumindest wirkte es nicht wie ein Tattoo.

Wow, Mum würde ja *so* erleichtert sein.

Kurz flackerte ein anderes Bild in meinem Kopf auf, eine Erinnerung daran, wann das letzte Mal ein Kerl eine so starke Reaktion in mir ausgelöst hatte, aber ich schob sie sofort mit aller Macht von mir. Ich würde jetzt nicht an *ihn* denken.

Der heiße Barkeeper sagte noch etwas zu einer hübschen Rothaarigen, die leise auflachte, dann setzte er sich in Bewegung – in meine Richtung. Unwillkürlich spannte ich mich an und drückte den Rücken durch. Sein Blick ließ mich keine Sekunde lang los, während er näher kam. Aus irgendeinem Grund hämmerte mein Herz und ein heißes Kribbeln sammelte sich tief in meinem Bauch. Ich schluckte. Das hier war nicht so etwas wie Liebe auf den ersten Blick. Definitiv nicht. Aber es war … *etwas*. Etwas, das mir viel zu sehr unter die Haut ging. Anziehung auf den ersten Blick vielleicht? Zumindest lag ein Knistern zwischen uns in der Luft, das ich mir nicht anders erklären konnte. Dabei hatten wir noch kein einziges Wort miteinander gewechselt.

Als er vor mir stehen blieb, die Ellbogen lässig auf dem Tresen aufgestützt, bemerkte ich, dass das an seinem Hals tatsächlich eine großflächige Narbe war. Nicht von einem Schnitt oder einer Verletzung. Die Haut war gerötet, beinahe so, als wäre sie verbrannt worden. Rasch hob ich den Blick – und bemerkte noch, wie abschätzig er meine Haare und mein weißes Oberteil musterte, bevor er mir wieder in die Augen sah. Seine eigenen waren von einem überraschend intensiven Blau.

»Was darf's sein, Schneeflöckchen?«

Ich blinzelte. Starrte ihn geradezu an. *Schneeflöckchen?* Hatte er mich gerade allen Ernstes so genannt? Und jetzt lächelte er auch noch so selbstsicher, als würde er damit rechnen, dass ich jeden Moment aufgrund seiner Worte, seiner tiefen Stimme oder seines ach so charmanten Auftritts dahinschmolz. Wie die Rothaarige, die er eben bedient hatte und die ihm noch immer verträumt hinterhersah.

Für seine nächsten Worte beugte er sich noch ein wenig näher zu mir. »Lass mich raten: Du hättest gerne eine heiße Schokolade – ohne Sahne, versteht sich – und dazu meine Telefonnummer.«

Dieser … arrogante Mistkerl.

Okay. Ich hatte mich geirrt. Das gerade eben war keine Anziehung gewesen. Wenn es ein Wort mit A gab, das beschrieb, was ich gerade für diesen Typen empfand, dann war es Abneigung. Und zwar ganz heftige. Der Kerl hatte sich von *attraktiv* und *interessant* geradewegs selbst in den Papierkorb katapultiert, als er den Mund aufgemacht hatte. Wirklich schade.

Obwohl es mir beinahe körperliche Schmerzen bereitete, ihm nicht in aller Deutlichkeit an den Kopf zu werfen, was ich von seiner ganzen Art und diesem lächerlichen Kosenamen hielt, entschied ich mich für eine andere Taktik. Ich lächelte. So honigsüß, dass er hoffentlich daran erstickte. »Ich hätte gern eine Cola, *Herzchen*.«

Seine Mundwinkel zuckten. Einen viel zu langen Moment lang hielt er meinen Blick fest, dann richtete er sich auf und kümmerte sich um meine Bestellung. Ich sah ihm nach und atmete zischend aus. Das war nicht die erwünschte Reaktion gewesen, aber egal. Nach heute musste ich diesen Kerl nie wieder sehen, weil ich bei meinem Glück in letzter Zeit auch diesen Job nicht bekommen würde.

Während er meine Cola eingoss, flirtete er mit einer Brünetten, die an den Tresen getreten war und ihn strahlend anlächelte. Wahrscheinlich bekam er an einem Abend wie diesem mehr Telefonnummern als Trinkgeld zugesteckt – und genoss das auch noch. Ich verdrehte die Augen. Ernsthaft: Wie hatte ich diesen Kerl auch nur eine Sekunde lang heiß finden können?

Als er kurz darauf ein Glas vor mich stellte, registrierte ich zum ersten Mal, dass auch seine Hände mit denselben Brandnarben bedeckt waren wie sein Hals. Allerdings eher an der Innenfläche und an den Fingern.

»Geht aufs Haus«, verkündete er und zwinkerte mir zu.

Ich hielt mit dem Geldschein in der Hand inne. »Nein, danke. Ich lasse mich nur von Leuten auf einen Drink einladen, die meinen Namen kennen – und ihn auch benutzen.« Mit diesen Worten warf ich den Schein auf den Tresen, schnappte mir meine Cola und wandte mich ab.

»Wie ist dein Name?«, rief er mir nach, als ich einen der freien Tische ansteuerte.

Wider Willen musste ich lächeln, drehte mich aber nicht zu ihm um. Sollte er sich doch darüber den Kopf zerbrechen. Ich würde ganz sicher keinen weiteren Gedanken an diesen Typen verschwenden.

Während ich mich mit meiner Cola an einen Platz in der Ecke zurückzog, überdachte ich mein Vorgehen. Es tat zwar gut, sich hinzusetzen und die schmerzenden Füße auszuruhen, aber ich war mit einer bestimmten Mission hier hereingekommen. Der ältere Barkeeper war noch immer beschäftigt und Mister Arrogant würde ich ganz sicher nicht fragen.

Unvermittelt tauchte eine Frau neben meinem Tisch auf, ein

Tablett voller leerer Gläser in der linken Hand. »Brauchst du noch etwas?«

Ich starrte auf die dunkle Flüssigkeit in meinem Glas. »Ach, nur genug Geld, um meine Miete, Einkäufe und meine Unibücher zu bezahlen. Ein Job würde es auch tun«, murmelte ich, ohne nachzudenken.

Sie lachte leise und ich hob überrascht den Kopf. »Wie gut, dass ich gerade jemanden suche.« Die Fremde schien Anfang vierzig zu sein, hatte das lange dunkelbraune Haar zu einem hohen Pferdeschwanz gebunden und war ganz in Schwarz gekleidet. Sie verlagerte das Tablett und hielt mir die Hand hin. »Ich bin Josephine Kerrigan, aber du kannst Josie zu mir sagen. Mir gehört der Laden.«

»Faith«, erwiderte ich automatisch und schüttelte ihre Hand. »Faith McGregor. Freut mich.«

Sie stellte das Tablett auf den Tisch und setzte sich mir gegenüber. Aus der Nähe bemerkte ich die Falten auf ihrer Stirn und die Erschöpfung in ihren Augen. »Du hast einen interessanten Akzent, Faith. Du bist nicht von hier, oder?«

»Wir sind oft umgezogen«, wich ich aus. »Ich habe schon in Edinburgh, Glasgow und London gelebt und dort wahrscheinlich einige Ausdrücke aufgeschnappt.«

Das war noch untertrieben. Nachdem wir von der Isle of Lewis weggezogen waren, hatten wir in allen möglichen Kleinstädten und entlegenen Dörfern in Schottland gelebt. Nach Dads Verschwinden hatten wir dann in Edinburgh ein neues Zuhause gefunden. Leider nur für zwei Jahre. Danach waren wir erst in Glasgow, dann in London gewesen und schließlich in Aberdeen gelandet, wo Mum noch immer wohnte. Im Laufe der Zeit hatten Levi und ich eine Mischung aus allen möglichen Dialekten angesammelt, die sich auf unsere Aussprache auswirkten. Von weiteren landesüblichen Sprachen wie Scots und Gälisch ganz zu schweigen.

Josie lächelte warm. »Dann bist du ja viel herumgekommen. Was führt dich nach Dundee? Studierst du hier?«

»Ja, ich studiere seit diesem Semester Biologie.«

Ich ignorierte das kurze Aufflackern von Überraschung in ihrem Gesicht. Nicht zum ersten Mal begegnete ich dieser Reaktion, und ich wusste, dass viele Menschen von einer jungen Frau mit platinblonden Haaren nicht erwarteten, dass sie eine Naturwissenschaft studierte. Aber warum eigentlich nicht? Nur weil ich auf mein Aussehen achtete und mir alles, was mit Make-up zu tun hatte, wirklich Spaß machte, schrumpfte schließlich nicht mein Gehirn. Außerdem war Biologie die einzige mögliche Wahl gewesen, weil ich damit in die Genetik gehen konnte. Der einzige Weg, um mehr über meine Heilkraft herauszufinden. Der einzige Weg, eines Tages damit hoffentlich auch anderen Menschen helfen zu können. Meiner Mum helfen zu können. Falls es bis dahin nicht zu spät war.

»Und jetzt suchst du einen Job«, stellte Josie fest. »Du bist spät dran.« Sie lehnte sich zurück. Ihre entspannte Haltung geriet jedoch ins Wanken, als ein schrilles Klirren aus Richtung der Küche ertönte. Josie seufzte leise, stand aber nicht auf, um nachzusehen, was passiert war. »Hast du schon mal in einem Pub gearbeitet?«

Ich nickte. »Zwei Mal. Einmal bin ich als Aushilfe eingesprungen und einen Sommer lang habe ich in London in einem Pub gejobbt. Vor und hinter dem Tresen. Ich kenne die Abläufe, bin anpassungsfähig und habe kein Problem damit, mir die Hände schmutzig zu machen.«

Sekundenlang musterte Josie mich mit unbewegter Miene, dann breitete sich langsam ein Lächeln auf ihrem Gesicht aus. »Du bist eingestellt. Zunächst auf Probe, aber wenn es gut läuft, bist du dabei. Willkommen im Team.« Sie stand auf, nahm das Tablett mit den leeren Gläsern und bedeutete mir, ihr zur Bar zu folgen. »Das ist Freddie und der Typ da hinten am anderen Ende der Bar ist mein

Neffe Jax.« Mit einem Kopfnicken deutete sie erst auf den älteren Barkeeper, dann auf den arroganten Mistkerl, der mich Schneeflöckchen genannt hatte und gerade damit beschäftigt zu sein schien, eine Blondine anzugraben.

Moment mal. *Das* war Josies *Neffe*? Und sie hatte mir soeben einen Job gegeben?

»Freddie, das ist Faith. Sie arbeitet ab heute hier.«

Mein neuer Kollege nickte mir freundlich zu, sagte jedoch nichts. Gut möglich, dass er eher der schweigsame Typ war. Jax hingegen schien zumindest mit halbem Ohr zugehört zu haben – und wenn ich seine entsetzt aufgerissenen Augen richtig deutete, war er alles andere als überzeugt von Josies Wahl. Aus irgendeinem Grund bereitete es mir unheimlich viel Freude, ihn so zu sehen.

»Sie ist gerade mal vor fünf Minuten hier reinspaziert und du hast sie eingestellt?«, rief er. »Einfach so?!«

»Einfach so«, bestätigte Josie. »Oder sagen wir, nach einer ausreichend langen Überlegungsphase meinerseits. Ich hab euch beide vorhin beobachtet. Dieses Mädchen ist nicht auf den Mund gefallen, kann es mit dir aufnehmen und lässt sich nicht von deinem Charme oder deinem Aussehen um den Finger wickeln.«

Ich hüstelte. »Welcher Charme?«

Josie lächelte zufrieden. »Genau das meine ich. Sie ist perfekt für die Stelle.« Sie schnappte sich eine Kiste von unter dem Tresen und marschierte damit Richtung Ausgang. »Ich muss noch ein paar Einkäufe erledigen. Jax, sieh zu, dass du deine neue Kollegin einarbeitest, dann kann sie gleich loslegen.«

Ich strahlte und war so erleichtert, dass mit einem Mal jede Erschöpfung und jeder Frust wie weggeweht waren. »Danke!«, rief ich ihr nach. »Du wirst es nicht bereuen.« Das hoffte ich zumindest.

Als ich mich wieder umdrehte, bemerkte ich den nachdenklichen Blick, mit dem Jax mich studierte.

»Was?«

Seine Lippen verzogen sich zu einem süffisanten Lächeln. »Du hast vorhin zwar meinen Charme angezweifelt, aber nichts zu meinem Aussehen gesagt, Schneeflöckchen.«

»Bilde dir bloß nichts darauf ein. Und hör auf, mich so zu nennen.«

»Aber es passt so gut zu dir.« Sein Blick wanderte erneut zu meinen Haaren und er hob die Hand, als wollte er eine Strähne zwischen die Finger nehmen, ließ sie jedoch sinken, bevor ich sie wegschlagen konnte.

»Und zu dir passt Mistkerl und Schwachkopf, aber ich nenne dich trotzdem nicht so.«

»Du kannst mich stattdessen gerne weiterhin *Herzchen* nennen.«

Ich rollte mit den Augen. Gleichzeitig machte sich eine unwillkommene Wärme in meinen Wangen breit. »Das hättest du wohl gerne.«

»Du hast ja keine Ahnung«, murmelte er und winkte mich zu sich. »Gerade ist nicht viel los, also kann ich dir das Wichtigste zeigen. Aber vorher …« Er hielt inne und musterte mich so eindringlich, dass ich wieder dieses unangebrachte, absolut nervige Kribbeln in der Magengrube verspürte. »Verrätst du mir jetzt endlich deinen Namen?«

Aus irgendeinem Grund musste ich lächeln, als er das fragte. Doch dann fiel mir ein, dass er meinen Namen wissen musste, wenn wir ab jetzt zusammen hier arbeiteten und ich nicht wollte, dass er mich quer durch die Bar *Schneeflöckchen* rief.

Mein Lächeln verblasste. »Faith. Ich heiße Faith.«

»Schön, dich kennenzulernen.« Er gab mir nicht die Hand, doch der Blick aus seinen blauen Augen war noch immer so durchdringend, als versuchte er, meine tiefsten Geheimnisse zu ergründen.

Ich hielt seinem Blick stand, auch wenn alles in mir darauf drängte, wegzusehen. Mein Puls raste, meine Muskeln spannten sich an, aber ich wandte mich nicht als Erste ab. Stattdessen beobachtete ich, wie Jax' Mundwinkel langsam nach oben wanderten, bevor er schließlich den Blickkontakt abbrach – vorgeblich, weil ein Gast nach ihm rief. Als er sich wegdrehte, schloss ich für einen winzigen Moment die Augen und atmete tief durch. Ich musste mich einkriegen – und zwar schnell, denn Jax und ich waren ab heute Kollegen. Was bedeutete, dass wir es miteinander aushalten mussten, ohne uns ständig irgendwelche Sprüche an den Kopf zu werfen. Ich schnaubte. Na, wenn das mal kein Kinderspiel war.

Je später es wurde, desto mehr Leute drängten sich in den Pub und ich verstand, warum Josie mich so schnell eingestellt hatte. Sie konnten die Hilfe wirklich gut gebrauchen.

Ich lernte schnell, die Einheimischen von den wenigen Touristen und den Stammgästen zu unterscheiden, und überstand meinen ersten spontanen Arbeitseinsatz *fast* ohne Probleme. Barnes, ein pausbäckiger Mann mittleren Alters mit warmen Augen und einem dröhnenden Lachen, der eindeutig zur Stammkundschaft gehörte, half mir, als ich sein Glas verschüttete und sprach mir sogar Mut zu, als ich mich tausendmal dafür entschuldigte.

Doch selbst mit Jax und dem schweigsamen Freddie hinter der Bar und der Kellnerin Daisy, die für die Essensbestellungen zuständig war und zwischen Küche und Schankraum hin und her flitzte, schwirrte mir schon bald der Kopf. Die ganze Zeit über versuchte ich immer dort auszuhelfen, wo am meisten zu tun war, räumte Tische ab, nahm Bestellungen an der Bar entgegen und brachte Tabletts mit leeren Gläsern und Geschirr zurück, nur um sie mit neuen Speisen und Getränken zu beladen und zu den Tischen zu tragen.

Zu meiner Überraschung arbeiteten Jax und ich tatsächlich gut zusammen – zumindest, solange er nicht den Mund aufmachte. Denn dann wurde klar, dass es ihm einfach tierisch Spaß machte, mir auf die Nerven zu gehen. Wenn er noch ein einziges Mal *Schneeflöckchen* durch den ganzen Pub rief, würde ich ihm mit der nächsten Flasche, die ich in die Finger bekam, eins überziehen.

Gegen 23 Uhr leerte es sich nach und nach, weil wir um diese Uhrzeit zumachten. Nachdem auch die Letzten ihren Weg nach draußen gefunden hatten, hätte ich mich vor Erleichterung am liebsten auf den Boden gesetzt und die müden Beine ausgestreckt. Stattdessen räumte ich die letzten Tische ab, brachte alles zur Bar und nahm das Putzzeug entgegen, das Josie mir hinhielt, um die Tische abzuwischen. Als sie gleich darauf wieder in der Küche verschwand, waren Jax und ich zum ersten Mal völlig allein. Freddie und Daisy waren vor ein paar Minuten nach Hause gegangen – sie waren morgen Abend mit Aufräumen und Saubermachen dran.

»Du hast dich gut geschlagen«, gab Jax widerwillig zu und begann, am anderen Ende des Raumes die ersten Stühle umgedreht auf die Tische zu stellen. »Hätte ich nicht gedacht.«

»Und ich hätte nicht gedacht, etwas Nettes aus deinem Mund zu hören«, erwiderte ich trocken und folgte seinem Beispiel mit den Stühlen von der anderen Seite aus.

»Ach komm schon, ich kann nett sein. Wenn ich will«, fügte er hinzu, als ich nur die Augenbraue hochzog.

Irgendwie bezweifelte ich das. Jax konnte seinen Charme an- und ausknipsen, wie er wollte, aber wenn man mich fragte, meinte er nicht mal die Hälfte der Komplimente und Höflichkeiten, die er von sich gab, auch tatsächlich so. Wahrscheinlich machte ihn das zu einem sehr guten Barkeeper, aber … *ugh*.

»Das glaube ich, wenn ich es sehe.«

Jax warf mir einen Blick zu, den ich nicht ganz deuten konnte. »Wahrscheinlich fragst du dich schon die ganze Zeit, woher ich die Narben habe«, wechselte er abrupt das Thema.

Für einen winzigen Moment hielt ich mit der Hand an einer Lehne inne, machte dann jedoch nahtlos mit dem Aufstuhlen weiter. »Eigentlich nicht.«

»Alle fragen sich das.«

»Ich nicht.«

Uns beiden war klar, dass das eine Lüge war. Aber ganz ehrlich? Ich an seiner Stelle hätte keine Lust, ständig die Neugier anderer zu stillen, also stellte ich keine Fragen. Zumal ich nur zu genau wusste, wie gefährlich Fragen werden konnten, wenn man etwas lieber für sich behalten wollte.

Schweigend arbeiteten wir uns durch den Pub – er auf seiner Seite, ich auf meiner, was zur Folge hatte, dass wir uns Stück für Stück näher kamen.

»Das kommt davon, wenn man zu sehr mit dem Feuer spielt.« Seine Stimme klang auf einmal viel zu nahe. »Also pass lieber auf, dass du dich nicht verbrennst.«

Sein Ernst?!

Ich schnaubte und gab mir alle Mühe, diesen Kerl ebenso zu ignorieren wie die Hitze, die sich völlig unpassender Weise in meinem Bauch ausbreitete. Doch als ich den letzten Stuhl auf einen der größeren Tische gestellt hatte und mich umdrehte, prallte ich fast mit Jax zusammen.

»Vorsicht, Schneeflöckchen«, raunte er mit einem selbstgefälligen Lächeln, machte jedoch keine Anstalten, mich festzuhalten oder auch nur anzufassen. »Sonst könnte es so wirken, als würdest du absichtlich meine Nähe suchen.«

»Oh mein Gott, du hast mich durchschaut! Wo warst du nur mein ganzes Leben? Und könntest du bitte wieder dorthin verschwinden?« Ich ließ ihn ohne ein weiteres Wort stehen, aber sein leises Lachen folgte mir bis in den Pausenraum.

Mit meiner Tasche und Jacke kehrte ich in den Pub zurück und steuerte den Ausgang an, ohne Jax eines weiteren Blickes zu würdigen. Josie war nicht in der Küche gewesen, als ich mich von ihr hatte verabschieden wollen, aber sie hatte mich bereits im Laufe des Abends über den Arbeitsplan aufgeklärt und meine nächste Schicht stand am Sonntag an. Danach würde ich, sofern alles passte und ich den Job behalten konnte, an zwei Abenden die Woche – jeden Mittwoch und jeden Freitag – hier arbeiten und zusätzlich kurzfristig einspringen, falls jemand unerwartet ausfiel.

»Hey, Schneeflöckchen!«

Grrrr …

Widerwillig blieb ich an der Tür stehen und drehte ich mich zu Jax um. »Was?«

Seine Miene war unerwartet ernst. »Es ist spät. Brauchst du Begleitung?«

Ich blinzelte überrascht, dann schüttelte ich den Kopf. »Nicht von dir. Aber danke.« Und damit ging ich.

Die Nachtluft war noch warm, obwohl es schon fast Mitternacht war, dennoch kroch eine Gänsehaut über meine Arme. Die Straßen waren leer. Keine Menschen und auch keine Autos weit und breit. Ich hatte keine Ahnung, wo die nächste Haltestelle war oder wo ich ein Taxi finden konnte. Toll. Wirklich toll. Zumindest kannte ich die ungefähre Richtung, in der die WG liegen musste, also setzte ich mich in Bewegung.

Meine Schritte hallten dumpf von den Mauern der Häuser wider. Die kleinen Läden hatten längst geschlossen und hinter den Fenstern der Wohnungen darüber brannte nur vereinzelt Licht. War das dieses Studentenleben, von dem alle erzählten? Es war immerhin Freitagabend, doch die ganze Stadt schien bereits zu schlafen …

Es sei denn, irgendwo anders fand heute eine große Party statt, von der ich nichts wusste und auf der sich alle herumtrieben. Irgendwie wäre ich jetzt lieber dort gewesen, statt mitten in der Nacht allein durch Dundee zu laufen. Vielleicht hätte ich Jax' Angebot, mich nach Hause zu begleiten, doch annehmen sollen …

Mein Nacken begann zu kribbeln. Es war dieselbe Empfindung wie schon heute Nachmittag. Und auf einmal war da etwas. Ein Geräusch. Ich wirbelte herum. Aus dem Augenwinkel nahm ich eine Bewegung wahr. Ein Schatten, der zwischen den Häusern verschwand. Sekundenlang herrschte völlige Stille, dann waren schwere Schritte zu hören. Mein Puls hämmerte los. Ich war nicht allein. Ich war definitiv nicht mehr allein. Und was auch immer da draußen war, war mit ziemlicher Sicherheit kein Mensch.

Lauf, Faith!

Mit der Stimme meines Vaters im Ohr packte ich den Riemen meiner Umhängetasche fester und rannte los. Das Herz schlug mir bis zum Hals. Jeder Muskel in meinem Körper war angespannt, dennoch setzte ich einen Fuß vor den anderen, wieder und wieder, bis ich endlich die Sicherheit meiner WG erreichte.

Allerdings wusste ich eine Sache mit absoluter Bestimmtheit: Es waren nicht Menschen, vor denen ich mich fürchten musste. Denn da draußen lauerte Schlimmeres. Viel Schlimmeres.

Kapitel 3

Krankenhäuser waren schlimm. Wirklich schlimm. Als Kind war ich nur ein einziges Mal in einem gewesen – damals hatten meine panischen Eltern mich blutüberströmt in die Notaufnahme gebracht, nachdem ich auf die Straße gelaufen und von einem Auto angefahren worden war. Allerdings hatten die Ärzte nichts gefunden. Auf wundersame Weise hatte es keine offenen Wunden mehr gegeben, keine Brüche und auch sonst keine Verletzungen, die sie behandeln konnten. Alles war bereits verheilt. Ich erinnerte ich noch verschwommen daran, wie die Ärzte und das Pflegepersonal Mum und Dad Fragen gestellt und ihnen sogar Vorwürfe gemacht hatten, nicht richtig auf mich aufgepasst zu haben oder mich sogar zu vernachlässigen. Auch mich hatten sie mit Fragen gelöchert und es war sogar jemand vom Jugendamt dabei gewesen.

Immer wieder hatte ich ihnen von dem Autounfall erzählt, bis ich diese Geschichte beinahe selbst glaubte. Denn in Wirklichkeit war das bloß ein Teil der Wahrheit. Zuerst hatte ich nur Dad von dem Monster erzählt, das mich angegriffen hatte und vor dem ich panisch weggelaufen war – mitten auf die Straße vor das herannahende Auto. Dann hatte Mum es erfahren. Und schließlich Levi. Es war die erste Begegnung dieser Art gewesen – aber nicht die letzte. Kurz nach diesem Ereignis hatten wir unsere Sachen gepackt und die Isle of Lewis verlassen. Es war die erste Flucht, der erste Umzug von vielen gewesen.

Danach hatte ich mir fest vorgenommen, ein Krankenhaus nie

wieder von innen sehen zu müssen – aber das Schicksal hatte andere Pläne.

Als ich an diesem Montagabend durch die Gänge der Aberdeen Royal Infirmary lief, hing der gleiche Geruch nach Desinfektionsmitteln, Putzzeug und billigem Kaffee aus dem Automaten in der Luft wie vor zehn Jahren im Krankenhaus auf der Isle of Lewis. Im Gegensatz zu damals kannte ich mich hier jedoch aus. Ich wusste viel zu genau, wo sich die Intensivstation befand, zu welchen Uhrzeiten das Wartezimmer besonders überfüllt war und auch wie widerlich der Kaffee hier schmeckte. Aber am besten kannte ich den Weg zu dem Krankenzimmer, in dem Mum seit über drei Wochen lag.

Ich klopfte an und öffnete nach einem kurzen Moment die Tür. Die Vorhänge waren schon für die Nacht zugezogen. Das Quietschen meiner Chucks auf dem beigefarbenen Linoleumboden war erschreckend laut in der Stille des Zimmers. Mum lag in einem der beiden Betten, die Augen geschlossen, wie immer an einen Tropf und mehrere Geräte angeschlossen, die ihre Vitalfunktionen aufzeichneten.

Leise trat ich ans Fußende des Bettes und hielt unwillkürlich den Atem an. Mum war blass und ihre Wangen wirkten eingefallen. Das gleichmäßige Piepen, das ihren Herzschlag anzeigte, war zwar kräftig, aber sie musste wieder eine Nasenkanüle tragen, durch die sie mit zusätzlichem Sauerstoff versorgt wurde.

Von draußen hörte ich eilige Schritte. Gedämpfte Stimmen. Husten. Ein Telefon, das irgendwo klingelte. Kurz sah ich zum zweiten Bett hinüber, das nur durch einen aufgezogenen blauen Vorhang von Mums Seite getrennt war, aber es war leer.

Ein Seufzen zog meine Aufmerksamkeit auf sich. Mums Lider flatterten, dann schlug sie die Augen auf. Augen, die denen von Levi ähnelten. Sie waren so grau wie ein sturmumtoster Morgen.

»Hey, Mum.«

»Faith …« Ein Lächeln breitete sich auf ihrem Gesicht aus, das jedoch sofort besorgte Züge annahm. »Was machst du denn hier?«

Ich ignorierte den Stich in meiner Brust, weil sie sich wieder mal um mich sorgte, statt um sich selbst. Und weil sie glaubte, es müsste etwas passiert sein, damit ich sie besuchen kam. Stattdessen ging ich um das Bett herum und half ihr dabei, sich aufzusetzen. »Ich wollte dich einfach nur sehen.«

Meine Mutter hatte eine genetisch bedingte Immunschwäche. Früher hatte man ihr kaum etwas davon angemerkt – oder sie hatte es gut vor uns zu verbergen gewusst –, doch in den letzten Jahren war es immer schlimmer geworden. Das hier war schon die zweite Lungenentzündung innerhalb weniger Monate. Aufgrund ihres geschwächten Immunsystems hatte sie kaum Zeit gehabt, sich von der ersten zu erholen, als sie kurz vor Levis und meinem Umzug nach Dundee schon wieder im Krankenhaus gelandet war.

Und ich … ich konnte ihr nicht helfen. Ich hatte es immer wieder versucht, hatte ihre Hände gehalten, um sie zu heilen, so wie ich es bei mir selbst und bei Levi tat. Bei uns war es ein Kinderspiel. Aber bei Mum? Bei ihr hatte es nie funktioniert – obwohl ich mich so sehr bemüht hatte, dass ich vor Anstrengung einmal beinahe ohnmächtig geworden war. Danach hatte sie mir verboten, es je wieder zu versuchen. Man brauchte also wirklich kein Genie zu sein, um zu begreifen, warum ich ausgerechnet Biologie mit Schwerpunkt Genetik in Dundee studierte. In einer Fakultät, die genau dafür einen exzellenten Ruf erlangt hatte.

Doch meine Schuldgefühle verschwanden nicht. Hinzu kam das Gefühl, Mum im Stich zu lassen – ausgerechnet jetzt, wo sie uns brauchte. Zugegeben, sie hatte Levi und mich praktisch dazu gezwungen, die Studienplätze in Dundee anzunehmen, als sie von unseren Stipendien erfahren hatte. Mum war selbstlos. Sie hätte nie zugelassen, dass wir diese Chance verstreichen ließen. Schon gar nicht ihretwegen. Trotzdem war es mir schwergefallen, sie zurückzulassen. Fast so sehr, wie sie jetzt so zu sehen.

»Danke, Schatz.« Mum nahm das Wasserglas entgegen, das ich ihr hinhielt, und trank ein paar kleine Schlucke. »Hast du keine Vorlesungen?«

»Nicht heute Abend.«

Bevor ich ins Auto gestiegen war, hatte ich versucht, meinen Bruder zu erreichen, aber Levi hatte weder auf meine Anrufe noch auf meine Nachrichten reagiert, also war ich allein hergefahren. Mit dem Unibeginn, seiner neuen Arbeit und den ganzen Societys, bei denen er sich eingeschrieben hatte, war er gut beschäftigt. Und ich machte ihm keinen Vorwurf daraus, dennoch fühlte es sich seltsam und ungewohnt an, wenn man bedachte, wie viel Zeit wir früher immer zusammen verbracht hatten.

Also war ich nach meinem letzten Kurs allein ins Auto gestiegen und hergefahren. Bis ich wieder zu Hause war, würde es spät sein und ich wahrscheinlich völlig erledigt, aber Mum war wichtiger. Und nach dem letzten Telefonat mit ihr heute Morgen kurz vor meinem ersten Seminar, als sie so kränklich geklungen hatte, musste ich einfach die anderthalb Stunden herfahren, um nach ihr zu sehen. Selbst wenn die Besuchszeit schon in knapp zwanzig Minuten enden würde. Das war es mir wert.

»Ich bin froh, dass du hier bist.« Sie trank noch einen Schluck Wasser, ehe sie mir den Becher zurückgab.

»Das bin ich auch«, gestand ich und zog einen freien Stuhl heran, um mich neben ihr Bett setzen zu können. »Wie fühlst du dich heute?«

»Müde«, gestand sie mit einem matten Lächeln. »Aber ansonsten ganz okay.«

Ich musterte sie genau. Ihre Haut sah fahl aus und ihre Augen glänzten fiebrig. Obwohl es nur etwas mehr als drei Wochen her war, seit ich sie zuletzt gesehen hatte, schien sie noch dünner geworden zu sein.

»Es ist schlimmer geworden, nicht wahr?« Ich musste mich praktisch dazu zwingen, diese Frage zu stellen, weil ich zu viel Angst vor der Antwort hatte. Vor der Wahrheit. Auch wenn meine Mutter versuchen würde, sie vor mir zu verbergen, um mich zu schützen.

Sie antwortete nicht, sondern senkte nur den Blick und strich mit einer leicht zittrigen Hand das Laken glatt.

Ich wartete, aber es kam nichts. Meine Augen begannen zu brennen. Ich wusste genau, was das zu bedeuten hatte.

»Nur ein kleiner Rückschlag, Faith.« Sie hustete leise. »Mach dir keine Sorgen. Es wird bald wieder bessere Tage geben.«

Ja, aber wie viele noch? Wie viele bessere Tage hatte sie noch, bevor es nur noch bergab ging?

Unwillkürlich sah ich auf die Hände in meinem Schoß hinab. Ich hatte nie verstanden, warum ich nur mich selbst und meinen Bruder heilen konnte. Dad hatte einmal gesagt, dass unsere Gaben ein Geschenk waren und uns zu etwas Besonderem machten. Aber wenn dem so war, warum hatte ich dann Mum bisher nicht helfen können?

Ohne nachzudenken, stand ich auf und setzte mich auf die Bettkante. Ich musste es einfach noch mal versuchen, auch wenn ich bereits ahnte, dass es nicht funktionieren würde. Aber wenn ich es jetzt nicht tat, würde ich es bis in alle Ewigkeit bereuen. Ich hatte nichts dagegen unternehmen können, als Dad von einem Tag auf den anderen verschwunden war, aber ich weigerte mich, auch Mum gehen zu lassen. Ich war hier, und ich würde alles in meiner Macht Stehende tun, um ihr zu helfen.

Behutsam legte ich eine Hand an ihre Wange und die andere auf ihre Brust, auf Höhe der Lungenflügel. Dann schloss ich die Augen und atmete tief durch. Innerhalb von Sekunden erwärmten sich meine Hände und meine Haut begann zu kribbeln, so wie jedes Mal, wenn ich meine Gabe einsetzte.

»Faith?« Argwohn schlich sich in Mums geschwächte Stimme. »Was tust du da?«

»Schhh«, murmelte ich. »Lass es mich einfach versuchen.«

Ich spürte, wie die heilenden Kräfte durch meinen Körper flossen. Mein Puls begann vor Aufregung zu hämmern. Die Wärme in meinen Händen verwandelte sich in Hitze, aber ich machte trotzdem weiter. Mums Augen waren vor Sorge aufgerissen, aber sie schien keine Schmerzen zu haben. Eigentlich müsste es ihr von Sekunde zu Sekunde besser gehen. Doch so plötzlich die Heilkraft durch meine Adern geschossen war, so abrupt brach sie wieder ab. Die Wärme verschwand aus meinen Händen. Das Kitzeln auf meiner Haut stoppte.

Sofort sah ich zum EKG hinüber. Mums Werte waren dieselben geblieben. Sie wirkte noch genauso blass und entkräftet wie zuvor.

Nein, verdammt! Es musste funktioniert haben. Ich hatte die Magie gespürt! Warum war sie nicht von meinem Körper auf ihren übergegangen? Es hatte sich genauso angefühlt wie bei mir selbst, oder wenn ich Levi heilte. Nur dass meine Heilkraft bei Mum keinerlei Wirkung zeigte. Sie war noch immer krank, war dem Tod noch immer viel zu nahe. Und ich … ich hatte versagt. Schon wieder.

»Faith …«

Kopfschüttelnd sprang ich auf und wandte mich ab. Ich brauchte einen Moment, um meine Gefühle wieder unter Kontrolle zu kriegen. Um die beginnende Welle aus Verzweiflung und eiskalter Angst dorthin zurückzudrängen, wo sie hergekommen war. Zurück in den hintersten Winkel meines Bewusstseins, wo ich sie zwar noch spürte, sie mich aber nicht beherrschen konnte. Denn wenn ich diese Empfindungen zuließ, würde ich nicht mehr stark sein können. Ich würde zusammenbrechen und nie mehr aufstehen.

»Sieh mich an, Schatz.«

Ich kämpfte heftig gegen die aufsteigenden Tränen an und grub die Fingernägel in meine Handflächen. Durchatmen. Tief durchatmen. Ein Mal. Zwei Mal. Drei Mal. Erst als ich das Gefühl hatte, mich einigermaßen im Griff zu haben, drehte ich mich wieder zu meiner Mutter um.

»Mum, es tut …«

»Ich weiß, was du versucht hast«, unterbrach sie mich. Ihr Blick zuckte hektisch umher, als erwartete sie, dass jeden Moment jemand aus den Schatten hervortrat oder durch die Tür hereinstürmte. »Du darfst das nicht wieder tun.«

»Aber …«

Sie packte meinen Arm mit mehr Kraft, als ich ihr zugetraut hätte, und zog mich zu sich hinunter. »Versprich es mir! Du bringst dich und deinen Bruder in Gefahr. Dein Vater ist nicht verschwunden, um … um …« Ihre Stimme brach. Tränen schimmerten in ihren grauen Augen, die jetzt eher einem Gewitter ähnelten. »Schwör es mir, Faith. Sie dürfen euch nicht finden.«

Aber ich muss es doch wenigstens versuchen …

Die Worte lagen mir auf den Lippen, aber ich sprach sie nicht aus. Genauso wenig wie Mum, auch wenn ich ahnte, wen sie meinte. Oder eher: *Was*. Diese Monster hatten uns schon früher angegriffen und sie würden es wieder tun. Ich war mir ziemlich sicher, ihre Anwesenheit bereits nachts in den Straßen Dundees bemerkt zu haben. Deshalb – und aufgrund unserer Fähigkeiten, die, egal wie vorsichtig wir waren, immer irgendwann für Fragen und Argwohn sorgten – waren wir so oft umgezogen.

»Schwör es mir, Faith. Schwör mir, dass du das nie wieder tust.«

»Ich …«, begann ich, schüttelte dann jedoch den Kopf und befreite mich vorsichtig aus ihrem Griff. »Tut mir leid. Das kann ich nicht.«

Mum war nicht glücklich mit mir gewesen, als ich mich wenig später verabschiedet hatte, aber sie war auch zu erschöpft gewesen, um auf einem Versprechen von mir zu beharren. Einem Versprechen, das ich ihr nicht geben konnte – und auch nicht wollte. Sie hatte alles dafür geopfert, damit Levi und ich in Sicherheit waren und ein gutes Leben hatten. Ein *normales* Leben, soweit das mit unseren Fähigkeiten überhaupt möglich war. Das Mindeste, was ich tun konnte, war einen Weg zu finden, wie ich sie heilen konnte.

Ich war eine der letzten Besucherinnen, die das Krankenhaus verließen. Auf dem Parkplatz setzte ich mich in mein kleines rotes Auto, das früher einmal Mum gehört hatte, und schloss für einen Moment die Augen. Ich atmete tief durch und ließ all die Gefühle durch mich hindurchrauschen. Angst. Erleichterung. Schuld. Reue. Und Wut.

Ein Teil von mir war so unglaublich wütend. Auf mich selbst, weil ich es wieder nicht geschafft hatte, aber auch auf sie. Auf meine Mutter, weil sie nicht wollte, dass ich sie heilte. Sie wollte ja nicht mal, dass ich es versuchte. Stattdessen verlangte sie von mir, dass ich einfach dabei zusah, wie es ihr von Tag zu Tag schlechter ging. Dass ich die Hände in den Schoß legte und nichts tat, während sie uns immer weiter entglitt.

Das konnte ich nicht. Anders als bei Dad, der eines Nachts nicht mehr nach Hause zurückgekehrt war, gab es bei Mum noch Hoffnung. Sie hatte sich schon früher von schlimmen Infekten erholt und sie würde es diesmal wieder schaffen. Und wenn ich dazu einen Teil beitragen konnte … Ich presste die Lippen aufeinander. Es musste einen Weg geben und ich würde ihn finden. Ganz egal, was mich das kostete. Ganz egal, welches Risiko ich damit einging.

Ich schlug die Augen auf, startete den Motor und fuhr vom Parkplatz herunter. Während die Häuser an mir vorbeirauschten, bis ich Aberdeen hinter mir ließ, fing ich unweigerlich wieder an zu grübeln. Wenn Levi und ich diese Fähigkeiten wirklich von Geburt an hatten und sie ein Geschenk waren, wie Dad stets behauptet hatte, warum wirkte meine Heilkraft dann nicht bei unseren eigenen Eltern?

Kurz nachdem ich auf die Autobahn aufgefahren war, klingelte mein Handy in der Halterung am Armaturenbrett. *Levi*. Ich drückte auf die Lautsprechertaste und nahm den Anruf entgegen.

»Hey, Sis«, begrüßte er mich. Im Hintergrund rauschte es. Er schien ebenfalls unterwegs zu sein, vielleicht war er auch gerade bei der Arbeit am Hafen. »Sorry, dass ich mich erst jetzt melde. Ich war beim Training, als du zuletzt angerufen hast.«

»Schon wieder?«, fragte ich, ohne den Blick von der Straße abzuwenden. »Bist du sicher, dass du Sportwissenschaften studierst und nicht für irgendeine Meisterschaft trainierst?«

»Haha. Sehr witzig. Ist irgendetwas passiert oder wolltest du dich nur über meinen Trainingsplan lustig machen?«

»Ich war bei Mum.«

Schweigen.

Ich umklammerte das Lenkrad fester und wartete auf eine Reaktion.

»Warum hast du nichts gesagt?«, fragte er schließlich. »Ich wäre mitgekommen.« Das Rauschen im Hintergrund war verschwunden.

»Ich hab ja versucht, dich zu erreichen, Lieblingsbruder …«

»… und ich war nicht da. Shit. Es tut mir leid, Faith. Wie geht es ihr?«

»Nicht gut«, erwiderte ich nach einem Moment. »Ich bezweifle, dass sie sie diesmal so schnell entlassen werden.«

»Du hast versucht, sie zu heilen, nicht wahr?«

Manchmal war es echt erschreckend, wie gut er mich kannte.

»Du kennst die Antwort darauf. Genau wie das Ergebnis.«

»Verdammt, Faith.« Ein tiefes Seufzen. »Lass uns später darüber reden, okay? Ich muss jetzt wirklich los.«

»Schon gut. Dann sprechen wir uns morgen.«

Auch wenn es nicht wirklich etwas zu bereden gab, da sich nichts geändert hatte. Das Einzige, was ich mit der Aktion bewirkt hatte, war, Mum aufzuregen. Ihre seltsame Warnung kam mir erneut in den Sinn … Ich schüttelte den Kopf. In letzter Zeit hatte ich öfter das Gefühl gehabt, beobachtet zu werden, allerdings hatte ich weder Mum noch Levi gegenüber etwas davon erwähnt. Es war eine Ewigkeit her, seit wir das letzte Mal einer dieser schrecklichen Kreaturen begegnet waren. Warum Mum mich ausgerechnet jetzt davor warnte, war mir schleierhaft.

Vielleicht weil sie befürchtet, nicht mehr viel Zeit zu haben …

Ich ignorierte die leise Stimme in meinem Kopf. Über diese Möglichkeit wollte ich nicht nachdenken. Ich weigerte mich. Mum hatte noch Zeit und ich würde einen Weg finden, ihr zu helfen, sei es mittels meiner Fähigkeit oder meines Studiums.

Als mich das Navi plötzlich anwies, von der Autobahn herunterzufahren, runzelte ich die Stirn. Dafür war es viel zu früh, doch wie es aussah, hatte es einen Unfall gegeben und ein Teil des Streckenabschnitts vor mir war nun gesperrt.

»Ganz toll«, murmelte ich, denn das bedeutete einen riesigen Umweg.

Seufzend setzte ich den Blinker und bog wie gewünscht ab. Was soll's. Meine nächste Schicht im Pub war erst für Mittwoch eingetragen und ich hatte keine Pläne für heute Abend. Abgesehen von einem Date mit Eiscreme und den Texten, die ich für meine nächsten Seminare lesen musste.

Die Umleitung führte mich mitten durch den Cairngorms Nationalpark, vorbei an weiten Feldern, hohen Bäumen und winzigen Dörfern. Zwischenzeitlich fuhr ich auf einer einspurigen Fahrbahn mit Ausbuchtungen für den Fall, dass man ausweichen musste. Zum Glück begegneten mir nur zwei andere Autos auf der Stecke. Mittlerweile war es Nacht geworden und die Wolken hingen tief am Himmel. In der Ferne schnitt ein Blitz durch die Dunkelheit, aber noch war kein Donner zu hören. Ich kannte die Strecke vor mir nicht, aber da keine Musik im Auto lief, hörte ich das Rauschen des Flusses schon, bevor die Autoscheinwerfer die steinerne Brücke vor mir beleuchteten.

Und die Kreatur, die dort mitten auf der Fahrbahn stand.

Instinktiv trat ich auf die Bremse – und der Wagen geriet ins Schleudern. Ich riss das Lenkrad herum und versuchte, dagegen anzusteuern. Zu spät. Ich wurde brutal gegen den Gurt gedrückt.

Ein Knall. Heißer Schmerz in meinem Kopf.

Dann wurde alles schwarz.

Kapitel 4

Mein Kopf dröhnte. Das Pochen an meiner rechten Schläfe sandte glühend heißen Schmerz durch meinen ganzen Körper. In meinen Ohren rauschte es. Ich versuchte, die Augen zu öffnen, schaffte es aber nicht, also versuchte ich, mich stattdessen zu bewegen. Meine rechte Schulter meldete sich umgehend mit einem quälenden Ziehen und ein gedämpftes Stöhnen durchdrang die Stille.

Als ich erneut versuchte, die Augen aufzuschlagen, klappte es. Das Erste, was ich sah, war ein Spinnennetz direkt neben meinem Gesicht, doch dann begriff ich, dass es Risse waren. Risse, die sich durch die Fensterscheibe zogen. Ich betastete meinen Kopf und atmete zischend ein, sobald ich die Wunde an meiner Schläfe berührte. Als ich auf meine Finger hinabsah, waren sie rot verfärbt.

Nach und nach kehrten die Erinnerungen zurück. Der Besuch im Krankenhaus. Das Telefonat mit Levi. Der Umweg. Dieses … *Ding* auf der Straße.

Ich riss den Kopf hoch und bereute die Bewegung sofort. Schmerz schoss wie ein Leuchtfeuer durch meinen Kopf und geradewegs in meine rechte Schulter. Ich blinzelte schnell, als mir die Sicht verschwamm, und tastete nach dem Türgriff, fand aber nur den Airbag. Er musste aufgegangen sein und das Schlimmste verhindert haben, dennoch war das Wageninnere voller Glassplitter, da ein Teil der Frontscheibe zerbrochen war. Kalte Luft drang ins Wageninnere – zusammen mit dem Geruch nach verbranntem Plastik.

Verdammt. Ich musste aus dem Wagen raus. Selbst wenn dort draußen noch immer diese Kreatur lauerte.

Als ich diesmal den Kopf hob und durch die Fenster blickte, entdeckte ich es sofort. Das Wesen verharrte noch immer mitten auf der Brücke – und schien einem Albtraum entsprungen zu sein. Zwei, vielleicht auch drei Meter hoch in Form einer Schlange mit zwei Schwänzen und kurzen, muskulösen Vorderbeinen, an deren Enden rasiermesserscharfe Krallen im Scheinwerferlicht aufleuchteten.

»Scheiße«, flüsterte ich.

Angst machte sich in mir breit. Eine leise Erinnerung flackerte auf. Entzündete sie zu blanker Panik.

Mit heftig zitternden Händen rüttelte ich am Sicherheitsgurt, bis er endlich nachgab und ich ihn loswurde. Doch als ich erneut nach dem Türgriff tastete, durchschnitt ein gefährliches Knarren die Stille um mich herum. Bildete ich mir das nur ein oder schwankte das Auto ein wenig?

Oh Gott …

Bisher war ich so auf meine Verletzungen und die Kreatur konzentriert gewesen, dass ich mich kaum umgesehen hatte. Doch als ich es jetzt tat, schnappte ich unwillkürlich nach Luft.

Ich war mit dem Auto geradewegs in das Brückengeländer gekracht. Ein Teil der Steinmauer hatte sich gelöst und war in den Fluss gefallen. Der Wagen stand auf der Straße, doch das rechte Vorderrad hing über dem Abgrund. *Ich* hing über dem Abgrund.

Mit einem Mal wurde mir so schwindlig, dass sich mir der Magen umdrehte. Ich zwang mich dazu, den pochenden Schmerz ebenso zu ignorieren wie das protestierende Ziehen in meinen Muskeln und das warme Summen auf meiner Haut. Die Selbstheilung hatte bereits eingesetzt, doch wenn es mir nicht gelang, hier rauszuklettern, würde mir das nicht viel bringen.

Du schaffst das, Faith. Ein Schritt nach dem anderen.

Ich musste aus dem Wagen klettern, bevor er in den Abgrund fiel und mich mit in den Fluss riss. Einen Sturz aus dieser Höhe sollte ich unter normalen Umständen überstehen können, auch wenn ich keine große Lust hatte, herauszufinden, ob ich ertrinken würde oder nicht. Abgesehen davon war da noch diese riesige schlangenartige Kreatur, die nur darauf zu warten schien, dass ich mich aus dem Auto befreite, damit ich ihr Abendessen wurde.

Ohne das Monster vor mir aus den Augen zu lassen, rüttelte ich an der Tür, aber sie gab nicht nach. Durch den Aufprall war das Metall verbogen und hatte anscheinend auch den Türmechanismus auf meiner Seite zerstört. Ich konnte nicht aussteigen. Zitternd streckte ich mich zur Beifahrerseite und probierte es dort. Nichts. Auch diese Tür gab nicht nach.

Wieder ging ein bedrohliches Knarren durch das Auto und es schwankte leicht. Panisch sah ich mich um, doch da war niemand, der mir helfen könnte. Die letzten der vereinzelten Häuser hatte ich vor mehreren Minuten passiert und ich erinnerte mich nicht mehr, ob dort noch Licht gebrannt hatte. Ich war allein hier draußen und die Autoscheinwerfer die einzige Beleuchtung weit und breit.

Fuck!

Das hier passierte nicht wirklich. Nicht jetzt. Nicht hier. Nicht wenn ich ganz auf mich allein gestellt war. Bisher war ich nur drei Mal in meinem Leben einer dieser Kreaturen begegnet – beim ersten Mal allein, als ich auf die Straße und vor ein Auto gerannt war. Beim zweiten Mal hatte ich dabei zugesehen, wie Dad den *Dämon*, wie er diese Monster nannte, bezwungen hatte. Zuletzt hatte ein Dämon Levi und mich während unserer Schulzeit in Edinburgh angegriffen. Mein Bruder hatte uns mit seinen Kräften verteidigt, dann waren wir weggelaufen und hatten uns versteckt. Allerdings war das damals eine wesentlich kleinere, schattenhafte Kreatur gewesen – keine gigantische Schlange, die jede meiner Bewegungen aus rotglühenden Augen beobachtete, während ihre Zunge zischend hervorschnellte.

Levi konnte sich wenigstens zur Wehr setzen, aber ich? Was sollte ich schon ausrichten? Dieses Biest mit meinen Heilkräften in die Flucht jagen? Wohl kaum.

Mir blieb keine Zeit mehr, denn je länger ich zögerte, desto größer wurde die Gefahr. In Windeseile formte sich ein Plan in meinem Kopf. Einem Impuls folgend, hob ich mein Handy auf, das im Fußraum auf der Beifahrerseite gelandet war, und kletterte so schnell ich konnte auf den Rücksitz. Wieder war da ein Knirschen im Metall. Das Schwanken war nun deutlicher spürbar, da ich mich bewegt hatte. Aber ich hatte es fast geschafft. Ich konnte hinten rausklettern und dann …

Plötzlich tauchte die Schlange direkt vor dem Fenster auf. Ich zuckte zurück. Glas zersplitterte und etwas Langes, Schuppiges schlang sich um meinen Hals.

Ich strampelte und kämpfte instinktiv gegen den Griff an, der sich nur noch fester zuzog, bis ich keine Luft mehr bekam. Mit roher Gewalt begann mich die Kreatur durch das Fenster zu zerren. Scharfe Glaskanten und Splitter schnitten durch meine Kleidung und in meine Haut. Ich schlug um mich, versuchte das Wesen abzuschütteln. Vergeblich. Mit einem letzten Ruck zog es mich nach draußen.

Panik schlug über mir zusammen und drohte mich wie eine riesige Welle mit sich zu reißen. Ich schnappte nach Luft, ohne dass sie in meine Lunge drang. Schwarze Punkte tauchten vor meinen Augen auf. Ich versuchte, mich freizukämpfen, aber es funktionierte nicht.

Konzentrier dich, Faith!

Dads ruhige, ernste Stimme schoss wie ein Pfeil durch meinen

Kopf, durch das Gedankenkarussell und die blinde Panik hindurch. Er hatte recht. Ich musste mich beruhigen. Er hatte nicht jahrelang versucht, mir beizubringen, wie ich mich verteidigen und auf mich selbst aufpassen konnte, nur damit ich jetzt nichts davon einsetzte.

Mit einem Mal wurden meine Gedanken ganz still. Meine Arme fielen herab und mein Körper wehrte sich nicht länger. Die nackte Angst in mir machte Platz für etwas anderes: wilde Entschlossenheit.

Irritiert von meiner fehlenden Gegenwehr, hielt der Dämon kurz inne – und das nutzte ich sofort aus. Kurzerhand befreite ich mich aus dem Griff, so wie mein Vater es mir vor Jahren beigebracht hatte. Ich trat nach dem Angreifer, rammte ihm den Ellbogen in die Eingeweide, packte den schuppigen Schwanz an meinem Hals und wirbelte herum. Ich hatte schon ewig nicht mehr an dieses Befreiungsmanöver gedacht, aber Dad hatte es uns so lange üben lassen, bis es uns in Fleisch und Blut übergegangen war. Jetzt rettete es mir das Leben.

Hustend stolperte ich zurück. Meine Kehle brannte, mein Atem ging keuchend. Ich hatte nicht mal einen festen Stand gefunden, als ein heißer Schmerz durch meine Wange schoss. In der einen Sekunde stand ich noch da, in der nächsten krachte ich hinter dem Wagen auf den Boden und rollte über die staubige Straße.

Was zur Hölle …?

Der steinige Boden schrammte mir die Hände auf, aber ich spürte es kaum. Dafür war das Brennen, das mein ganzes Gesicht zu überziehen schien, zu überwältigend. Es pulsierte in meinem Kopf, klingelte in meinen Ohren und ich meinte, etwas Metallisches zu schmecken. Doch so schnell der Schmerz gekommen war, so schnell verschwand er auch wieder, da sich all meine Wunden zu schließen begannen. Meine Selbstheilungskräfte würden nicht zulassen, dass mir etwas passierte. Nicht dauerhaft. Nicht endgültig. Zumindest hoffte ich, dass ich nicht durch eine Verletzung sterben konnte.

Ausprobieren wollte ich das lieber nicht. Dieser Kampf würde schmerzhaft werden, aber letzten Endes konnte mich dieser Dämon nicht verletzen.

»Du kannst mir nichts anhaben.« Aus irgendeinem irrsinnigen Grund musste ich lächeln. Vielleicht, weil es die Wahrheit war. Weil ich zum ersten Mal keine Angst vor diesen Kreaturen hatte. Unter dem wütenden Blick des Dämons kam ich erst auf die Knie und stand dann langsam und schwankend wieder auf. »Du verschwendest deine Zeit genauso wie meine.«

Ein wütendes Fauchen war die einzige Antwort darauf. Die Augen des Monsters glühten rot auf. Die beiden Fangzähne traten deutlich hervor und Speichel tropfte an ihnen hinab. Vielleicht war es auch Gift. Blitzschnell schoss die Schlange nach vorne und stürzte sich auf mich. Reflexartig zog ich den Kopf ein und riss die Arme hoch – doch der Angriff kam nicht.

Ein Summen meldete sich tief in meinem Inneren. Fast schon vertraut. Fast schon, als würde ... Unvermittelt erfasste eine heftige Windböe die Kreatur und schleuderte sie gegen das demolierte Auto. Ein lauter Knall durchbrach die Nacht, als der schwere, schuppige Körper und das verbogene Metall aufeinander trafen.

Langsam senkte ich die Hände und starrte auf die Stelle vor mir. Ich hatte lange genug in Schottland gelebt, um plötzliche Wetterumschwünge gewohnt zu sein, doch ein Wind, der in Sekundenschnelle in einer solchen Heftigkeit aufkam, überraschte sogar mich. Er rauschte durch Baumkronen, verbog Büsche und Gräser, zerrte an meiner Kleidung – und steuerte geradewegs auf mich zu.

»Oh, verdammt.«

Ich versuchte mich dagegen zu stemmen, doch die Windböe war zu heftig. Sie riss mich genauso wie meinen Angreifer von den Füßen und wirbelte mich durch die Luft, als wäre ich nichts weiter als ein trockenes Blatt im Herbst. Ich sah die Straße schon auf mich zukommen und versuchte mich zu drehen, um den Sturz abzumildern, doch dann kam ich wenige Zentimeter darüber zu einem abrupten Halt, als wäre ich gegen eine unsichtbare Wand geprallt. Nach ein, zwei atemlosen Sekunden sank ich ohne den geringsten Kratzer zu Boden.

Was um alles in der Welt …?

Adrenalin rauschte durch meine Adern und meine Knie zitterten, als ich mich aufrappelte – und feststellte, dass das Wesen und ich nicht länger allein waren.

Wie aus dem Nichts war ein Mädchen in meinem Alter am anderen Ende der Brücke aufgetaucht. Ihre schwarze Kleidung und das lange dunkelbraune Haar verschmolzen beinahe mit der Finsternis. Doch als sie ins Licht der Autoscheinwerfer trat, erkannte ich, dass sich ihr Haar und ihre Kleidung im Wind bewegten. Ein Luftwirbel bildete sich um sie herum, riss lose Blätter, kleine Steine und Erdbrocken mit sich und baute sich immer weiter und weiter um sie herum auf, als wäre sie der Mittelpunkt ihres eigenen kleinen Tornados.

»Warum nimmst du es nicht mit jemandem auf, der dir ebenbürtig ist?«, rief sie und hielt die Arme in die Höhe wie Levi, kurz bevor er seine Kräfte einsetzte. Nur dass die Fremde … den Wind kontrollieren konnte?

Ruckartig drückte sie die Hände nach vorne und der Luftwirbel folgte der Bewegung. In einer Sekunde war er noch bei ihr, in der nächsten erfasste er den Dämon und schleuderte ihn die Straße hinunter. Leider war die riesige Schlange verflucht schnell. In unmenschlicher Geschwindigkeit richtet sie sich wieder auf und schoss zischend nach vorne. Für den Moment hatte sie mich vergessen.

Hektisch sah ich mich um. Ich musste der Fremden helfen – aber wie?

Der Wirbelsturm, den sie gegen die Kreatur einsetzte, wurde

immer größer, immer gewaltiger. Die Brücke bebte gefährlich unter uns. Im letzten Moment schaffte sie es, die Schlange zurückzuschleudern, und ließ die Arme erschöpft sinken. Ihr Brustkorb hob und senkte sich so schnell, als hätte sie einen Sprint hinter sich.

Ein Vibrieren ging durch den Boden, als der Dämon abrupt nach vorne sprang.

»Achtung!«, schrie ich.

Zu spät. Die Attacke traf die Fremde mit voller Wucht. Der massige Schlangenkörper riss sie zu Boden und drohte sie unter sich zu zerquetschen.

»Hey!«, rief ich, um die Aufmerksamkeit der Kreatur wieder auf mich zu lenken, auch wenn das vermutlich das Dümmste war, was ich tun konnte. Aber ich würde nicht zulassen, dass dieses Ding sie einfach tötete. Sie war mir zu Hilfe gekommen. Sie besaß ebenfalls Kräfte, genau wie Levi und ich. Aus irgendeinem Grund war sie genau wie wir. »Komm schon, du bist doch meinetwegen hier, oder nicht?«

Das Monster riss den Kopf herum. Zwei, drei Herzschläge lang starrte es mich nur an, während seine Zunge zischend aus dem Maul hervorschoss. Kurz sah ich hinter mich, dann setzte ich mich in Bewegung und begann langsam rückwärts zu gehen. Ein Schritt nach dem anderen, um es von dem Mädchen wegzulocken. Ich hatte keinen Plan und keine Ahnung, was ich tun sollte, wenn der Dämon seine ganze Aufmerksamkeit wieder auf mich richtete. Aber ich konnte nicht zulassen, dass er sie tötete. Also lief ich weiter, langsam zuerst, dann immer schneller, als ich sicher war, dass die Schlange mir folgte.

Ein entferntes Dröhnen drang an mein Ohr und es dauerte einen Moment, bis ich begriff, dass es ein Motor war. Konnte das Levi sein? War er in der Nähe und hatte gespürt, wie ich meine Heilkräfte eingesetzt hatte, und kam uns nun zu Hilfe?

Doch als ich den Kopf hob, entdeckte ich nicht seinen schwarzen Kia Sportage, sondern ein silbergraues Motorrad in der Ferne. Der Fahrer kam in rasender Geschwindigkeit näher, als würde er nicht sehen, dass es hier einen Unfall gegeben hatte. Dass noch Menschen – und andere Wesen – auf der Straße waren.

Ich war so abgelenkt von dem Motorrad, dass ich für ein paar Sekunden nicht auf den Dämon achtete. Ein paar Sekunden zu viel. Als ich wieder zu der Stelle schaute, wo er bis eben gestanden hatte, war er verschwunden.

Mein Herz setzte einen Schlag lang aus und ich sah mich hektisch um. Oh nein. Nein, nein, nein. Wo war er hin?

Das Motorrad hielt nur wenige Schritte von mir entfernt mit quietschenden Reifen auf der Brücke und der Fahrer sprang ab. Er war groß, in dunkle Motorradkleidung gehüllt und machte keine Anstalten, den Helm abzunehmen. Eine schwere Metallkette prallte klirrend auf den Boden. Das eine Ende hatte er sich um den linken Unterarm geschlungen. In seiner rechten Hand blitzte eine Klinge auf.

Plötzlich hörte ich ein inzwischen viel zu bekanntes Zischen. Ich riss den Kopf hoch – und warf mich auf die andere Straßenseite, als der Schlangendämon auf mich zuschnellte. Aber er kam nicht weit. Mit einem Mal rannte der Motorradfahrer irrsinnig schnell auf den Angreifer zu, wich ihm aus, stieß sich vom Brückengeländer ab und rollte über den Boden, nur um hinter dem Wesen wieder auf die Beine zu kommen. Würde ich es nicht mit eigenen Augen sehen, hätte ich es nicht für möglich gehalten, dass ein Mensch so schnell sein konnte.

Wer war dieser Kerl?

Die Kreatur wirbelte herum, da sie in ihm eindeutig die größere Gefahr sah als in mir. Er schleuderte die Metallkette wie eine Peitsche durch die Luft und auf den Dämon zu, bis sich die einzelnen

Glieder um dessen schuppigen Leib schlangen. Die Schlange zischte und brüllte. Dünne Rauchfäden stiegen von den Stellen auf, an denen das Metall sie berührte, als würde der bloße Kontakt sie verbrennen.

»Verschwinde!«, rief der Motorradfahrer in meine Richtung.

Seine Stimme war durch den Helm gedämpft, und dennoch … *diese Stimme …*

Mir blieb keine Zeit, um darüber nachzudenken. Ich rappelte mich so schnell ich konnte auf und sprintete los, doch ich kam nur drei Schritte weit. Das Monster schaffte es, sich zu befreien, materialisierte sich wie aus dem Nichts direkt vor mir und schoss mit seinen Giftzähnen auf mich zu.

Ich wich zurück, bereit, um mein Leben zu rennen, als der Motorradfahrer erneut zwischen mich und den Dämon sprang. Direkt vor mir machte er eine Bewegung, als würde er die linke Faust in den Boden rammen. Einen Wimpernschlag später lösten sich Metallteile aus einer Manschette an seinem Unterarm und formten sich zu einem schützenden Schild.

Die Schlange prallte hart daran ab. Im nächsten Moment blitzte der Dolch des Fremden auf und er ging wieder in den Angriff über.

Nie zuvor hatte ich jemanden so schnell, so zielgerichtet kämpfen sehen. Nicht im Fernsehen und erst recht nicht im echten Leben. Was zur Hölle ging hier vor sich?

Ich wich zurück. Hastig schaute ich mich nach dem Mädchen um, das mir vorhin zu Hilfe gekommen war. Das Mädchen mit den Windkräften. Doch dort, wo sie eben noch gestanden hatte, war nichts mehr von ihr zu sehen. Keine Spur mehr von meiner namenlosen Retterin – und gleich darauf auch nicht mehr von der Kreatur, die mich angegriffen hatte.

Direkt vor meinen Augen zerfiel die Schlange. Die Schuppen und das darunter liegende Fleisch lösten sich auf, das Skelett verblasste zu Staub, der teils zu Boden fiel, teils vom Wind davongetragen wurde.

Es war vorbei. Der Dämon war besiegt.

Ich sah zum Motorradfahrer zurück – und schnappte keuchend nach Luft, als er den Helm abnahm.

Kapitel 5

»Bist du verletzt?«, fragte er und fuhr sich mit den Fingern durch das dunkelbraune Haar, das ihm jedoch sofort in die Stirn zurückfiel. Mit einer einzigen Handbewegung klappte er den Schild ein und steckte den Dolch zurück in das schwarze Schulterholster, das sich kaum von dem tiefblauen T-Shirt unter seiner Motorradjacke abhob. All das, ohne mich auch nur eine Sekunde aus den Augen zu lassen.

Ich erstarrte. Mein Herz hämmerte los, als wäre ich auf einmal mitten in einem Marathon. Erst wurde mir kalt, dann siedend heiß und wieder kalt, nur damit gleich darauf wieder Hitze in meinem ganzen Körper explodierte.

Das konnte nicht stimmen. Es musste eine Einbildung sein, denn das konnte nicht wirklich passieren. Wenn es eine Person auf der ganzen Welt gab, die ich niemals hatte wiedersehen wollen, dann war *er* das: Nathaniel MacKenzie. Oder Nate, wie ihn alle nannten.

Er sah noch genauso aus wie früher – und doch ganz anders. Seine Züge waren härter geworden, der Blick aus seinen grünen Augen wissender, als hätte er viel zu viel erlebt und durchgestanden. Seine Haare waren etwas länger als vor drei Jahren, als ich ihn das letzte Mal gesehen hatte, seine Schultern breiter und seine Muskeln definierter geworden. Trainierter. Und er war noch größer, als ich ihn in Erinnerung gehabt hatte. Die Tattoos, die ich entdeckte, als er nun seine Motorradjacke auszog, waren neu. Aufgrund der Dunkelheit konnte ich keine Details erkennen, nur dass sein ganzer linker Arm voller geometrischer Formen, Symbole und geschwungenen Buchstaben war. Sie begannen an seinem Handgelenk und verschwanden unter dem Ärmel seines T-Shirts. An seinem rechten Unterarm prangten lediglich zwei Streifen, ein schmaler und ein breiter, die sich um seinen Arm wanden.

Im Gegensatz zu ihm, der noch immer viel zu viel Ähnlichkeit mit dem Jungen hatte, den ich mal gekannt hatte, sah ich nicht mehr aus wie das verträumte fünfzehnjährige Mädchen mit den endlos langen hellbraunen Haaren. Falls er mich überhaupt wiedererkannte und mich nicht längst vergessen hatte. Ich wünschte, mir würde das mit ihm gelingen, aber diese grünen Augen würde ich nie vergessen können, genauso wenig wie sein Lächeln – oder wie sich sein Mund für einen viel zu kurzen Moment auf meinem angefühlt hatte.

»Faith?« Er machte einen Schritt auf mich zu.

Gott, seine Stimme …

Kleine Falten erschienen auf seiner Stirn. Aus irgendeinem Grund machte ihn dieser besorgte Ausdruck nur noch attraktiver – und das nervte mich. Vor allem, weil er mich noch immer so anstarrte, als wollte er mich auf der Stelle in eine Decke wickeln und ins nächste Krankenhaus fahren. Stattdessen legte er mir seine Jacke über die Schultern.

»Hat der Beithir dich verletzt? Wurdest du gebissen?«

Die Schlange. Richtig. Irgendwie krass, dass mich Nates Auftauchen mehr schockierte als das eines Dämons. Aber mit einem Dämon hätte ich eher gerechnet als damit, Nate MacKenzie jemals wiederzusehen.

Langsam schüttelte ich den Kopf. »Nein, er … er hat mich nicht erwischt.«

Wenn dem so wäre, hätte ich es mit Sicherheit gespürt. Ich hatte zwar keine Erfahrung mit Schlangengift, hoffte aber darauf, dass meine Heilkraft sich auch hier einschalten und mein Überleben sichern würde.

Nate wirkte nicht überzeugt, nickte jedoch. »Ich sehe mich kurz um, ob noch mehr von diesen Viechern hier herumschwirren. Du rührst dich nicht vom Fleck, verstanden?«

Ohne meine Antwort abzuwarten, setzte er sich in Bewegung. Es war ja nicht so, als könnte ich einfach abhauen. Die Straße war menschenleer und mein Auto hing noch immer mit dem Vorderrad über den Rand der Brücke. Ich drehte mich in die Richtung, in die Nate verschwunden war, konnte ihn in der Dunkelheit aber nicht mehr ausmachen. Tief sog ich Luft in meine Lunge und atmete langsam aus, in der Hoffnung, dass ich so meinen Herzschlag und das Zittern meines Körpers ein wenig unter Kontrolle bringen könnte. Nicht der Dämon hatte mich schockiert oder das Mädchen mit den Kräften ... Moment mal. Ich sah mich nach ihr um, aber sie war verschwunden. Wie um alles in der Welt ...?

Mein Blick zuckte zu Nates Motorrad, das mitten auf der Straße stand. Er war derjenige, der mich heute Abend aus der Fassung gebracht hatte. Und das, was er getan hatte. Niemand konnte ohne jahrelanges Training so gut kämpfen. Und niemand schleppte solche Waffen mit sich herum, es sei denn, er wusste genau, womit er es zu tun hatte. Und die Waffen waren sehr effektiv gewesen.

Der leichte Schmerz in meinen Handflächen machte mich darauf aufmerksam, dass ich unbewusst die Hände zu Fäusten geballt hatte, um mich zusammenzureißen. Als mein Blick jetzt darauf fiel, genauer gesagt auf das Blut und den Dreck, die an meinen Händen und Armen klebten, schaltete mein Kopf sofort. Völlig egal, was gerade geschehen war, ich konnte nicht zulassen, dass Nate bemerkte, dass sich meine Wunden bereits geschlossen hatten. Zumindest nicht, bevor ich mehr herausgefunden hatte. Über ihn. Über diese Kreatur. Und warum er nicht überrascht gewesen war, mich zu sehen und mich trotz meiner äußerlichen Veränderungen sofort wiedererkannt hatte.

Ich eilte zum Auto und öffnete den Kofferraum. So schnell ich konnte, riss ich einen Verband aus dem Erste-Hilfe-Kasten und wickelte ihn mir um den rechten Arm. Dazu ein steriles Pflaster auf die Stelle an meiner Stirn, die nach dem Autounfall noch immer wehtat, aber nicht mehr blutete. Die Wunde hatte sich geschlossen und es würde nicht einmal eine Narbe zurückbleiben. Es blieb nie eine Narbe zurück, zumindest nicht bei mir. Bei meinem Bruder hingegen blieb immer ein winziges bisschen von seinen Verletzungen übrig, die sein Körper ganz allein heilen musste.

Als ich Schritte hinter mir hörte, war ich bereits versorgt und die Lüge perfekt. Ich drehte mich zu Nate um, bevor er auch nur ein Wort sagen konnte. »Wer oder was bist du?«

Kurz zuckte Überraschung über sein Gesicht, dann wurde seine Miene verschlossen. Und mitfühlend. Schrecklich mitfühlend, während er mich von oben bis unten betrachtete.

Der Schock begann nachzulassen, ebenso wie das Adrenalin. Meine Beine zitterten noch immer vor Anspannung und mein ganzer Körper war von der Anstrengung, sich zu heilen, von dem Kampf und dem Wiedersehen mit Nate so angespannt, dass ich das dringende Bedürfnis hatte, ein paar Stunden lang zu schlafen. Oder mich wenigstens irgendwo hinzulegen. Aber ich zwang mich dazu, stehen zu bleiben.

»Du hast einfach …« Ich deutete dorthin, wo die Überreste des schlangenartigen Dämons sein sollten, doch da war nichts mehr. Nicht mal ein dunkler Fleck auf dem Boden. »Wie?!«

Nate seufzte. »Das ist eine lange Geschichte.«

»Ich schätze, da mich jetzt niemand mehr fressen will, habe ich alle Zeit der Welt.«

Seine Mundwinkel zuckten, doch er wurde schnell wieder ernst. Besorgnis schlich sich in seine Augen. »Geht's dir gut?«

»Ich bin okay«, behauptete ich, auch wenn sich etwas in meiner Brust zusammenzog, als Nate mich so eindringlich musterte.

Sein Blick wanderte an mir auf und ab, als würde er mich nach weiteren Verletzungen abtasten. »Du blutest.«

»Halb so wild.« Ich deutete auf den Verband an meinem Arm, als wäre damit alles wieder in Ordnung. War es auch, aber das konnte er natürlich nicht wissen. Körperlich würde ich spätestens in ein paar Minuten völlig unversehrt sein.

Dennoch zitterten meine Finger, als ich mir damit durchs Haar fuhr. Kleine Glassplitter bohrten sich in meine Haut. Ich zuckte zusammen, riss die Hand zurück und schaute dabei zu, wie sie zu Boden fielen. Die blutigen Kratzer auf meiner Haut verheilten direkt vor meinen Augen. Rasch ließ ich die Hand sinken.

Nates Blick wanderte kurz zu dem Autowrack hinter mir und kehrte dann zu mir zurück. »Ich bringe dich ins Krankenhaus.«

»Nein, danke. Ich brauche nur eine Mitfahrgelegenheit zurück nach Dundee und ein paar Schmerztabletten.«

Ich konnte ihm ansehen, dass er widersprechen wollte. Kein Wunder, schließlich sah ich aus, als hätte ich gerade in einer Arena um mein Leben gekämpft. An seiner Stelle wäre ich wahrscheinlich genauso skeptisch.

»Wirklich«, behauptete ich. »Es geht mir gut.«

Meine Stimme bebte – und brach. Das Zittern setzte wieder ein, stärker als zuvor.

»Hey … hey.« Mit einem Mal war Nate bei mir und legte mir die Hände an die Wangen. »Es ist okay, Faith. Du stehst unter Schock, aber du bist in Sicherheit.«

Ich schüttelte den Kopf, trotzdem ließ ich zu, dass er mich an sich zog.

Im ersten Moment war es so vertraut, dass es mir die Luft zum Atmen nahm und ein heißer Stich durch meine Brust fuhr. Nate so nahe zu sein fühlte sich richtig an, auch wenn es das nicht sollte. Es war nur eine weitere Sache, gegen die ich ankämpfen musste, aber … ich konnte nicht mehr. Nach allem, was heute Abend passiert war, konnte ich einfach nicht mehr.

Also kämpfte ich nicht dagegen an. Ich kniff die Augen zusammen, ließ mich von ihm festhalten und meinen Gefühlen freien Lauf.

Nate tröstete mich nicht. Er gab keine beruhigenden Laute von sich und versprach mir auch nicht, dass alles wieder gut wurde. Er drückte mich einfach nur an sich und strich mit der Hand über meinen Rücken. Ruhig. Beständig. Verlässlich wie ein Fels in der Brandung, während alles andere in den Fluten versank.

Jetzt wusste ich wieder, was mich früher so an ihm fasziniert hatte. Mein Leben war schon immer chaotisch gewesen, aber Nate strahlte diese unglaubliche Ruhe aus, die nichts erschüttern konnte.

Damals während unserer Zeit in Edinburgh war er nur der nervige beste Kumpel meines großen Bruders gewesen, der ab und zu mit zu uns nach Hause kam und mich gerne neckte. Aber als ich auf meiner ersten Party zu viel getrunken hatte und nach einer Begegnung mit einem blöden Typen nur noch nach Hause gewollt hatte, war Nate für mich da gewesen. Er war mit seinen Freunden auch auf der Party gewesen, hatte sich dann aber von ihnen verabschiedet, um mich zurückzufahren – und mir auch noch das Haar aus dem Gesicht zu halten, als ich mir am Straßenrand die Seele aus dem Leib gekotzt hatte. Anschließend hatte er mir dabei geholfen, mich zurück ins Haus zu schleichen, damit Mum mich nicht hörte und ich keinen Ärger bekam. Denn eigentlich hätte ich gar nicht hingehen dürfen. Nate hatte mir geholfen, ohne mir irgendwelche Vorwürfe zu machen oder Predigten zu halten. Er war einfach …

da gewesen. Als ich ihn das nächste Mal getroffen hatte, hatte er nichts davon auch nur mit einem Wort erwähnt. Er hatte mir nur zugezwinkert und ich wusste, dass das unser Geheimnis bleiben würde. Seit jener Nacht, nein, seit diesem Moment hatte ich ihn mit ganz anderen Augen gesehen – und das hatte sich nie geändert. Nicht nach dem, was zwischen uns passiert war, nicht nachdem wir aus Edinburgh weggezogen waren – und wie es aussah, nicht einmal heute.

»Komm«, murmelte er schließlich und schob mich sanft ein Stück von sich weg. »Ich bringe dich zurück nach Dundee.«

Ich nickte, doch dann fiel mein Blick auf meinen Wagen und ich zögerte.

»Mach dir keine Sorgen. Ich kenne ein paar Leute. Sie werden sich darum kümmern«, versprach er und führte mich zu seinem Motorrad.

»Danke.«

Er holte einen zweiten Helm hervor und half mir wie selbstverständlich dabei, ihn aufzusetzen. Anschließend schlüpfte ich in seine viel zu große Jacke, zog den Reißverschluss hoch und kletterte hinter ihn auf den Sitz. Früher hatte Nate immer davon gesprochen, seinen Motorradführerschein machen zu wollen. Irgendwie war es schön, zu sehen, dass er es wirklich durchgezogen hatte. Die Arme legte ich nur zögernd um ihn. Ich war nie zuvor Motorrad gefahren und aus irgendeinem Grund musste ich ausgerechnet jetzt an Mums Warnung denken. *Keine Jungs mit Motorrädern und Tattoos.* Ich schnitt eine Grimasse. Das hatte ja ganz fantastisch geklappt.

»Halt dich gut fest.« Er legte eine warme Hand auf meinen Arm, um seinen Worten Nachdruck zu verleihen.

Ich nickte nur, da ich keinen Ton hervorbrachte, schlang die Arme jedoch fester um ihn. Als er den Motor startete, erfasste mich ein Vibrieren und das Röhren erfüllte die Stille der Nacht. Und für den Moment war das genug, um all meine Sorgen zu betäuben. Für den Moment war alles in Ordnung. Ich war in Sicherheit. Die Frage war nur: Wie lange noch?

Kapitel 6

»Wo genau sind wir hier?«, fragte ich, als Nate den Motor auf einem Parkplatz beim City Quay in der Nähe des Flussufers in Dundee ausschaltete und ich mir den Helm abstreifte.

Ich hatte keine Ahnung, wie lange wir unterwegs gewesen waren. Doch angesichts der Tatsache, dass ich noch ziemlich weit von Dundee entfernt gewesen war, als ich den Unfall gehabt hatte, tippte ich auf mindestens eine, eher zwei Stunden. Nate war nicht zu schnell gefahren – entweder weil er ein umsichtiger Fahrer war oder mir keine Angst machen wollte.

»In Sicherheit.« Er nahm den Helm ab und stieg nach mir vom Motorrad. Sein Haar war wieder verwuschelt und fiel ihm in die Stirn.

Ich ließ den Blick über den Parkplatz wandern. Er lag etwas versteckt hinter einem riesigen Gebäude, das eine ganze Straßenecke mitten in der Innenstadt einnahm. Auf der anderen Seite leuchteten die Fenster eines Hotels, das sich gegen die Dunkelheit erhob. Der Wind war hier, so nahe am Wasser, beißender und auch kälter, das Kreischen der Möwen lauter. Eindringlicher. Fast schon warnend.

Nate musterte mich prüfend von oben bis unten und deutete mir an, ihm zu folgen. Wir überquerten den Parkplatz und steuerten das große Gebäude aus massivem Sandstein an. Es war im georgianischen Stil erbaut und schien schon ein paar Jahrhunderte überstanden zu haben. Nate ging auf den Haupteingang zu, eine schwere Doppeltür aus Holz unter einem Rundbogen, über dem mehrere Säulen in die Höhe ragten. Mein Blick wanderte zurück zum Eingang. Direkt über der Doppeltür stand in goldenen Buchstaben: *Custom House.* Anstatt zu klopfen oder die Tür zu öffnen, marschierte Nate daran vorbei zu einem unscheinbaren Seiteneingang.

Beim Näherkommen bemerkte ich ein Symbol, das in den Stein neben der einfachen Tür eingeritzt war: sechs Schwerter. Ich runzelte die Stirn. Moment. Das hatte ich doch schon mal irgendwo gesehen …

Bevor ich weiter darüber nachdenken konnte, hielt Nate die Tür auf und ließ mich zuerst eintreten. Dann führte er mich durch ein enges Treppenhaus, das früher vermutlich von der Dienerschaft benutzt worden war, hinauf bis in den dritten Stock.

Als wir in den Flur hinaustraten, schnappte ich unwillkürlich nach Luft. Das hier war das komplette Gegenteil des dunklen, engen Treppenaufgangs. Die warme Holzvertäfelung an den Wänden war von Gemälden geschmückt. Ein roter Teppich dämpfte jeden unserer Schritte. Tagsüber musste durch das große Gitterfenster am Ende des Flurs jede Menge Tageslicht hereinkommen, jetzt sorgten einzelne Lampen für genügend Licht.

»Was ist das hier?«, fragte ich. Denn wenn wir gerade ohne mein Wissen in ein Museum oder in die Villa eines Adeligen eingebrochen waren, schuldete mir Nate eine Erklärung.

»Gleich. Komm hier rein.« Er hielt mir eine Tür auf der rechten Seite des Flurs auf und deutete hinein.

Vielleicht war es verrückt oder naiv, mich von Nate an einen fremden Ort, in ein fremdes Haus bringen zu lassen, nachdem ich ihn seit Jahren nicht mehr gesehen hatte. Aber ich kannte ihn, zumindest sein früheres Ich. Und er hatte mich gerettet. Ohne seine Hilfe hätte mich dieser riesige Schlangendämon wahrscheinlich gefressen, zumindest aber vergiftet. Allein bei der Vorstellung schauderte ich, also zögerte ich nicht länger und betrat den Raum.

Er war groß, deutlich größer als mein Zimmer in der WG mit Maisie. Ein großes Himmelbett thronte auf der rechten Seite an der Wand, direkt daneben befand sich eine angelehnte Tür zu einem eigenen Badezimmer, eine Kommode und ein Wandschrank. Gegenüber der Tür nahm eine Fensterfront die Wand ein, während links ein massiver Schreibtisch mit Stuhl und eine Sitzgruppe, bestehend aus Sofa, Sessel und Beistelltisch, platziert waren. Auch in diesem Raum dämpfte ein Teppich unsere Schritte, nur dass dieser in einem sanften Beige war.

Kurz darauf fand ich mich auf dem Sessel sitzend wieder. Während Nate durch die angelehnte Tür verschwand, ließ ich meinen Blick erneut durch den Raum wandern. Diesmal nahm ich Details wahr, die mir vorher entgangen waren. Die unordentlichen Bücherstapel auf dem Schreibtisch und direkt daneben, weil das Regal schon überfüllt war. Allerdings nicht nur mit Büchern, sondern auch mit … Ja, das waren noch ganz klassisch DVDs. Und zwar von Filmen, die ich kannte, weil wir sie uns zusammen angeschaut hatten. Keine wilden Actionstreifen oder brutale Horrorfilme. Nein. Nathaniel MacKenzie sah sich gerne romantische Komödien an und ich entdeckte auch den letzten Film, den wir uns zusammen angeschaut hatten: *The Kissing Booth*. Irgendwie ziemlich bezeichnend …

Kurz hörte ich im Bad das Wasser rauschen, dann war Nate wieder zurück und ging vor mir in die Hocke. Als er so zu mir hochsah, mit diesem besorgten, mitfühlenden Ausdruck in den Augen, machte mein Magen einen kleinen Sprung.

»Wie fühlst du dich?«, fragte er leise und wischte mir mit einem feuchten Tuch behutsam etwas Blut von der Stirn rund um das Pflaster. Der Stoff war angenehm warm. Ich schloss die Augen, weil sich diese kleine Berührung nach allem, was heute passiert war, so unglaublich gut anfühlte.

»Besser«, murmelte ich. Als ich aufsah und seinem Blick begegnete, stockte mir der Atem. Ihn hier und jetzt zu sehen und mit ihm zu sprechen, kam mir wie ein seltsamer Traum vor. Als hätten sich Vergangenheit und Gegenwart miteinander vermischt. Nichts davon schien echt zu sein – und war trotzdem schmerzhaft real.

Vor langer Zeit waren Nate und ich Freunde gewesen. Nicht so wie Levi und er, schließlich war der Altersunterschied zwischen uns größer, aber ich hatte mich immer auf ihn verlassen können. Zumindest bis zu jener Nacht, in der ich alles zerstört hatte. Die Nacht, in der ich ihn geküsst hatte.

»Verrätst du mir, was passiert ist?«, fragte er leise und war mir dabei noch immer viel zu nahe, wenn er so vor mir kniete wie jetzt und die Spuren der letzten Stunden von mir abwischte.

Meine Gedanken kehrten wieder zu dem Besuch bei Mum zurück, zu dem Telefonat mit Levi, der Kreatur auf der Brücke und wie ich die Kontrolle über den Wagen verloren hatte. Meine Haut pochte wie eine dumpfe Erinnerung, meine Muskeln spannten und ich war so erschöpft, als hätte ich zwei Nächte durchgemacht, aber meine Wunden waren verheilt. Bis auf das Pflaster an meiner Stirn und den Verband an meinem Arm deutete rein äußerlich nichts mehr auf die Geschehnisse hin.

Ich biss mir von innen auf die Unterlippe, überrascht davon, wie sehr ich mich Nate anvertrauen und ihm alles erzählen wollte. Trotz unserer nicht ganz einfachen Vergangenheit hatte ich noch immer dieses Gefühl in seiner Nähe. Dieses Gefühl von Sicherheit, als könnte ich ihm alles sagen, ganz egal, was es war. Das hieß nicht, dass er alles für mich in Ordnung bringen könnte oder würde, aber er würde für mich da sein, ganz gleich, worum es ging. Das wusste ich.

Du darfst niemandem von deiner Gabe erzählen, Faith. Hast du mich verstanden? Niemand darf je davon erfahren.

Dads eindringliche Worte geisterten ebenso wie Mums Warnung im Krankenhaus durch meinen Kopf.

»Ich hatte einen Unfall«, sagte ich darum langsam. »Du hast das Auto gesehen.«

»Stimmt. Genau wie das ganze Blut an dir. Was ich nicht sehe, ist, wo genau du so schlimm verletzt bist.«

Ich deutete auf meine Stirn und dann auf meinen verbundenen Arm. »Bin ich nicht. Es war nur ein Schnitt. Manche Verletzungen bluten stärker als andere. Als ich mich mal beim Rasieren am Schienbein geschnitten habe, sah das Bad aus, als hätte ich darin ein Schwein geschlachtet. Mum hat einen halben Herzinfarkt bekommen.«

Nates Mundwinkel zuckten, aber ich konnte nicht einschätzen, ob er mir diese Erklärung abkaufte oder nicht. »Schon gut.« Ein letztes Mal strich er mit dem feuchten Tuch über meine Haut, dann nahm er meine Hand in seine, um Blut und Dreck von meinen Knöcheln zu wischen. »Ich bin nur froh, dass es dir gut geht.«

Ich schloss die Augen, während in mir das reinste Chaos ausbrach. Ein Chaos ganz anderer Art. Ich wusste nicht, was ich sagen oder tun sollte. Ich wusste ja nicht mal mehr, was ich noch in seiner Gegenwart denken sollte nach dem, was da auf der Brücke passiert war. Von Fühlen ganz zu schweigen.

»Danke.« Irgendwie brachte ich dieses kleine Wörtchen heraus, auch wenn es nur ein Wispern war. »Für alles.«

Nate sah auf, und als sich unsere Blicke diesmal trafen, wurde mir siedend heiß und etwas in meinem Magen vollführte einen Salto. Es war, als hätte man uns drei Jahre in die Vergangenheit zurückkatapultiert und für einen kurzen Moment war ich wieder das fünfzehnjährige Mädchen, das sich Hals über Kopf in ihn verliebt hatte und ihn hatte verführen wollen. Was so ziemlich die schlechteste Idee war, die ich jemals gehabt hatte.

»Wer bist du?«, flüsterte ich. »Was ist da vorhin passiert? Wie konntest du ...?«

Er sah zur Seite. Seine Kiefermuskeln traten hervor, so fest schien er gerade die Zähne zusammenzubeißen. Er stand abrupt auf und brachte das Tuch zurück ins Bad.

Und ich ... ich fühlte mich auf schmerzliche Weise an die Abweisung von damals zurückerinnert. Ich musste mich dazu zwingen, weiterzuatmen und mich auf das Hier und Jetzt zu konzentrieren. Auch wenn es sich in diesem Moment so anfühlte, als wäre keine Zeit vergangen, lagen dennoch ganze drei Jahre zwischen damals und heute.

Als Nate ins Zimmer zurückkehrte, legte er nacheinander seine Waffen auf dem Schreibtisch ab. Zwei Dolche zusammen mit dem Schulterholster, die lange Metallkette und etwas, das wie ein Unterarmschutz aus Metall aussah und sich in diesen Schild verwandelt hatte. Ein weiteres Messer zog er aus einer Halterung an seinem rechten Knöchel.

Ich beobachtete alles, bis er sich auf das Sofa neben mich setzte, die Ellbogen auf den Knien, die Hände gefaltet. Seine Miene war völlig ernst.

»Das vorhin an der Brücke ...«, begann er. »Du bist so einem Wesen schon mal begegnet, nicht wahr?«

»Wie kommst du darauf?«

»Deine Reaktion«, sagte er nur. »Du standest unter Schock, aber da war keine Panik. Jetzt auch nicht. Du weißt, was das war.«

Wieder geisterte mir die Warnung meiner Eltern durch den Kopf, diesmal ignorierte ich sie jedoch.

»Es war ein Dämon.«

Nate nickte. »Ein Beithir. Sie werden in ein paar wenigen schottischen Legenden erwähnt. Leider existieren sie wirklich.«

»Woher weißt du davon? Seit wann? Und wie konntest du dieses Ding besiegen?« Ich feuerte eine Frage nach der anderen auf ihn ab, aber Nate zuckte nicht mal mit der Wimper. Er holte tief Luft, um zu antworten, als von draußen schnelle Schritte zu hören waren. Die Tür wurde aufgerissen, dann stand plötzlich Levi im Zimmer.

»Faith!« Er war sofort bei mir und ich hatte gerade noch Zeit, aufzustehen, als er mich in die Arme riss. »Was ist passiert?«

Mein fragender Blick wanderte zu Nate, der ebenfalls aufgestanden war. »Das ist eine echt gute Frage.«

»Ich habe dafür gesorgt, dass man ihn herbringt«, erklärte er ruhig.

Levi schob mich auf Armeslänge von sich. Sein Blick tastete mich prüfend ab, registrierte das Pflaster an meiner Stirn und den verbundenen Arm ebenso wie das Blut an meinen Klamotten. Unmerklich zog er die Brauen hoch. Eine stumme Frage. Ich schüttelte genauso unmerklich den Kopf. Nein, Nate hatte nichts von der Heilung mitbekommen.

Vor Erleichterung sanken seine Schultern herab. Ohne mich loszulassen, drehte er sich zu seinem früheren besten Freund um. »Was zum Teufel ist hier los?«

Kapitel 7

»Deine Schwester wurde angegriffen.«

Ich riss die Augen auf.

Levi erstarrte neben mir. »Was?!« Er sah zwischen Nate und mir hin und her, dann richtete sich seine Aufmerksamkeit auf die Waffen, die hinter Nate auf dem Schreibtisch lagen.

»Es geht mir gut«, schaltete ich mich sofort ein, ohne zu wissen, wen ich eigentlich mit diesen Worten beruhigen wollte. Levi, der genau wusste, dass ich keinen einzigen Kratzer davongetragen hatte? Nate? Mich selbst? »Er hat mir geholfen.«

Levi erwiderte nichts, sondern starrte seinen ehemaligen besten Freund nur an, allerdings ohne dass sich ein Hauch von Überraschung auf seinem Gesicht zeigte. Waren sie sich schon vorher in der Stadt über den Weg gelaufen? Es musste so sein, sonst hätte Levi ganz anders reagiert.

Nachdenklich betrachtete ich die beiden. Sie waren noch immer gleich groß, doch dort endeten die Gemeinsamkeiten auch schon. Levi war mit seinem welligen dunkelblonden Haar und den grauen Augen schon immer der hellere Typ gewesen. Wo Nate intensiv und geheimnisvoll wirkte, verströmte Levi eine selbstbewusste Lässigkeit. Normalerweise. Jetzt gerade wirkte mein Bruder alles andere als lässig.

Ich schüttelte den Kopf.

Die beiden hier so nebeneinander zu sehen, war wieder, als wären Gegenwart und Vergangenheit miteinander zu einer festen

Masse verschmolzen, bis ich das eine nicht mehr vom anderen unterscheiden konnte.

Nate musterte uns eine ganze Weile, ohne ein Wort zu sagen. Er schien nach etwas in unseren Gesichtern zu suchen, vielleicht legte er sich aber auch nur eine passende Antwort zurecht. Schließlich räusperte er sich. »Ich gehöre zum Orden der Goldenen Flamme. Genau wie ihr, übrigens. Das hier ist unser Hauptsitz.« Er machte eine Handbewegung, die alles um uns herum, auch außerhalb dieses Zimmers, mit einschloss.

»Wovon zum Teufel redest du da?«, knurrte Levi.

Ich wechselte einen schnellen Blick mit ihm, da er unmerklich etwas näher gerückt war, ganz der große Bruder, der seine kleine Schwester beschützen wollte. Die Frage war nur: Vor wem? Vor diesem Orden? Oder vor Nate?

»Euer richtiger Nachname ist Beauvil.«

Ich runzelte die Stirn. Unser Vater hieß Beauvil, aber nachdem er vor sechs Jahren verschwunden und nie mehr zurückgekehrt war, hatte Mum veranlasst, dass wir ihren Nachnamen annahmen. Seither hießen wir McGregor. Das war allerdings, lange bevor wir Nate kennengelernt hatten, passiert. Wie konnte er also davon wissen?

»Ja«, erwiderte ich gedehnt, »das hat mir meine Geburtsurkunde auch schon verraten, aber danke für die Info.«

Mein Sarkasmus prallte an Nate ab. »Der Orden wurde vor über eintausend Jahren von sechs Familien gegründet. Eure Vorfahren waren eine davon. Damit gehört ihr automatisch dazu.«

»Von was für einer Art Orden reden wir hier?«

Obwohl die Frage von Levi kam, richtete sich Nates Aufmerksamkeit sofort auf mich. »Das Wesen, das dich vorhin angegriffen hat? Das war ein Dämon – und es war nicht der erste, dem ihr begegnet seid, hab ich recht? Es gibt diese Monster wirklich, auch wenn sie nichts mit dem zu tun haben, was wir aus Film, Fernsehen,

Büchern oder der Bibel kennen. Sie sind verflucht gefährlich. Wenn ihr beim Orden aufgewachsen wärt, wüsstet ihr alles darüber.«

»Ich verstehe nicht, was das mit uns zu tun hat.« Noch während ich die Worte aussprach, fragte ich mich, ob Nate heraushören konnte, dass sie eine Lüge waren. Denn er hatte recht – es war nicht das erste Mal gewesen, dass wir eine dieser Kreaturen gesehen hatten. Die letzte Begegnung hatte sogar während unserer gemeinsamen Zeit in Edinburgh stattgefunden, aber weder Levi noch ich hatten ihm jemals etwas davon erzählt.

Nate blieb die Ruhe selbst. Wenn ihn meine Zweifel überraschten, ließ er sich nichts davon anmerken. Kurz heftete sich sein Blick auf das Pflaster an meiner Stirn und ich hielt unwillkürlich den Atem an. Wusste er von unseren Kräften? Hatte ich mich die ganze Zeit umsonst bemüht, ihm etwas vorzumachen? Besaßen die anderen Leute in diesem Orden etwa auch besondere Fähigkeiten? Waren Levi und ich doch nicht so allein, wie wir immer geglaubt hatten?

»Der Beithir hat dich angegriffen, weil du, weil ihr beide die letzten direkten Nachfahren der Familie Beauvil seid. Der Orden sucht schon seit Jahren nach euch, genau wie die Dämonen. Wenn er euch erwischt hätte, wenn er dich getötet hätte …« Nate presste die Lippen aufeinander und schüttelte den Kopf, als wollte er diese Möglichkeit nicht aussprechen. Als wollte er nicht einmal daran denken.

»Dann … was?«, hakte ich leise nach.

Unsere Blicke trafen sich. »Dann wäre ein weiterer wichtiger Teil des Ordens endgültig ausgelöscht worden.«

Weil der Dämon uns getötet hätte. Mich. Heute Abend.

Aber Nate war nicht der Einzige, der mir zu Hilfe gekommen war. Da war noch dieses Mädchen, das ebenfalls über Kräfte verfügt hatte und verschwunden war, bevor ich ihr all die Fragen stellen konnte, die mir auf der Seele brannten. Bevor ich mich bei ihr bedanken konnte.

Wer war sie? Gehörte sie auch zum Orden? Aber warum war sie dann weggelaufen? Warum war sie jetzt nicht hier?

»Jedes Mitglied des Ordens trägt eine Tätowierung als Erkennungsmerkmal«, fuhr Nate fort. Ohne Umschweife zog er sich das Shirt über den Kopf.

Ich konnte gar nicht anders, als ihn anzustarren. Auch wenn wir uns von früher kannten, hatte ich ihn damals nie oben ohne gesehen – und selbst wenn, hatte er eindeutig nicht *so* ausgesehen wie heute.

Feste Muskeln spannten sich über einen trainierten Oberkörper und straffen Bauch. Eine dünne Spur aus dunklem Haar führte von seinem Bauchnabel abwärts und verschwand unter dem Bund seiner Hose. Hastig riss ich meine Aufmerksamkeit davon los, auch wenn ich keine Ahnung hatte, wo ich zuerst hinschauen sollte. Meine Kehle wurde trocken, als ich dem schwarzen Muster seiner Tätowierung mit meinem Blick folgte. Das Tattoo-Sleeve schlängelte sich von seinem Handgelenk bis hinauf zu seiner Schulter und ging dort nahtlos in das Muster auf seinem linken Brustmuskel über. Ich runzelte die Stirn, als ich es näher betrachtete.

Sechs unterschiedliche Schwerter zierten seine Haut. Sie alle wiesen mit der Spitze auf eine Flamme in ihrer Mitte, die links und rechts von zwei Disteln flankiert wurde.

»Das ist das Wappen des Ordens«, erklärte er und deutete darauf.

»Schön und gut, aber musstest du dich dafür unbedingt ausziehen?«, kommentierte Levi trocken.

Nate warf ihm ein schnelles Grinsen zu – ein kurzes Aufblitzen ihrer alten Freundschaft –, doch dann sah er mich wieder an. Hitze regte sich tief in meinem Bauch, als sich unsere Blicke trafen. »Ja.«

Levi räusperte sich. Was auch immer da zwischen Nate und mir vorging, er schien es zu bemerken. Und es gefiel ihm nicht. »Das Tattoo kommt mir bekannt vor.«

Ich musterte ihn überrascht. »Wirklich?«

Er nickte. »Ich glaube, Dad hatte auch so eins.«

»Nicht ganz«, widersprach Nate. »Die Schwerter symbolisieren die sechs Gründerfamilien. Aber das Schwert, das zu deiner eigenen Familie gehört, ist detaillierter gestaltet als die anderen.«

Ich trat einen Schritt näher, um die Tätowierung genauer zu betrachten. Er hatte recht. Aus der Ferne sahen alle Schwerter ähnlich aus. Erst bei näherem Hinsehen konnte ich die Unterschiede der Klingen deutlicher ausmachen. Und erkannte, dass das Schwert oben links auf Nates Haut plastischer aussah. Es wies mehr Schattierungen und Details auf als die anderen.

Aber das würde ja bedeuten …

Ruckartig hob ich den Kopf. »Zu welcher Familie gehörst du?«

»Zu den MacKenzies.« Nate zog sich das Shirt wieder über den Kopf. Das Tattoo verschwand ebenso wie sein trainierter Oberkörper unter dem tiefblauen Stoff. »Der Zusammenschluss dieser sechs Familien zum Orden der Goldenen Flamme wäre legendär, wenn er es je in die Geschichtsbücher geschafft hätte, aber er hat im Geheimen stattgefunden. Unsere Vorfahren kamen aus den verschiedensten Gebieten des heutigen Europas: aus dem damaligen Königreich Schottland – auch Alba genannt –, den Königreichen England, Frankreich und Dänemark sowie aus dem Sacrum Imperium Romanum, dem Heiligen Römischen Reich. Damals wüteten jede Menge Kriege und Machtkämpfe innerhalb Europas, was diesen Zusammenschluss umso besonderer für seine Zeit macht. Sorry«, fügte er mit einem entschuldigenden Lächeln hinzu. »Geschichtsstudent. Ich könnte stundenlang so weitermachen.«

Und ich könnte ihm stundenlang zuhören. Insbesondere, wenn

er dabei sein Shirt wieder auszog. Natürlich nur, damit ich das Tattoo genauer inspizieren könnte.

Levi verschränkte die Arme vor der Brust. »Das ist ja alles sehr faszinierend, aber was hat das mit uns zu tun?«

»Abgesehen davon, dass ein Dämon heute Nacht versucht hat, deine Schwester zu töten?«, konterte Nate und zog die dunklen Brauen in die Höhe. »Jedes Mitglied der Gründerfamilien hat von Geburt an das Recht und auch die Pflicht, dem Orden beizutreten. Da sich die Familien im Laufe der Jahrhunderte seit der Gründung immer weiter verzweigt haben, gibt es in der Regel keinen Mangel an Anwärtern und aktiven Mitgliedern. Aber ihr beide? Unseres Wissens seid ihr die einzigen noch lebenden Nachfahren der Beauvils. Wenn die Dämonen euch erwischen, dann war's das. Dann ist diese Linie zu Ende und ein wichtiger Teil des Ordens unwiederbringlich verloren.«

Ich wechselte einen schnellen Blick mit meinem Bruder. In seinen Augen las ich dieselben Fragen, die auch mir durch den Kopf gingen. Bedeutete das, dass Dad tatsächlich zu diesem Orden gehört hatte? Schließlich kam der Name Beauvil von ihm. Aber warum hatte er uns dann nie etwas davon erzählt?

Und da war noch etwas. Eine Frage, ein Verdacht, der sich durch meine Gedanken und das Chaos in meinem Inneren schlängelte und immer weiter in den Vordergrund rückte. Hatte Nate von Anfang an gewusst, dass Levi und ich zu dieser Gründerfamilie gehörten? Damals schon? Als wir alle zusammen auf dieselbe Schule in Edinburgh gegangen waren? Hatte er sich nur deshalb mit uns angefreundet? War dieses Wiedersehen hier in Dundee womöglich gar kein Zufall? War er nur deshalb heute zur richtigen Zeit am richtigen Ort aufgetaucht und hatte mir geholfen?

Kälte breitete sich in mir aus, als mir all diese Fragen durch den Kopf schossen. Kälte. Enttäuschung. Und Wut.

»Du sagst also, dass wir zu diesem Orden gehören oder ihm beitreten sollen …?«, hakte Levi nach. Skepsis schwang in seiner Stimme mit, aber auch eine gewisse Neugier.

Nate nickte. »Wenn sich das von heute nicht wiederholen und ihr nicht für den Rest eures Lebens weglaufen wollt, dann ja. Der Orden der Goldenen Flamme ist das Einzige, was zwischen euch und den Dämonen steht.«

Kapitel 8

Ich versuchte noch immer zu begreifen, was das alles zu bedeuten hatte, während Nate uns den Flur entlang und eine breite, reich verzierte Treppe hinunterführte. Holzvertäfelungen kleideten die Wände auch hier und die Decke war voller kunstvoller Stuckornamente.

Bisher wussten wir so gut wie nichts über diesen Orden, außer dass unsere Vorfahren ihn angeblich mitbegründet hatten und Dad allem Anschein nach ebenfalls dazugehört hatte. Und dass diese Leute Dämonen bekämpften. Äußerst effektiv, wie ich heute mit eigenen Augen gesehen hatte. Allerdings war Dad auch derjenige gewesen, der uns eingetrichtert hatte, niemals jemandem von unseren besonderen Fähigkeiten zu erzählen. Schloss das auch seine Kollegen vom Orden ein? Er und Mum waren bislang die Einzigen, die darüber Bescheid wussten. Wir mussten herausfinden, was es mit diesem Orden auf sich hatte – und ob unsere Kräfte weiterhin unser Geheimnis bleiben mussten. Das war der einzige Grund, aus dem wir Nate bis hinunter in die überladen verzierte Eingangshalle folgten.

»Wenn das alles wirklich stimmt, wie konnte Dad das dann vor uns geheim halten?«, wisperte ich leise genug, damit hoffentlich nur Levi mich hörte. »Oder hat er dir etwas davon erzählt?«

Mein Bruder schüttelte den Kopf. »Ich erinnere mich nur an das Tattoo, weil ich es schon als Kind ziemlich cool fand, dass er eins auf der Brust hatte. Aber er hat nie irgendeinen Orden erwähnt. Auch zur Bedeutung des Tattoos hat er nichts verraten.«

Das machte es nicht besser. Kein Stück. Und obwohl Nate derjenige war, der uns über unser Erbe aufgeklärt hatte, und ich bisher keinen Grund sah, an seiner Geschichte zu zweifeln – vor allem nicht, nachdem ich ihn heute Nacht in Aktion gesehen hatte –, hatte ich kein gutes Gefühl bei der Sache. Wenn es diese Leute wirklich gab, wenn sie uns beschützen konnten … wo waren sie dann in den letzten Jahren gewesen? Warum hatte unser Vater uns nie von ihnen erzählt, wenn er doch angeblich zu ihnen gehörte? Irgendetwas passte da nicht zusammen.

»Wo sind wir hier eigentlich?«, fragte Levi und legte den Kopf in den Nacken.

»Das ist ein historisch enorm wichtiges Gebäude im neoklassizistischen Baustil und eines der Wahrzeichen Dundees.« Nate warf einen Blick über die Schulter zurück. Seine Augen funkelten. Er wusste genau, dass das nicht das war, wonach Levi gefragt hatte. »Es stand ein paar Jahre leer, aber inzwischen ist es die Zentrale des Ordens.« Er deutete in der pompösen Eingangshalle um sich. »Herzlich willkommen.«

Ich ließ den Blick über die Antiquitäten, den Marmorboden, die sicherlich teuren Teppiche, Gemälde und schweren Kronleuchter wandern, bis ich an einem eher unscheinbaren Symbol in der Nähe des Haupteingangs hängen blieb. Wieder war es in die Wand geritzt, diesmal jedoch deutlich größer und detaillierter als von außen.

»Ich hab das schon mal an einem Haus gesehen«, murmelte ich und betrachtete es mit schief gelegtem Kopf.

»Wir nutzen das Wappen als Wegweiser.« Nate trat neben mich. »Es gibt mehrere davon in der ganzen Stadt verteilt, die verschiedene Zugänge kennzeichnen. Manche sind so etwas wie Außenposten, die bestimmten Zwecken dienen, aber sie alle sind über Geheimwege und Tunnel verbunden und führen hierher. In die Hauptzentrale des Ordens.«

Es war, als hätten wir eine ganz neue Welt betreten, mitten im Herzen Dundees, die den meisten anderen Menschen verschlossen blieb. Dabei war sie die ganze Zeit da – aber die Bewohner und Besucher der Stadt waren zu sehr auf ihre eigenen Probleme fokussiert, um zu sehen, was direkt vor ihren Augen lag.

Unvermittelt fiel mir auch wieder ein, wo genau ich dieses Symbol schon mal an einer Hauswand gesehen hatte: auf einem der Fakultätsgebäude an der Uni. »Nutzt ihr das Wappen auch auf dem Campus?«

Nate nickte. »Die Universität gehört zum Orden.«

Moment mal. Was?

Doch Nate war schon weitergegangen, bevor ich weitere Fragen stellen konnte, genau wie Levi.

»Was meinst du damit, dass die Universität zum Orden gehört?«, rief ich und beschleunigte meine Schritte, um die beiden einzuholen. »Levi und ich haben Stipendien von der Uni bekommen …«

»Dafür ist der Orden verantwortlich. Wir mussten dafür sorgen, dass ihr an einem sicheren Ort seid. Deshalb die Stipendien.«

Levi runzelte die Stirn, sagte jedoch nichts dazu und folgte Nate den Gang neben der Treppe hinunter. Meine Bewegungen wurden jedoch langsamer, als mein Gehirn verzweifelt versuchte, das eben Gesagte zu verarbeiten. Das Stipendium, auf das ich so stolz war und für das ich so hart gearbeitet hatte, war … eine Lüge? Ein Mittel zum Zweck? Nichts weiter als ein Werkzeug, um mich hierher zu locken?

Ich wusste nicht einmal, was ich fühlte, als ich schließlich ganz stehen blieb. Wut und Enttäuschung. Das dringende Bedürfnis, auf dem Absatz kehrtzumachen und abzuhauen. Einfach alles zu leugnen. Ich konnte mit diesen Heilkräften leben, ohne ihren Ursprung und Zweck zu kennen. Daran hatte ich mich längst gewöhnt. Und womöglich würde ich mich auch an die Dämonen gewöhnen, die mich jagten … Nicht jedoch daran, dass alles, worauf ich so hart hingearbeitet hatte – für das ich nächtelang gelernt und meine Abschlussprüfungen trotz der Fehlzeiten aufgrund unserer ganzen Umzüge mit Bestnoten bestanden hatte –, eine Lüge war. Denn ich hatte mir das Stipendium an der renommierten Universität in Dundee nicht verdient, wie ich geglaubt hatte. Nicht wirklich. Ich hatte es aufgrund eines Nachnamens auf dem Silbertablett serviert bekommen. Eines Nachnamens, den ich offiziell nicht einmal mehr trug.

Nate und Levi waren vorausgegangen, aber ich konnte mich noch immer nicht vom Fleck rühren. Als ich den Kopf nach rechts drehte, bemerkte ich zum ersten Mal das Gemälde, das die halbe Wand einnahm. Es zeigte eine dunkle Nacht in wilder Natur und das flackernde Licht von Fackeln, die bizarre Schatten auf eine gigantische Steinformation warfen. Doch was mich daran anzog, war der Kampf, der in der Mitte stattfand. Eine Gruppe von Männern und Frauen stand einer menschenähnlichen Kreatur aus schattenhafter schwarzer Energie gegenüber. Ohne Gesicht. Ohne Seele. Ein kalter Schauder kroch mein Rückgrat hinab. Das Gemälde war so detailliert, dass ich die Entschlossenheit ebenso wie das Entsetzen in den Gesichtern der Kämpfenden erkennen konnte. Ihrer Kleidung nach zu urteilen, musste es ein paar Jahrhunderte her sein, aber ich war kein Geschichtsstudent wie Nate. Vielleicht waren es nur hundert Jahre, womöglich aber auch deutlich länger.

»Ahh, die Schlacht von Callanish.« Jemand blieb neben mir stehen.

Meine Muskeln verspannten sich unwillkürlich. Ich riss den Blick von dem Gemälde los und richtete ihn auf die Frau neben mir. Sie war eine Handbreit größer als ich, ihr schneeweißes Haar zu einem sorgsamen Knoten im Nacken gebunden. Ihr Alter, ihre adrette Haltung und ihre Kleidung, die aus einer hochgeschlossenen

Seidenbluse und einer schlichten, aber eleganten Leinenhose bestand, deuteten darauf hin, dass sie eine wichtige Position einnahm. Wären wir uns auf den Gängen der Universität begegnet, hätte ich sie für die Kanzlerin oder Rektorin gehalten. Aber hier?

»Was hat es damit auf sich?«, fragte ich und deutete auf das Bild vor uns. Der Anblick berührte etwas tief in meinem Inneren. Wie der Hauch eines Gefühls, einer verschwommenen Erinnerung, so verblasst wie ein lang vergessener Traum. Aber das konnte nicht sein. Ich hatte zwar auf der Isle of Lewis gewohnt und natürlich von den Steinen von Callanish gehört, konnte mich jedoch nicht daran erinnern, jemals selbst dort gewesen zu sein.

Falls sich die Fremde über meine Frage oder mein Unwissen wunderte, zeigte sie es nicht. Die ganze Aufmerksamkeit noch immer auf das Gemälde vor uns gerichtet, antwortete sie: »Einige tragische und siegreiche Schlachten haben sich in Callanish ereignet. Die Standing Stones sind Überbleibsel und Zeugen dieser Momente. Dieses Bild zeigt den letzten Kampf, der dort stattgefunden hat, als der Orden vor dreihundert Jahren einen der mächtigsten Dämonen besiegt und auf ewig eingesperrt hat. Die Männer und Frauen haben mit ihrem Leben dafür bezahlt und sind selbst zu Monolithen geworden.«

Ich riss den Kopf herum. »Diese Steine waren einmal Menschen? Aber wie …?«

»Magie«, antwortete sie schlicht. »Ein mächtiger Dämon wie der Brollachan lässt sich nicht so einfach besiegen. Nicht, ohne ihm vorher seine Kräfte zu rauben und sicherzustellen, dass er sie niemals zurückerhält. Das war der Preis, den diese Ordensmitglieder bezahlt haben. Das war das Opfer, das sie für uns und für ihre Familien erbracht haben. Deine Vorfahren wussten, was es bedeutet, zum Orden der Goldenen Flamme zu gehören, Faith.«

Ich erstarrte. »Sie wissen, wer ich bin?«

Statt einer Antwort erhielt ich nur ein Lächeln.

»Erzählst du wieder von der legendären Schlacht von Callanish, Großmutter?«, fragte Nate und kehrte mit Levi im Schlepptau zu uns zurück. »Verzeiht, ich meine natürlich *Euer Ehren.*« Er deutete so etwas wie eine Verbeugung an.

Ich sah von einem zum anderen. *Das* war Nates Großmutter? Und sie nahm einen hohen Rang innerhalb des Ordens ein?

Ihre Mundwinkel verzogen sich zu einem warmen Lächeln, das die Falten in ihrem Gesicht vertiefte. »Du weißt, was ich von dieser Anrede halte, Nathaniel.«

Er grinste. »Deshalb macht es umso mehr Spaß, Euch so anzureden, Euer Gnaden.«

Kopfschüttelnd wandte sie sich an meinen Bruder und mich. »Mein Name ist Eileen Marybell MacKenzie. Ich freue mich, euch hier willkommen zu heißen. Es ist viel zu lange her, seit Mitglieder der Beauvils bei uns waren.«

Levi und ich wechselten einen Blick. »Bis vor Kurzem wussten wir nicht einmal, dass der Orden existiert.«

Mrs MacKenzie nickte. »Eine Schande. Das hätte nicht passieren dürfen. Euer Vater hat zu uns gehört. Er war sogar Mitglied des Rats, der über alle Angelegenheiten innerhalb des Ordens entscheidet. Sein Platz ist seither leer geblieben. Aber das wird sich hoffentlich bald ändern.« Sie betrachtete uns beide von oben bis unten. »Du hast seine Augen, Faith«, sagte sie mit einem warmen Lächeln und sah dann zu meinem Bruder hinüber. »Und du bist ihm wie aus dem Gesicht geschnitten, Levi.« Eine leise Traurigkeit schwang in ihren Worten mit.

»Wissen Sie, was mit ihm passiert ist?« Die Frage platzte aus mir heraus, bevor ich sie aufhalten konnte. Aber sie war immer da gewesen, hatte im hintersten Winkel meines Bewusstseins geschwelt und nach einer Antwort verlangt, auch wenn wir zu Hause nie darüber geredet hatten. Entweder weil Mum uns nicht mehr dazu sagen wollte – oder es nicht konnte. »Vor ein paar Jahren ist er verschwunden.«

Eines Nachts war er nicht mehr heimgekehrt. Wir hatten gewartet und gewartet. Mum hatte ihn immer wieder auf dem Handy angerufen. Nichts. Einen Tag später hatte sie uns befohlen, unsere Sachen zu packen, und wir hatten die Stadt verlassen. Keine Polizei. Keine Vermisstenmeldung. Keine offizielle Suche. Er war einfach … fort gewesen. Levi und ich vermuteten, dass ein Dämon ihn getötet haben könnte, aber wir hatten nie Beweise dafür gefunden. Irgendwann hatte Mum uns gebeten, sie nicht mehr danach zu fragen.

Mrs MacKenzies Miene wurde weicher. »Es tut mir von Herzen leid. Er ist im Kampf gefallen.«

»Im Kampf?« Mein Bruder trat einen Schritt vor. »Wie? Gegen wen? Wann genau? Und warum hat uns niemand Bescheid gesagt?«

»Levi …«, begann ich, aber Nates Großmutter schüttelte den Kopf.

»Schon gut. Kommt mit in mein Büro, dann erzähle ich euch alles, was ihr wissen müsst.«

Nate nickte ihr zu. »Wir waren gerade sowieso auf dem Weg dorthin.«

Zusammen gingen wir durch einen langen Gang, der nicht ganz so üppig geschmückt war wie die Eingangshalle. Doch auch hier zierten Gemälde die Wände und ein dicker Teppich dämpfte jeden unserer Schritte.

»Waren alle Steinkreise und Monolithen einmal Menschen?«, fragte ich, als wir an einem weiteren Bild vorbeikamen.

»Nur die wenigsten davon«, erwiderte Mrs MacKenzie ohne das geringste Zögern. »Allein die mächtigste Magie vermag das zu bewirken, aber sie ist auch sehr gefährlich. Wir greifen nur im äußersten Notfall auf diese Option zurück, denn die Opfer sind unvorstellbar hoch.«

Weil die Beteiligten starben. Nein, wenn ich es richtig verstanden hatte, waren sie auf ewig im Stein gefangen, genau wie der Dämon selbst. Allein bei der Vorstellung breitete sich eine Gänsehaut auf meinen Armen aus.

Nach gefühlt unzähligen Türen betraten wir schließlich das Büro. Das Erste, was mir auffiel, war ein brennendes Feuer in einem Kamin auf der rechten Seite. Davor befand sich eine teuer aussehende Sitzgruppe aus dunklem Leder mit einem Glastisch in der Mitte. Links vor den Fenstern stand ein Schreibtisch, der deutlich größer war als jener in Nates Zimmer. Er war perfekt aufgeräumt. Alles war an seinem Platz und die dunkelbraune Oberfläche glänzte im Lichtschein. Kein einziges Staubkorn hatte sich darauf niedergelassen. Die Wände des Raums verschwanden hinter Regalen voller Bücher, kleiner Statuen und Andenken.

Ich hatte keine Ahnung, wie spät es eigentlich war, nur, dass es spätabends sein musste. Meine Muskeln protestierten, doch das Adrenalin in meinem Körper ließ mich weiter durchhalten und erstickte die Müdigkeit im Keim.

»Setzt euch.« Mrs MacKenzie deutete auf die Sitzecke und ließ sich in einen der Sessel sinken. »Kann ich euch etwas anbieten? Kaffee? Tee? Wasser?«

Kopfschütteln auf allen Seiten. Ich steuerte einen Platz auf dem Sofa an, auf dem mein Bruder sich bereits niedergelassen hatte.

»Wie viel hat Nathaniel euch erzählt?«

Kurz sah ich zu ihm hinüber. Er hatte den zweiten Sessel gewählt und saß vornübergebeugt da, die Ellbogen auf die Knie gestützt.

»Nicht viel«, gab ich zu.

Mrs MacKenzie nickte, als hätte sie schon damit gerechnet. »Der Orden der Goldenen Flamme wurde vor über eintausend Jahren genau hier in Dundee gegründet. Das Wappen des Ordens zeigt die goldene Flamme, die uns alle eint, und die schottische Distel als Symbol des Gründungsortes. Die sechs Schwerter repräsentieren die Gründerfamilien: Evander, Kingsley, MacKenzie, Shieldblade, Morthen und« – sie richtete den Blick aus ihren klaren grünen Augen geradewegs auf Levi und mich – »Beauvil. Ihr beiden seid die einzigen noch lebenden direkten Nachfahren dieser Gründerfamilie. Es ist Tradition, die Kinder schon früh in den Orden einzuführen und zu trainieren«, fuhr sie fort. »Euer Vater hatte bereits mit eurem Training begonnen und euch verschiedenen Ordensmitgliedern vorgestellt.«

In meinem Kopf begann es zu arbeiten. Ich erinnerte mich dunkel an alte Freunde und Bekannte unseres Vaters, die wir ein, zwei Mal und dann nie wieder gesehen hatten. Allerdings hatte er uns nie erzählt, wer diese Leute genau waren – oder ich hatte es längst vergessen. Hatten sie zum Orden gehört?

»Vor ungefähr zehn Jahren hat sich etwas geändert«, sprach Mrs MacKenzie weiter. »Er hat sich zurückgezogen und euch vom Orden ferngehalten. Kurz vorher hatte er eine ziemlich schlimme Begegnung mit einem mächtigen Dämon. Es war ein Kampf, den er fast nicht überlebt hätte. Andere Ordensmitglieder sind in dieser Nacht gestorben.«

»Konntet ihr den Dämon besiegen, der dafür verantwortlich war?«, hakte Levi nach und wartete ihr Nicken ab. »Wie? Mit Magie? Wie bei den Steinkreisen?«

»Oh nein. Nein.« Mrs MacKenzie schüttelte den Kopf. Ein fast schon angewiderter Zug lag um ihren Mund. »Die Mitglieder des Ordens verfügen über keine Magie. Das Außergewöhnliche an uns ist, dass jeder von klein auf in diese Welt eingeführt und trainiert wird. Unsere besten Krieger und Kriegerinnen haben sich seit ihrer Kindheit auf dieses Leben vorbereitet.«

Ich runzelte die Stirn. »Aber wie haben die Leute dann vor dreihundert Jahren den Dämon bei Callanish besiegt? Sie sagten, das sei mithilfe von Magie geschehen.«

Mrs MacKenzie kräuselte die Lippen. »Das waren die Hexen.«

»Hexen?«, wiederholten Levi und ich ungläubig.

»Auf dieser Welt gibt nur zwei Wesen mit besonderen Kräften«, meldete sich Nate zu Wort. »Die einen kennen wir als Naturgeister, aber im Laufe der Geschichte haben sie unzählige andere Namen erhalten. Für manche Kulturen waren sie Götter, für andere tödliche Rachegeister, wieder andere haben Fae in ihnen gesehen, die Menschen in ihr Reich entführen, während andere sie als blutsaugende Monster verteufelt haben. So ziemlich alle Sagen und Legenden rund um übernatürliche Kreaturen lassen sich auf diese Art von Dämonen zurückführen, seien es nun Vampire, Feen, Geister oder Götter. Letzten Endes sind sie das Schlimmste, was die Natur hervorgebracht hat.«

»Und was ist mit den Hexen?«, fragte ich und schob die Hände unter meine Unterschenkel, um sie ruhig zu halten. Zum ersten Mal erfuhren wir etwas, das mit unseren Kräften zu tun haben könnte. Doch was wir da zu hören bekamen, verknotete mir den Magen vor lauter Anspannung. Nichts davon klang gut. Nichts davon klang … *menschlich*.

»Hexen bezeichnen sich selbst als die Antwort der Natur auf die dämonische Gefahr«, erklärte Mrs MacKenzie, klang dabei jedoch nicht so neutral wie Nate. »Bei ihnen gibt es Familien, die gewisse Kräfte und ein Talent für Übernatürliches haben. Sie versuchen sie im Zaum zu halten, aber auch von Hexen geht eine Gefahr aus. Wenn sie vom rechten Weg abkommen, wenn sie mit ihrer Magie das Leben unschuldiger Menschen gefährden, ist es an uns, ihnen Einhalt zu gebieten.«

»Diese Kräfte gibt es also nur bei Dämonen und in Hexenfamilien?«, hakte ich nach.

Levi warf mir einen warnenden Blick zu, doch dafür war es zu spät. Ich hatte die Worte bereits ausgesprochen.

»Richtig.« Mrs MacKenzie nickte. »Allerdings ist Magie sehr gefährlich. Sie gerät außer Kontrolle. Wenn wir die Dämonen und abtrünnigen Hexen nicht aufhalten, vernichten sie alles. Dementsprechend selten war ein Zusammenschluss des Ordens mit einer mächtigen Hexenfamilie. Doch nur mithilfe ihrer Magie konnte es gelingen, einen unbesiegbaren Dämon wie den Brollachan für immer in Stein zu bannen. Der Preis dafür war immens. Manche innerhalb des Ordens glauben, es sei das Opfer nicht wert gewesen.«

»Die Schlacht von Callanish«, murmelte ich und musste an das Gemälde im Flur zurückdenken.

Sie nickte bedächtig. »Das war die letzte Zusammenarbeit dieser Art. Seither sind wir keine Verbündeten mehr.«

Ich wollte nach dem Warum fragen, abgesehen davon, dass sie Hexen nicht sonderlich gut leiden konnten, doch sie lenkte das Thema zurück auf die Gegenwart. Zurück auf unsere Familie und unseren Vater.

»Wir gehen davon aus, dass dieser Kampf vor zehn Jahren erste Zweifel in eurem Vater gesät hat, da er dabei verletzt wurde. Zweifel daran, ob er euch dieser Gefahr wirklich aussetzen will. Aber genau werden wir es leider nie erfahren, weil er sich kurz darauf vom Orden abgewandt hat. Eine Zeit lang hatten wir euch aus den Augen verloren und dann … nun ja.«

Ich senkte den Blick bei der Erinnerung an die Nacht, in der Dad verschwunden war. Wir hatten auf ihn warten wollen, aber irgendwann war ich trotzdem eingeschlafen. Und als er am nächsten Morgen immer noch nicht zurückgekehrt war …

Levi räusperte sich. »Deshalb bist du vor fünf Jahren in Edinburgh an derselben Schule aufgetaucht«, stellte er mit Blick auf Nate fest und verschränkte die Arme vor der Brust.

»Ja«, bestätigte dieser. »Und ich war nicht der Einzige. Der Orden musste sicherstellen, dass es euch gut geht. Jemand musste auf euch aufpassen.«

»Auf uns *aufpassen*?«, wiederholte ich. Da ging sie hin, meine Geduld. »Wie wäre es, wenn jemand auf unseren Vater aufgepasst hätte und für ihn da gewesen wäre? Oder für uns direkt nach seinem Tod? Denn da hätten wir jemanden gebraucht – nicht erst ein Jahr später.«

Nate hatte wenigstens so viel Anstand, betroffen zu wirken. »Das wollten wir. Das musst du mir glauben. Aber eure Mutter ist so schnell mit euch weggezogen, dass es uns einige Zeit gekostet hat, euch aufzuspüren.«

Ich konnte förmlich spüren, wie Levi sich von Kopf bis Fuß versteifte. »Wag es ja nicht, ihr die Schuld dafür zu geben«, warnte er gefährlich leise. »Unsere Mutter hat nichts falsch gemacht.«

Nein, das hatte sie nicht. Aber nach all den Umzügen, dem geänderten Nachnamen und dem Versprechen, nie jemandem etwas von unseren Kräften zu erzählen, begann ich mich unweigerlich zu fragen … Hatte Mum davon gewusst? Von dem Orden? Dem Erbe unserer Familie? Hatte sie uns absichtlich davon ferngehalten – weil es Dad das Leben gekostet hatte?

Meine Gedanken überschlugen sich. Vergangenheit und Gegenwart. Zufall und Schicksal. Erst der Unfall, diese gigantische Schlange und das fremde Mädchen mit den Kräften, dann Nates Auftauchen, der Orden und all die Geheimnisse, die damit einhergingen. Ich wusste nicht, ob ich heute Abend noch mehr ertragen konnte. Wobei … Nein. Ich wusste ganz genau, dass ich nicht noch mehr hören wollte. Ich hielt es keine Sekunde länger hier aus. Nicht, wenn all diese Neuigkeiten und Enthüllungen über mich hereinbrachen, bis ich nicht mehr wusste, was ich noch glauben sollte und was nicht.

Ich sprang auf. »Entschuldigt mich.«

Kapitel 9

»Faith!«

Ich ignorierte Nates Rufen und eilte den Flur hinunter. Hinter mir hörte ich seine schnellen Schritte näher kommen.

»Warte, verdammt!«

»Worauf?« Ich blieb abrupt stehen und wirbelte mitten in der Eingangshalle neben der breiten Treppe zu ihm herum. »Darauf, dass du mir noch mehr Lügen auftischen kannst?«

Er zog die Brauen zusammen. »Ich habe dich nie angelogen. Alles, was ich gesagt habe, war die Wahrheit.«

»Klar. Vor fünf Jahren hast du nur *vergessen* zu erwähnen, dass du dich nur im Auftrag irgendeines Ordens mit uns abgibst. Und heute warst du auch nur *ganz zufällig* in der Nähe.«

Bei den Anschuldigungen trat ein schmerzvoller Ausdruck auf sein Gesicht.

Obwohl ich es besser wissen sollte, machte ich einen halben Schritt auf ihn zu. Eine prickelnde Wärme breitete sich auf meiner Haut aus und mein Herz hämmerte schneller, als es dieser Situation angemessen war. Ich ignorierte es. Ich ignorierte jede noch so kleine Reaktion, die er in mir auslöste, und sah ihn fest an. »Sag mir die Wahrheit. Hast du die ganze Zeit darüber Bescheid gewusst? Wer wir sind? Dass wir angeblich zu diesem Orden gehören? Hast du mir nur deshalb heute gegen diesen Dämon geholfen? Um deinen Job zu machen und mich anschließend hierher bringen zu können?«

Er sagte kein Wort, aber in seiner Wange zuckte ein Muskel. Ganz kurz nur, doch das reichte aus. Und ich atmete scharf aus, während der Schmerz mir wie eine Klinge in die Brust stach. Da war meine Antwort. Nur dass sie nicht dem entsprach, was ich hatte hören wollen. Bis eben war mir nicht einmal bewusst gewesen, wie sehr ich mir insgeheim gewünscht hatte, nicht nur ein Mittel zum Zweck für ihn gewesen zu sein. Nicht nur eine Pflicht oder lästige Aufgabe, die der Orden ihm übertragen hatte. Weil sich ein winzig kleiner, dummer Teil von mir bei seinem Auftauchen gewünscht hatte, dort weitermachen zu können, wo wir vor drei Jahren aufgehört hatten. Als Freunde. Als *mehr* als das.

Doch jetzt zerplatzte diese Wunschvorstellung vor meinen Augen und ich erkannte, wie naiv ich gewesen war. Ich hatte mir so sehr ein normales Leben gewünscht. Eines, bei dem ich nicht ständig auf der Hut und auf der Flucht sein musste. Eines, in dem ich eine ganz normale Studentin war, deren größte Probleme die Prüfungen und der nervige, viel zu heiße Kollege im Pub waren. Aber das war nicht meine Welt. War sie nie gewesen. Nate hatte mich lediglich daran erinnert.

»Lass es mich erklären.« Er setzte sich in Bewegung. Mit jedem Schritt, den er näher auf mich zukam, raste mein Puls ein bisschen mehr. Ob vor kaum unterdrückter Wut oder aus ganz anderen Gründen konnte ich mittlerweile nicht mehr sagen. Er blieb erst stehen, als er direkt vor mir stand.

»Und was willst du mir erklären?« Ich verschränkte die Arme vor der Brust. »Willst du mir etwa erzählen, dass du nicht von Anfang an über diesen Orden und meine Familie Bescheid gewusst hast? Dass alles, damals und heute, nicht von Anfang an Teil eines beschissenen Plans war? Willst du mir wirklich weismachen, dass das alles nur ein großer Zufall ist?«

Denn von allen Orten Großbritanniens hatte er ausgerechnet

hier auftauchen müssen. In Dundee. Und an dieser verdammten Brücke, an der ich den Unfall gehabt hatte. Er war wie ein Ritter in glänzender Rüstung aufgetaucht, dabei hatte er das genau so geplant.

»Nein«, stieß er zwischen zusammengebissenen Zähnen hervor. »Ich hatte von Anfang an den Auftrag, dich zu beschatten – und zu beschützen. Euch beide. Damals schon, okay? Genau wie heute. Wolltest du das von mir hören?«

Einen Moment lang starrte ich ihn an, fassungslos darüber, dass er soeben wirklich meine schlimmsten Befürchtungen bestätigt hatte. Dann drehte ich mich um und ging.

Ich ließ die Treppe hinter mir, kam allerdings gerade mal vier Schritte weit, als Nate sich mir so plötzlich in den Weg stellte, dass ich beinahe gegen ihn geprallt wäre. In letzter Sekunde legte er mir die Hände an die Schultern und verhinderte unseren Zusammenstoß.

»Lass uns darüber reden.« Ein bittender Unterton schlich sich in seine Stimme. Seine Finger glitten an meinen Armen abwärts und umfassten meine Handgelenke. »Aber nicht hier.«

Wahrscheinlich war ihm nicht einmal bewusst, was er da tat – oder welche Wirkung es auf mich hatte. Im Gegensatz zu ihm bemerkte ich das Prickeln auf meiner Haut ebenso wie meinen plötzlich hämmernden Herzschlag. Gott, ich wünschte wirklich, ich würde nicht mehr so empfinden. Ich wünschte, ich hätte meine Schwärmerei hinter mir gelassen, so wie er mich einfach fallen gelassen hatte.

»Bitte, Faith.« Mit dem Daumen rieb er ganz leicht über mein Handgelenk, über die Stelle, an der mein Puls noch immer raste.

Ich sollte das wirklich nicht tun, nicht nach allem, was heute passiert war und was ich erfahren hatte, aber ich nickte knapp und ließ zu, dass Nate mich durch die Eingangshalle zog, in einen Gang nach links einbog und mich in ein Zimmer führte. Ein kurzer Blick genügte, um festzustellen, dass es sich hierbei um ein weiteres Büro handelte. Allerdings schien es unbenutzt zu sein.

Nate drückte die Tür mit einem leisen Klicken hinter uns zu. Jetzt waren wir ganz allein.

»Du bist verletzt«, erinnerte er mich und deutete auf meinen verbundenen Arm, den ich ganz vergessen hatte. »Nach allem, was heute passiert ist, kann ich dich nicht einfach so gehen lassen. Das Ganze muss ein Schock für dich sein, darum lass mich helfen.«

»Ist das deine freie Entscheidung oder hat dir das auch irgendjemand befohlen?«

»Verdammt, Faith.« Frustriert fuhr er sich mit den Fingern durchs Haar. »Ist dir überhaupt klar, in welcher Gefahr ihr schwebt? Die Dämonen sind nicht nur eine Bedrohung für all die Menschen dort draußen, sie jagen die Ordensmitglieder genauso, wie wir sie jagen. Der Angriff heute war kein Zufall. Es wird wieder passieren. Dir *und* Levi.«

Ich bohrte die Fingernägel in meine Handflächen. Nichts von dem, was er mir da sagte, war neu für mich. Meine Familie war nicht aus Wankelmütigkeit oder aus beruflichen Gründen so oft umgezogen, sondern weil wir bereits Bekanntschaft mit Dämonen gemacht hatten. Dad noch häufiger als Levi und ich. Jedes Mal, wenn sie uns gefunden hatten, hatten wir unsere Sachen gepackt und waren weggezogen. In eine neue Stadt, ein neues Dorf, ein neues Leben. Und nach dem heutigen Abend musste Nate mir wirklich nichts von der Gefahr erzählen, die dort draußen auf uns lauerte.

Doch ganz egal, wie gefährlich es wurde, ganz gleich, wie groß und einschüchternd unsere Gegner waren – meine Wunden heilten von allein und ich konnte Levi jederzeit heilen. Wir brauchten diesen Orden nicht. Dad hatte ihn nicht gebraucht, sonst hätte er sich nicht von ihm abgewandt. Aber vor allem brauchten wir niemanden wie Nathaniel MacKenzie, der uns vom ersten Moment an nur angelogen und etwas vorgemacht hatte.

»Faith …«, begann er, doch ich schüttelte den Kopf.

»Nein. Ich habe heute mehr als genug erfahren und will nichts mehr davon wissen. Geh und verschwende deine Zeit wieder mit Dingen und Leuten, die du nicht belügen musst und die nicht bloß ein Auftrag für dich sind.« Ich wandte mich ab und wollte mich an ihm vorbeischieben. »Gott … und ich habe dich damals auch noch geküsst!«

Ich bereute die Worte in der Sekunde, in der sie meinen Mund verließen.

»Das war etwas anderes.«

Ich erstarrte. Langsam, mit heftig pochendem Herzen drehte ich mich zu Nate um. »Ach wirklich?« Mir war klar, dass es ein Fehler war, noch bevor ich die Frage aussprach. Aber ich konnte mich auch nicht davon abhalten. »Na, dann los.« Provozierend reckte ich das Kinn vor. »Klär mich auf. Was war damals anders als heute? Hast du da etwa noch nicht für den Orden gearbeitet?«

»Du weißt, dass ich das habe.« Er stieß die Worte zwischen zusammengebissenen Zähnen hervor.

»Dann habe ich echt keine Ahnung, was damals so anders gewesen sein soll.«

Er holte tief Luft. »Nichts, was zwischen dir und mir passiert ist, hatte etwas mit dem Orden zu tun.«

Mein dummes, dummes Herz setzte für einen kurzen Moment aus. Ich ignorierte es. Zwang mich dazu, es auszublenden.

»*Alles* hat mit dem Orden zu tun. Hast du das nicht vorhin im Büro deiner Großmutter selbst gesagt? Unsere Vorfahren, unsere Familien, die Tatsache, dass ihr nach Levi und mir gesucht habt und du dir unser Vertrauen erschlichen hast. Einfach alles.«

Ein Schatten huschte über sein Gesicht. So schnell, dass ich nicht sicher war, ob ich es mir nur eingebildet hatte oder nicht.

»Das damals …«, presste er hervor. »Du … Scheiße, du warst erst fünfzehn und ich …«

Er war achtzehn gewesen. Ja. Ich erinnerte mich. Ich war dabei gewesen.

»Wirklich? Das war der einzige Grund? Der Altersunterschied?«

Er zögerte einen Moment zu lange. Enttäuschung explodierte in mir, aber ich gab mein Bestes, sie zurückzuhalten. Oder wenigstens dafür zu sorgen, dass man sie mir nicht ansehen konnte, denn das Letzte, was ich wollte, war, ihm diese Genugtuung zu geben. Ich schüttelte den Kopf und warf ihm einen harten Blick zu. »Mach's gut, Nate.«

Doch als ich die Tür aufreißen wollte, drückte er sie mit der flachen Hand wieder zu. Ich wirbelte zu ihm herum, um ihm ins Gesicht zu sagen, was ich von dieser Aktion hielt, doch als sich unsere Blicke trafen, als mir bewusst wurde, wie nahe wir uns plötzlich waren, erstarben die Worte auf meiner Zunge.

»Faith …«

»Ich muss gehen.« Ich starrte zu Boden, weil ich es nicht über mich brachte, ihn noch länger anzusehen. Nicht nach dem, was ich heute alles erfahren hatte. »Ich muss … Lass mich einfach gehen.«

»Sie werden euch weiterhin jagen«, erinnerte er mich eindringlich. »Du und Levi, ihr seid nicht sicher. Der Dämon heute an der Brücke war nur der Anfang.«

Kälte kroch mein Rückgrat hinunter. Obwohl ich Nate eben noch ausgewichen war, suchte ich jetzt seinen Blick – und stellte mich ihm. »Ich habe keine Angst.«

Er trat einen halben Schritt näher und beugte sich zu mir hinunter, bis er die nächsten Worte direkt in mein Ohr raunen konnte. »Das solltest du aber. Das solltest du wirklich.«

Ich lehnte mich ein wenig zurück, um ihn ansehen zu können. Durch diese winzige Bewegung waren sich unsere Lippen auf einmal viel zu nahe, dennoch rührte sich keiner von uns. Keiner machte einen Schritt zurück. Keiner wich aus.

»Vor dir …?«, hauchte ich.

Er hielt meinen Blick fest. Einen Moment lang glaubte ich, dass er Ja sagen würde. Dass er sich nach vorne beugen und das beenden würde, was wir vor drei Jahren begonnen, aber nie wirklich zu Ende geführt hatten. Doch Nate schüttelte nur langsam den Kopf. »Jedes Ordensmitglied wird seit der Kindheit für den Ernstfall trainiert. Selbst diejenigen, die keine ausgebildeten Kriegerinnen und Krieger sind, können sich verteidigen. Du und Levi, ihr hattet diese Ausbildung nicht.«

»Ich brauche kein Training.«

Er zog die Brauen in die Höhe, bis sie unter den dunklen Haarsträhnen verschwanden. »Ach nein?«

»Nein«, bestätigte ich und gab mich selbstbewusster, als ich mich gerade fühlte. »Als Kinder hat Dad uns Selbstverteidigung beigebracht.«

»Das ist eine gute Grundlage, aber …« Sein Blick fiel auf meinen verbundenen Arm. »Das heißt nicht, dass du unverwundbar bist.«

Doch, genau das hieß es. Ein Dämon konnte mir zwar wehtun, aber jede Wunde würde sich in Windeseile wieder schließen. Ergo brauchte ich keine weitere Ausbildung und auch kein Training. Aber vor allem brauchte ich den Orden nicht. Denn der – und auch Nate – war das Letzte, womit ich gerade meine Zeit verschwenden wollte.

Also tat ich genau das, was ich schon vorgehabt hatte, als ich das Büro seiner Großmutter verlassen hatte: Ich ging.

Diesmal hielt Nate mich nicht davon ab, die Tür aufzureißen. Er stoppte mich auch nicht, als ich auf den Gang hinaus und durch die

Eingangshalle stürmte, bis ich den Orden mit all seinen Geheimnissen, Offenbarungen und Lügen endlich hinter mir lassen konnte.

Ich wünschte nur, ich könnte meinen eigenen Gedanken und Gefühlen auf dieselbe Weise entfliehen …

Kapitel 10

Es klopfte an meiner Tür, was ich nur hörte, da der aktuelle Song gerade zu Ende ging und die dröhnenden Bässe und Gitarrenklänge verebbten.

Als ich aus dem Ordenshaus zurück in die WG gekommen war, war es beinahe Mitternacht gewesen. Ich hatte nur kurz mit Maisie gesprochen und mich dann in mein Zimmer zurückgezogen. Seitdem saß ich auf meinem Bett. Zuerst hatte ich mein Journal und die Stifte dafür in den Händen gehabt, aber als mir kein einziges Wort einfallen wollte, um den heutigen Tag zu beschreiben, hatte ich es sein lassen. Stattdessen hatte ich in den beiden schon vollgeschriebenen Journals der letzten Jahre geblättert, war die Worte, Sticker und Zeichnungen mit den Fingern nachgefahren und in der Vergangenheit versunken.

Die Einträge erinnerten mich an so simple Momente wie ein gemeinsames Frühstück mit Mum, Levi und Nate an einem Sonntagmorgen in Edinburgh, an einen abenteuerlichen Ausflug in die Highlands, aber auch an den Abend, der alles zwischen Nate und mir verändert hatte.

Gedankenverloren betrachtete ich die wütend hingekritzelten Worte, die so gar nicht zu der sonstigen Sorgfalt passten, mit der ich die Seiten beschrieben hatte. Ich war so beschämt, so wütend und verzweifelt gewesen, nachdem Nate mich abgewiesen hatte. So traurig.

Schnell hatte ich das Journal wieder zugeklappt und mich der

Länge nach aufs Bett zurückfallen lassen, nur um die nächste halbe Stunde die Leuchtsterne an der Decke anzustarren. Maisie hatte mir dabei geholfen, sie gleich nach meinem Einzug über meinem Bett anzukleben. Es mochte lächerlich und kindisch sein, aber diese Leuchtsterne waren meine Konstante. Ganz egal, wie oft wir umgezogen waren, über meinem Bett leuchteten immer diese Sticker. Doch ausgerechnet heute Nacht spendete mir der vertraute Anblick keinen Trost.

Das Klopfen an der Tür war eine willkommene Ablenkung.

»Ja?«, rief ich, schob mir die Kopfhörer in den Nacken und richtete mich auf einem Ellbogen auf.

Die Tür ging einen Spalt breit auf und Maisie steckte den Kopf hinein. »Bist du noch wach? Du hast Besuch.«

Mein Herz setzte kurz aus. Konnte das …? Nein. Unmöglich.

»Es ist dein Bruder«, erklärte sie und ich war dankbar, dass sie mein Gesicht in der Dunkelheit nicht sehen konnte. »Er meinte, er will kurz mit dir reden, weil er dich auf dem Handy nicht erreichen konnte. Soll ich ihn reinlassen?«

»Ja, natürlich. Danke, Maisie.«

»Immer doch.« Zwar konnte ich ihr Lächeln nicht allzu deutlich sehen, war mir aber sicher, dass es da war. Sie schloss die Tür wieder und ging in den Flur zurück.

Ich hörte gedämpfte Stimmen, gefolgt von Schritten und einem erneuten leisen Klopfen.

»Komm rein.«

Levi schlüpfte in mein Zimmer, durchquerte es in wenigen Schritten und setzte sich dann auf den Boden, den Rücken ans Bett gelehnt. Er sagte kein Wort, aber das war mir nur recht. Meine kreisenden Gedanken waren laut genug für uns beide.

Es war nicht das erste Mal, dass wir auf diese Weise mitten in der Nacht zusammensaßen. Als Kind war ich zu ihm geflüchtet, wenn ich nachts Angst gehabt hatte. Später hatten wir den anderen aufgesucht, um zu reden oder einfach nur, um gemeinsam zu schweigen – so wie jetzt. Allerdings war Levi nach den Ereignissen heute sicher nicht nur zum Schweigen hergekommen.

»Geht's dir gut?«, fragte er schließlich leise.

Mein Blick wanderte zu dem kleinen quadratischen Nachttisch neben meinem Bett, wo nicht nur mein stumm geschaltetes Handy und meine Journals lagen, sondern auch der zusammengerollte Verband und das Pflaster, das ich getragen hatte. Als ich sie abgemacht hatte, war meine Haut darunter glatt und ohne den geringsten Hinweis auf Verletzungen gewesen.

Ich ließ den Kopf zurück ins Kissen sinken. »Ja«, behauptete ich. »Mir geht's gut.« Zumindest körperlich war ich unversehrt – und nur darauf kam es an, richtig?

Irgendwie rechnete ich damit, dass Levi nachbohren würde und mehr erfahren wollte, doch er sagte nichts dazu. Vermutlich hatte Nate ihm bereits alles über die Begegnung mit diesem Dämon auf der Brücke erzählt. Also blieben nur noch unser Vater und der Orden als akute Gesprächsthemen übrig.

Levi räusperte sich. »Ich weiß, dass da etwas zwischen dir und Nate war.«

Alles in mir erstarrte. Obwohl mir der Protest bereits auf der Zunge lag, sprach ich ihn nicht aus. Es wäre ohnehin zwecklos gewesen. Also entschied ich mich für eine Frage: »Woher?«

»Es war einfach die Art, wie du immer für ihn geschwärmt hast. Und dann ist mir aufgefallen, dass er dich genauso ansieht wie du ihn. Als er dich damals von dieser Party nach Hause gebracht und dir geholfen hat, dich in dein Zimmer zu schleichen, ohne dass Mum mitkriegt, wie betrunken du warst, hab ich ihn hinterher unten an der Haustür abgefangen. Wir haben kurz geredet und er hat mir erzählt, was passiert ist.«

Ich hätte es nicht für möglich gehalten, aber meine Muskeln verspannten sich noch mehr. Levi wusste davon? Ich war mir sicher gewesen, dass das ein Geheimnis zwischen Nate und mir gewesen war. Wenn Mum mich erwischt oder es irgendwie herausgefunden hätte, wäre sie ausgeflippt und hätte mich zu mindestens einem Monat Hausarrest verdonnert.

Grübelnd nagte ich an meiner Unterlippe. »Du hast nie etwas gesagt. Nicht über diesen Abend und nicht über … Nate und mich.«

»Nein«, bestätigte er und lehnte den Kopf gegen die Matratze.

Er hatte den Mund gehalten, so wie ich früher den Mund gehalten hatte, wenn er Mist gebaut oder sich nachts heimlich weggeschlichen hatte. Aber so machten es Brüder und Schwestern nun mal. Wir beschützten einander, manchmal mit dem Wissen des jeweils anderen, manchmal ohne. Und ich war mir ziemlich sicher, dass er Nate damals schon davor gewarnt hatte, was passieren würde, wenn er mir wehtat. Dummerweise hatte das nichts gebracht, denn letzten Endes war es nicht Nate gewesen, der mich verletzt hatte. Das hatte ich ganz allein geschafft, als ich beschlossen hatte, mich an ihn ranzuschmeißen.

Ich kniff die Augen zusammen und versuchte, all die Empfindungen zu verbannen, die mit seinem Wiederauftauchen in meinem Leben unweigerlich wieder hervorbrachen. Das Herzklopfen. Das Knistern zwischen uns, wann immer sich unsere Blicke trafen und einander festhielten. Die schüchterne Hoffnung. Der Mut, der mich damals plötzlich gepackt hatte und die Scham und das Entsetzen, als er mich zurückgewiesen hatte.

Mit diesem Kuss war nicht nur meine Freundschaft zu Nate in die Brüche gegangen, sondern auch unser ganzes Leben in Edinburgh. Danach war alles seltsam und angespannt zwischen uns gewesen, und das war auch Levi nicht entgangen. Die Normalität, die ich in diesen zwei Jahren in Edinburgh so geliebt und mehr gebraucht hatte als die Luft zum Atmen, war vorbei. Levi und ich waren immer anders gewesen. Ich hatte mich immer zurückgehalten, damit niemand etwas von meinen selbstheilenden Kräften mitbekam, und wir waren so oft umgezogen, waren immer »die Neuen« gewesen. Aber in Edinburgh waren wir normal gewesen. Normale Teenager in der Highschool mit normalen Freunden, alltäglichen Problemen und all den Erfahrungen, die man in diesem Alter machte. Bis ich es vermasselt hatte und mir wieder mal klar geworden war, dass wir nicht normal sein konnten. Ganz egal, wie sehr ich es mir damals gewünscht hatte. Wie sehr ich es mir immer noch wünschte.

Das Auftauchen eines Dämons war dann fast schon eine Erleichterung gewesen. Keine zwei Tage später hatten wir erneut unsere Sachen gepackt und waren nach Glasgow gezogen. Ohne eine Spur zu hinterlassen … und ohne uns von Nate zu verabschieden.

»Ich weiß, dass du das hier hasst«, murmelte Levi, als wüsste er ganz genau, in welche Richtung meine Gedanken gewandert waren.

»Ich hasse es nicht, ich bin nur wütend.« Unwillkürlich ballte ich die Hände zu Fäusten. »Alles war eine Lüge. Nicht nur die Zeit mit Nate damals, sondern auch heute. Die Stipendien …« Ich atmete tief durch und versuchte mich zu beherrschen. Vergeblich. Meine Arme zitterten vor Wut. »Wir haben sie nur bekommen, weil der Orden uns hier haben wollte. Wir haben sie uns nicht verdient.«

»Das ist nicht wahr.«

Ich schnaubte. »Ach nein? Denn ich bin mir ziemlich sicher, dass wir ohne sie heute nicht praktischerweise in Dundee wären. Du wärst noch immer in Aberdeen und würdest Kindern Selbstverteidigung und Kampfsport beibringen. Und ich … ich wäre sonst wo gelandet.«

»Okay, dann war es eben eine Lüge. Die Sache mit Nate. Das Stipendium. Und es ist absolut ätzend, dass Dad uns nie etwas über den Orden und unser Erbe erzählt hat. Aber das spielt keine Rolle!«

Ruckartig setzte ich mich auf, warf die Kopfhörer neben mich aufs Kissen und starrte zu meinem Bruder hinunter. »Wie kannst du so etwas sagen?«

Levi drehte sich um, bis er mir ins Gesicht sehen konnte. »Weil es stimmt. Wir können nicht ändern, was passiert ist, aber nicht alles davon war eine Lüge. Dass das Stipendium vom Orden kommt, ändert nichts an deiner harten Arbeit oder daran, dass du diesen Studienplatz verdient hast, Faith. Und ganz egal, was Nate oder Dad oder sonst wer gesagt und getan hat, das ändert nichts an deiner Reaktion darauf. Deine Gedanken und Gefühle sind immer noch deine und sie sind echt. Genau wie unser Leben hier. Lass dir bloß nichts anderes einreden, auch nicht von deinen eigenen Selbstzweifeln.«

»Ist das dein Ernst?«

»Ja, verdammt!«

Ein Seufzen entkam mir. Ich hasste es, wenn mein Bruder recht hatte – und der Kerl hatte *immer* recht.

Ohne ein weiteres Wort schnappte ich mir eines meiner Kissen und warf es ihm an den Kopf.

Er ächzte leise, als ich ihn damit traf. »Wofür war das?«

Statt einer Antwort deutete ich mit dem Fuß auf die Kiste am Bettende. »Da ist noch eine Decke drin.«

Er protestierte nicht, sondern öffnete die Kiste und richtete sich gleich darauf sein Übernachtungslager auf dem Boden her.

»Bei dem Angriff heute«, begann ich langsam und starrte wieder an die leuchtenden Sterne an meiner Zimmerdecke, »bevor Nate aufgetaucht ist, war da ein Mädchen.«

»Was für ein Mädchen?«

»Sie war in unserem Alter. Groß. Lange braune Haare. Sie war diejenige, die mich zuerst gerettet hat, Levi. Sie konnte Dinge bewegen.«

Er setzte sich abrupt auf. »Was?!«

»Nicht so wie du«, beantwortete ich seine unausgesprochene Frage. »Wenn du an etwas denkst, bewegt es sich einfach.« Halb rechnete ich damit, dass er es mir demonstrierte und gleich mein Handy oder eines der vielen kleinen Kissen vom Bett durch die Luft schweben würde. Seit Levi gelernt hatte, seine Fähigkeit zu beherrschen, konnte er manchmal ein richtiger Angeber sein. Doch das vertraute Summen in meinem Inneren, wann immer er seine Magie einsetzte, blieb aus. »Bei dem Mädchen war Wind dabei. Ich glaube, sie konnte ihn kontrollieren.«

»Sicher, dass sie kein Dämon war?«

»Sie sah zumindest nicht wie einer aus. Außerdem hat sie mir im Kampf gegen den Dämon geholfen. Ohne sie wäre es viel schlimmer ausgegangen. Als Nate aufgetaucht ist, habe ich sie kurz aus den Augen verloren, und dann war sie einfach weg. Zuerst dachte ich, sie würde vielleicht auch zum Orden gehören, aber dann … na ja.«

Schweigen breitete sich zwischen uns aus. Ich spürte, wie es in ihm arbeitete, und auch ich ging in Gedanken immer wieder die Dinge durch, die ich in den letzten Stunden erfahren und erlebt hatte.

Bis zum heutigen Abend hatte ich geglaubt, dass Levi und ich die Einzigen mit solchen Fähigkeiten waren. Aber wenn mich die Erlebnisse dieser Nacht etwas gelehrt hatten, dann dass nichts so war, wie es den Anschein hatte. Und dass man niemals alles über jemanden wusste, ganz egal, wie gut oder lange man ihn oder sie zu kennen glaubte.

»Woher haben wir diese Kräfte?«, durchbrach ich die Stille zwischen uns und suchte Levis Blick.

Er zögerte eine gefühlte Ewigkeit, dann sah er auf seine Hände hinab, als könnte er darin die Antworten auf unsere Fragen finden.

»Ich weiß es nicht. Ich wünschte wirklich, es wäre anders, aber ich hab keine Ahnung. Dad hat immer gesagt …«

»Dass sie ein Geschenk sind«, beendete ich seinen Satz. »Eine besondere Gabe. Ich weiß. Aber …«

»Du fragst dich, ob das wirklich stimmt, nach allem, was wir heute erfahren haben.«

»Allem Anschein nach hat niemand im Orden und auch keine der Gründerfamilien Magie.« Aber was bedeutete das für uns? Und wie konnten wir es herausfinden?

»Meine Erinnerungen sind irgendwie verschwommen.« Mit einem tiefen Seufzen legte sich Levi wieder hin und schob sich das kleine Kissen zusätzlich unter dem Kopf zurecht. »Aber ich glaube nicht, dass wir diese Kräfte schon immer hatten. Also von Geburt an. Zu hundert Prozent bin ich mir da aber auch nicht sicher. Vielleicht sind sie auch einfach erst später richtig ausgebrochen.« Frustriert rieb er sich über Stirn und Augen.

»Und wenn wir Hexen sind?«, fragte ich unvermittelt. »Nate zufolge verfügen nur Dämonen und Hexen über Magie.«

Levi schnaubte. »In dem Fall hätte Mum uns einiges zu erklären. Oder Dad, falls das von seiner Seite aus kommt, aber …«

Dad konnte uns nichts mehr erklären. Und Mum lag noch immer auf der Intensivstation, zu geschwächt, um ausschweifende Fragen über unsere Familiengeschichte zu beantworten. Die Einzigen, die mehr wissen könnten, weil sie unseren Vater gekannt und jahrelang Seite an Seite mit ihm gekämpft hatten, waren die Leute vom Orden.

»Du wirst wieder hingehen, nicht wahr? Zum Orden, meine ich.« Es war mehr eine Feststellung als eine Frage.

Ich hatte mir schon immer ein normales Leben gewünscht. Dazuzugehören, ohne ständig aufpassen zu müssen. Levi hingegen war zunehmend frustrierter geworden, und ich verstand auch, weshalb.

Er wollte seine Kraft einsetzen, wollte etwas Gutes damit tun. Und der Orden der Goldenen Flamme konnte ihm genau das bieten, selbst wenn seine Mitglieder nichts von Levis Begabung wussten.

»Dad hat zu ihnen gehört«, sagte er nur, als wüsste er bereits, woran ich dachte, und als wäre das Erklärung genug. »Es ist unser Erbe.«

Ich schwieg.

»Du musst das nicht tun, Faith. Es reicht, wenn einer von uns hingeht. Wir sind immer nur weggelaufen, aber der Orden kann uns beschützen. Mehr noch: Sie können mir beibringen, so zu kämpfen wie sie. Sie jagen die Dämonen, vor denen wir unser ganzes Leben lang geflohen sind. Die Monster, die Dad getötet haben.« Seine Stimme zitterte vor Wut.

Diesmal konnte ich mich nicht zurückhalten. »Wenn sie so toll sind, warum haben sie ihn dann sterben lassen?«, zischte ich. »Wenn dieser Orden wirklich so mächtig ist und uns dabei helfen kann, uns selbst zu schützen, warum haben sie Dad dann nicht geholfen? Warum ist er einfach …« Meine Stimme brach und ich musste mich dazu zwingen, mehrmals tief durchzuatmen, um mich zu beruhigen.

»Faith …«

Ich schüttelte den Kopf. Das Thema war für mich erledigt. Ich wollte nicht länger über unseren Vater reden. Er war derjenige gewesen, der uns stets beschützt hatte, der uns die Angst vor unseren Fähigkeiten genommen und dabei geholfen hatte, zu lernen, sie richtig einzusetzen. Nun, zumindest hatte er Levi dabei helfen können. Meine Heilung sprang ganz ohne mein Zutun selbst beim kleinsten Kratzer an, ohne dass ich es kontrollieren konnte.

»Was ist mit unseren Kräften?«, fragte ich und drehte mich auf die Seite, um zu meinem Bruder hinunterschauen zu können. »Keiner im Orden kann das, was wir können. Nach allem, was wir heute gehört haben, jagen sie Leute wie uns.«

Er wiegte nachdenklich den Kopf hin und her. »Du hast recht. Und das ist auch der Grund, aus dem wir ihnen nichts davon erzählen werden. Kein Wort zu Nate, verstanden?«

Ich ignorierte das kurze schmerzhafte Ziehen in meiner Brust bei der Erwähnung seines Namens und kniff die Augen zusammen. »Warum sagst du das so explizit zu mir? Er war *dein* bester Freund. Und warum hast du mir eigentlich nichts davon erzählt, dass er auch in Dundee ist?«

»Weil ich ihn selbst erst letzte Woche auf dem Campus getroffen habe.«

Auf dem Campus? Ich hatte es zwar angenommen, doch das war die Bestätigung dafür, dass Nate an derselben Universität studierte wie wir. Und *letzte Woche*? Warum hatte Levi mir nicht längst davon erzählt?

»Er war vorher in Glasgow, hat aber hierher gewechselt, weil er Familie in Dundee hat. Und den Orden, wie wir seit heute wissen.« Er sah mich eindringlich an. »Ich will nicht, dass er etwas von unseren Fähigkeiten erfährt.«

Nach dem, wie Nate und ich vorhin auseinandergegangen waren, bezweifelte ich, dass wir uns überhaupt noch etwas zu sagen hatten, aber Levi zuliebe nickte ich. »Einverstanden.«

»Gut. Ich sehe mir den Orden dann mal aus der Nähe an.«

»Und ich werde versuchen, mehr über dieses Mädchen herauszufinden«, fügte ich nach einem Moment hinzu. Es war keine Aufgabe, um die ich mich riss, aber auch ich wollte meinen Teil beisteuern. Wir waren schließlich ein Team.

Es wurde wieder still in meinem Zimmer. Kurz hörte ich Maisies Schritte in der Wohnung, als sie ins Bad ging und gleich darauf wieder in ihrem Zimmer verschwand. Ich war mir sicher, dass Levi eingeschlafen war, doch sein tiefes Seufzen belehrte mich eines Besseren.

»Denkst du wirklich, dass du ihnen vertrauen kannst?«, fragte ich leise.

»Ich weiß es nicht«, gab er zu. »Aber wir müssen es wenigstens versuchen.«

Da war ich mir nicht so sicher. Denn wenn es man es herunterbrach, war alles, was Nathaniel MacKenzie uns je erzählt hatte, eine Lüge gewesen – und ich brauchte wirklich nicht noch mehr Lügen und Geheimnisse in meinem Leben.

Kapitel 11

»Was ist los, Schneeflöckchen?«, fragte Jax vom anderen Ende der Bar aus. Trotz der Musik und der ganzen Gespräche um uns herum schnitt seine tiefe Stimme durch meine Gedanken und mein dummer, dummer Körper reagierte mit einem heißen Kribbeln darauf. Eine Empfindung, die hier überhaupt nichts verloren hatte, weil ich den Typen noch immer nicht ausstehen konnte.

Ich war gerade damit beschäftigt, Bier für den Tisch zu zapfen, an dem Barnes wie jede Woche mit seinen vier Freunden Karten spielte, und das Letzte, was ich wollte, war, Jax die Genugtuung zu geben, auch nur irgendeine Reaktion zu zeigen. Also hob ich nicht mal den Kopf, obwohl ich spürte, wie er mich beobachtete.

»Du siehst gestresst aus«, stellte er fest. Ein neckender Unterton begleitete seine Worte.

»Ja, das hat deine Gegenwart so an sich.« Ich verdrehte die Augen. »Komisch, dass dir das nicht schon in den letzten zwei Wochen aufgefallen ist.«

An diesem Freitagabend war meine sechste Schicht im Pub und bis vor wenigen Minuten war der Raum brechend voll gewesen. Doch langsam leerten sich die Plätze an der Bar ebenso wie die Tische. Ich hatte schnell gelernt, dass Josie mich zwar als Kellnerin eingestellt hatte, hier zu arbeiten jedoch bedeutete, überall mit anzupacken. Heute Abend war Josie selbst bereits in der Küche eingesprungen, als eine riesige Gruppe zum Abendessen hereingekommen war, und ich fand mich immer öfter hinter der Bar wieder, damit wir mit all den Bestellungen hinterherkamen. Dass Daisy, die zweite Kellnerin, vor einer Stunde mit Bauchschmerzen nach Hause gegangen war und Freddie ein paar Tage frei hatte, half nicht gerade dabei, die Lage zu entspannen, dennoch hatten wir es irgendwie geschafft und für den Moment schienen alle versorgt zu sein.

Manchmal konnte ich gar nicht glauben, dass seit dem Tag, an dem ich verzweifelt nach einem Job suchend hier hereingestürmt war, und heute schon zwei Wochen vergangen war. Genauso wenig wie ich glauben konnte, dass Levi sich dem Orden der Goldenen Flamme offiziell angeschlossen hatte und mittlerweile dort lernte und trainierte.

Wir hatten beide unseren Teil des Deals erfüllt, denn während er seinen Platz im Orden einnahm, hatte ich versucht, mehr über unsere Kräfte und dieses fremde Mädchen herauszufinden. Ich war zurück an den Ort des Unfalls gefahren, hatte dort allerdings keine Spuren mehr finden können. Das Brückengeländer war repariert worden und nichts deutete auf einen Kampf oder etwas Übernatürliches hin. Es war, als wäre diese Episode nie passiert. Aber das war sie, denn mein Wagen befand sich noch immer in der Werkstatt. Nate hatte Wort gehalten und sich darum gekümmert, und bis ich mein Auto wieder hatte, durfte ich mir Levis Wagen ausleihen. Ich war auch noch mal bei Mum im Krankenhaus gewesen, hatte es aber nicht über mich gebracht, sie nach Dad, unseren Kräften oder dem Orden zu fragen. Nicht, wenn sie so erschöpft und kurzatmig war, dass sie kaum sprechen konnte und gerade genug Energie aufbrachte, um mit einem sanften Lächeln meine Hand zu drücken.

Das Leben war weitergegangen – trotz der Sache an der Brücke überraschend normal und dämonenfrei.

Ich ließ meinen Blick durch den Raum wandern. Die dunklen Holzmöbel waren mir inzwischen ebenso vertraut wie die zahlreichen Bilder an den Wänden, und wie fast jedes Mal blieb mein

Blick für einen Augenblick an der Plakette in Gedenken an das Feuer vor ein paar Jahren hängen. Ich hatte Josie bisher nicht danach gefragt, denn auch wenn ich eine leise Neugier verspürte, was genau damals geschehen war, ging es mich im Grunde nichts an.

Ich stellte das letzte Bierglas aufs Tablett und machte mich damit auf den Weg.

»Danke, *lass*«, sagte Barnes und warf mir ein schnelles Lächeln zu, ehe er sich wieder ganz auf das Kartenspiel konzentrierte. Auch seine Freunde, die alle um die fünfzig oder sechzig Jahre alt sein mussten, bedankten sich freundlich, als ich das Bier vor ihnen abstellte und die leeren Gläser wieder einsammelte.

Zu meiner Überraschung arbeitete ich gerne im *Jo's*. Anfangs war dieser Job nur ein Mittel zum Zweck gewesen, aber inzwischen genoss ich es, so viele verschiedene Menschen kennenzulernen, mich mit ihnen zu unterhalten, zu scherzen und von ihrem Alltag oder ihrem Besuch in Dundee zu erfahren, wenn sich tatsächlich mal einer der wenigen Touristen hierher verirrte. Im Gegensatz zu ihrem Neffen machte Josie es mir leicht, mich wohlzufühlen. Sie hatte zwar eine recht direkte, mitunter etwas ruppige Art, aber sie war auch eine warmherzige Chefin, erinnerte uns immer an unsere Pausen und packte mit an, wenn Not am Mann war.

Die letzten vierzehn Tage waren wie im Flug vergangen. Ich war so mit der Uni und meinem Job hier beschäftigt, damit, neue Kontakte zu knüpfen und Societys auszuprobieren, dass ich gar keine Zeit gehabt hatte, um über Nate und den Orden nachzudenken.

Na gut, das war gelogen. Ich stürzte mich in die Arbeit und vermied es, mich damit zu beschäftigen. Hin und wieder bekam ich Updates von Levi, wie es für ihn beim Orden lief und was er Neues gelernt hatte, aber er erzählte mir nichts über Nate. Und das war auch gut so. Das war genau das, was ich wollte.

»Was wird das?«, fragte Jax unvermittelt, als ich wieder hinter der

Bar stand und ein Schneidebrett sowie eine Schale mit Zitronen zu mir heranzog.

Mit einem zuckersüßen Lächeln auf dem Gesicht und einem scharfen Messer in der Hand deutete ich auf ihn. »Ich sorge für noch mehr Stress.« Dann machte ich mich an die Arbeit und ließ die Klinge durch die Früchte gleiten.

»Du machst das falsch«, sagte Jax plötzlich neben mir.

»Ich wusste nicht, dass man Zitronen falsch schneiden kann«, murmelte ich, ohne aufzusehen.

»Kann man.« Er stellte sich hinter mich und ich erstarrte, als er die vernarbten Hände rechts und links von mir auf die Arbeitsfläche aufstützte und mir dadurch noch etwas näher kam.

Verdammt! Ich hielt in meinen Bewegungen inne, da ich mir seiner Nähe viel zu sehr bewusst war und sie mich aus dem Konzept brachte. Ich musste mich auf etwas anderes konzentrieren. Irgendetwas …

Mein Blick fiel auf seine Arme. Er hatte die Ärmel hochgekrempelt, wodurch die roten Male an seinem rechten Unterarm deutlich zu sehen waren, vor allem so aus der Nähe. Ich konnte mir nicht mal vorstellen, welche Schmerzen er hatte aushalten müssen. Einmal hatte ich mir die Hand am Ofen verbrannt – und das hatte wirklich wehgetan, obwohl die Heilung umgehend eingesetzt hatte. Aber bei einem ganz normalen Menschen, der über keine besonderen Kräfte verfügte? Und in dem Ausmaß? Das musste die Hölle gewesen sein.

Jax lehnte den Kopf zu mir hinunter. »Ich kann es dir zeigen.«

Hitze strahlte von seinem Körper aus und sprang auf mich über. Es kostete mich jedes bisschen Selbstbeherrschung, um keine Reaktion zu zeigen.

»Musst du dabei so dicht hinter mir stehen?«, presste ich hervor.

Das Grinsen in seiner Stimme war nicht zu überhören. »Ja«, raunte er an meinem Ohr und jagte damit einen heißen Schauer über meinen Rücken. »Die Aussicht ist von hier so gut.«

Ich sah an mir hinunter und geradewegs in den dezenten Ausschnitt meines Shirts. Bevor ich darüber nachdenken konnte, rammte ich Jax meinen Ellbogen in die Rippen. *Fest.* »Arschloch.«

Lachend hielt er sich die Seite. »Du bringst einfach das Beste in mir zum Vorschein. Und die Zitrone schneidest du trotzdem falsch.« Statt mir noch mal so auf die Pelle zu rücken, lehnte er sich mit der Hüfte gegen die Arbeitsfläche neben mir.

Frustriert ließ ich das Messer sinken und warf ihm einen wütenden Blick zu. »Und wie ist es deiner Meinung nach *richtig*?«

Er deutete auf das Brett. »In Scheiben, nicht in Viertel. Auf diese Weise haben wir mehr davon und auch mehr Platz in der Schale, die du gerade so schön befüllt hast.«

Ich runzelte die Stirn, denn … verdammt, ich konnte ihm nicht mal widersprechen. Aber das hätte er mir auch früher sagen können, nämlich bevor ich schon die dritte Zitrone in Viertel geschnitten hatte.

»Okay. Schön. Danke.« Das letzte Wort war ein kaum hörbares Grummeln.

»Wie war das?« Jax beugte sich ein Stück vor. In seinen blauen Augen funkelte es herausfordernd. »Ich glaube, ich hab dich nicht richtig verstanden. Könntest du das wiederholen?«

Ich biss die Zähne zusammen und unterdrückte jeden Impuls in mir, ihn erneut mit dem Ellbogen zu attackieren. Oder mit dem Messer in meiner Hand. Gleichzeitig drang mir etwas von Jax' unverwechselbaren Duft nach Holz, Rauch und etwas anderem, etwas Frischem, in die Nase und ich musste mich dazu zwingen, nicht tief einzuatmen. Bisher hatte ich meine Selbstbeherrschung immer für gut gehalten, doch dieser Kerl verstand es wirklich, sie auf die Probe zu stellen.

»Welchen Teil soll ich wiederholen?« Statt ihn anzusehen, konzentrierte ich mich darauf, das Chaos in Ordnung zu bringen, das ich mit den Zitronen angerichtet hatte. »Dass du ein Arschloch bist oder dass ich Scheiben schneiden soll?«

Jax ließ sich nicht beirren. »Du weißt schon. Das kleine Wörtchen mit D.«

Ich warf ihm ein honigsüßes Lächeln zu. »Dummkopf? Dickschädel? Draufgänger? Drecksack? Ich kann mich echt nicht entscheiden.«

Einen viel zu langen Moment hielt er meinen Blick fest, dann verzogen sich seine Lippen zu einem Grinsen. Ein Grinsen, das nicht diese Wirkung auf mich haben sollte. Es sollte kein Kribbeln in meiner Magengrube auslösen und definitiv sollte es nicht solch eine Hitze tief in meinem Bauch entfachen. Aber vor allem, vor allem sollten meine Mundwinkel nicht nach oben wandern, und erst recht sollte ich das Lächeln nicht erwidern.

In diesem Augenblick veränderte sich etwas in Jax' Miene. Seine Pupillen wurden größer. Sein Blick wurde dunkler, intensiver.

Mein Puls begann zu hämmern.

Als er sich diesmal zu mir hinunterbeugte, glaubte ich fast, er würde mich küssen. Oder es zumindest versuchen.

»Übrigens«, wisperte er mir stattdessen ins Ohr. »Man kann deinen BH-Träger sehen, Schneeflöckchen.«

»Oh nein«, murmelte ich trocken und musste mir viel zu viel Mühe geben, all die Empfindungen zu unterdrücken, die seine Nähe und seine Stimme in mir auslösten. »Informier die Polizei und das Royal Regiment of Scotland. Oder besser noch, ruf Victoria an und sag ihr, das Secret ist raus.«

Da war ein gedämpfter Laut, eine Mischung aus Lachen und Schnauben, dann wandte sich Jax ab und kümmerte sich so schnell wieder um den nächsten Gast an der Bar, als wäre nie etwas gewesen. Als wäre all das nur ein Spiel für ihn. Ein flüchtiges Entertainment.

Ich hingegen brauchte einen Moment, um meinen rasenden Herzschlag wieder in den Griff zu kriegen. Das hier hatte überhaupt nichts zu bedeuten. Das mit Jax war rein körperlich. Nur ein paar dämliche Hormone, die verrücktspielten. Ich wusste, warum ich so auf ihn reagierte, auch wenn er mich regelmäßig in den Wahnsinn trieb – und auch noch Spaß daran zu haben schien. Ich verstand es und konnte es ignorieren. Meistens zumindest.

Das mit Nate hingegen war … kompliziert. So kompliziert und schmerzhaft, dass ich nicht darüber nachdenken wollte. Nicht hier, nicht jetzt, am besten überhaupt nicht mehr.

Als ich die nächste Bestellung aufnahm und Jax an der Kasse ablöste, zwinkerte er mir kurz zu. Dann machten wir uns wieder an die Arbeit, während der Trubel im Pub kam und ging, wie die Wellen unten am City Quay.

Nach allem, was vor knapp zwei Wochen passiert war, brauchte ich diese Normalität in meinem Leben – und klammerte mich daran fest. Selbst wenn das bedeutete, noch mehr Zeit mit Jax verbringen zu müssen.

Als ich Stunden später Feierabend machte und nach draußen trat, war ich erschöpft, aber zufrieden. Meine Füße und mein Rücken taten mir vom vielen Stehen und Herumrennen weh, aber das würde schnell wieder vergehen. Ich blieb einen Moment in der Gasse vor dem Pub stehen, schloss die Augen und atmete tief die kühle Nachtluft ein … bis ich ein Prickeln im Nacken verspürte.

Sofort schlug ich die Augen auf und sah mich um. Als ich die Ursache dafür gefunden hatte, setzte mein Herz einen Schlag lang aus, nur um anschließend umso kräftiger weiterzupochen.

Auf der gegenüberliegenden Straßenseite, ganz in Schwarz gekleidet und die Arme vor der Brust verschränkt, lehnte niemand Geringeres als Nathaniel MacKenzie an seinem Motorrad und beobachtete mich. Als sich unsere Blicke begegneten, stockte mir unweigerlich der Atem. Und mir wurde klar, dass ich mir die ganze Zeit über etwas vorgemacht hatte. Ich hatte mich selbst belogen, als ich geglaubt hatte, ihn aus meinen Gedanken verbannen zu können, indem ich mich in die Arbeit stürzte. Uns verband eine Vorgeschichte. Eine, die seit unserem Wiedersehen nur noch komplizierter geworden war.

Ich presste die Lippen aufeinander, sah kurz nach rechts und links, und überquerte die Straße. Als ich mich ihm näherte, ließ er die Arme sinken und richtete sich langsam auf.

»Levi hat mir gesagt, wo du arbeitest.«

Dieser Verräter.

Ich blieb nur einen Meter von Nate entfernt stehen. »Was willst du?«

»Können wir reden?«

Ernsthaft? Ich war kurz davor, laut loszulachen, unterdrückte den Impuls jedoch in letzter Sekunde.

»Ich glaube, wir haben schon genug geredet. Du hast die ganze Zeit im Auftrag des Ordens gehandelt und jetzt habt ihr mit Levi euren tollen Nachfahren der Familie Beauvil. Herzlichen Glückwunsch. Ich wüsste nicht, was es noch zu besprechen gäbe.«

Ich wollte ihn stehen lassen, aber Nate schnitt mir den Weg ab, indem er sich vor mich stellte. »Du hast mir keine Chance gelassen, es dir zu erklären.«

»Ich brauche keine Erklärung.«

Was ich brauchte, war ein langweiliges, ganz normales Leben ohne Dämonen, ohne Kräfte, ohne ständige Anspannung und Sorge, ohne Flucht und ohne diesen Orden, der meinen Vater hatte sterben lassen, obwohl sie ihn hätten beschützen sollen. Und ohne jemanden, der, seit wir uns kannten, nichts anderes getan hatte, als mir ins Gesicht zu lügen.

»Vielleicht brauchst du keine«, gab Nate zu. »Aber ich würde dir trotzdem gerne eine Erklärung geben. Außerdem will ich dir etwas zeigen.«

Meine Brauen wanderten ganz von selbst in die Höhe und ich sah mich in der leeren Gasse um. »Jetzt?«

Es war nach elf Uhr abends. Alle Geschäfte hatten geschlossen und die letzten Pubs machten gerade dicht. Hinter den Fenstern der Häuser brannten nur noch wenige Lichter, auch wenn die Straßenlampen mehr als genug Helligkeit spendeten.

»Warum nicht? Hast du etwas Besseres vor?«

»Ja. Schlafen zum Beispiel.«

Seine Mundwinkel zuckten, aber er ließ nicht locker. »Ich zeige dir nur einen einzigen Ort. Es wird nicht lange dauern – und ich verspreche dir, dass du es nicht bereuen wirst.«

Ich zögerte. Wahrscheinlich … nein, mit Sicherheit wäre es klüger, das nicht zu tun. Ihm nicht länger zuzuhören, nicht mit ihm zu fahren. Wäre er ein Fremder, hätte ich nicht das geringste Problem damit, ihn einfach stehen zu lassen und mich auf den Heimweg zu begeben.

Aber er war kein Fremder. Das hier war Nate.

Der erste Junge, in den ich mich richtig verliebt hatte. Der mich aufgemuntert und zum Lachen gebracht hatte. Der mich vor einem schwierigen Test in der Schule mit seinen Sprüchen und Geschichten lange genug abgelenkt hatte, um mich meine Nervosität vergessen zu lassen. Der mit mir bis zum Gipfel des Arthur's Seat in Edinburgh hochgewandert war und mir hinterher als Zeichen für unseren Erfolg eine lila blühende Distel geschenkt hatte, nur um mich lächeln zu sehen. Nate war einfach immer da gewesen. Ich erinnerte mich genau, wie mein Leben mit ihm darin gewesen war –

und wie es ohne ihn war. Ich kannte beide Versionen. Und genau das machte es so verflucht schwer, jetzt Nein zu sagen. Denn ich *mochte* es, ihn in meinem Leben zu haben. Selbst wenn alles eine Lüge gewesen war und er die ganze Zeit nur im Auftrag des Ordens gehandelt hatte. Wie erbärmlich war das bitte?

Ich seufzte tief und hielt einen Finger in die Höhe. »Ein Ort. Ein einziger.«

Nate nickte. Dann drehte er sich um, holte den zweiten Helm aus seinem Bike und hielt ihn mir hin. Diese ganze Situation kam mir viel zu bekannt vor. Nicht nur, wie sorgfältig Nate den Verschluss prüfte, nachdem ich mir den Helm aufgesetzt hatte, sondern auch, so hinter ihm auf seinem Motorrad zu sitzen.

»Du wirst mich jetzt aber nicht in einen dunklen Wald fahren, um mich dort zu ermorden, oder?«

Ein amüsiertes Lächeln blitzte in seinem Gesicht auf, als er mir einen Blick über die Schulter zuwarf. »Nicht, so lange du kein Dämon bist.«

Nein, ich war nur ein ganz normaler Mensch mit besonderen Fähigkeiten. Kein Grund, nervös zu sein. Aber es war nicht meine Heilkraft, die für das Flattern von Hunderten Schmetterlingen in meinem Bauch sorgte, als ich die Arme um ihn schlang und mich gegen seinen Rücken presste. *Er* war der Grund dafür. Er würde immer der Grund dafür sein.

»Wo fahren wir hin?«

»Lass dich überraschen.« Nate legte seine Hand für einen winzigen Moment auf meine. »Gut festhalten.«

Als ob ich ihn jemals freiwillig loslassen würde.

Ich nickte und er startete den Motor. Ein Röhren durchschnitt die Stille der Nacht und die Vibrationen erfassten meinen ganzen Körper. In der einen Sekunde standen wir noch vor dem Pub, in der nächsten brausten wir durch die leeren Straßen Dundees.

Kapitel 12

Wir ließen das Zentrum hinter uns und bogen ab. Zielsicher manövrierte Nate uns durch die Straßen, die immer steiler wurden. Innerhalb von Minuten waren wir in einer Gegend, in der ich bisher noch nicht gewesen war – und fuhren immer weiter bergauf. Die Straßen wurden schmaler und auf beiden Seiten standen jede Menge Autos vor den Wohnhäusern. Wir ließen auch den menschenleeren Parkplatz auf einer Anhöhe hinter uns und fuhren stattdessen immer weiter hinauf.

Ich klammerte mich an Nate fest. Bei der ersten Kurve hatte ich mich wie bereits während unserer allerersten Fahrt instinktiv gegen die Schräglage der Maschine stemmen wollen, doch mit einer einzigen Berührung an meinem Arm hatte Nate mir deutlich gemacht, dass ich mit ihm arbeiten sollte statt gegen ihn. Also lehnte ich mich ebenfalls in die Kurven, auch wenn mein Magen vor Aufregung dabei jedes Mal einen kleinen Sprung machte.

Schließlich erreichten wir einen weiteren kleinen Parkplatz, an dem Nate anhielt und den Motor ausschaltete.

Ein gewaltiges Monument ragte nur wenige Meter von uns entfernt auf und erhob sich wie ein steinerner Wächter gegen den dunklen Nachthimmel. Das Monument selbst war nicht beleuchtet, aber der fast volle Mond spendete uns glücklicherweise genügend Licht.

»Wo sind wir hier?«, fragte ich, nachdem ich abgestiegen war und den Helm abgenommen hatte.

»Dundee Law. Wir stehen auf einem vor etwa 400 Millionen Jahren erloschenen Vulkan. Das dort drüben ist ein Denkmal für die Gefallenen der ersten zwei Weltkriege«, fügte Nate hinzu und deutete auf das Monument aus massivem Granitstein.

»Das ist echt beeindruckend.« Langsam näherte ich mich dem kreisrunden gepflasterten Platz. Ich hatte das Denkmal schon aus der Ferne gesehen, aber aus der Nähe wirkte es noch gewaltiger. Es musste ungefähr fünf Mal so groß sein wie ich.

»Das ist eigentlich nicht das, was ich dir zeigen wollte.«

»Ach nein?« Ich drehte mich zu ihm um. »Was dann?«

Statt sofort zu antworten, hielt er mir seine Hand hin. Ich zögerte nur einen Herzschlag lang, dann ging ich auf ihn zu und legte meine Hand in seine. Wahrscheinlich wimmelte es hier tagsüber nur so vor Menschen, doch jetzt, mitten in der Nacht, waren wir ganz allein. Nur er und ich.

»Vorsicht mit den Stufen«, raunte Nate und deutete darauf. In der Dunkelheit waren sie nur schwer auszumachen, selbst die halbhohe Mauer aus massivem Stein, die eine Aussichtsplattform umschloss, registrierte ich kaum. Vielleicht, weil alles, was dahinter kam, mir den Atem raubte.

Ich ließ Nates Hand los und lehnte mich gegen das Metallgeländer, das auf der Steinmauer verankert war. Es war eine klare Nacht. Keine Wolken. Kein Nebel. Vor uns erstreckte sich die Stadt. Die Lichter Dundees funkelten mit den Sternen über uns um die Wette. Ganz weit im Süden konnte ich sogar den Firth of Tay sehen, den Meeresarm, in dem sich der River Tay und die Nordsee trafen. Und da waren auch die Zugbrücke und die Tay Road Bridge, über die auch jetzt noch Autos fuhren.

»Wow«, hauchte ich. Ich hatte mit vielem gerechnet, allerdings nicht damit, dass Nate mich zu dieser Aussichtsplattform bringen und dass der Ausblick so schön sein würde.

»Ja.« Er stützte sich neben mir mit den Unterarmen auf das Geländer. »Hier komme ich manchmal zum Nachdenken her.«

»Etwa auch mitten in der Nacht?« Ich warf ihm einen fragenden Seitenblick zu.

»Klar. Da denkt es sich am besten.«

Ich betrachtete sein Profil noch einen Moment lang, dann wandte ich mich wieder der Aussicht zu. Schweigen breitete sich zwischen uns aus. Nicht unangenehm, aber auch nicht entspannt. Dafür war ich mir seiner Gegenwart zu deutlich bewusst – genauso wie der Tatsache, dass wir allein waren. Unter uns breitete sich die Stadt aus und die Lichter in den Häusern und vereinzelt auf den Straßen zeigten deutlich, dass noch einige Leute wach waren. Aber hier oben auf dem Dundee Law? Auf dem Gipfel? Hier gab es nur Nate und mich.

Es war genau das, was ich mir früher so sehr gewünscht hatte. An einem romantischen Ort mit ihm ganz allein sein zu können. Jetzt war ich mir nicht mehr sicher, ob meine Entscheidung, mit ihm hierherzukommen, so klug gewesen war.

Ich räusperte mich leise. »Du wolltest mir etwas erklären …?«

»Ich habe gelogen.«

»Was?« Ich musterte ihn wieder von der Seite, aber er blickte weiterhin geradeaus. »Wann? Warum?«

»Beim Orden. Als du gefragt hast, ob der Altersunterschied damals der einzige Grund war, dass ich … das zwischen uns beendet habe.«

Beendet, bevor es überhaupt richtig angefangen hatte. Ja, das hatte er getan. Er hatte mir das Herz gebrochen und ich sollte noch immer wütend auf ihn sein, aber mittlerweile war so viel passiert und es war drei Jahre her. Er und ich waren damals andere Menschen gewesen. Menschen, die nicht mehr viel mit ihren heutigen Versionen gemein hatten.

Nur warum klopfte mir dann das Herz auf einmal bis zum Hals? Warum umklammerte ich das Geländer so fest, als bräuchte ich den Halt dringender als alles andere? Warum hatte er noch immer diese Wirkung auf mich?

Die ganze Zeit über, in der Nate nur geradeaus gestarrt hatte, hatte ich mir gewünscht, er würde mich anschauen. Doch als er es jetzt tat, als er zuerst den Kopf in meine Richtung wandte und dann sein ganzer Körper der Bewegung folgte, stockte mir der Atem. Und mir wurde klar, dass ein Teil von mir sicherer gewesen war, als er mich noch nicht direkt angesehen hatte. Als ich noch nicht diesen Wirbelsturm an Emotionen in den Tiefen seiner Augen hatte erkennen können.

»Nate …« Sein Name war nur ein Flüstern auf meinen Lippen. Ich wusste nicht, ob es eine Bitte, eine Frage oder eine Warnung sein sollte. Vielleicht war es auch alles zusammen.

Langsam hob er die Hand und strich mir eine vom Wind verwehte Strähne hinters Ohr. Seine Finger glitten über meinen Hals und hinterließen ein Kribbeln auf meiner Haut. Ich atmete scharf ein.

»Du bist eine Nachfahrin der Beauvils«, erinnerte er mich leise, aber auch so eindringlich, dass ich nur verwirrt den Kopf schütteln konnte.

»Das hast du schon mal gesagt, aber …«

Hatte ich mich bewegt oder er sich? Denn auf einmal spürte ich das Geländer in meinem Rücken, während sich meine Finger in den Stein hinter mir bohrten, um mich selbst davon abzuhalten, sie nach Nate auszustrecken. Nach Nate, der vor mich getreten und mir viel zu nahe gekommen war. Obwohl er mich nicht berührte, obwohl er mich nur ansah, nahm ich seine Nähe überdeutlich wahr. Die Wärme, die von ihm ausging, während wir in der Kälte der Nacht hier oben standen. Sein noch immer schmerzhaft vertrauter

Geruch. Der eindringliche Blick aus seinen Augen. Die Sehnsucht. Das unverfälschte Verlangen.

Keiner von uns rührte sich. Keiner von uns wagte es, diesen Moment zu beenden oder einen Schritt weiterzugehen.

»Warum ist das so wichtig?«, fragte ich leise und klammerte mich an das, was er vorhin gesagt hatte. »Was hat das mit …«

Mit *uns* zu tun. Ich brachte die Worte nicht über die Lippen, aber Nate schien zu wissen, worauf ich hinauswollte.

»Das bedeutet, dass du und Levi die Letzten dieser Linie seid«, raunte er. Wenn überhaupt möglich, wurde sein Blick noch eindringlicher. »Der Orden wurde von sechs Familien aus ganz Europa gegründet. Sechs Familien, die erkannt hatten, dass es mehr gibt in dieser Welt, als die meisten wahrhaben wollen. Die sich schworen, gegen die Dämonen zu kämpfen und die Welt sicherer zu machen. Und bis heute achten die Mitglieder sehr genau darauf, dass die Blutlinien der Gründerfamilien fortbestehen und sich unter keinen Umständen vermischen. Das könnte die Existenz des gesamten Ordens gefährden.« Sein Adamsapfel bebte, als er hart schluckte.

Meine Gedanken rasten genauso sehr wie mein Puls. Sie waren ein einziges Chaos – und Nate in so unmittelbarer Nähe machte es mir nicht gerade einfacher, mich zu konzentrieren. Dennoch drängte sich eine Information in den Vordergrund. Eine ganz bestimmte Sache.

»Du gehörst zu einer der Gründerfamilien.«

»Ja«, erwiderte er leise, ohne mich auch nur eine Sekunde aus den Augen zu lassen. Er lehnte sich zu mir hinunter, bis unsere Lippen nur noch wenige Zentimeter trennten. »Genau wie du.«

Aber das würde ja bedeuten … dass wir nach den Regeln des Ordens … niemals zusammen sein durften.

»Das ist verrückt«, wisperte ich.

Er gab einen Laut von sich, der eine Mischung aus Zustimmung und Schnauben war. »Nur durch diese Regeln konnte der Orden ein ganzes Jahrtausend überdauern. Sie sind heilig. Niemand sonst weiß über das Bescheid, was wir tun. Niemand sonst gehört dazu, abgesehen von angeheirateten Familienmitgliedern. Aber es gibt keine Leute von außen, keine Fremden. Die Familie Shieldblade ist bereits vor über zweihundert Jahren ausgestorben. Der Rat wird nicht zulassen, dass sich das wiederholt. Sie werden nicht zulassen, dass sich die Blutlinien vermischen oder aussterben ...«

»Weil dann auch der Orden zugrunde gehen würde.«

Nate nickte langsam und lehnte seine Stirn an meine. »Deshalb habe ich damals so reagiert.«

Mittlerweile hämmerte mein Herz so schnell, als würde es gleich in meiner Brust explodieren. Nate und ich waren uns so nahe – und dennoch meilenweit voneinander entfernt. Denn zwischen uns durfte nichts sein. Nicht dauerhaft. Der Orden würde es nicht zulassen. Nate hatte das gewusst. Er hatte es von Anfang an gewusst. Und doch ... Wenn er wirklich so fest von den Regeln des Ordens überzeugt war, warum hatte er meinen Kuss damals im ersten Moment erwidert? Warum war da noch immer diese Spannung, dieses Knistern zwischen uns, wenn es von vornherein unmöglich war? Wenn es nicht sein durfte? Warum standen wir heute hier, nur Sekunden davon entfernt, den Kuss von damals zu wiederholen – und zwar ohne plötzlich aufzuhören?

»Der Orden ist schon länger in Gefahr«, wisperte er, ohne von mir abzurücken. »Ganze Familienzweige haben sich abgewandt und in den letzten Jahrzehnten sind zu viele von uns gestorben. Die Dämonen werden immer mehr, während wir immer weniger werden.«

Diesmal schlug mein Herz aus ganz anderen Gründen schneller, denn ich war mir ziemlich sicher, dass das eine Information war, die Nate nicht mit mir teilen durfte. Trotzdem sagte er es mir.

»Wäre es dann nicht klug, Leute von außen hereinzuholen und auszubilden?«, fragte ich leise.

»Was wir tun, wird als unsere heilige Pflicht gesehen. Als der Grund, warum wir hier sind. Wie sollen Außenstehende unsere Regeln, Traditionen und Pflichten verstehen? Außerdem geht es ja gerade darum, die Menschen zu schützen. Wenn es öffentlich würde, dass all die Sagen und Legenden wahr sind und Dämonen wirklich existieren …« Er schüttelte langsam den Kopf. »Unser einziger Vorteil liegt in unserem Zusammenschluss. In den Familien. Dämonen sind Einzelkämpfer, sie arbeiten in der Regel nicht zusammen. Wir schon. Deshalb müssen wir die Gründerfamilien bewahren, koste es, was es wolle. Es tut mir leid.« Mit dem Daumen strich er über meine Wange bis zu meinem Mundwinkel hinunter und über mein Kinn. »Du glaubst gar nicht, wie verflucht leid es mir tut, Faith.«

»Du wirst dich nicht über die Regeln des Ordens hinwegsetzen.« Es war keine Frage, sondern eine Feststellung, dennoch nickte Nate.

»Sie sind meine Familie. Mein Zuhause. Ohne sie wäre ich heute nicht der, der ich bin. Meine …« Er atmete tief durch und hob den Kopf, brachte ein paar Zentimeter Abstand zwischen uns. »Meine Eltern wurden von Dämonen getötet. Ich bin bei meiner Großmutter hier in Dundee und später bei meiner Tante und meinem Onkel in Edinburgh aufgewachsen. Sie und der Orden … sie sind alles, was ich habe. Alles, was mich ausmacht.«

Das stimmte nicht, aber ich war nicht diejenige, die ihm das sagen würde. Nicht nur, weil ich kein Recht dazu hatte, sondern weil ich ihn verstand. Levi und Mum waren alles für mich. Ich würde nie riskieren, dass ihnen etwas zustieß, oder zulassen, dass sie meinetwegen in Gefahr gerieten. In diesem Punkt verstand ich Nate. Familie war wichtig.

Dennoch tat die Wahrheit weh. Mehr, als ich nach all der Zeit für möglich gehalten hätte. Es tat weh, weil ich ihn verstand und weil ich an seiner Stelle nicht anders gehandelt hätte.

Fragend hielt Nate mir die Hand hin. »Freunde?«

Einen Moment lang starrte ich nur auf seine Finger, die ich bis eben noch auf meiner Haut gespürt hatte. Ich wusste noch immer viel zu genau, wie es sich anfühlte, wenn sie mich fest an sich zogen und sich in meinen Haaren vergruben. Es war die Erinnerung an einen Moment, die ich einfach nicht vertreiben konnte, ganz gleich, wie sehr ich mich anstrengte. Ein Moment, der sich nicht wiederholen würde.

Es gab so vieles, was ich mir damals von Nate gewünscht hatte, doch Freundschaft war immer nur an zweiter Stelle gekommen. Aber jetzt … jetzt war ich selbst überrascht davon, wie sehr ich das wollte. Wie sehr ich mir diesen Kerl in meinem Leben wünschte. Trotz des Ordens. Trotz der Dämonen, der Gefahr und meiner eigenen Kräfte. Ich hatte Nate schon einmal verloren und das konnte und wollte ich nicht noch mal erleben müssen. Außerdem waren wir keine Kinder mehr und ich definitiv keine heftig verknallte Fünfzehnjährige mehr. Das hier konnte funktionieren, zumindest hatte es eine Chance verdient. *Wir* hatten eine Chance verdient.

Ich legte meine Hand in seine und ignorierte den warmen Schauer, der bei der Berührung über meine Haut rann. »Freunde.«

Erleichterung zeichnete sich in seinem Gesicht ab. Er schüttelte meine Hand, ließ sie jedoch nicht sofort wieder los. »Wenn du Lust hast, kann ich dir in den nächsten Tagen ein bisschen die Stadt zeigen. Als Freunde«, fügte er hinzu. »Ich wohne schon etwas länger hier.«

Ich lächelte, ohne ihn aus den Augen zu lassen. »Das wäre schön, ja.«

»Okay.«

»Aber ich werde dem Orden trotzdem nicht beitreten.«

Diesmal waren es seine Mundwinkel, die sich zu einem Lächeln verzogen. »Okay.«

Für einen winzigen Moment strich sein Daumen über mein Handgelenk und hinterließ eine prickelnde Gänsehaut. Ich hielt unwillkürlich den Atem an und wartete trotz seiner Worte auf etwas … auf *mehr* … doch dann ließ er mich los und trat hastig einen Schritt zurück.

Die Realität hatte mich mit einem Schlag wieder. Das mit Nate und mir war von Anfang an zum Scheitern verurteilt gewesen. Und er … er hatte mich an diesen wunderschönen Ort gebracht, um mir zu erklären, warum er damals so gehandelt hatte. Er hatte mich hergebracht, um mir zu sagen, dass wir niemals zusammen sein konnten.

Kapitel 13

Als ich am nächsten Morgen die Augen aufschlug, war mir nicht gerade danach zumute gewesen, shoppen zu gehen. Doch jetzt, nach einem vollgepackten Tag, an dem Maisie mich von einem Laden und einem Café ins nächste geschleppt hatte, war ich dankbar für die Ablenkung. Ich wollte nicht über Nate und den Orden nachdenken. Ich wollte an überhaupt nichts mehr denken, außer vielleicht daran, dass ich nach dieser Shoppingtour besser ein paar Extraschichten im Pub einlegte, um am Ende des Monats noch Geld übrig zu haben.

»Hier finde ich mein Outfit für den Winterball!«, verkündete Maisie, als wir das Kaufhaus im Herzen Dundees am frühen Abend betraten.

»Das hast du schon vor vier Stunden gesagt.«

Sie wischte meinen Einwand mit einer Handbewegung beiseite und hakte sich bei mir unter. »Diesmal bin ich ganz sicher«, behauptete sie und steuerte die nächste Boutique an, in der funkelnde Kleider in den Schaufenstern hingen.

»Das hast du auch schon –«

»Schhh! Ich hab das im Gefühl.« Sie tippte sich mit dem Zeigefinger an die Nasenspitze. »Hier finden wir unsere Outfits für den Ball. Darauf würde ich sogar Wetten annehmen.«

Ich schüttelte nur den Kopf, ließ sie jedoch in dem Glauben, auch wenn der Winterball der University of Dundee noch Wochen hin war. Aber wie gesagt: Ablenkung war etwas Wundervolles.

Vor allem die Ablenkung von dem Ziehen in meiner Brust, das einfach nicht verschwinden wollte, ganz egal, wie oft ich mir sagte, dass es so besser war. Das zwischen Nate und mir hätte niemals funktioniert, selbst wenn die Regeln des Ordens es uns erlaubt hätten. Wir waren zu verschieden. Er hatte sein Leben dem Kampf gegen Dämonen und der Jagd auf alles Übernatürliche verschrieben und ich … nun, ich war zwar vieles, aber mit Sicherheit nicht normal.

Nachdenklich betrachtete ich kurze Zeit später mein Spiegelbild in der Umkleidekabine. Mein Gesicht war etwas gerötet, weil wir heute so viel draußen unterwegs gewesen waren, aber daraus würde kein Sonnenbrand entstehen. Meine Haut war glatt und ohne den geringsten Kratzer. Ohne eine Narbe. Die drei kleinen Sommersprossen links neben meiner Nase waren die einzige Unregelmäßigkeit und die überschminkte ich meist. Von dem Autounfall, der andere für längere Zeit ins Krankenhaus befördert hätte, sah man mir nichts mehr an. Alles war umgehend von selbst geheilt. Nein, nicht von selbst. Durch Magie. Durch diese Fähigkeit, die ich noch immer nicht verstand und die Levis Recherchen beim Orden zufolge eindeutig nichts mit unserem Erbe als Beauvils zu tun hatte. Spätestens, wenn Nate von dieser Fähigkeit erfahren hätte, wäre alles aus gewesen. Es war besser so. Klüger. Das würde uns beiden unnötigen Herzschmerz ersparen.

Rational betrachtet, war mir das total klar. Ich wünschte nur, diese Erkenntnis würde endlich mal bei meinen Gefühlen ankommen.

»Bist du fertig?« Maisies aufgeregte Stimme holte mich in die Gegenwart zurück.

Ich strich das Kleid glatt und atmete tief durch, dann trat ich aus der Umkleide.

Das Erste, was ich sah, war ein Traum in einem intensiven Smaragdgrün. Die Farbe passte perfekt zu Maisies hellem Teint mit den Sommersprossen und dem roten Haar.

»Wow«, stieß ich hervor und musterte sie erneut von oben bis unten.

»Gut genug für den Ball?«

»Gut genug, um jedem Mann und jeder Frau das Herz zu brechen.«

»Danke.« Sie lachte und strich über den bestickten Stoff. »Aber ich bin noch nicht ganz überzeugt. Du hingegen … Du siehst unglaublich aus. Lavendel ist wirklich deine Farbe.«

Ich drehte mich zu dem großen Ganzkörperspiegel. Vor mir stand eine junge Frau in einem fast schon schlichten bodenlangen Kleid in einem blassen Fliederton. Die Träger waren hauchdünn und erzeugten ein hübsches, aber nicht zu auffälliges Dekolleté. Der obere Teil war mit zarten Blumenapplikationen bestickt. An der Taille lief der Stoff eng zusammen, dann fiel er in sanften Wellen zu Boden. Die linienförmigen Stickereien, die wie silberne Fäden im Stoff wirkten, verstärkten den Eindruck von Wellenbewegungen nur noch.

»Das liegt an den Haaren.« Ich strich mir die platinblonde Masse hinter die Ohren und kniff die Augen zusammen. »Irgendwie sehe ich aus wie Elsa, die Eiskönigin.«

Maisie trat neben mich. »Wenn du Elsa bist, dann bin ich Anna. Aber fang bloß nicht damit an, alles einzufrieren. Oder zu singen.«

Ich lachte leise. »Keine Sorge, das wird –«

Da war ein plötzliches Summen tief in meinem Inneren. Stirnrunzelnd sah ich mich im Laden um. War Levi in der Nähe und setzte seine Telekinese ein? In einem öffentlichen Kaufhaus? Denn das war die einzige Erklärung für diese Empfindung. Allerdings konnte ich meinen Bruder nirgendwo hier im Laden entdecken –

und auch nicht davor, als ich mir beinahe den Hals verrenkte, um durch die Schaufenster nach draußen in den Gang zu blicken.

Doch so schnell das vertraute Summen eingesetzt hatte, so schnell war es wieder vorbei. Als hätte jemand einen Lichtschalter an- und sofort wieder ausgeknipst. Aber ich konnte mir diese Empfindung nicht nur eingebildet haben, weil ich sie zu gut kannte. Weil sie nur in den Momenten auftrat, in denen mein Bruder in der Nähe war und seine Fähigkeiten einsetzte. Als würde meine eigene Magie auf seine reagieren – und andersherum war es genauso. Er spürte immer, wenn ich mich heilte. Aber hier und jetzt? Was hatte das zu bedeuten?

»Faith?« Maisie ging um mich herum und suchte meinen Blick. Ich hatte nicht mal gemerkt, dass ich von den Umkleiden weg und durch den halben Laden gegangen war. »Alles okay?«

»Ja, ich … schon gut.« Kopfschüttelnd wandte ich mich ab. Ich würde Levi später danach fragen, denn das war echt seltsam gewesen.

Als wir die Boutique verließen, wirkte alles normal. Eine Gruppe Mädchen in unserem Alter tummelte sich mit vollen Einkaufstüten vor dem Schaufenster. Ein kleiner Junge saß mit einem Eis in der Hand auf einer Bank und wackelte mit den Füßen, während seine Mutter neben ihm auf ihrem Handy herumtippte. Nichts Ungewöhnliches, also schüttelte ich das ungute Gefühl ab. Das Letzte, was ich jetzt brauchte, war paranoid zu werden, zumal nach der Sache an der Brücke nichts mehr passiert war. Keine unerwarteten Überraschungen, keine Unfälle, keine Dämonen. Alles war ruhig. Und Levi zufolge patrouillierten die Mitglieder des Ordens nicht nur nachts, sondern auch tagsüber durch die Stadt.

Es dämmerte bereits, als wir nach draußen traten. Wir hatten den ganzen Tag mit Shoppen, Quatschen und Essen verbracht und es war so wundervoll normal gewesen, dass ich die Zeit völlig vergessen hatte.

»Wollen wir noch in einen Pub was trinken gehen?«, fragte Maisie und deutete mit den Einkaufstüten in den Händen vage in eine Richtung.

»Unbedingt!« Es war Samstagabend. Ich wollte wie jede andere Studentin einfach Spaß haben. »Aber lass uns erst das ganze Zeug zurück nach Hause bringen.«

Neben dem Kleid für den Winterball hatte ich mir noch passende Schuhe gekauft und hatte fast eine Stunde in einem Schreibwarenladen verbracht, in dem ich mir neue Stifte, hübsches Washi-Tape in Weiß, Schwarz und Gold sowie Vintage-Sticker für mein Journal ausgesucht hatte.

Seite an Seite liefen wir durch die leeren Straßen. Obwohl es auch in der Innenstadt Pubs gab, waren andere Ecken der Stadt beliebter, weil sich dort zudem noch jede Menge Klubs befanden, in denen man die halbe Nacht durchtanzen konnte. Heute reichte mir jedoch ein guter alter Pub, in dem ich ausnahmsweise selbst keine Drinks ausschenken und Bestellungen aufnehmen musste, sondern mich gemütlich zurücklehnen konnte.

»Faith …?« Maisie blieb stehen.

»Hm?«, machte ich, doch dann fiel es mir auch auf.

Die plötzliche Stille um uns herum. Kein Auto war zu hören. Das Kreischen der Möwen war verstummt. Selbst das Plätschern des River Tay ganz in der Nähe war leiser geworden, als würde die Natur den Atem anhalten. Ich hatte gar nicht gemerkt, dass wir schon so nah am Ufer waren, aber zwischen den Häusern konnte ich das beleuchtete Museumsschiff erkennen. Allerdings war es still. Viel zu still.

Ich atmete tief durch und erstarrte, als mir ein erdiger, fast schon süßlicher Geruch in die Nase drang. Für einen Moment fühlte ich mich an einen anderen Ort zurückversetzt, als ich aus dem Auto gezerrt worden und hart auf dem Boden gelandet war. Damals war mir der Geruch nicht aufgefallen, weil alles so schnell gegangen war. Jetzt, da ich ihn wieder wahrnahm, umso deutlicher.

Mein Magen zog sich zusammen. Ich sah zurück zu Maisie.

Sie hatte die Augen zusammengekniffen und wirkte abgelenkt. »Vielleicht sollten wir nicht dort langgehen. Irgendetwas … irgendetwas stimmt nicht.« Ihre Worte verloren sich in dem Klappern von Hufen auf Kopfsteinpflaster.

Ein kalter Schauder kroch mir von meinem Nacken langsam den Rücken hinunter. Ich drehte mich um. Wann war der Nebel aufgekommen? Und warum war es noch immer so still, als würde alles um uns herum nur auf eine unabwendbare Katastrophe warten?

Zwischen den Nebelschwaden, die vom Fluss aufstiegen und unnatürlich schnell über die Straßen zogen, konnte ich eine dunkle Gestalt ausmachen. Einen Reiter auf einem großen Pferd. Nur dass es in Dundee eigentlich keine Reiter gab – zumindest nicht mitten in der Stadt, auf offener Straße.

»Was …?« Ich wich einen Schritt zurück. Maisie zerrte an meinem Arm, aber es war bereits zu spät. Der unheimliche Reiter steuerte geradewegs auf uns zu.

»Weg hier!« Diesmal war ich diejenige, die Maisie packte und sie mit mir zog. Der Fluchtinstinkt hatte die Kontrolle über meinen Körper übernommen.

In meinem Kopf prasselten Anweisungen auf mich ein, erst in Dads ruhiger Stimme, dann in der von Levi. *Weglaufen. Verstecken. Ruhig bleiben. Abwarten, bis die Gefahr vorbei ist.* Doch egal wie schnell wir rannten, das Donnern der Hufe folgte uns durch die Straßen. Und es kam näher. Mit jeder Sekunde, die wir wegliefen, mit jedem Meter, von dem wir glaubten, ihn zwischen uns und unseren Verfolger zu bringen, kam er immer näher.

»Faith!« Maisies Schrei erfüllte die Luft.

In einem Moment war sie noch neben mir, im nächsten wurde sie brutal von mir weggerissen.

Ich kam schlitternd zum Stehen. Maisie lag nur wenige Meter von mir entfernt auf dem Boden und rappelte sich gerade wieder auf. Der ganz in Schwarz gekleidete Reiter machte in diesem Moment eine Kehrtwende. Für einen Sekundenbruchteil trafen sich unsere Blicke und ein anderes Bild formte sich vor meinem inneren Auge: Der Reiter war kein Mann auf einem Pferd, sie waren eins. In seiner wahren Gestalt hatte er keine Beine, dafür aber so lange Arme mit Klauen, dass sie beinahe den Boden berührten. Aber am schlimmsten war, dass weder er noch sein Pferd Haut oder Fell hatten. Da waren nur Muskeln, Sehnen und Knochen, als hätte man ihn von innen nach außen gestülpt.

»Lauf weg, Faith!«, schrie Maisie.

Oh nein, das würde ich nicht tun. Ich würde sie nicht im Stich lassen – aber ich konnte den Dämon von ihr weglocken.

Keuchend wich ich zurück. Sofort verschwand das Bild in meinem Kopf wieder und ich sah nur noch die schwarze Gestalt, die geradewegs auf mich zuritt. Meine Einkaufstaschen fielen zu Boden. Ich wirbelte herum und rannte los.

Das Donnern der Hufe auf dem Asphalt hallte in meinen Ohren wider. Das zornige Wiehern kam immer näher. So nahe, dass ich meinte, den warmen Atem des Pferdes in meinem Nacken spüren zu können.

Ich schlug einen Haken, bog in eine Seitenstraße ein, doch der Reiter ließ nicht von mir ab. Er folgte mir in einem irrsinnigen Tempo. Ich wollte erneut abbiegen, da schoss seine Klaue hervor, packte mich und riss mich mit sich. Sein Arm schlang sich um meine Mitte und zog mich brutal zu ihm aufs Pferd hinauf. Instinktiv versuchte ich, mich loszureißen, mich aus seinem Griff zu winden, aber der Dämon hielt mich eisern fest – und mit einem Mal versengte mir seine Berührung die Haut. Brennende Hitze schoss durch den Stoff meiner Kleidung und durchdrang eine Hautschicht nach der anderen, während meine eigene Kraft mit aller Macht dagegen ankämpfte.

Ich riss den Mund auf, doch mir kam kein Laut über die Lippen. Der Schmerz lähmte mich und löschte alles in meinem Kopf aus. Es gab keinen Platz mehr für Gedanken oder Gefühle. Nur für glühend heißen Schmerz.

Meine Rippen wurden zerquetscht, meine Haut verbrannt. Ich konnte nicht mehr atmen. Da war nur noch Schmerz. So viel Schmerz. Panik begann sich wie eine riesige Welle in meinem Bewusstsein auszubreiten und drohte, mich zu überrollen. Mein Puls hämmerte wie verrückt. Bruchstückartige Erinnerungen tauchten in meinem Kopf auf und bohrten sich wie Glassplitter in mein Bewusstsein.

Das Hupen eines herannahenden Autos. Der Knall. Die darauffolgende Dunkelheit.

Das Gefühl von Dads warmer Hand, wenn er mir über den Kopf streichelt.

Blut in meiner linken Hand. Ein Taschenmesser, das ich an jemanden weitergebe.

Levis verzweifelte Stimme, noch nicht so tief wie heute. »Du musst aufwachen, Faith! Wach auf! Wach! Auf!«

Ich riss die Augen auf. Der Reiter hielt mich noch immer gnadenlos fest. Wind peitschte mir das Haar ins Gesicht. Nackte Angst tobte wie ein wildes Tier in mir. Das hier war völlig anders als alles, was ich bisher mit Dämonen erlebt hatte. Völlig anders als der Kampf auf der Brücke. Dort hatte ich mich selbstsicher gefühlt. Unverwundbar. Aber das hier …

Der Reiter packte fester zu. Etwas setzte in mir aus. Es war wie ein Schalter, der plötzlich umgelegt wurde und alles überschrieb, was Dad uns beigebracht hatte. Alles, was ich jemals gelernt, je gedacht und gefühlt hatte. Nichts davon spielte noch eine Rolle.

Ich packte den Dämon, schloss eine Hand um seinen unnatürlich langen Arm, mit dem er mich vor sich festhielt, und presste die andere auf den Kopf des Pferdes. Ein Ruck ging durch meinen Körper. Statt Wärme zuckte eisige Kälte durch mich hindurch und floss in meine Hände. Etwas Dunkles regte sich in mir. Meine Berührung brachte keine Heilung, sondern … sondern …

Das Pferd bäumte sich auf und kam mit einem schrillen, schmerzerfüllten Wiehern zum Stehen. Der Dämon versuchte sich zu wehren. Er packte meine Handgelenke, um mich von sich zu zerren. Umsonst. Trotz der sengenden Schmerzen an den Stellen, wo er mich berührte, floss meine Magie durch mich hindurch und in ihn hinein. Ich heilte mich und zerstörte ihn gleichzeitig.

Das Pferd brach zusammen und der Dämon ließ mich los. Ich hatte keine Zeit, mich abzufangen, und landete hart auf dem Asphalt. Schmerz explodierte in meiner linken Schulter, aber ich ignorierte ihn und stand wieder auf. Statt wegzurennen, machte ich einen zittrigen Schritt auf den Dämon zu und packte ihn an den Schultern. Diesmal wehrte er sich nicht. Mit einem stummen Schrei sank er vor mir in sich zusammen und die Klauen, mit denen er mich eben noch gepackt hatte, kratzten nutzlos über den Boden.

Er war wehrlos. Ein leichtes Opfer. Ich könnte es zu Ende bringen – allerdings hatte ich nie zuvor einen Dämon getötet. Ich hatte weder Waffen noch wusste ich, wie ich das anstellen sollte. Ganz anders als Nate damals auf der Brücke. Ich wusste ja nicht mal, was ich hier eigentlich tat, denn das … diese Zerstörung, das war nicht ich.

Mit einem erschrockenen Keuchen stolperte ich zurück. Der Reiter und das Pferd hatten ihre schwarze Schattengestalt verloren.

Jetzt war es nicht mehr nur ein Bild in meinem Kopf. Ich sah sie in ihrer wahren Form – als hätte man ihr Inneres nach außen gestülpt. Und die Stellen, an denen ich sie berührt hatte, waren aufgerissen. Zerfetzt. Schwarzes Blut sickerte aus Wunden, die ich …

Fassungslos starrte ich auf meine zitternden Finger hinab. Keine Verbrennungen. Kein Blut. Nichts. Was zur Hölle war da gerade passiert? Was hatte ich getan?

Ich ballte die Hände zu Fäusten und wich zurück. Erst einen Schritt, dann noch einen. Keine Zeit, um darüber nachzudenken. Ich hatte unseren Angreifer nicht vernichtet, sondern nur außer Gefecht gesetzt. Ich musste hier weg, bevor er wieder zu Kräften kam – oder weitere Dämonen auftauchten.

Ein letzter Blick auf die zusammengesunkene Gestalt, dann rannte ich los. Durch die leeren Straßen der Stadt, zurück zum Flussufer. Zurück zu Maisie, die sich mittlerweile wieder aufgerappelt hatte.

Wir mussten sofort von hier verschwinden.

Kapitel 14

Auf dem Weg zurück nach Hause lauerten uns keine weiteren Dämonen auf und wir begegneten glücklicherweise auch keinen Menschen. Gut so. Denn ich versuchte selbst noch zu begreifen, was da eben passiert war.

Ich half Maisie die Treppe hinauf und in die Wohnung. Mit dem Fuß kickte ich die Tür hinter uns zu, führte sie in die Küche und dort direkt zum Spülbecken. Sobald das Wasser kalt genug war, hielt sie ihren verbrannten Arm unter den Strahl.

»Mir geht's gut«, behauptete sie, aber ich glaubte ihr kein Wort. Sie bebte am ganzen Körper und sie war so blass geworden, dass ihre Sommersprossen noch deutlicher als sonst auf ihrem Gesicht hervortraten.

Ich fackelte nicht lange, sondern ging schnurstracks ins Badezimmer und kehrte mit dem Erste-Hilfe-Kasten in die Küche zurück. Ironischerweise hatte ich ihn bei unserem Einzug mitgebracht, um Verletzungen faken zu können, falls mich jemand sah, bevor die Heilung beendet war, so wie Nate vor einer Weile. Ich hatte nicht damit gerechnet, dass der Inhalt des Kastens tatsächlich bei einem Notfall zum Einsatz kommen würde.

»Es tut mir so leid«, murmelte ich, obwohl ich im Grunde wusste, dass ich nichts dafür konnte. Es war ja nicht so, als hätte ich den Dämon zu unserem Einkaufsbummel eingeladen.

»Schon okay.« Maisie lächelte matt, während ich den Sanitätskasten auf den Esstisch stellte und aufklappte. »Nicht deine Schuld.«

Ich nickte, aber nicht einmal ihre Worte kamen gegen meine Gewissenbisse an. Denn im Gegensatz zu meiner Mitbewohnerin war ich ohne einen einzigen Kratzer davongekommen. Meine Wunden waren längst verheilt. Der grausame Schmerz war vorbei. Maisie hingegen hatte eine heftige Brandwunde am Arm – und wahrscheinlich auch noch einige Prellungen. Sie würde wochenlang von den Spuren dieses Kampfes gezeichnet sein, und das nur, weil sie mit mir unterwegs gewesen war. Weil ich das Ziel dieses Angriffs gewesen war. Weil ich eine Beauvil war und zum Orden gehörte, ob ich wollte oder nicht.

Ich konnte zwar nicht verwundet werden – zumindest nicht auf Dauer –, aber andere Menschen durchaus. Menschen, die mir wichtig waren und die ich nicht einfach so heilen konnte wie Levi und mich selbst. Und wenn diese Personen dann auch noch verletzt wurden, nur weil sie in meiner Nähe gewesen waren, dann war das sehr wohl meine Schuld. Vor allem wenn ich nichts dagegen tun konnte.

»Nicht das«, protestierte Maisie, als sie sich zu mir an den Tisch setzte und die Brandsalbe in meiner Hand bemerkte. »In meinem Zimmer ist eine Schatulle in der Kommode. Unterste Schublade, rechts in der Ecke.«

Ich runzelte die Stirn, legte die Salbe jedoch beiseite und ging in Maisies Zimmer, das am anderen Ende der Wohnung lag und völlig anders aussah als mein eigenes. Warme Farben und Kissen sorgten für eine gemütliche Atmosphäre. Dreizehn Pflanzen in verschieden großen Töpfen verteilten sich auf Fensterbank und Boden, das Regal, die Kommode und den Schreibtisch. Maisie hegte und pflegte sie mit Hingabe, und hatte mir kurz nach meinem Einzug den Namen jeder einzelnen davon genannt, aber ich hatte zu meiner Schande die meisten bereits wieder vergessen. In der Luft hing ein leicht erdiger Geruch.

Nach kurzem Suchen zog ich eine Schatulle von der Größe eines Schuhkartons aus der Schublade. Sie war aus hellem Holz gefertigt, mit eingravierten Mustern und einem goldenen Schnappverschluss. Als ich sie in die Küche trug, klirrte es leise.

Sofort begann Maisie darin herumzukramen, holte mit zitternden Händen ein Fläschchen nach dem anderen heraus, studierte das Etikett und stellte es zurück, bis sie das richtige gefunden hatte.

»Was ist das?«, fragte ich, während ich es für sie öffnete. Ein intensiv würziger Duft drang aus der Flasche.

»Eine meiner Tanten ist … sagen wir, sie beschäftigt sich viel mit Naturmedizin. Das war ihr Geschenk zum Beginn des Studiums. Schmier es mir einfach auf die Haut.«

Ich zögerte kurz, wusch mir dann aber gründlich die Hände und verteilte anschließend die dunkelgrüne Masse auf ihren Unterarm, bis die Brandwunde darunter nicht mehr zu sehen war.

»Für das, was da gerade passiert ist, bist du erstaunlich ruhig«, murmelte ich. Abgesehen von den körperlichen Schmerzen hatte sie keine Reaktion gezeigt. Da war keine Panik gewesen. Keine Ungläubigkeit. Nichts. Gut möglich, dass sie noch immer unter Schock stand.

»Du auch.« Ihr aufmerksamer Blick glitt von meinem Gesicht abwärts. »Und völlig unverletzt.«

Ich biss die Zähne zusammen, wagte es aber nicht, Maisie direkt anzuschauen. Stattdessen beschäftigte ich mich mit dem Verband, den ich behutsam um ihren Unterarm wickelte. »Du weißt, was das vorhin war, oder?«, fragte ich vorsichtig.

»Ein Dämon.« Ihre Stimme klang tonlos. »Genauer gesagt ein Nuckelavee.«

Ich runzelte die Stirn. Ganz langsam hob ich den Kopf. Hatte ich mich da gerade verhört? Sie konnte doch nicht …

»Ich glaube, ich muss dir etwas gestehen.« Maisie atmete tief durch, dann suchte sie meinen Blick. Als sie die nächsten Worte aussprach, wirkte sie überraschend gefasst: »Ich bin eine Hexe.«

Sekundenlang starrte ich sie an, als würde sie jeden Moment einen spitzen Hut und einen Zauberstab hervorzaubern. Vielleicht auch noch neongrüne Haut bekommen. Im selben Moment wurde mir bewusst, wie klischeehaft das war. Echte Dämonen sahen ja auch nicht aus, wie man sie sich dank Filmen und Büchern vorstellte. Keine Hörner, keine ledrigen Flügel, keine Teufelsfratze. Zumindest bei jenen, denen ich bisher begegnet war. Warum also sollten Hexen so aussehen, wie man es vermutete?

Ich blinzelte langsam. »Wie bitte? Du bist *was*?«

Sie lächelte zögerlich. »Ich bin eine Hexe. Genauer gesagt gehöre ich zu einer alteingesessenen Hexenfamilie. Weißt du, wir praktizieren nicht in Zirkeln, sondern in Familien.«

Wundervoll. Noch mehr Familien und Nachfahren.

Meine Gedanken überschlugen sich, aber wenigstens blieben meine Hände beim Verbinden ruhig. »Warum hast du nie etwas gesagt?«

»Wir gehen nicht gerade damit hausieren. Außerdem sind wir Fremden gegenüber eher skeptisch.«

Verständlich. Levi und ich erzählten schließlich auch nicht jedem von unseren besonderen Fähigkeiten. Eigentlich niemandem, um genau zu sein.

Ich beendete den Verband, dann lehnte ich mich auf meinem Stuhl zurück und musterte meine Mitbewohnerin argwöhnisch. »Also weißt du deshalb, was das vorhin war …«

Sie nickte. »Ich habe schon von Dämonen gehört und bin dem einen oder anderen über den Weg gelaufen, ja. Hexen und Dämonen sind nicht gerade das, was man Freunde nennen würde. Todfeinde trifft es eher. Aber ich glaube nicht, dass der hier uns meinetwegen angegriffen hat. Ich bin mir sogar ziemlich sicher.«

Mein Magen verkrampfte sich unwillkürlich. Trotzdem musste ich fragen. Ich musste herausfinden, wie viel sie wusste. »Warum dann?«

»Deinetwegen.«

Ich schloss die Augen. Wenn sie mir gleich auch noch erzählte, dass ich eine Beauvil und Nachfahrin des Ordens war, würde ich aufstehen und gehen. Denn *das* konnte ich wirklich nicht mehr hören. Doch Maisie überraschte mich.

»Ich weiß, was du kannst. Warum du nicht einen Kratzer davongetragen hast, während ich ...« Sie sah auf ihren Arm hinab und verzog das Gesicht.

Levis Warnung kam mir in den Sinn, genau wie die von unserem Vater. *Das ist unser Geheimnis. Sprich mit niemandem darüber. Unter keinen Umständen. Hast du das verstanden, Faith?*

Ja, das hatte ich. Schon vor Jahren. Deswegen hatte ich mich nie richtig auf andere Menschen einlassen und Freundschaften schließen können. Deswegen verschwieg ich es Nate bis heute. Aber das hier ...? Das mit Maisie war eine völlig andere Situation. Sie war eine *Hexe* – und wenn es stimmte, was Nates Großmutter uns über ihresgleichen erzählt hatte, vielleicht eine von ganz wenigen Menschen auf der Welt, die es verstehen würde. Die womöglich sogar eine Erklärung hatte.

Probehalber hielt ich die Hand über ihren verbundenen Arm. Ich wartete auf die Wärme, die immer dann eintrat, wenn ich jemanden heilte. Manchmal, bei Mum, bildete ich mir ein, sie zu spüren, doch in Wahrheit passierte nichts. Nicht bei meiner Mutter. Nicht bei Maisie.

Frustriert ballte ich die Finger zur Faust und ließ sie wieder sinken. »Meine Verletzungen heilen von allein«, gab ich leise zu. »Ich kann meinen Bruder heilen, aber niemanden sonst. Nur ihn. Tut mir leid.«

»Schon gut.« Obwohl sie noch immer erschreckend blass war, schaffte sie es, aufmunternd zu lächeln. »Danke, dass du es versucht hast.«

Ich schüttelte den Kopf. Ein Dankeschön war das Letzte, was ich verdiente, schließlich hatte ich nichts getan. Wenn überhaupt hatte ich sie in Gefahr gebracht.

Ohne Maisie anzusehen, stand ich auf und holte zwei Gläser aus dem Küchenschrank. »Woher wusstest du davon? Von meiner Kraft, meine ich.«

»Bis heute hatte ich keine Ahnung, was genau du kannst«, gab sie zu. »Nur dass du Magie in dir trägst. Ich habe es schon gespürt, als wir uns das erste Mal begegnet sind. Genau wie bei Levi.«

Bei der Erwähnung seines Namens hielt ich mit der Wasserflasche in der Hand inne und drehte mich überrascht zu ihr um.

»In Hexenfamilien ist es üblich, dass so gut wie jeder ein ganz bestimmtes Talent hat«, erklärte sie und lehnte sich seufzend zurück. »Mein spezielles Talent ist, dass ich Magie spüren kann. Du und Levi, ihr tragt sie in euch. Wahrscheinlich kannst du aus diesem Grund nur ihn heilen.«

Ich runzelte die Stirn. »Wenn das stimmt, müsste ich dich aber auch heilen können, oder nicht? Offensichtlich trägst du auch Magie in dir.«

Wieder ein mattes Lächeln. »Nicht dieselbe Art wie ihr.«

Ich goss das Wasser ein und kehrte mit den beiden Gläsern an den Tisch zurück. »Was soll das heißen?«

»Danke.« Maisie trank einen großen Schluck. Als sie weitersprach, betrachtete sie die klare Flüssigkeit nachdenklich. »Ich kann es nicht genau erklären, aber deine und Levis Magie ist … anders. Anders als alles, was ich bisher gespürt habe.«

Ich zögerte. »Also gehören wir keiner Hexenfamilie an?«

Es war nur eine Theorie gewesen, um unsere Fähigkeiten zu erklären. Bis eben war mir nicht bewusst gewesen, wie sehr ich es mir gewünscht, wie sehr ich mich an diese Möglichkeit geklammert hatte. Nicht weil ich so scharf darauf war, eine Hexe zu sein, sondern weil es eine Erklärung gewesen wäre. Ein Grund für alles. Endlich.

Doch Maisies Kopfschütteln verpasste dieser Hoffnung einen Dämpfer. »Ich glaube nicht. Eigentlich kenne ich alle Familien hier in Schottland, und auch einige darüber hinaus. Haben denn eure Eltern oder andere Verwandten ungewöhnliche Fähigkeiten?«

Ich schüttelte den Kopf. Mum hätte uns das niemals verschwiegen, schon gar nicht, nachdem unsere eigenen Fähigkeiten sich gezeigt hatten. Dad war verschwunden und seine Eltern waren schon lange tot, aber nach allem, was ich bisher über den Orden erfahren hatte, besaßen sie ganz sicher keine Magie. Tanten und Onkel gab es nicht, ebenso wenig Cousins und Cousinen. Aus genau diesem Grund waren alle im Orden so erleichtert gewesen, uns gefunden zu haben. Wir waren die Letzten der Beauvil-Linie.

»Hm«, machte Maisie. »Das ist ungewöhnlich. Aber es soll schon vorgekommen sein, dass Kräfte ganze Generationen übersprungen haben. Ich kann gerne für euch nachforschen, wenn du willst …?«

»Das ist nett, danke. Meine Mutter heißt McGregor.« Ich zögerte einen Herzschlag lang. »Mein Vater Beauvil.«

»Beauvil?« Falten bildeten sich auf Maisies Stirn. Plötzlich wurde sie sehr ernst. »Wie beim Orden der Goldenen Flamme?«

»Ja.«

Der Blick aus ihren grünen Augen war unergründlich. »Die Mitglieder des Ordens haben keine Kräfte. Sie sind normale Menschen. Und sie hassen Magie.«

»Ich weiß.«

Das Schweigen, das sich zwischen uns ausbreitete, wurde von Sekunde zu Sekunde angespannter.

Schließlich räusperte sich Maisie. »Ich bin in Dundee, um den Orden im Auge zu behalten.«

»Was? Heißt das, du studierst gar nicht wirklich hier?«

»Doch, das tue ich. Es hat sich einfach so ergeben, dass ich in der Stadt studieren werde, in der der Orden seinen Hauptsitz hat.«

Ich kniff die Augen zusammen. »Warum sollst du ihn im Auge behalten?«

»Vor etwa dreihundert Jahren ist der Orden ein ziemlich legendäres Bündnis mit einer Hexenfamilie eingegangen, um den Brollachan zu besiegen. Einen der mächtigsten Dämonen, die es je gegeben hat.«

Ich erinnerte mich an das Gemälde, das ich in der großen Eingangshalle betrachtet hatte. Der Kampf zwischen den Monolithen, der den Dämon, aber auch so viele Ordensmitglieder das Leben gekostet hatte.

»Die Schlacht von Callanish.«

Maisie nickte. »Diese Hexen waren meine Vorfahrinnen. Der Rat des Ordens hat geschworen, niemals jemanden von uns zu jagen, sollten wir unsere Magie auf eine Weise einsetzen, die, sagen wir mal, nicht mit den Vorstellungen des Ordens übereinstimmt.«

»Du meinst, wenn ihr böse werdet?«

Maisie wiegte den Kopf hin und her, als würde sie überlegen. »Sozusagen. Jedenfalls haben meine Vorfahrinnen im Gegenzug geschworen, das Ritual von Callanish in jeder Generation zu erneuern, damit die Magie, die den Dämon an diesen Ort bindet, erhalten bleibt. Andernfalls würde sie immer schwächer werden und er könnte sich eines Tages befreien.«

Ein ungutes Gefühl breitete sich in mir aus. »Das klingt so, als gäbe es ein großes Aber …«

»Vor ungefähr zehn Jahren ist etwas passiert, mit dem niemand gerechnet hat. Als meine Großmutter und zwei meiner Tanten nach Callanish gingen, um das Ritual zu erneuern, ist etwas vorgefallen. Der Dämon befreite sich, bevor meine Familie es verhindern konnte.«

Ich runzelte die Stirn. Etwas regte sich in mir, wie ein lang vergessener Traum, an den ich mich nicht mehr erinnern konnte ... und dennoch wusste, dass er da war. Hatte mir das schon mal jemand erzählt? Nate oder Mrs MacKenzie vielleicht?

»Sie haben ihr Bestes getan, um Schadensbegrenzung zu betreiben«, erzählte Maisie weiter, »und dafür gesorgt, dass niemand davon erfährt. Eigentlich hätte ich dir auch nichts davon erzählen dürfen, weil du zum Orden gehörst und wir noch in Erfahrung bringen müssen, ob die anderen Mitglieder herausgefunden haben, was dort passiert ist. Wenn ja, könnte meine Familie in großen Schwierigkeiten stecken.«

»Ich bin nur durch meinen Namen an diese Leute gebunden«, widersprach ich automatisch. »Ich bin kein aktives Mitglied oder so.«

Dennoch schwirrte mir jetzt wieder das Gespräch mit Nate durch den Kopf.

»Ich habe keine Angst.«

»Das solltest du aber. Jedes Ordensmitglied wird seit der Kindheit für den Ernstfall trainiert. Selbst diejenigen, die nicht aktiv Dämonen jagen, können sich verteidigen. Du und Levi, ihr hattet diese Ausbildung nicht.«

Er hatte recht behalten. Mir fehlte die Ausbildung, die jedes Mitglied des Ordens erhielt. Mir fehlte sie – und heute hatte ich Maisie nicht helfen können. Meinetwegen war sie verletzt worden. Und hätte ich nicht plötzlich diese andere, diese dunkle Seite meiner Kräfte entdeckt, die mich gerettet hatte, wäre es noch schlimmer gekommen. Viel schlimmer.

Die Türklingel unterbrach meine Gedanken und ließ mich zusammenzucken.

»Wer ist das?«

Maisie stand auf. Sie wirkte gefasst, aber noch immer blass und schrecklich wackelig auf den Beinen. »Das ist mein Cousin Roman. Ich habe ihm getextet und ihn gebeten, mich abzuholen.«

»Was? Warum?«

»Er fährt mich zu meiner Tante. Ich muss meiner Familie berichten, was heute passiert ist.«

Ich sprang auf. »Wirst du …?«

Einen Moment lang musterte sie mich still, dann schüttelte sie langsam den Kopf. »Es ist dein Geheimnis. Ich werde dich nicht verraten.«

»Danke, Maisie. Wirklich.« Ich sah ihr nach, wie sie in ihr Zimmer ging und wenige Minuten später mit einer gepackten Tasche zurückkehrte, ehe sie durch die Tür verschwand.

Ich blieb allein in der Wohnung zurück. Allein mit den Erlebnissen. Allein mit unzähligen Fragen.

Später in dieser Nacht, nachdem ich mich stundenlang schlaflos im Bett herumgewälzt hatte, fasste ich einen Entschluss. Ich streckte die Hand nach meinem Handy auf dem Nachttisch aus und begann eine Nachricht an Nate zu tippen. Trotz allem, was geschehen war, und allem, was nicht zwischen uns sein durfte, war er der Erste, an den ich dachte. Der Einzige, der mir im Moment weiterhelfen konnte.

Ich schrieb ihm nur einen Satz. Nur fünf kleine Worte, von denen ich wusste, das sie mein Leben von Grund auf verändern würden. Aber ich würde nicht zulassen, dass so etwas wie heute noch mal geschah. Ich wollte mich nie wieder so machtlos fühlen. Aber vor allem würde ich nicht zulassen, dass erneut jemand, der mir wichtig war, in Gefahr geriet und verletzt wurde. Ich weigerte mich, das zuzulassen. Also drückte ich auf *Senden* und schickte die Nachricht ohne zu zögern ab:

Ich will in den Orden.

Kapitel 15

»Du bewegst dich immer noch falsch«, raunte Nate eine Woche später hinter mir.

Ein heißer Schauer prickelte in meinem Nacken. Ich kämpfte nicht einmal mehr dagegen an, genauso wenig wie gegen mein Herz, das nicht nur aufgrund des schweißtreibenden Workouts an diesem Sonntagabend heftig gegen meine Rippen trommelte. Eigentlich ein Wunder, dass ich nicht schon ernsthafte gesundheitliche Probleme bekommen hatte, so sehr wie mich die Mitglieder des Ordens beim Training drangsalierten. Allen voran Nate. Er mochte ein geduldiger Lehrer sein, aber er war auch gnadenlos und ließ mir keine Fehler durchgehen. Vor allem nicht, wenn er einen Crashkurs in Sachen Verteidigung mit mir durchführte.

Meine Entscheidung, dem Orden offiziell beizutreten wie Levi und mich von ihnen ausbilden zu lassen, war von Mrs MacKenzie und den anderen Mitgliedern des Rats sehr positiv aufgenommen worden. Glücklicherweise gab es keine Zeremonien oder dergleichen – wenn ich den anderen Trainierenden glauben konnte, fand erst nach der abgeschlossenen Ausbildung eine Einweihungszeremonie statt, bei der man offiziell zur Kriegerin oder zum Krieger des Ordens erklärt wurde. Ich wusste noch nicht, ob ich diesen Weg einschlagen wollte, aber diese Entscheidung musste ich auch noch nicht jetzt treffen. Jetzt würde ich dreimal die Woche den Abend im Gym des Ordens verbringen, wenn ich nicht gerade im Pub arbeiten oder für meine Kurse in die Uni musste.

Der Orden hatte Nate als meinen Trainer bestimmt und wir hatten sofort losgelegt. Weniger begeistert dagegen war Levi. Wenn es nach meinem Bruder ging, würde er mich am liebsten in Luftpolsterfolie einwickeln und vor allem beschützen. Aber auch er sah ein, dass es wichtig war, mich verteidigen zu können, falls sich so etwas wie mit dem Nuckelavee in der Stadt und dem schlangenartigen Beithir an der Brücke wiederholen sollte. Und bei meinem Glück würde genau das passieren.

Ich hatte schnell gelernt, was es bedeutete, zum Orden zu gehören – nämlich sich in jeder denkbaren und undenkbaren Situation gegen Dämonen zur Wehr setzen zu können, völlig unabhängig davon, ob man zur aktiven Kriegertruppe gehörte oder nicht. Selbst Nates Großmutter Mrs MacKenzie beherrschte alle nötigen Verteidigungs- und Angriffstechniken, mit denen ich mich noch immer herumschlug, weil ich mich zu lange auf meine Heilkräfte verlassen hatte. Auf meine Unverwundbarkeit. Zwar konnte und würde ich mich auch weiterhin darauf verlassen – zumindest was mich selbst anging. Aber nicht bei anderen. Nie mehr bei anderen.

Ich drehte den Kopf ein wenig zur Seite, um Nates Blick zu suchen, weil ich damit rechnete, dass er zurückgetreten war. Doch das war er nicht. Er stand noch immer viel zu dicht hinter mir. Sein großer Körper schirmte meinen vor allen Blicken ab, falls jemand die ansonsten leere Trainingshalle betreten würde. Vielleicht war das der Grund dafür, dass sein Mund meinem auf einmal viel zu nahe war. Nahe genug, um alle möglichen Erinnerungen und Empfindungen in mir auszulösen, von denen keine einzige hierhergehörte.

Ich räusperte mich leise, um meine Stimme wiederzufinden. »Dann zeig mir, wie ich es richtig machen soll.«

Seine Kiefermuskeln traten hervor, als würde er die Zähne fest zusammenbeißen, doch der Ausdruck in seinen Augen blieb derselbe. Dunkel. Sehnsüchtig. Hungrig. Trotz allem.

Ohne ein weiteres Wort brachte er mich in die richtige Position, indem er meine Arme und Beine so platzierte, wie er sie haben wollte. Im Anschluss trat er sofort zurück und ging um mich herum, bis er wieder vor mir stand. Probehalber verlagerte ich das Gewicht und nickte ihm dann zu. Auf diese Weise würde ich tatsächlich besser ausweichen können als zuvor.

Ursprünglich hatte ich sofort lernen wollen, wie man angriff. Wie man kämpfte. Doch Nate hatte sich nicht davon abbringen lassen, erst einmal die Grundlagen, die Dad mir beigebracht hatte, aufzufrischen – und die bestanden zu meinem Leidwesen aus Ausweichen, Abblocken und dem richtigen Fallen. Na super.

Wir trainierten noch eine halbe Stunde, bis ich keuchend nach Luft schnappte und mich nach etwas zu trinken sehnte.

»Wann zeigst du mir endlich die Angriffstechniken?«, fragte ich wie jedes Mal am Ende unserer Übungseinheiten.

Er hielt mir meine Wasserflasche hin, die ich dankbar entgegennahm. Statt meine Frage sofort abzuschmettern, wie er es sonst immer tat, schraubte er seine eigene Wasserflasche auf und trank durstig. Er war nicht ganz so verschwitzt wie ich, da ihn das Training im Gegensatz zu mir kaum anstrengte. Trotzdem sah er in der langen schwarzen Hose und dem eng anliegenden Shirt gut aus. Zu gut. Obwohl alles davon schwarz war, schien es die Tätowierungen auf seinem ganzen linken Arm nur noch zu betonen.

»Du hast gerade mal das Abblocken und richtige Fallen drauf«, erinnerte er mich und stellte die Flasche wieder auf den Boden. »Wir werden jetzt also ganz sicher nicht sofort mit Angriffstechniken loslegen.«

Ich tat es ihm nach und verschränkte die Arme vor der Brust. »Das sagst du seit einer Woche.«

Seine Mundwinkel zuckten. »Und das werde ich in einer Woche auch noch sagen. Stell dich schon mal drauf ein.«

»Und wenn mich wieder ein Dämon jagt?«

»Dann verteidigst du dich und rennst weg, wie du es gelernt hast.«

Frustriert ließ ich die Arme fallen. »Das ist nicht das, wofür ich mich hier angemeldet habe, Nate. Ich weiß, wie man wegrennt. Ich will lernen, meinem Angreifer etwas entgegenzusetzen.«

Ein Muskel zuckte in seiner Wange. »Das wirst du auch. Aber nicht in nächster Zeit und schon gar nicht heute Abend. Du bist noch nicht bereit dafür.«

»Warum lässt du mich nicht selbst beurteilen, wofür ich bereit bin und wofür nicht?«

Er musterte mich genau. Wie so oft trug ich eine schlichte Yogahose und ein locker fallendes Top über meinem Sport-BH. Das Haar hatte ich mir nach hinten geflochten, doch durch das intensive Training hatten sich ein paar Strähnen gelöst und hingen mir jetzt ins Gesicht.

»Ist es wirklich das, was du willst?«, fragte er leise.

Mir stockte der Atem. Dennoch nickte ich sofort. »Ja.«

»Okay.« Er trat ein paar Schritte zurück und winkte mich zu sich heran. »Du hast Levi und den anderen beim Fortgeschrittenen-Training zugesehen. Versuch es. Greif mich an.«

Ich wusste, dass das eine Falle war. Wir wollten beide etwas beweisen, aber ich würde nicht nachgeben. Ich hatte mir das hier eingebrockt, also würde ich es auch durchziehen. Entschlossen folgte ich Nate auf die Matten in der Mitte des Raumes und brachte mich in Position. Diesmal nicht, um auszuweichen oder seine Attacken mit den Armen abzublocken, sondern um selbst anzugreifen. Wie ich es bei meinem Bruder und den anderen Trainierenden beobachtet hatte, hob ich die zu Fäusten geballten Hände und machte mich bereit.

In den ersten Sekunden umkreisten wir uns nur, ohne den jeweils anderen aus den Augen zu lassen. Zwar hatte ich Nate schon kämpfen sehen, sowohl beim Training als auch gegen einen echten Dämon, aber ich hatte keine Ahnung, wo seine Schwachpunkte lagen. Trotzdem musste ich etwas tun. Wir würden nicht ewig umeinander herum tänzeln können. Also täuschte ich einen Angriff an, nur um dann mit der rechten Hand auszuholen.

Nate blockte meinen Schlag nicht nur mit einer blitzschnellen Bewegung ab, sondern packte mich an den Armen und wirbelte mich herum. Gnadenlos presste er mich mit dem Rücken voran gegen seinen Brustkorb und schlang die Arme um mich, was mich, zusammen mit dem Knie, das er zwischen meine Beine schob, bewegungsunfähig machte. Sein unsteter Atem streifte meinen Hals. Obwohl wir uns kaum bewegt hatten, raste mein Herz. Und ich konnte auch seines heftig in meinem Rücken schlagen spüren.

»Sicher, dass du weitermachen willst?«, murmelte er rau.

Ich versuchte mich aus seinem Griff, aus dieser unerträglichen Nähe zu befreien. Zwecklos. Er ließ kein bisschen locker.

»Ich hab gerade erst angefangen.«

Er gab einen Laut von sich, der halb Schnauben, halb Lachen war, und machte einen Schritt zurück. »Wie du willst. Aber du wirst es bereuen.«

Von wegen. Ich wirbelte zu ihm herum. Diesmal verschwendete ich keine Zeit, sondern stürzte mich sofort auf ihn. Die ersten Attacken ließ er mir durchgehen, indem er auswich. Einen Schlag blockte er so gekonnt ab, dass ein heißer Schmerz durch meine Faust bis in meine Schulter hinaufschoss. Ich ignorierte die Empfindung ebenso wie alles, was sich zwischen uns angestaut hatte.

Als ich das nächste Mal angriff, machte Nate einen halben Schritt zur Seite und packte mich. Ich landete schneller auf den Matten, als ich reagieren konnte. In der einen Sekunde stand ich noch da, in der nächsten lag ich auf dem Rücken, während Nate über mir kniete und meine Handgelenke neben meinem Kopf zu Boden drückte.

Wir atmeten beide schwer, aber mittlerweile war ich mir nicht mehr so sicher, dass das nur etwas mit dem Training zu tun hatte.

»Es gibt Regeln«, erinnerte er mich leise. »Und wir müssen uns daran halten.«

Ich schluckte hart, nickte aber. Unser Gespräch auf der Aussichtsplattform hatte ich nicht vergessen. Im Gegenteil. Es hatte sich Wort für Wort in mein Gedächtnis gebrannt. Doch anscheinend reichte das nicht aus, um meine Gedanken, Gefühle und meinen Körper unter Kontrolle zu kriegen.

»Ich weiß«, stieß ich darum hervor.

Einen quälend langen Moment hielt er meinen Blick und meine Arme noch fest, dann sprang er auf und reichte mir die Hand. Ich zögerte kurz, ließ mir dann jedoch von ihm auf die Beine helfen.

»Das war's für heute.« Er machte einen Schritt zurück und nickte mir zu. »Du hast dich gut geschlagen.«

Ich hielt auf dem Weg zu meinem Handtuch und der Wasserflasche inne. »Das war das erste Mal, dass du mich gelobt hast.«

Seine Mundwinkel zuckten. »Gewöhn dich besser nicht dran.«

Dann ging er, ohne zurückzusehen, während ich ihm viel zu lange nachschaute und in Gedanken all das abspulte, was an diesem Abend passiert war. Oder vielmehr, was *nicht* passiert war.

Kapitel 16

Nach dem Training ging ich duschen und zog mich um. Normalerweise führte mich mein Weg dann ohne Umwege aus dem Ordensgebäude nach draußen. Vielleicht war es egoistisch von mir, aber ich hatte mich ihnen nicht angeschlossen, um in Dads Fußstapfen zu treten und mein Erbe anzunehmen. Das tat Levi bereits. Ich wollte mich in Zukunft nur verteidigen können – und dafür sorgen, dass so etwas wie mit Maisie nicht noch einmal geschah.

Doch als ich heute die Umkleiden verließ, steuerte ich nicht den Ausgang an. Ich erwischte mich dabei, wie ich durch die Gänge zu schlendern begann. Vorbei an unzähligen Türen und Wänden, die an einigen Stellen schmucklos, an anderen wieder voller Gemälde waren. Obwohl ich total erledigt war und mehr als genug für die Uni zu tun hatte, wollte ich noch nicht nach Hause gehen. Dort würde mich ohnehin nur eine leere Wohnung erwarten, da Maisie noch nicht von ihrer Familie zurückgekehrt war.

Als hätten meine Gedanken sie heraufbeschworen, vibrierte mein Handy und ich las Maisies Namen auf dem Display. Ich blieb stehen und überflog ihre Nachricht.

Ich hab echt alles abgesucht und vorsichtig innerhalb meiner Familie gefragt, aber nichts gefunden. Wie es aussieht, gibt es keine Hexenfamilie mit dem Namen McGregor oder Beauvil. Tut mir leid.

Schon okay, schrieb ich ihr umgehend zurück.

Danke, dass du für mich nachgeforscht hast.

Ich schob das Handy zurück in meine Hosentasche und sah mich um. Keine Ahnung, wo ich gelandet war, da ein Gang dem anderen glich, aber hinter einer der geschlossenen Türen hörte ich Musik und folgte ihr. Die gedämpften Bässe hallten bis in den Flur hinaus. Beim Näherkommen bemerkte ich, dass die Tür gar nicht geschlossen war, sondern nur angelehnt.

Von meiner Neugier getrieben drückte ich sie ein Stück weiter auf. Vor mir befand sich ein weiterer Trainingsraum, allerdings sah dieser völlig anders aus als der, in dem ich bisher trainiert hatte. Die einzige Gemeinsamkeit waren die Matten auf dem Boden, doch hier endete die Ähnlichkeit auch schon.

Die Wände waren über und über mit Waffen bestückt. Dolche und Schwerter, Ketten und Wurfsterne in allen Größen, Farben und Formen. Am anderen Ende entdeckte ich ein paar Zielscheiben. Doch was meine Aufmerksamkeit ganz für sich einnahm, war die einzelne Person in der Mitte des Raumes.

Irgendwie war ich davon ausgegangen, dass Nate nach unserem Training ebenfalls Schluss machen würde, aber ich hatte mich geirrt, denn hier stand er nun und schleuderte die Metallketten in einem wilden Rhythmus herum, der mit den hämmernden Bässen der Musik verschmolz. Seine Bewegungen waren fließend und so schnell, dass es manchmal schwerfiel, ihnen überhaupt mit den Augen zu folgen. Sein Gesicht hatte einen konzentrierten Ausdruck angenommen und Schweiß glänzte auf seiner Stirn, in seinem Nacken, auf seinen Armen.

Ich sollte nicht hier sein und ihm nachspionieren, aber meine Beine wollten sich auch nicht wegbewegen. Dafür faszinierte mich der Anblick viel zu sehr.

Seit dem Ausflug zur Aussichtsplattform auf Dundee Law, seit er mir die wahren Gründe für sein Verhalten gesagt hatte, ging Nate mir aus dem Weg. Er trainierte mich, das schon, doch abgesehen davon gab es keine zufälligen Treffen, keine Gespräche, kein Warten vor dem Pub mehr. Und obwohl wir uns gerade erst wieder angefreundet hatten, obwohl er die letzten drei Jahre kein Teil meines Lebens gewesen war ... fehlte er mir jetzt. Was absurd war, wenn man bedachte, dass ich ihn mehrmals die Woche beim Training sah und dass mein Leben seit unserem Wiedersehen deutlich komplizierter geworden war.

Mit einer letzten Drehung und einem Peitschenhieb mit der Kette endete die Performance. Nate atmete schwer und sah zur Seite, wo sich jemand von den Bänken erhob.

Ich blinzelte überrascht, als ich Levi erkannte, der zu seinem früheren besten Freund hinüber ging, sich kurz mit ihm unterhielt und dann die gleiche Position wie zuvor Nate einnahm, einschließlich Metallkette in der Hand. Offensichtlich trainierte Nate auch ihn und im Gegensatz zu mir zeichnete sich auf Levis Gesicht kein Frust ab. Nein, seine Augen glühten, seine Lippen waren zu einer entschlossenen Linie zusammengepresst. Er genoss es. Das hier war wirklich seine Welt.

Nach einem letzten Blick auf die beiden, zog ich die Tür wieder zu. Ich sollte zurück in die Eingangshalle gehen und von hier verschwinden, aber meine Füße trugen mich in eine andere Richtung und kurz darauf folgte ich neuen Geräuschen.

Das Klirren von Metall. Ein Schaben oder Schleifen. Ein gedämpftes Fluchen hinter einer Tür, die sich vollkommen leise aufschieben ließ, als ich dagegen drückte.

Der Raum vor mir war groß, fast so groß wie die Trainingshalle, und voller Regale, Vitrinen und schweren Schränken. Aber statt Bücher wurden hier alle möglichen Waffen zur Schau gestellt. Von

Flinten, die so aussahen, als wären sie ein paar Jahrhunderte alt, über glänzende Schwerter sowie schmale und breite, gebogene und gerade Klingen in jeder Form und Länge war alles dabei.

»Willkommen«, ertönte eine tiefe Stimme neben mir.

Ich zuckte zusammen, drehte mich um und fand mich einem Fremden gegenüber.

Er war nur eine Handbreit größer als ich, was aber auch an seiner gebeugten Haltung liegen konnte. Sein Gesicht war vom Leben gezeichnet, voller Falten vor allem rund um Augen und Mundwinkel, aber die geröteten Wangen und leuchtenden grauen Augen zeugten von Lebensenergie. Das weiße Haar hatte er sich im Nacken zusammengebunden und seine Kleidung … Bisher hatte ich nicht allzu viele Mitglieder des Ordens kennengelernt, aber einen deutlichen Unterschied gemerkt: Die ältere Generation kleidete sich elegant und teuer, während die Jüngeren eher in Jeans und T-Shirt herumliefen. Oder Sportklamotten. Vor allem Sportklamotten. Doch dieser Mann hier? Obwohl er im selben Alter wie Nates Großmutter sein musste, trug er eine rissige Jeans und klobige Stiefel. Dazu ein verwaschenes T-Shirt, auf dem das Logo von AC/DC prangte. Aus irgendeinem Grund machte ihn mir das sofort sympathisch.

Ich lächelte. »Hallo.«

»Du bist neu, oder?« Seine Stimme hatte einen beruhigenden Klang.

»So offensichtlich?«

Er schmunzelte und die Falten in seinem Gesicht vertieften sich. »Früher oder später landen sie alle hier. Ihre Neugier ist einfach zu groß.«

Ich ließ den Blick ein weiteres Mal über die Regale, Tische und Werkbänke wandern. »Wo genau ist *hier*?«

Er machte eine ausladende Geste. »Die Schatzkammer des Ordens. Nun, zumindest das, was ich als Schatzkammer bezeichnen würde. Hier bewahren wir unsere gefährlichsten Waffen auf und entwickeln sie weiter. Ich heiße übrigens Alistair, ein Nachfahre der Evanders«, fügte er verschwörerisch hinzu, »auch wenn mein Nachname inzwischen ein anderer ist.«

»Freut mich. Ich bin Faith ...« Ich zögerte. Mums Nachname, den ich seit Dads Verschwinden getragen hatte, lag mir auf der Zunge, doch er wollte mir nicht über die Lippen kommen. Hier hatte nur einer meiner Namen Bedeutung. »Beauvil«, sagte ich schließlich. »Ich gehöre zur Familie Beauvil.«

»Ah, eine der beiden verschollenen Nachfahren. Ich habe schon von dir und deinem Bruder gehört.« Er ging tiefer in den Raum hinein und bedeutete mir, ihm zu folgen. Alistair wirkte so fehl am Platz, wie ich mich gerade fühlte, dennoch bewegte er sich mit einer Selbstverständlichkeit zwischen den Tischen und Schränken, die deutlich machte, dass er die meiste Zeit hier verbrachte. »Komm, komm. Sieh dir das an. Das sind einige unserer neuesten Anfertigungen.«

Ich folgte ihm in den hinteren Bereich des Raumes. Dort standen weniger Regale und Vitrinen, dafür mehr Werkbänke und Werkzeuge. Hitze und der Geruch von Metall hingen schwer in der Luft. »Woher stammen all diese Waffen?«

»Die meisten haben sich im Laufe der Zeit angesammelt. Manche werden ausgestellt, andere entsorgt und wieder andere sind bis zum heutigen Tage in Gebrauch. Aber hier stelle ich auch neue Waffen her und entwickle die vorhandenen weiter. Der Kampf gegen Dämonen ist gefährlicher denn je geworden. Sie haben gelernt, sich anzupassen, und sind noch perfider, noch bösartiger geworden. Also mussten wir uns ebenfalls anpassen.«

Ich betrachtete ein Schwert vor mir auf dem Tisch. Es hatte eine so schmale Klinge, dass es ein Degen sein könnte. Dennoch war mir klar, dass eine winzige Berührung ausreichen würde, um mich daran zu schneiden. Die Klinge glänzte, als wartete sie nur darauf, endlich im Kampf eingesetzt zu werden. Ich war kein Fan von Waffen, aber selbst ich konnte die Handwerkskunst anerkennen, die darin steckte.

Direkt daneben lag ein langer Speer, den Alistair vor meinen Augen zusammenfaltete, bis er nur noch die Größe eines kleinen Lineals hatte und problemlos in jede Handtasche passte. Wow. Nicht schlecht.

Auf dem nächsten Tisch befand sich ... Ich runzelte die Stirn. War das etwa eine Art Harpune? Das Ding war beinahe so lang wie der Degen, allerdings schwarz und mit einem Abzug an einem Ende. Am anderen ragte die metallene, mit kurzen Widerhaken versehene Spitze hervor, die sich ähnlich wie ein Pfeil in ihrem Opfer verhaken würde. Von diesem Ding getroffen zu werden, musste äußerst schmerzhaft sein. Ich schauderte bei der Vorstellung und wanderte weiter, ließ mir alles von Alistair erklären und ausführen. Dabei waren es weniger die Waffen als seine beruhigende Stimme und seine offenkundige Liebe für seine Arbeit, die mich fesselten.

Es folgten Dolche und noch ein Speer. Da war auch eine silberfarbene Kette, wie ich sie Nate im Kampf und vorhin beim Training hatte einsetzen sehen, nur war diese noch schmaler und handlicher. Und dann die Schilde. Sie wirkten so mächtig und ließen sich so klein zusammenklappen, bis sie nichts weiter waren als ein Unterarmschutz aus Metall. Ich musste die Technik dahinter nicht begreifen, um beeindruckt zu sein. Auf jedem der Schilde war das Wappen des Ordens eingraviert. Die sechs Schwerter waren so filigran und detailreich dargestellt, dass sie wie Kunstwerke wirkten.

»Was ist eigentlich mit den sechs Schwertern passiert?«, hörte ich mich fragen und sah zu Alistair. »Gibt es sie überhaupt? Oder sind sie nur eine schöne Legende?«

»Es gab sie wirklich. Mit ihnen wurde der Orden der Goldenen Flamme gegründet und die Familienoberhäupter haben diese Schwerter im Kampf gegen Dämonen geführt. Im Laufe der Zeit sind zwei davon leider verloren gegangen und eines wurde zerstört. Die verbliebenen sind aber noch erhalten. Eines ist bei Ratsmitglied MacKenzie im Büro zu bewundern, das zweite ist noch aktiv im Einsatz und das letzte ist in unserer Bibliothek ausgestellt.«

»Tatsächlich?« Kurz nachdem ich mit dem Training begonnen hatte, war ich einmal in der Bibliothek gewesen, um mehr über meine Familie und Hexen im Allgemeinen herauszufinden, was sich aber genau wie Maisies Nachforschungen als Sackgasse entpuppt hatte. Damals war mir das Schwert nicht aufgefallen, doch beim nächsten Mal würde ich genauer nachsehen. »Zu welcher Familie gehört das Schwert in der Bibliothek?«

Ein mildes Lächeln trat auf sein Gesicht und vertiefte die Falten in seiner vom Alter gezeichneten Haut. »Am besten siehst du es dir selbst an.«

»Okay.« Ich nickte ihm zum Abschied zu. »Danke, dass Sie mir das alles gezeigt haben.«

»Aber gerne doch. Du bist hier jederzeit willkommen.«

Ich verließ den Waffenraum mit einem Lächeln auf den Lippen und machte mich auf den Weg in die Bibliothek. Was das Ordensgebäude anging, war ich noch immer etwas orientierungslos, aber ich wusste, dass sich mein Ziel in der ersten Etage befand. Ich nahm eine unscheinbare Treppe nach oben, dann folgte ich meinem Gefühl. Nicht nur in die Bibliothek und an den zahlreichen Regalreihen und den dunklen Sprossenfenstern vorbei, die vom Boden bis zur Decke reichten, sondern direkt zu dem Ausstellungsstück, das ich suchte.

Als ich das letzte Mal hier gewesen war, hatte ich zum Thema Hexenfamilien recherchiert, was mich leider nicht sonderlich weit gebracht hatte. Dafür hatte ich herausgefunden, wie viele Männer und Frauen des Ordens bereits von Dämonen attackiert oder sogar getötet worden waren. Die Zahl war erschreckend. Und sie bewies, dass Nate und die anderen von Anfang an recht gehabt hatten: Levi und ich wurden gejagt, weil wir zum Orden gehörten. Weil wir Beauvils waren. Genau wie all die anderen Angehörigen der sechs Gründerfamilien. Genau wie Dad.

Eine Mischung aus Ehrfurcht und Neugierde überfiel mich, als ich näher an das Schwert herantrat. So eingeschlossen im Glaskasten wirkte es wie aus einer anderen Zeit. Und das war es auch. Es war eintausend Jahre alt. Als ich die Plakette darunter las, stockte mir der Atem.

Das Schwert der Beauvils. Zuletzt geführt von William Beauvil.

»Dad«, wisperte ich und streckte die Hand aus, als könnte ich durch das Glas nach dem Schwert greifen. Als würde ich nicht die Waffe zu fassen bekommen, sondern meinen Vater.

»Ein beeindruckendes Stück Geschichte.«

Ich zuckte zusammen, als jemand neben mich trat, und riss den Kopf herum. »Professor Kingsley?!«

Ich blinzelte verdutzt, doch dann wurde es mir klar. *Kingsley.* Natürlich. Warum war mir das nicht gleich aufgefallen? Doch als ich das erste Mal von den sechs Gründerfamilien erfahren hatte, waren meine Gedanken zu sehr mit anderen Dingen beschäftigt gewesen, als mit der Möglichkeit, dass eine meiner Dozentinnen ebenfalls zum Orden der Goldenen Flamme gehören könnte.

Sie sah genauso aus wie an meinem ersten Tag in der Uni und so, wie ich sie seither immer gesehen hatte: in einer eleganten Hose, High Heels und einer weißen Bluse, das ergraute braune Haar zu einem strengen Knoten zurückgebunden. Der einzige Unterschied war, dass sie einen weißen Kittel trug wie im Labor in der Uni. Aber warum hier …?

»Miss McGregor.« Sie schien genauso überrascht zu sein wie ich, da wir uns bisher nur im Hörsaal und im Labor über den Weg gelaufen waren, wo sie die Studierenden mit viel zu vielen Hausaufgaben quälte. Doch dann verzogen sich ihre Lippen zu einem angedeuteten Lächeln. »Oder sollte ich eher sagen: Miss Beauvil? Was führt Sie zu dieser späten Uhrzeit hierher?«

»Ich wollte nach dem Training noch nicht nach Hause und dachte, ich sehe mich ein wenig um.«

Ihre schmalen Augenbrauen wanderten nach oben. »Haben Sie Langeweile?«

Sofort schüttelte ich den Kopf. »Oh nein. Nope. Kein bisschen. Ich habe mehr als genug mit der Hausarbeit und dem Referat für Ihren Kurs zu tun. Aber ich wollte mehr über den Orden herausfinden. Über meine Familie.«

Letzteres war nur die halbe Wahrheit, aber wenn es sie davon abhielt, mir an Ort und Stelle neue Hausaufgaben zu geben, war mir das nur recht.

Professor Kingsley musterte mich einen Moment lang argwöhnisch, dann nickte sie knapp. »Mit diesem Schwert hat zuletzt Ihr Vater gekämpft.«

»Kannten Sie ihn gut?«

Ihre Lippen kräuselten sich und verzogen sich zu einem traurigen Lächeln. »Wir waren Freunde. Vor langer Zeit.«

Ich konnte nicht anders, ich musste nachfragen. Ich musste es erfahren. »Dann wissen Sie, was mit ihm passiert ist?«

Als sie mir das Gesicht zuwandte, kannte ich die Antwort, bevor Professor Kingsley sie aussprach. »Niemand weiß genau, was ihm zugestoßen ist. Als wir ihn gefunden haben, war … nicht mehr viel von ihm übrig. Er muss bis zum letzten Atemzug gekämpft haben.«

Und dann war er gestorben. Allein. Und ohne eine Möglichkeit für uns, jemals zu erfahren, was passiert war – weil er den Kontakt zum Orden abgebrochen hatte. Ich ballte die Hände zu Fäusten. »Er hat immer versucht, uns zu beschützen. Vor den Dämonen. Vor diesem Leben hier.«

Auf einmal spürte ich eine Hand an meiner Schulter. Professor Kingsley musterte mich eindringlich. »Wenn er Sie heute sehen könnte, wäre er stolz. Auf Sie und Ihren Bruder. William hat das getan, wofür er geboren wurde, und jetzt treten Sie in seine Fußstapfen. Bis Sie vollends ausgebildet sind, ist es unsere Aufgabe, Sie beide zu beschützen.«

Vor den Dämonen vielleicht, aber nicht vor dem, was in uns schlummerte.

Seit dem Vorfall vor über einer Woche hatte ich mit aller Macht vermieden, darüber nachzudenken, doch hier und jetzt kam alles wieder hoch. Bisher hatte ich meine Fähigkeit immer für etwas Gutes gehalten, für ein Geschenk – oder wenigstens für etwas Neutrales. Ich konnte heilen. Wie böse konnte das schon sein? Doch dann war dieser Dämon, der Nuckelavee, aufgetaucht und meine Kraft hatte sich in etwas anderes verwandelt. In etwas Zerstörerisches. Und plötzlich war ich mir nicht mehr so sicher, ob sie wirklich ein Geschenk war. Und ob ich wirklich diejenige war, die beschützt werden musste …

»Faith?«

»Ja?« Ich hob den Kopf, überrascht davon, das erste Mal meinen Vornamen aus ihrem Mund zu hören.

»Es ist schon spät. Sie sollten nach Hause gehen.«

Ich runzelte die Stirn. »Was ist mit Ihnen? Sie sind doch auch noch da.«

Ein seltenes Lächeln umspielte ihre Lippen. »Ich verrate Ihnen das nur, weil Sie eine meiner Studentinnen sind und vom ersten Tag an ein reges Interesse gezeigt haben. Im Keller gibt es ein großes Labor, das ich für meine Forschungen nutze. Forschung über

Dämonen«, fügte sie hinzu, als sie meinen fragenden Blick bemerkte. »Dämonen und Hexen unterscheiden sich durch ihre Magie von uns Menschen, und diese Magie liegt in ihrer DNA. Es ist ein außergewöhnliches, leider noch sehr unerforschtes Feld. Aber was erzähle ich da?« Sie winkte ab. »Wenn Sie wollen, kann ich es Ihnen gerne einmal zeigen. Wenn es nicht gerade Mitternacht ist«, fügte sie mit einem Blick auf die schmale Uhr an ihrem Handgelenk hinzu. »Soll ich jemanden beauftragen, Sie nach Hause zu begleiten?«

Natürlich hatte sie von dem Vorfall mit dem Nuckelavee gehört. Vermutlich wusste sie sogar von dem Dämon an der Brücke, auch wenn sie bis eben nicht gewusst hatte, dass *ich* die Nachfahrin der Beauvils war, der das zugestoßen war.

»Nicht nötig, ich kann mich … kann auf mich selbst aufpassen«, sagte ich schnell. Fast wäre mir etwas ganz anderes herausgerutscht. Es war noch immer seltsam, mit so vielen anderen Menschen über Dämonen und das Übernatürliche zu reden, aber nicht über meine oder Levis Fähigkeiten.

Professor Kingsley nickte verständnisvoll. »Das glaube ich Ihnen, aber darum geht es nicht. Sie sind ein Mitglied des Ordens, das macht Sie automatisch zum Ziel dieser Bestien. Sie jagen uns genauso wie wir sie.«

Ich lächelte gequält. »Ich weiß. Und ich weiß auch, wie ich mich im Notfall verhalten muss. Machen Sie sich keine Gedanken, ich komme zurecht.«

Hastig verabschiedete ich mich von ihr und ließ sie stehen, bevor sie protestieren konnte. Ich hatte jede Intention, allein nach Hause zu gehen. Vielleicht war das dumm und lebensmüde, aber ich weigerte mich, mir von der Angst mein Leben bestimmen zu lassen. Ich hatte früh gelernt, auf eigenen Beinen zu stehen und selbstständig zu sein, und war schon zu jeder Tages- und Nachtzeit allein unterwegs gewesen. Bisher war immer alles gut gegangen.

Allerdings hatte mich bisher auch noch nie ein Monsterpferd samt Reiter spätabends entführen wollen …

Ich wollte mich beweisen, wollte mich meinen Ängsten stellen – trotzdem war ich froh, Levi in der Eingangshalle zu entdecken. Er sah mir entgegen, als hätte er nur auf mich gewartet. Ich seufzte tief. Erleichtert, aber auch schuldbewusst. Eines Tages würde mein großer Bruder mich nicht mehr beschützen müssen, doch heute, in dieser Nacht, war ich dankbar, dass er da war.

Wir verließen das Ordensgebäude, während gerade eine Gruppe aus vier Kriegern und Kriegerinnen von der Dämonenjagd zurückkehrte. Sie grüßten uns mit einem knappen Nicken.

Eine Weile gingen Levi und ich schweigend nebeneinander her, an der normalerweise viel befahrenen Straße entlang, die um diese Uhrzeit jedoch wie ausgestorben wirkte, über die große Kreuzung und durch die Gassen der Stadt.

»Wenn ich neulich dabei gewesen wäre, hätte dich dieser Dämon niemals erwischt«, murmelte Levi.

»Machst du dir etwa immer noch Vorwürfe deswegen?« Ich starrte ihn von der Seite an. »Hör auf damit. Der Nuckelavee hätte mich trotzdem angegriffen. Du hättest es auch nicht verhindern können.«

»Vielleicht nicht. Aber ich hätte dich beschützen können.«

Ich verdrehte die Augen. »Du kannst nicht für den Rest deines Lebens auf mich aufpassen.«

»Komisch. Ich dachte, genau dafür wären große Brüder da.«

Ich schnaubte, musste aber auch lächeln. Allerdings verging mir dieses Lächeln schnell wieder. Ich war dem Orden nicht beigetreten, um mich selbst zu schützen, wie Levi, Nate und alle anderen glaubten. Ich war die Letzte, die Hilfe benötigte. Aber andere in meiner Nähe brauchten Schutz, denn im Gegensatz zu mir waren sie nicht unverwundbar, sondern konnten verletzt werden. Oder Schlimmeres. Und ich würde nicht zulassen, dass das passierte. Nicht, wenn ich es verhindern konnte.

Kapitel 17

Freitagabend. Das Wochenende vor Halloween. Ausnahmsweise war ich nach meiner letzten Vorlesung nicht beim Training, sondern im Pub. Leider nicht, um mich zu amüsieren wie all die anderen Leute hier, sondern um zu arbeiten. Mittlerweile war es neun Uhr abends, mir schwirrte der Kopf und ich ließ mich im Pausenraum mit einem aus tiefster Seele kommenden Seufzen auf eines der Sofas fallen.

Diese Woche hatte mich echt fertiggemacht. Wenn ich geglaubt hatte, der Crashkurs mit Nate in den ersten Tagen war das Schlimmste oder dass Professor Kingsley mich aus irgendeiner Loyalität zum Orden heraus schonen würde, hatte ich mich ja so was von geirrt. Das Training war brutal gewesen. Und da ich am darauffolgenden Tag nie mit blauen Flecken auftauchte, glaubte Nate, immer noch eins draufsetzen zu können. Leider schützte mich meine Heilmagie nicht vor Muskelkater, Erschöpfung oder schmerzenden Füßen. Ziemlich unfair, wenn man mich fragte. Dafür war ich neuerdings fitter und sportlicher als je zuvor in meinem Leben.

Ich zog mein Handy aus der hinteren Tasche meiner Jeans und warf einen Blick darauf. Noch siebzehn Minuten Pause. Ich legte lieber sofort los.

Sekunden später war ich in den Text über Membranstrukturen vertieft, den ich für Professor Kingsleys Kurs in »Evolution der Zellen« lesen musste, während mein Handy die Zeit runterzählte, die mir noch blieb. Allerdings war es nicht das Klingeln meines Alarms, das mich wenige Minuten später aus meiner Konzentration riss.

»Bist du zum Lernen hergekommen oder zum Arbeiten?«

Nur mit Mühe unterdrückte ich ein Seufzen. Ich sah nicht zu Jax hinüber, sondern versuchte mich weiter auf meinen Text zu konzentrieren. Nur noch fünf Seiten, dann war ich fertig. Mit diesem Teil. »Geh weg. Ich habe Pause.«

»Und …?«

Ich klappte das Buch zu und drehte mich zu ihm um. »Und das bedeutet, dass ich auch eine Pause von deiner Gegenwart habe.«

Statt meinem Wunsch nachzukommen und mich allein zu lassen, lehnte sich Jax lässig mit der Schulter gegen den Türrahmen und verschränkte die Arme vor der Brust. »Wo steht das geschrieben?«

»In meinem Arbeitsvertrag. Willst du ihn sehen? Dort werden mir schwarz auf weiß Jax-freie Pausen während der Arbeitszeit zugesichert.«

Seine Mundwinkel zuckten, aber er rührte sich nicht vom Fleck. Anscheinend hatte er beschlossen, gleichzeitig mit mir Pause zu machen. Toll. Einfach toll.

»Weißt du, was ich mich frage, Schneeflöckchen?«

»Wo der nächste Ausgang ist? Direkt hinter dir. Du musst dich nur umdrehen und hindurchgehen.«

Ein langsames Lächeln breitete sich auf seinem Gesicht aus, was ihn zu meinem Ärger nur noch attraktiver machte. »Ich frage mich, warum dich meine Nähe so nervös macht.«

Ich erstarrte. Ich könnte schwören, dass sogar mein Herz einen viel zu langen Schlag lang aussetzte. Aber Jax etwas von dieser Reaktion zeigen? Niemals. Lieber warf ich mich freiwillig einem weiteren Nuckelavee oder anderen Dämonen vor die Füße.

Langsam zog ich die Brauen in die Höhe. »Nervös?«

Er nickte. »Du gehst mir aus dem Weg und weichst mir in Gesprächen aus.«

»Wäre es dir lieber, wenn ich dir ins Gesicht springe?«

Viel zu langsam ließ er den Blick an meinem Körper auf und ab gleiten. Ich wünschte wirklich, ich würde nicht so auf ihn reagieren. Ich wünschte, meine Hormone würden sich beruhigen. Aber nein, ein einziger Blick von ihm reichte aus, um eine ungewollte Hitze tief in meinem Bauch zu entfachen.

»Du kannst mich jederzeit anspringen, Schneeflöckchen.«

Ich umklammerte das Buch in meiner Hand, *so* kurz davor, es nach ihm zu werfen, nur um ihm dieses verdammte Grinsen aus dem Gesicht zu wischen.

»Das hättest du wohl gern«, zischte ich stattdessen und stand abrupt auf. Gleich war meine Zeit sowieso abgelaufen und die Pause zu Ende. Außerdem hatte Jax jedes bisschen Konzentration zerstört, das ich bis eben noch gehabt hatte.

Ich vermied es, ihn anzusehen, als ich das Buch zurück zu meinen Sachen in den Spind stopfte, aber ich spürte seinen sengenden Blick die ganze Zeit über auf mir. Und ich hasste es. Ich hasste es, wie er ständig die richtigen Knöpfe bei mir drückte. Aber am meisten hasste ich es, dass ich darauf reagierte. Nicht auf seine dämlichen Sprüche. Auf *ihn*. Dabei sollte man meinen, ich hätte genug Männerprobleme in meinem Leben.

»Schon mal darüber nachgedacht, dass du nicht so besonders oder unwiderstehlich bist, wie du glaubst?«

»Nein«, erwiderte er prompt. »Aber vielleicht solltest du mal darüber nachdenken, dass dich das hier nicht so kaltlässt, wie du uns beiden weismachen willst.«

Ich knallte den Spind zu und drehte mich zu ihm um. Mein Puls raste. Vor Wut. Vielleicht auch vor unterdrücktem Verlangen. Ich konnte es nicht mehr auseinanderhalten. Die Emotionen tobten durch mich hindurch und vermischten sich zu einem Wirbelsturm, bis ich die Hände zu zittrigen Fäusten ballte, um mich unter Kontrolle zu halten. Dennoch stand ich auf einmal nicht mehr am anderen Ende des Zimmers bei den Schränken, sondern direkt vor Jax.

»Das hier lässt mich nicht kalt«, wisperte ich viel zu leise und ignorierte den Sprung, den mein Magen machte, als sich Jax' Blick auf meine Lippen senkte. »Du löst eine Menge in mir aus. Allem voran Wut und Abneigung.«

Seine Mundwinkel verzogen sich zu einem selbstbewussten Lächeln. »Denkst du nicht, dass du da ein paar Gefühle vergessen hast?«

»Hass? Abscheu? Unendliches Genervtsein?«

Er beugte sich zu mir hinunter, um mir die nächsten Worte ins Ohr zu raunen, und ich verfluchte mich dafür, dass ich den heißen Schauer nicht unterdrücken konnte, den das in mir auslöste. »Und was ist mit Anziehung? Verlangen?« Jax lehnte sich ein Stück zurück, um mich anzusehen. »Deine Pupillen sind geweitet, deine Wangen gerötet und dein Puls rast«, fügte er hinzu und deutete mit einem Nicken auf meinen Hals. »Und ich wette, wenn ich dich jetzt berühren würde …« Er hob die Hand, doch seine Finger verharrten wenige Zentimeter von meinem Gesicht entfernt in der Luft.

Ich atmete erstickt aus. »Du spielst gern mit dem Feuer, was?«

Kaum hatte ich die Worte ausgesprochen, fiel mein Blick auf die Brandnarben an seiner Hand und jene, die wie Flammen an seiner linken Halsseite leckten. In Gedanken verfluchte ich mich selbst. Das war ein bescheuerter Vergleich gewesen.

Ein amüsierter Ausdruck zuckte über sein Gesicht, verschwand aber so schnell wieder, dass ich nicht ganz sicher war, ihn wirklich gesehen zu haben. Er ließ die Hand langsam sinken und lehnte sich noch etwas näher. »Du hast ja keine Ahnung, Schneeflöckchen.«

Ich widerstand dem Drang, tief einzuatmen, weil ich seinen Duft dadurch nur noch deutlicher wahrnehmen würde. Holzig mit einer rauchigen Note, aber da war auch etwas Intensives, etwas Frisches, das ich einfach nicht zuordnen konnte. Und über das ich nicht nachdenken wollte. Kein bisschen.

Entschieden schob ich diese Gedanken beiseite und suchte seinen Blick. »Lässt du mich jetzt vorbei oder muss ich dich k.o. schlagen? Denn ich würde es liebend gerne tun.«

Nicht dass ich das könnte. So weit waren wir in meinem Training beim Orden leider noch nicht, wie mir Nate gestern wieder mal bewiesen hatte, und Jax wirkte sportlich genug. Aber das musste ich diesem Kerl ja nicht unbedingt auf die Nase binden.

Statt einer Antwort machte er einen halben Schritt zur Seite, was mir genügend Raum verschaffte, um durch die Tür zu gehen. Auch wenn ich mich dabei an ihm vorbeiquetschen musste und mein Arm seinen Oberkörper streifte. Ich blendete das Prickeln auf meiner Haut ebenso aus wie seinen Blick, der mir folgte, als ich den Hauptraum ansteuerte.

Im Laufe des restlichen Abends kamen Jax und ich uns noch ein paar Mal hinter der Bar in die Quere, aber er ging nie einen Schritt weiter. Er nervte mich mit seinen Sprüchen, trieb mich mit seinen durchdringenden Blicken in den Wahnsinn, aber er berührte mich nicht. Es war wie eine unsichtbare Grenze, die er nie überschritt. Obwohl ein kleiner, verräterischer Teil von mir es immer mehr *wollte.*

Zwischenzeitlich hatte Levi mir getextet, dass er später vorbeikommen würde. Angeblich für eine letzte Runde im Pub, aber ich kannte ihn gut genug, um diese Ausrede zu durchschauen. Er wollte mich nach Hause begleiten. Nach der Sache mit dem Nuckelavee war er sehr viel öfter als vorher nach meinen Kursen oder meiner Arbeit *zufällig* in der Nähe gewesen. Oder er hatte dafür gesorgt, dass mich jemand nach dem Training beim Orden nach Hause brachte, falls er es nicht selbst tun konnte. Sosehr ich seinen Beschützerinstinkt auch schätzte, so sehr nervte er mich auch.

Kurz vor Ende meiner Schicht begann ich damit, die leeren Gläser von den Tischen abzuräumen. Es waren nur noch vereinzelte Gäste da und auch die verabschiedeten sich, als Josie sie freundlich darauf hinwies, dass wir gleich schließen würden. Vermutlich würde die Gruppe älterer Herren direkt nach Hause gehen, während für die Studierenden, die sich hier im Pub etwas zu essen und ein paar Pints gegönnt hatten, die Nacht gerade erst begann. Als ich nach Dundee gezogen war, hatte ich mir so sehr gewünscht, eine von ihnen zu sein. Jetzt kam mir die Vorstellung, durch die Klubs zu ziehen, ohne an Dämonen, meine Kräfte und den Orden denken zu müssen, total absurd vor. Außerdem protestierte mein Muskelkater allein bei der Vorstellung.

Wenig später war der Pub endgültig leer, die Musik ausgeschaltet und auch die zwei Mitarbeitenden aus der Küche hatten sich bereits verabschiedet. Ich hob das letzte Tablett voller Gläser hoch und drehte mich schwungvoll herum – und prallte fast mit Jax zusammen.

Er wich einen halben Schritt zurück, doch sein Mundwerk funktionierte noch immer tadellos. »Vorsicht, Schneeflöckchen. Jemand könnte noch auf die Idee kommen, du stehst auf mich.«

Ich schnaubte verächtlich. »Der Einzige, der das denkt, bist du, und gegen deine Wahnvorstellungen kann ich nichts machen.«

Die Worte verließen meinen Mund, aber mein Körper war ganz anderer Meinung. Verfluchte Hormone. Warum mussten sie ausgerechnet bei diesem Kerl so verrücktspielen? Ausgerechnet bei jemandem, der mich mit seiner bloßen Anwesenheit zur Weißglut trieb. Doch kaum, dass ich diesen Gedanken zu Ende geführt hatte, tauchte ein anderer Mann in meinem Kopf auf. Einer, der mein Herz zum Rasen und meine Haut zum Kribbeln brachte. Einer, den ich nicht haben konnte.

Ich unterdrückte ein Fluchen und wandte mich abrupt ab. Zu

abrupt. Die Gläser und Flaschen auf meinem Tablett klirrten und gerieten gefährlich ins Schwanken. Reflexartig griff ich danach, um sie zu stabilisieren, aber ich war zu langsam. Ein Glas fiel herunter und zerschellte auf dem Boden in tausend Splitter.

Instinktiv sprang ich zurück – und prallte mit dem Rücken gegen Jax' harte Brust.

Er nahm mir das Tablett ab, packte meine Hand, um mich von den Scherben wegzuziehen – und erstarrte. Der plötzliche Kontakt sandte eine Schockwelle durch meinen Körper.

Meine Hand erwärmte sich in seiner. Es war wie das Kribbeln auf meiner Haut, das immer dann auftrat, wenn sich mein Körper von allein heilte. Nur dass ich diesmal nicht *mich* heilte, sondern … *Jax*.

Ich starrte auf meine Hand, hätte sie aber nicht einmal dann zurückziehen können, wenn mein Leben davon abhinge. Es war, als hätten meine Fähigkeiten nur darauf gewartet, wieder eingesetzt zu werden. Oder jemanden zu finden, bei dem sie funktionierten. Die Brandnarben auf seiner Haut wurden von Sekunde zu Sekunde blasser, angefangen bei seinen Fingern über sein Handgelenk bis hin zu seinem Unterarm. Nach und nach nahm seine Haut einen gesunden Farbton an. Sie war nicht vollständig verheilt, aber zu einem wirklich großen Teil. Obwohl ich es mit eigenen Augen sah, weigerte sich ein Teil von mir, es zu glauben. Denn das, was da gerade passierte, war einfach nicht möglich.

Auch Jax rührte sich nicht, allerdings lag sein Blick nicht mehr auf unseren Händen, sondern auf meinem Gesicht. Seine Miene war genauso verblüfft wie meine, der Blick aus diesen intensiv blauen Augen genauso verwirrt, wie ich mich gerade fühlte.

Ich hatte ihn geheilt. Hatte einen Teil seiner Brandnarben verschwinden lassen, als wären sie nie da gewesen. Und ich hatte nicht die geringste Ahnung, wie ich das erklären sollte.

Als das Summen in meinem Inneren nachließ, riss ich meine

Hand so schnell zurück, als hätte er mir einen Stromschlag verpasst, und stolperte durch die Scherben auf dem Boden zurück. Das leise Knirschen klang unnatürlich laut im totenstillen Pub. Ich hatte keine Ahnung, wo Josie abgeblieben war, aber jetzt gerade wünschte ich sie mir sehnlichst herbei.

Jax war der Erste, der das angespannte Schweigen zwischen uns brach. »Was war das?«, fragte er tonlos und stellte das Tablett fast schon behutsam auf dem nächsten Tisch ab.

Ich musste mehrmals schlucken, da meine Kehle plötzlich ganz trocken war. »Keine Ahnung, was … was du meinst. Ich … ähm … ich muss gehen.«

Mit diesen Worten wollte ich mich an ihm vorbeischieben, aber Jax war schneller. Ehe ich mich versah, hatte er mich gegen eine Wand gedrängt und stützte sich mit den Händen zu beiden Seiten neben meinem Kopf ab. In seinen Augen hatte sich etwas verändert, war dunkel und gefährlich geworden.

»Ich wiederhole mich nur ungern«, raunte er leise und senkte den Kopf, bis sich unsere Nasen beinahe berührten. Sein unnachgiebiger Blick bohrte sich in mich hinein. »Was zum Teufel ist da gerade passiert?«

Ich schüttelte den Kopf. Ich konnte ihm nicht erklären, was geschehen war, weil ich es selbst nicht verstand. Ihn zu heilen sollte unmöglich sein. Ich hatte diese Kraft, seit ich denken konnte, und immer wieder versucht, andere Menschen damit zu heilen. Es hatte nie funktioniert, ganz egal, wie sehr ich mich anstrengte. Wie sehr ich es wollte. Es ging nicht. Ich konnte nur mich selbst und Levi heilen.

Bis heute. Bis … Jax.

Aber das konnte ich ihm nicht sagen. Ich konnte mir ja nicht einmal selbst erklären, was gerade passiert war.

»Hey!«, rief plötzlich eine vertraute Stimme von der Tür her. »Was ist hier los?«

Kapitel 18

»Lass sie los.« Levi betrat den Pub und fixierte Jax. Seine Worte waren eine eindeutige Warnung.

Lass meine Schwester los – oder ich sorge dafür.

Jax starrte meinen Bruder über seine Schulter hinweg an, ohne sich zu bewegen. Erkannte er nicht, was für eine Gefahr gerade von Levi ausging? Selbst ich konnte seine Wut bis hierher spüren. Und wenn er früher wütend geworden war, hatte er seine Kräfte nicht mehr unter Kontrolle. Das hatte sich mittlerweile zwar deutlich gebessert, dennoch breitete sich ein ungutes Gefühl in mir, als ich das zornige Funkeln in seinen Augen sah.

»Letzte Chance«, knurrte er.

»Jax …«, stieß ich hervor und versuchte ihn von mir wegzuschieben. Es war mehr eine Warnung als eine Bitte.

Er reagierte nicht. Rührte sich nicht vom Fleck. Hinter seinen blauen Augen schien es fieberhaft zu arbeiten.

Ein plötzliches Surren erfüllte die Luft. Über seine Schulter hinweg sah ich das Küchenmesser, das geradewegs auf Jax zu sauste. Doch bevor ihn Levis Attacke treffen konnte, wirbelte Jax herum und stieß den Arm nach vorne. Flammen erfassten das Messer. Es schmolz innerhalb von Sekunden und fiel als unförmiger Klumpen zu Boden.

Ich erstarrte. Was. Zur. Hölle?

Jax hatte Kräfte? Feuermagie? Wie der Nuckelavee, der mich durch die Straßen gejagt hatte … und doch ganz anders.

»Das hättest du nicht tun sollen.« Ich kannte Jax noch nicht lange, aber er wirkte ernsthaft wütend.

Levi machte einen halben Schritt nach vorne. Mit einer Kopfbewegung befahl er mir, Deckung zu suchen. Ich wusste nicht, ob ihm die Geste überhaupt bewusst war oder es einfach zu seiner Natur gehörte, mich beschützen zu wollen. Ich schob mich an der Wand entlang, weg von Jax und damit aus der Schusslinie.

»Und du hättest dich von meiner Schwester fernhalten sollen.« Ein drohender Unterton lag in Levis Stimme. Er musste keinen Finger rühren. Ein einziger Blick Richtung Bar genügte, schon raste das nächste Messer auf Jax zu.

»Levi!«

Er ignorierte mich. War ganz auf Kampf eingestellt. Ganz darauf, mich zu schützen.

Diesmal ließ Jax das Messer nicht schmelzen, sondern wich aus. Gerade schnell genug, damit ihn die Klinge nicht traf, sondern sich in die Wand neben ihn bohrte. Nur wenige Zentimeter von seinem Gesicht entfernt.

Ohne hinzusehen, zog er das Messer heraus und warf es auf meinen Bruder. Der nutzte seine telekinetischen Fähigkeiten, um es in eine andere Richtung zu lenken. Eine Sekunde später steckte es in der Wand unter dem Fernseher fest. Doch Jax legte bereits nach. Eine Flamme erschien in seiner rechten Hand. Er holte aus und schleuderte sie gnadenlos auf Levi.

»Aufhören!«, rief ich. Statt Deckung zu suchen, bahnte ich mir einen Weg zwischen den Tischen zu ihnen. »Alle beide!«

Keiner reagierte. Levi wich dem Angriff aus, doch die Flammen streiften ihn an der Schulter, fraßen sich in seine Kleidung und der Geruch nach verbranntem Fleisch vermischte sich mit dem nach geschmolzenem Metall und Kunststoff.

Wieder flogen Gegenstände und Feuerkugeln durch die Luft.

Wenn die beiden nicht schleunigst damit aufhörten, würde das kein gutes Ende nehmen. Fast alles in diesem Pub bestand aus Holz und war damit leicht entflammbar … Doch offenbar sahen die beiden die Gefahr nicht. Aber ich sah sie. Und ich musste etwas dagegen unternehmen.

Als weder Levi noch Jax auf mein Rufen reagierten, holte ich tief Luft. Dann eben auf die harte Tour – auch wenn das verflucht wehtun würde.

Bei der nächsten Attacke ging ich dazwischen, riss schützend den Arm hoch und fing die Flamme, die Jax auf Levi abgefeuert hatte, mit der Hand ab. Ich zuckte zusammen, als das Feuer meine Handfläche verbrannte und der Schmerz sich siedend heiß ausbreitete.

»*Scheiße!*« Hektisch schüttelte ich die Hand aus, doch die Heilung setzte umgehend ein. Das höllische Brennen verschwand und meine Haut nahm innerhalb von Sekunden wieder eine gesunde Farbe an. Ich atmete erleichtert auf und sah von einem zum anderen. »Seid ihr jetzt endlich fertig?«

Beide Männer waren plötzlich sehr still geworden. Levi starrte an mir vorbei zu Jax, die Augen zusammengekniffen und die Zähne so fest zusammengebissen, dass seine Kiefermuskeln hervortraten. Jax hingegen blickte mich an, die Augen weit aufgerissen, als könnte er nicht fassen, was ich getan hatte.

»Bist du irre?! Du hättest verletzt werden können!«, stieß er hervor. »Oder Schlimmeres.«

Und das von dem Kerl, der gerade versucht hatte, meinen Bruder zu grillen. Nur mit Mühe unterdrückte ich ein ungläubiges Lachen. »Ich kann mich selbst heilen«, sagte ich nur und hielt meine Hand zum Beweis in die Höhe.

Auch wenn mich die Regeneration nicht vor dem Schmerz bewahrte. Sie war nur eine stark beschleunigte Variation von dem, was der Körper in den meisten Fällen selbst tun konnte. Aber eine sehr praktische – zumindest solange man nicht ganz normalen Menschen erklären musste, warum man zwar blutverschmiert, aber völlig unverletzt war. Doch Jax war kein normaler Mensch. Er konnte Feuer erschaffen und es als Waffe einsetzen wie ein Dämon. Nur dass ich mir ziemlich sicher war, dass es sich bei ihm nicht um einen Dämon handelte.

Jax war wie die junge Frau, die mir nach dem Unfall an der Brücke gegen den Beithir-Dämon geholfen hatte.

Er war … wie wir.

Nach einem letzten Blick auf Jax, um mir zu versichern, dass er nicht gleich wieder mit Feuer um sich werfen würde, ging ich zu meinem Bruder hinüber. Der ließ sich auf einem Hocker am Tresen nieder und schob den Stoff seines T-Shirts beiseite, damit ich mir die Wunde an seiner Schulter ansehen konnte. Ohne zu zögern, legte ich die Hand auf die verbrannte Stelle. Das vertraute Kribbeln erfasste meine Haut und meine Finger wurden warm. Unter meiner Berührung verschwand die Wunde in Sekundenschnelle.

Währenddessen starrte Jax mich an, als könnte er es noch immer nicht fassen, dabei hatte er doch am eigenen Leib gespürt, wozu ich fähig war. Doch statt auch nur ein Wort darüber zu verlieren, richtete er seine Aufmerksamkeit wieder auf Levi. »Wie wär's, wenn du mir erst mal deinen Namen verrätst, bevor du weiter Messer durch den Pub fliegen lässt?«

»Levi«, knurrte er. Und dann, ohne mich anzusehen: »Levi Beauvil.«

Mir klappte die Kinnlade herunter. Hatte er tatsächlich Dads Namen wieder angenommen? Ein Name, der ihn unwiederbringlich mit dem Orden verband.

Jax nickte langsam. Anscheinend hatte er keine Ahnung, was dieser Name bedeutete. »Jaxon Kerrigan«, stellte er sich vor. »Aber alle nennen mich Jax.«

»Woher stammen deine Narben?«, fragte ich. Auch wenn ich früher behauptet hatte, dass es mich nicht interessierte, hatten sich die Dinge nun geändert. Jax hatte ebenfalls Kräfte und ich musste erfahren, was es mit seinen Narben auf sich hatte und warum ich ausgerechnet diese heilen konnte.

Er hielt inne. Ich konnte förmlich dabei zusehen, wie seine arrogante Fassade ins Wanken geriet und er sich am ganzen Körper anspannte. Dann schaute er zur Seite und stieß ein trockenes Lachen aus.

»Du willst wirklich wissen, woher ich sie habe? Die an meinen Händen? Das sind nämlich nicht die einzigen.« Er zog am Kragen seines Shirts und offenbarte weitere Narben, die sich von seinem Hals über seine Brust und seine Schulter zu ziehen schienen. Er sah aus, als hätte er ein schreckliches Feuer überlebt.

Wenn das tatsächlich der Fall war, dann wunderte es mich überhaupt nicht, dass er nicht darüber reden wollte. Ich holte schon Luft, um ihm genau das zu sagen, als Jax die rechte Hand in die Höhe hielt. Ohne Vorwarnung züngelten Flammen über seine Haut, umschlossen seine Finger und tanzten im Luftzug. Als er die Hand zur Faust ballte, erloschen sie wieder, als wären sie nie da gewesen. Aber mir entging nicht, wie sich seine Haut bei der Aktion gerötet hatte.

Er musste Schmerzen haben, auch wenn er sich nicht das Geringste davon anmerken ließ.

»Es sind wirklich Brandnarben«, stellte ich leise fest und musterte ihn von oben bis unten, auf der Suche nach weiteren Spuren, die meine Vermutung bestätigten. »Du kannst Feuer erschaffen, aber es verbrennt dich auch.«

Ein gequältes Lächeln war die Antwort. Zusammen mit einem Schulterzucken, als wäre ihm all das gleichgültig. »Das könnte so ein toller Partytrick sein. Nur bringt er nicht viel, wenn ich mich dabei in eine lebende Fackel verwandle.«

Ich hatte nicht mal gemerkt, wie ich mich in Bewegung gesetzt hatte, bis ich vor ihm stehen blieb. »Darf ich?«

Behutsam legte ich meine Hand auf die von Jax. Ein Muskel zuckte in seinem Kiefer, abgesehen davon zeigte er keine Regung. Dafür spürte ich die vertraute Wärme auf meiner Haut, die von mir auf ihn überging. Als ich die Hand zurückzog, hatten seine Finger fast wieder eine gesunde Farbe angenommen. Der Rest würde in ein, zwei Tagen auf ganz normale Weise verheilen.

Etwas krachte hinter mir. Ich wirbelte herum und entdeckte Levi, der so ruckartig vom Hocker aufgesprungen sein musste, dass er hinter ihm zu Boden gefallen war. »Du hast ihn geheilt«, stieß er ungläubig hervor.

Ich nickte, während Jax verwundert zwischen uns hin und her sah. »Warum ist das so ein großes Ding?«

Ich zögerte so lange, bis Levi für mich antwortete: »Weil sie niemanden außer sich selbst und mich heilen kann. Niemanden sonst.«

Jetzt wandte sich Jax wieder ganz mir zu. »Ist das wahr?«

Bildete ich mir das ein oder hatte sich etwas in seiner Stimmlage verändert? War irgendwie … weicher geworden?

»Ist das wahr, Schneeflöckchen?«

Bei dem Spitznamen verdrehte ich die Augen. Ich hatte mir diese Veränderung in seiner Stimme eindeutig nur eingebildet.

»Ist es. Meine Wunden verschwinden von allein und ich kann Levi helfen, aber niemandem sonst. Zumindest bis jetzt.«

Seine Mundwinkel verzogen sich zu einem selbstgefälligen Lächeln. »Und du hast vorhin noch behauptet, ich wäre nicht so besonders, hm?«

Ich presste die Lippen aufeinander. Wieder mal weckte er den unwiderstehlichen Wunsch in mir, etwas nach ihm zu werfen. Etwas Hartes, Schweres, das so richtig wehtun würde. Eigentlich neigte ich nicht zu Gewalt, aber Jax gelang es mühelos, diese Seite in mir zum Vorschein zu bringen.

»Glaub nicht eine Sekunde lang, dass du …«

Levi hob warnend die Hand und ich verstummte.

Ein leises Lachen hallte von den Wänden wider, erst kaum hörbar, wie das Säuseln des Windes, dann immer deutlicher. Levi bewegte sich blitzschnell und stellte sich schützend vor mich – obwohl ich diejenige von uns beiden war, die unverwundbar war.

Wieder war da dieses unheimliche Lachen. Es schien von nirgendwoher und dennoch aus allen Richtungen zu kommen.

»Fuck!« Jax wich vor etwas zurück und stieß mit dem Rücken gegen die Bar.

Direkt vor unseren Augen begann sich etwas aus dem Boden zu lösen. Die dunklen Dielen schienen vor meinen Augen zu verschwimmen, als erst ein dürrer Arm und dann ein zweiter herauskletterte. Als Nächstes folgte der Kopf, mit strubbeligen schwarzen Haaren und einem verhärmten, eingefallenen Gesicht, das mehr an ein Skelett erinnerte als an irgendetwas anderes. Die Gestalt wirkte teils menschlich und teils … wie etwas völlig anderes. Ihre Haut hatte dieselbe Farbe, Struktur und Maserung wie die Holzdielen und sie bewegte sich völlig unnatürlich. Ein knochiger Oberkörper und weitere Gliedmaßen folgten, bis das Wesen wie eine Spinne auf allen vieren auf dem Boden hockte und uns aus leeren tiefschwarzen Augen anstarrte.

Ein warnendes Summen meldete sich tief in meinem Inneren, obwohl keiner von uns seine Fähigkeiten einsetzte. Noch nicht. Aus dem Augenwinkel sah ich, wie Levi die Hand hob und –

Die Tür zum Pub flog krachend auf. Ein heftiger Windstoß schoss herein und erfasste die Kreatur. Levi riss den Arm hoch und plötzlich geschah alles gleichzeitig. Ein weiteres Messer wirbelte durch die Luft. Der Wind schleuderte das Wesen geradewegs in die Klinge hinein. Ein schriller Aufschrei. Und dann …

Ich starrte auf den feinen Staub, der zu Boden fiel. Nein, nicht Staub. Es sah beinahe aus wie Sägespäne. Als wäre dieser Dämon tatsächlich geradewegs aus dem Holzboden gekrochen.

Im Türrahmen erschien eine junge Frau mit langen braunen Haaren. »Ich wusste nicht, dass hier eine Party stattfindet.«

»Warte mal«, stieß ich hervor und schob mich an Levi vorbei. »Ich kenne dich. Wir sind uns schon mal begegnet.«

Kapitel 19

Levi und Jax starrten die Fremde schweigend an, aber ich machte einen Schritt auf sie zu. »Du hast mir neulich an der Brücke geholfen, als der Dämon …«

Sie brachte mich mit einem knappen Nicken zum Schweigen. »Gern geschehen. Ich bin Ailsa.«

»Faith«, erwiderte ich tonlos.

»Ich weiß.«

»Moment mal. Woher …?«

»Weil ich nach dir gesucht habe.«

Ich blinzelte irritiert. »Warum tauchst du dann hier auf und nicht bei mir zu Hause?«

Ailsa machte eine wegwerfende Handbewegung. »Da war ich schon, aber es war keiner daheim. Zum Glück bin ich auf diesen Pub gestoßen.« Sie ließ den Blick wandern, als würde sie die Einrichtung tatsächlich interessieren, landete mit ihrer Aufmerksamkeit aber schnell wieder bei mir. »Du treibst dich erstaunlich viel mit Leuten vom Orden herum, Faith. Für jemanden, der selbst Kräfte hat«, fügte sie trocken hinzu.

Ich wechselte einen schnellen Blick mit Levi. Der nickte unmerklich.

»Wir … gehören quasi zum Orden. Zumindest wenn es nach unserem Stammbaum geht.«

Ailsa starrte Levi und mich einen endlosen Moment lang nur an, dann brach sie in ungläubiges Gelächter aus. »Oh, das ist wirklich gut. Ich wusste nicht, dass der Orden jetzt auch Mitglieder hat, die selbst über Magie verfügen. Das ist neu. Normalerweise jagen sie Leute wie uns.«

»Sie wissen nichts von unseren Kräften«, ergriff Levi das Wort und trat vor. »Und das soll auch so bleiben.«

Ailsas Lippen verzogen sich zu einem spöttischen Lächeln. »Keine Sorge, Superman. Von mir werden sie nichts erfahren.« Sie deutete um sich. Nach meinem kleinen Unfall mit dem Glas, der Auseinandersetzung zwischen Levi und Jax und dem unerwarteten Auftauchen eines Dämons sah der Pub aus, als wäre ein Sturm hindurchgefegt. »Ich weiß ja nicht, wie es euch geht, aber ich habe keine Lust, wieder von einem Dämon unterbrochen zu werden. Vielleicht sollten wir uns nach dem Spektakel also lieber woanders unterhalten?«

Ich nickte. »Ich wollte sowieso gerade gehen.«

Ailsa machte auf dem Absatz kehrt und verließ den Pub, und auch Levi wandte sich nach einem letzten warnenden Blick in meine Richtung zum Gehen. Jax war der Einzige, der sich nicht vom Fleck gerührt hatte.

»Kommst du?«

Er ließ sich Zeit mit der Antwort und holte erst Besen und Kehrblech, um die Splitter, Sägespäne und Überreste des Messers zusammenzufegen. »Warum sollte ich mit?«

War das sein verdammter Ernst?

»Weil dich das genauso betrifft. Wir haben alle Kräfte.«

»Das macht uns nicht automatisch zu einer Superheldentruppe.« Mit dem vollen Kehrblech in der Hand steuerte er den Mülleimer an.

Ich seufzte frustriert. »Willst du etwa nicht mehr darüber herausfinden? Warum wir diese Kräfte haben? Woher sie kommen? Warum ich dich heilen konnte, obwohl das vorher nie …« Ich brach ab und musterte ihn eindringlich, auch wenn er sich noch immer weigerte, mich anzusehen. »Ist dir das wirklich alles egal?«

Seine Schultern versteiften sich. Es war ihm nicht gleichgültig – aber irgendetwas hielt ihn zurück.

»Bitte, Jax.«

Er zögerte – und seufzte dann tief. »Meinetwegen. Und wo sollen wir um diese Uhrzeit hin?«

»Ich kenne einen Ort. Komm mit.«

Die WG war dunkel und leer, als ich sie betrat und das Licht einschaltete. »Fühlt euch ganz wie zu Hause, aber bitte setzt keine eurer Fähigkeiten ein. Ich will wirklich nicht aufräumen müssen.«

»Schade. Dabei wollte ich gerade ein kleines Feuerchen machen«, witzelte Jax und ließ die Hand sinken.

Ich warf ihm einen vernichtenden Blick zu. Wenn er es auch nur versuchte, würde ich ihn schneller rauswerfen, als er *Feuer* sagen konnte, darauf konnte er sich verlassen.

Ich hatte nicht die geringste Ahnung, wie spät es war. Nach Mitternacht auf jeden Fall. Eigentlich hatte ich mich nach meiner Schicht mit meinem Journal ins Bett kuscheln und noch ein paar Seiten schreiben wollen, ehe ich einschlief. Stattdessen saß ich plötzlich mitten in der Nacht mit meinem großen Bruder, meinem Kollegen aus dem Pub und einer Fremden am Küchentisch.

»Also«, begann Levi und musterte seine Sitznachbarin misstrauisch. »Wer bist du? Und wie hast du uns gefunden?«

»Sie hat mir gegen den Beithir geholfen«, schaltete ich mich ein. »Nach dem Autounfall. Ich hab dir davon erzählt.«

»Das erklärt aber nicht, was sie hier macht.«

Schweigen am Tisch.

»Oh, seid ihr fertig?« Ailsa schaute zwischen uns hin und her. »Na dann.« Ihre Mundwinkel zuckten, aber sie sprach weiter, bevor Levi erneut loslegen konnte. »Ich bin wie ihr. Ich habe auch eine Kraft.« Eine geisterhafte Windbrise wirbelte mein Haar durcheinander. Sie verschwand genauso schnell, wie sie aufgekommen war. »Und ich habe euch gefunden, weil ich mich schon vor langer Zeit auf die Suche nach euch gemacht habe. Wir können unsere Magie gegenseitig spüren.«

Das Summen in mir, kurz bevor die Tür zum Pub aufgeflogen war. Genau wie damals an der Brücke. Das war Ailsa gewesen.

Jax lehnte sich in seinem Stuhl zurück und verschränkte die Arme vor der Brust. »Und was für eine Magie soll das sein?«

»Es gibt nur zwei Arten auf der Welt.« Ohne sich aus der Ruhe bringen zu lassen, griff Ailsa nach ihrer Cola und platzierte sie in der Mitte des Tisches. »Dämonische und …« Als Nächstes folgte Levis Glas. »Die von Hexen.«

»Und wir sind keine Hexen«, ergänzte ich. Maisie hatte in den Aufzeichnungen ihrer Vorfahren nachgesehen und ich in der Bibliothek des Ordens den Stammbaum der Beauvils näher angeschaut. Nichts deutete darauf hin, dass Levi und ich einer Hexenfamilie entstammt sein könnten. Außerdem war da noch die Tatsache, dass Jax und Ailsa ebenfalls über Kräfte verfügten und ich Jax sogar hatte heilen können. Was nur einen Schluss übrig ließ …

»Einer meiner Ex-Freunde ist ein Hexer«, unterbrach Ailsa meine Gedanken. Sie wickelte sich eine lange Haarsträhne um den Finger, betrachtete sie kurz und ließ sie dann abrupt wieder los. »Ich habe seine Familie und ein paar andere ziemlich gut kennengelernt. Aber wir sind definitiv keine Hexen.«

»Also sind unsere Kräfte dämonischer Natur«, sprach Jax die Worte aus, die niemand am Tisch so recht wahrhaben wollte. Na ja, niemand außer Ailsa vielleicht, denn die nickte entschlossen.

»Deshalb spüren wir einander.«

»Das stimmt nicht ganz«, widersprach Levi gefasst. »Faith und ich sind einigen Dämonen begegnet. Wir können gegenseitig wahrnehmen, wenn wir unsere Kräfte einsetzen, aber keiner von uns hat je einen Dämon gespürt.«

Da hatte er recht. Und auch vorhin im Pub hatte ich nichts in mir gespürt, als der Dämon aufgetaucht war. Dafür hatte ich deutlich das Summen wahrgenommen – und zwar sowohl als Jax seine Feuerkraft eingesetzt hatte als auch bei Ailsas Auftauchen.

Ich blinzelte. Ein verschwommenes Bild schob sich in meine Gedanken. Eine vage Erinnerung, so verblasst wie ein lang vergessener Traum.

Einem Instinkt folgend wandte ich mich an Ailsa. »Darf ich?«

Sie zog die Augenbrauen zusammen, nickte aber. Ohne genau zu wissen, wonach ich suchte, griff ich nach ihrer linken Hand und drehte sie herum, sodass die Handfläche nach oben zeigte. Auf den ersten Blick war nichts Ungewöhnliches zu sehen, doch dann entdeckte ich den verblassten hellen Strich, der sich quer durch ihre Handfläche zog. Die alte Narbe eines Schnittes.

Blut in meiner linken Hand. Ein Taschenmesser, das ich an jemanden weitergebe.

Mein Herz hämmerte viel zu heftig, als ich zu Jax sah und er mir seine Hand bereits entgegenstreckte. Seine Brandnarben machten es unmöglich, eine noch ältere Narbe zu erkennen, doch sobald meine Heilung einsetzte und seine Haut Stück für Stück kräftiger und gesünder aussah, konnte ich auch in seiner Handfläche die hellere Linie erkennen, nach der ich gesucht hatte.

Langsam lehnte ich mich zurück. »Ihr habt beide die Narbe von einem Schnitt in der linken Hand.«

Ailsa wechselte einen schnellen Blick mit Jax. »Warum ist das so ungewöhnlich?«

»Weil ich eigentlich auch eine hätte. Genau wie du«, wandte ich mich an Levi, der mich skeptisch beobachtete. »Ich … ich weiß nicht mehr, wie und wo es passiert ist, und bis vor Kurzem konnte ich mich gar nicht mehr daran erinnern. Aber als mich ein Dämon … als mich der Nuckelavee gepackt hat und ich so starke Schmerzen hatte, kamen verdrängte Erinnerungen hoch. Kurze Momentaufnahmen. In einer davon war meine linke Hand blutig. In der rechten hielt ich ein Taschenmesser, das ich weitergereicht habe.«

Stirnrunzeln auf allen Seiten.

»Redest du von einer Art Blutritual?«, fragte Ailsa tonlos.

»Oder von einer Blutsbrüderschaft«, warf Jax ein und ballte die betroffene Hand zur Faust. »Aber dann müssten wir uns doch aneinander erinnern können. Denn ich bin mir ziemlich sicher, dass ich das eine oder andere Gesicht nicht vergessen hätte«, fügte er mit einem Seitenblick in meine Richtung hinzu.

Ich räusperte mich, erwiderte jedoch nichts darauf. Das Letzte, was ich wollte, war, diesem Mistkerl auch noch Munition in die Hand zu geben. Doch die anderen am Tisch nickten.

»Ich nehme an, du hast meine Narbe geheilt, wenn ich auch eine hatte?« Trotz seiner Worte schüttelte Levi den Kopf. »Selbst wenn du recht hast: Niemand hier kann sich daran erinnern. Und eine Blutsbrüderschaft, ein Blutritual oder was auch immer ist nicht etwas, das man so leicht vergisst.«

»Ich erkenne keinen von euch wieder, und trotzdem …« Ailsa kniff die Augen zusammen, als würde sie angestrengt nachdenken. »Trotzdem ist da etwas Vertrautes. Wir kennen uns. Wir waren alle schon mal zusammen in einem Sommercamp auf einer Insel. Aber alles, was dort passiert ist, liegt im Nebel.«

Eine dunkle Vorahnung machte sich in mir breit. Redete sie etwa von …

»Welche Insel meinst du?«, hakte Jax nach. »Skye? Sorry, dich enttäuschen zu müssen, aber dort war echt schon jeder.«

»Ich rede nicht von Skye, sondern von den Äußeren Hebriden«, fauchte sie. »Von der Isle of Lewis.«

Levi beugte sich vor. »Die Isle of Lewis? Wir haben vor einer Ewigkeit mal dort gewohnt, aber ist das nicht ein bisschen weit hergeholt? Sollen wir uns etwa alle vier zufällig dort getroffen und spontan beschlossen haben, Blutsbrüderschaft zu schließen, obwohl wir uns nicht mal kannten? Und jetzt kann sich keiner von uns daran erinnern?« Er schüttelte den Kopf. »Das ist doch totaler Quatsch.«

»Nein. Ist es nicht«, Ailsa seufzte genervt und zog einen Zettel aus der Hosentasche, den sie auf dem Tisch auseinanderfaltete und glatt strich. »Wir waren wirklich zusammen in einem Sommercamp. Wir alle, denn eure Namen stehen auf der Liste der Teilnehmer, genau wie meiner.«

Ich beugte mich über den Tisch und überflog die Namen. Es mussten um die vierzig sein, vielleicht sogar mehr. Eine Handvoll hatte Ailsa bereits durchgestrichen, während meiner und Levis mehrmals eingekreist war.

»Ich habe nach euch gesucht«, erklärte sie nachdrücklich. »Aber da ihr euren Nachnamen geändert habt, war es nicht einfach, euch zu finden. Zuerst bin ich auf eure Mutter im Krankenhaus gestoßen und bin dir dann von dort gefolgt.«

»Deshalb warst du an der Brücke«, stieß ich hervor.

Sie nickte, doch dann verdüsterte sich ihre Miene. »Aber als der Typ vom Orden aufgetaucht ist, musste ich abhauen. Ich bin nicht scharf darauf, diesen Leuten in die Arme zu rennen.« Sie sprach weiter, bevor ich nachhaken konnte, was genau sie damit meinte. »Allerdings hätte ich nicht gedacht, in Dundee gleich drei Leute mit dämonischen Kräften zu finden.« Ihr Blick wanderte von mir zu Levi und zu Jax, der noch immer wortlos auf seinen Namen auf der Liste starrte.

»Wann war das?«, fragte ich Ailsa, während es fieberhaft in mir arbeitete. »Wann waren wir in diesem Camp?«

»Vor ziemlich genau zehn Jahren. Warum?«

Hektisch kramte ich mein Handy hervor und wählte Maisies Nummer. Es war mitten in der Nacht, aber ich hoffte, dass sie trotzdem –

»Hallo?«, unterbrach die Stimme meiner Mitbewohnerin meine Gedanken. »Faith? Was ist los?«

»Hey«, begrüßte ich sie und schaltete den Lautsprecher ein, damit die anderen mithören konnten. »Sorry, dass ich so spät anrufe. Weißt du noch, wie du mir von deiner Familie und dem Bündnis mit dem Orden erzählt hast? Und was vor zehn Jahren bei Callanish war? Auf der Isle of Lewis?«

»Ja …?« Ein zögerlicher Unterton schwang in ihrer Antwort mit.

»Was genau ist damals bei Callanish passiert?«

»Deswegen rufst du mitten in der Nacht an?«

»Es ist wichtig. Bitte, Maisie. Sag es mir.«

»Die Details kenne ich selber nicht, aber anscheinend hat jemand den Brollachan befreit. Der Brollachan gilt als einer der mächtigsten Dämonen überhaupt«, fügte sie erklärend hinzu.

Oh, verdammt.

Ich wechselte einen Blick mit den anderen am Tisch. »Du hast mir erzählt, was geschehen ist, als er befreit wurde, weißt du noch? Was hat deine Familie gemacht?«

Sie seufzte tief. »Meine Großmutter und Tanten trifft keine Schuld. Sie konnten nicht zulassen, dass jemand vom Orden davon erfährt. Das hätte unsere ganze Familie in Gefahr gebracht. Meine Tante Hesther … Sie kann Erinnerungen beeinflussen. Also hat sie … na ja, sie hat dafür gesorgt, dass sich niemand mehr daran erinnern kann.«

Kälte prickelte in meinem Nacken und rann mir den Rücken hinunter.

»Weißt du, wer den Dämon befreit hat? Wer es getan hat und wie viele es waren?«

»Nein, aber ich könnte mal vorsichtig nachhorchen.« Ein kurzes Zögern, dann fragte Maisie leise: »Verrätst du es jetzt doch dem Orden?«

Ich schüttelte den Kopf, auch wenn sie es nicht sehen konnte. »Nein. Das hat nichts mit dem Orden zu tun.« Ich sah von einem zum anderen. »Weißt du zufällig, ob der Dämon seine Kräfte hatte, als er freikam?«

»Keine Ahnung. Als meine Familie dort ankam, war der Dämon bereits verschwunden. Warum fragst du?«

»Nur so«, murmelte ich, ohne die anderen am Tisch aus den Augen zu lassen. »Danke, Maisie. Pass auf dich auf, ja?«

»Aye. Du auch auf dich.«

Ich verabschiedete mich von ihr und legte auf, doch die Kälte blieb. Sekundenlang war nur das Ticken einer Uhr in der Wohnung zu hören, sonst nichts. Nicht einmal Atemzüge.

»Da haben wir unsere Antwort«, durchbrach Ailsa schließlich die Stille.

Eine Blutsbrüderschaft zwischen Kindern in einem Sommercamp. Ein befreiter Dämon. Fehlende Erinnerungen. *Himmel!* Wenn ich nicht mit eigenen Augen gesehen hätte, wie Jax und Ailsa ihre Fähigkeiten einsetzten, wenn ich nicht auch bei ihnen dieses vertraute Summen gespürt hätte, als würden sich unsere Kräfte gegenseitig anziehen, und wenn ich Jax nicht mühelos geheilt hätte, würde ich kein Wort davon glauben. Doch ganz egal, wie sehr ich mich innerlich dagegen sträubte, die Wahrheit konnte ich nicht leugnen. Wie es aussah, waren wir alle bei den Standing Stones von Callanish gewesen – laut Ailsas Liste hatte sich dort auf einem Campingplatz ganz in der Nähe das Sommercamp befunden. Etwas war passiert, wodurch der Dämon sich aus seinem jahrhundertealten Gefängnis hatte befreien können. Gut möglich, dass wir es gewesen waren. Diese Blutsbrüderschaft oder was auch immer wir damals getan hatten. Die Hexen hatten alle Spuren verwischt und unsere Erinnerungen manipuliert. Und wir … wir trugen jetzt die Kräfte dieses Dämons in uns.

Jax räusperte sich. »Ich weiß ja nicht, wie es euch geht, aber ich könnte jetzt einen Drink vertragen.«

Zustimmendes Gemurmel. Als ich den Kopf hob, begegnete ich Levis nachdenklichem Blick.

»Wir müssen mehr darüber herausfinden«, sprach er die Worte aus, die ich ihm bereits im Gesicht hatte ablesen können.

Ailsa kippte den Rest ihrer Cola hinunter, als würde es sich dabei um einen Shot handeln. »Und wie willst du das anstellen?«, fragte sie. Das Klirren, als sie das Glas wieder abstellte, klang unnatürlich laut. »Ich versuche schon seit Jahren, andere wie mich zu finden, was trotz dieser Liste nicht gerade einfach ist. Falls du es nicht mitbekommen hast: Keiner von uns erinnert sich daran, was damals wirklich geschehen ist.«

Levi ließ mich nicht aus den Augen. »Es gibt jemanden, der mehr wissen muss. Jemanden, der es für eine gute Idee hielt, uns in dieses Camp zu schicken.«

Mein Herz setzte einen Schlag lang aus. *Mum*. Er wollte Mum fragen.

Ich nickte ihm zu. »Vielleicht können wir auch beim Orden mehr über diesen Brollachan und seine Kräfte herausfinden. Über unsere Kräfte. Die Krieger des Ordens waren schließlich dafür verantwortlich, den Dämon vor dreihundert Jahren einzusperren. Und im Moment deutet alles darauf hin, dass wir ihn irgendwie befreit haben.«

»Unabsichtlich«, warf Ailsa ein und ballte die Hand mit der Narbe zur Faust. »Wir waren Kinder. Wenn es stimmt, was wir hier offenbar alle denken, dann war es nur eine blöde Blutsbrüderschaft. Wer denkt denn, dass man dabei versehentlich einen mächtigen Dämon befreit?«

»Spielt das wirklich eine Rolle?«, warf Jax trocken ein.

Ich unterbrach die beiden, bevor sie weiter in einen sinnlosen Streit abdrifteten. »Morgen bin ich fürs Training wieder beim Orden. Ich werde mich danach etwas in der Bibliothek umsehen. Vielleicht finde ich etwas heraus.«

Levi nickte zufrieden. »Und ich schaue mal, ob ich mich unauffällig bei den anderen Mitgliedern umhören kann.«

»Da ist noch etwas.« Ich rieb mir mit beiden Händen übers Gesicht, um meine Gedanken zu klären. Die Müdigkeit war mittlerweile verschwunden und ich war mir ziemlich sicher, heute Nacht kein Auge zuzubekommen. »Vor zwei Wochen war ich mit Maisie hier in der Stadt shoppen. Nicht lange bevor uns der Nuckelavee angegriffen hat, habe ich etwas gespürt.«

Jax runzelte die Stirn. »Was denn?«

»Nicht was, sondern *wen*. Es war dasselbe Gefühl, das immer aufkommt, wenn Levi oder einer von euch beiden seine Magie einsetzt, allerdings nur ganz kurz.«

»Dieses Summen«, bestätigte Ailsa. »Als würde man die ganze Zeit einen Bienenschwarm mit sich herumtragen und plötzlich sind sie aus dem Winterschlaf erwacht.«

Ich nickte – und sah in leere Gesichter.

»Ich war zu der Zeit beim Training am anderen Ende der Stadt.« Levi wirkte besorgt. »Das weißt du.«

»Und ich war im Pub.«

»Sieh mich nicht an.« Abwehrend hob Ailsa die Hände. »Vor zwei Wochen war ich nicht mal in der Nähe von Dundee. Nachdem ich deine Spur an der Brücke verloren hatte, musste ich eine Weile suchen, um überhaupt hierher zu finden. Wenn der Typ in der Autowerkstatt nicht so gesprächig gewesen wäre, hätte es noch länger gedauert.«

»Wie viele Kräfte hatte dieser Dämon?«, fragte Levi unvermittelt. »Wenn er so mächtig war und jeder von uns eine einzige hat, dann …«

»Dann könnte es noch mehr geben«, schlussfolgerte ich. »Noch mehr Leute wie uns.«

Jax schüttelte den Kopf. »Fuck.«

»Es muss so sein. Anders lässt sich nicht erklären, was ich da im Kaufhaus wahrgenommen habe. Es muss noch jemand von damals in der Nähe sein. Jemand, der genau wie wir eine Dämonenkraft in sich trägt.«

»Aye.« Levi schob den Stuhl zurück und stand auf, als könnte er keine Sekunde länger still sitzen bleiben, und begann in der Küche hin und her zu laufen. »Aber wenn das wirklich stimmt, warum zeigt sich diese Person dann nicht? Wir haben uns doch auch irgendwie zusammengefunden.«

»Vielleicht hat sie Angst, weil ihr ständig mit Leuten vom Orden abhängt?«, murmelte Ailsa und zuckte mit den Schultern, als ich sie anfunkelte. »Was denn? Kann doch sein.« Lässig legte sie die Füße auf den frei gewordenen Stuhl und überkreuzte sie an den Knöcheln.

»Und wenn diese Person gar nichts davon weiß?«, überlegte Levi laut. »Wenn er oder sie diese Kraft hat, ohne etwas über ihren Ursprung zu wissen? Über Dämonen, Hexen und den Orden? Bis vor Kurzem ging es uns doch genauso«, fügte er hinzu und deutete in die Runde.

Jax schnaubte. »Willst du damit sagen, dass hier noch so ein Freak mit irgendeiner Kraft herumläuft und die fröhlich einsetzt? Ohne irgendwelche Konsequenzen?« Ein harter Ton schwang in seiner Stimme mit. Obwohl ich einen Teil seiner Narben aus Versehen geheilt hatte, zeichneten sich die Folgen seiner Feuermagie noch immer an anderen Stellen deutlich auf seiner Haut ab.

»Nicht ohne Konsequenzen«, widersprach ich ruhig und unterdrückte den Impuls, mir über den Arm zu reiben. Über die Stelle, an der der Dämon mich gepackt und fast bis auf die Knochen verbrannt hatte, weil er eine ähnliche Fähigkeit besaß wie Jax. »Schließlich gab es einen Angriff.«

Jax funkelte mich so zornig an, als wäre das meine Schuld. »Gegen die *falsche* Person. Das hätte nicht passieren dürfen. Du hast nichts getan.«

»Ich erinnere dich gerne noch mal daran: Ich kann mich heilen. Verletzungen machen mir nichts aus, also spar dir die übertriebene Sorge.«

Er biss die Zähne so fest zusammen, dass seine Kiefermuskeln hervortraten, aber er sagte kein Wort mehr.

»Können wir uns wieder auf das Wesentliche konzentrieren?«, schaltete sich Ailsa ein und wedelte mit dem Zettel herum. »Mir fehlen zwar ein paar Adressen, aber ich bezweifle, dass noch jemand hier in Dundee herumschwirrt. Trotzdem müssen wir herausfinden, was damals wirklich geschehen ist und wie viele es betrifft. Und wenn es wirklich noch mehr Leute mit einer dämonischen Kraft gibt, müssen wir sie finden.«

»Müssen wir das wirklich?« Jax verschränkte wieder die Arme vor der Brust. »Ich verstehe ja, dass ihr mehr herausfinden wollt. Das will ich auch. Aber andere mit solchen Kräften suchen? Warum? Bis auf diese dämliche Blutsbrüderschaft damals haben wir nichts mit ihnen gemeinsam. Keiner von uns kann sich an sie erinnern. Es sind Fremde. Und allem Anschein nach haben sie ebenfalls Dämonenkräfte, also können sie gut auf sich selbst aufpassen.«

»Ich hätte auf die zweifelhafte Erfahrung, dich kennenzulernen, auch verzichten können«, zischte ich. »Aber hier sind wir nun mal. Und falls du gerade nicht zugehört hast, weil du zu sehr damit beschäftigt warst, dich in deiner eigenen Selbstgefälligkeit zu sonnen: Dämonen jagen uns. Seit ich hierhergezogen bin, haben sie mich schon zwei Mal angegriffen – dreimal, wenn man das heute Nacht im Pub mitzählt. Ich weiß nicht, warum du ihnen in den letzten Jahren entgangen bist – vielleicht hat deine reizende Persönlichkeit sie erfolgreich auf Abstand gehalten –, aber ich bin mir sicher, dass sie in Zukunft auch dich und die anderen finden werden.«

Ailsa nickte. »Das kann ich nur bestätigen. Diese Mistviecher sind echt lästig. Und nicht jeder von uns kann sich einfach mit einem Fingerschnippen heilen.«

Jax wirkte völlig unbeeindruckt. »Das heißt aber nicht, dass wir plötzlich Sherlock Holmes spielen und nach ihnen suchen müssen.«

»Und wenn sie in Gefahr sind? Die Person, die ich neulich im Kaufhaus wahrgenommen habe, könnte ohne unsere Hilfe sterben!«, rief ich lauter als beabsichtigt. »Eher früher als später, wenn ein Dämon sie findet. Und du willst nichts dagegen unternehmen? Wie kann man nur so selbstsüchtig sein?«

»Selbstsüchtig?«, wiederholte er gefährlich leise und richtete sich auf. Um uns herum war es plötzlich sehr still geworden.

Ich reckte das Kinn vor. »Nur an dich zu denken und nicht daran, dass die anderen in Gefahr sein könnten, ist selbstsüchtig. Oder hast du eine bessere Bezeichnung dafür?«

Sekundenlang starrte Jax mich an, als würde er mich geradewegs in die Hölle wünschen, doch dann sah er zur Seite und wich meinem Blick aus. »Glaub mir«, brachte er mühsam beherrscht hervor und ballte die Hände auf dem Tisch zu Fäusten. »Was ich sage, ist nicht selbstsüchtig. Es ist das Gegenteil davon.«

Was meinte er damit? Doch bevor ich nachfragen konnte, sprach er weiter.

»Der einzige Grund für mich, um das alles mitzumachen, wäre, um einen Weg zu finden, diese Kräfte wieder loszuwerden.«

Ich blinzelte verdutzt. Und ich war nicht die Einzige. Auf Levis und Ailsas Mienen spiegelte sich Überraschung wider.

»Wer auch immer diese Person ist, sie ist eine von uns. Genau wie die anderen von der Liste, die damals bei Callanish dabei waren«, murmelte ich und erntete überraschte Blicke aus drei Richtungen. »Was denn? Wie es aussieht, waren wir alle dort und haben diese Blutsbrüderschaft durchgezogen. Wir sind miteinander verbunden, ob wir wollen oder nicht. Durch unser Blut und …«

»Durch unsere Kräfte«, bestätigte Levi und nickte mit entschlossener Miene. »Also gut. Du und ich reden mit Mum und hören uns im Orden um. Ailsa macht mit ihrer Liste weiter. Wenn es andere wie uns gibt, finden wir sie.«

Irgendwie rechnete ich mit Widerspruch, zumindest von Jax. Ich wartete förmlich auf ein »Wer hat dich zum Anführer bestimmt?« oder dergleichen. Aber es kam nichts. Jax wirkte alles andere als zufrieden mit dieser Entscheidung, protestierte aber auch nicht. Niemand tat das, also stand unser Entschluss fest. Wir würden herausfinden, was wirklich geschehen war – und ob es andere wie uns gab.

Kapitel 20

Obwohl ich kein gutes Gefühl dabei hatte, Mum in diese Sache mitreinzuziehen und sie im schlechtesten Fall mit unseren Fragen aufzuregen, machte ich mich am nächsten Tag mit Levi auf den Weg nach Aberdeen ins Krankenhaus. Die letzten beiden Male war ich allein hier gewesen, da mein Bruder Krankenhäuser noch mehr hasste als ich. Insgeheim glaubte ich jedoch, dass er es einfach nicht ertrug, unsere Mutter so zu sehen.

»Hey, Mum«, begrüßte Levi sie mit einem gefassten Lächeln. Als wir den Raum betreten und er sie das erste Mal seit Wochen wiedergesehen hatte, war er geschockt gewesen. Er mochte gut darin sein, seine Gedanken und Gefühle vor anderen zu verbergen, aber ich kannte ihn. Ich hatte sein kurzes Zusammenzucken ebenso bemerkt wie die Überraschung und Trauer in seinen Augen. »Wie geht es dir heute?«

»Levi.« Mums Miene hellte sich auf. Sie trug noch immer die Nasenkanüle, wirkte aber wenigstens nicht mehr ganz so blass wie bei meinem letzten Besuch, auch wenn sie abgenommen hatte. Das zweite Bett in ihrem Zimmer war auch heute unbenutzt. »Faith.« Mühsam versuchte Mum sich aufzurichten.

Levi und ich waren sofort zur Stelle. Er half ihr dabei, sich aufzusetzen, während ich die Kissen aufschüttelte und so platzierte, dass sie sich bequem im Sitzen zurücklehnen konnte.

»Danke.« Mum lächelte, musste jedoch kräftig husten. Ich wartete, bis der Anfall vorüber war, und hielt ihr dann ihren Becher mit dem Strohhalm hin. Erleichtert trank sie ein paar Schlucke. »Danke, Schatz.« Keuchend ließ sie sich in die Kissen zurücksinken.

Einen Moment lang herrschte angespanntes Schweigen. Ich hatte keine Ahnung, wie wir anfangen sollten, und offensichtlich ging es Levi genauso.

»Also ... Ihr seid doch sicher nicht extra an einem Samstag hergefahren, nur um mich zu fragen, wie es mir so geht.« Sie schaute zwischen uns hin und her, wie sie es früher immer getan hatte, wenn wir etwas ausgefressen hatten und sie herausfinden wollte, wer die Schuld daran trug. »Nun?« Fragend zog sie eine Braue in die Höhe. »Was ist los?«

Levi und ich wechselten einen Blick.

»Wir wissen vom Orden«, brach ich schließlich das Schweigen. »Und von Dad.«

Schock zeichnete sich auf ihrem Gesicht ab, dann schloss sie für einen Moment die Augen. Sie murmelte etwas, das klang wie: »Haben sie euch also doch gefunden ...«

Levi räusperte sich. »Das ist nicht der einzige Grund, aus dem wir hin sind. Du und Dad, ihr habt uns nie gesagt, was es mit unseren Kräften auf sich hat, woher sie kommen und –«

»Sie sind ein Geschenk. Eine Gabe.«

»Lass den Scheiß!« Levis Stimme war ein Knurren und in den anschließenden Sekunden war es im Zimmer still genug, um eine Stecknadel fallen zu hören. Mum und ich erstarrten beide. Levi fluchte nur selten und schon gar nicht in Gegenwart unserer Mutter. Doch jetzt wirkte er ehrlich verzweifelt – und entschlossen. »Wir haben andere getroffen, die auch Kräfte haben und damals wie wir auf der Isle of Lewis waren. Sag uns endlich die Wahrheit!«

»Levi ...« Über das Krankenbett hinweg warf ich ihm einen teils bittenden, teils beruhigenden Blick zu. Vorwürfe würden niemanden weiterbringen, auch wenn ich seine Wut gut verstehen konnte.

Unsere Eltern, die Menschen, denen wir bedingungslos vertraut hatten, hatten uns belogen. Sie hatten uns genauso etwas vorgemacht wie Nate, und das war echt bitter. Nein, es tat weh. Es tat verflucht noch mal weh.

Ich wandte mich ab und ging zum Fenster hinüber. Von hier aus konnte man nur auf den Parkplatz hinaussehen. Grau auf Grau. Trostlos.

»Wir wussten nicht, was geschehen würde«, begann Mum langsam zu erzählen. »Wenn wir auch nur geahnt hätten …« Sie hustete. »Dann hätten wir euch niemals hingeschickt.«

»Wo hingeschickt? In dieses Camp?«, bohrte Levi nach. Der Stuhl neben dem Bett knarrte leise, als er sich darauf niederließ. »Was ist damals passiert?«

»Du und deine Schwester wolltet unbedingt in dieses Sommercamp, also haben wir euch für eine Woche hingeschickt. Es war ja nicht weit von unserem damaligen Zuhause entfernt. Wir dachten, ihr wärt in Sicherheit, aber dann …« Wieder ein kurzes Husten. »Etwas ist in der letzten Nacht im Camp passiert. Etwas so Schreckliches, dass keiner von euch sich danach noch daran erinnern konnte. Ihr habt alles vergessen, sogar dass ihr im Camp wart.«

Die Hexen, dachte ich. *Maisies Familie hat ihre Spuren verwischt.*

»Kurz danach sind uns eure Fähigkeiten aufgefallen. Das erste Mal als Faith gestürzt ist und sich das Knie aufgeschlagen hatte. Ich wollte mich darum kümmern, aber dann war schon alles verheilt. Und dann bei dir, Levi.« Sie sprach es nicht aus, aber die Erinnerung an den Moment, in dem Levis Kräfte sich zum ersten Mal gezeigt hatten, wog schwer auf uns allen. »Euer Vater und ich haben alles in unserer Macht Stehende getan, um euch zu beschützen. Nicht nur vor Dämonen, sondern auch vor dem Orden. Sie würden es nicht verstehen. Sie dürfen niemals erfahren, was mit euch passiert ist.«

Also waren wir die ganze Zeit nicht nur vor Dämonen auf der

Flucht gewesen, sondern auch vor dem Orden. Die vielen Umzüge. Die Namensänderung nach Dads Verschwinden. Durch Mums Worte wurde all das in ein anderes, in ein neues Licht gerückt.

Ich betrachtete unsere Mutter einen Moment lang. Ob sie wohl auch über Nate Bescheid gewusst hatte? Mit Sicherheit nicht, sonst hätte sie nicht zugelassen, dass er zwei Jahre lang in unserem Haus ein und aus ging. Aber vielleicht war der plötzliche Umzug weg von Edinburgh kein Zufall gewesen. Gut möglich, dass Mum die Wahrheit herausgefunden hatte und uns ein weiteres Mal aus der Reichweite des Ordens hatte bringen wollen. Aber selbst wenn das nicht der Auslöser dafür gewesen war – der Dämon, der Levi und mich an einem unserer letzten Tage in Edinburgh attackiert hatte, war es.

»Wie konntest du das vor uns geheim halten?«, fragte Levi leise. Auf einmal klang er unendlich müde. Traurig. Enttäuscht. Seine Wut war verraucht. »Der Orden, unsere Kräfte, was damals in diesem Camp passiert ist ... einfach alles.«

Mums Augen füllten sich mit Tränen. »Du warst gerade mal elf Jahre alt«, erinnerte sie ihn. »Deine Schwester erst acht. Wie hätten wir euch etwas begreiflich machen können, das wir nicht einmal selbst verstanden haben?«

»Du hättest es uns trotzdem erzählen müssen«, murmelte Levi mit hängendem Kopf. »Ihr hättet uns verdammt noch mal die Wahrheit sagen sollen.«

Ich ging zu ihm hinüber und legte ihm die Hand auf die Schulter. Ich wusste nur zu genau, wie er sich fühlte, schließlich war ich genauso wütend auf Nate gewesen. Doch inzwischen hatte ich begriffen, dass Vorwürfe uns nicht weiterbringen würden.

Die Vergangenheit ließ sich nicht ändern. Nur die Gegenwart – und damit hoffentlich auch die Zukunft. Und die sah so aus, dass wir uns mit dem Gedanken anfreunden mussten, die Magie eines Dämons in uns zu tragen.

Kapitel 21

Die letzten beiden Tage hatte ich hauptsächlich mit Recherchen verbracht. Was sich als gar nicht so einfach herausgestellt hatte, wenn man nach Informationen über ein angeblich mythisches Wesen suchte, das nur in den Legenden und Albträumen der Menschen existierte. Ziemlich schnell hatte ich die Internetrecherche also aufgegeben und mich in die Bibliothek des Ordens gesetzt. Aber auch hier war es nicht einfach, an Infos zu gelangen, wenn man nicht auffallen wollte. Und das wollte ich nicht. Nach Mums Warnung und der Erkenntnis, dass es noch mehr Leute wie uns mit dämonischen Kräften geben musste, war das Letzte, was ich wollte, dass der Orden davon erfuhr. Während Levi versuchte, von den Mitgliedern des Ordens etwas zu erfahren, ohne aufzufliegen, Ailsa auf eigene Faust unterwegs war und versuchte, weitere Personen hinter den Namen auf der Liste aufzuspüren, und Jax weiß der Teufel was machte, saß ich hier.

Seufzend blätterte ich eine Seite um, nur um erkennen zu müssen, dass die viel zu kurze Passage über den Brollachan, den stärksten und gefürchtetsten aller Dämonen, dort bereits endete.

Ich sah auf mein Handy, das neben mir auf dem Tisch lag. Keine Nachrichten von Levi oder den anderen. Und auch keine von Nate. Gestern hatte er unser Training spontan abgesagt und seither hatte ich nichts mehr von ihm gehört. Ich wusste nicht mal, ob er meine Nachfrage, ob alles okay war, überhaupt gesehen hatte. Auch wenn er es nicht so direkt gesagt hatte, war ich mir ziemlich sicher, dass er im Auftrag des Ordens unterwegs war. Wahrscheinlich jagte er irgendwo in Schottland ein paar Dämonen, während ich staubige Bücher wälzte und mich damit arrangieren musste, selbst eine Kraft zu haben, die dämonischen Ursprungs war.

Da mein Handy genauso frustrierend war wie diese ganze Recherche, widmete ich mich lieber wieder Letzterem, doch auch das nächste Buch lieferte nichts. Nur dieselben belanglosen Infos darüber, wie dieses Wesen aussah – körperlos, schwarz wie die Nacht – und wo es im Laufe der Zeit angeblich bereits gesichtet wurde. Nichts über seine Kräfte oder darüber, wie genau der Orden ihn vor dreihundert Jahren besiegt hatte.

Wenigstens hatte ich in der letzten Stunde ein paar Infos über den Nuckelavee erfahren, der mich angegriffen hatte. Und ich hatte wirklich Glück gehabt. Nicht nur die Berührung dieser Kreaturen konnte verbrennen, laut diesen Aufzeichnungen konnten sie sogar Feuer speien. Ich wollte mir lieber nicht ausmalen, was dieses Monster noch mit mir hätte anstellen können.

»Wonach auch immer Sie suchen – hier werden Sie keine Antworten finden.«

Ich zuckte zusammen und drehte mich auf dem Stuhl um. Professor Kingsley stand neben dem Tisch, den weißen Kittel über den Arm gelegt, als sei sie auf dem Weg ins Labor, und warf einen kritischen Blick auf die all Bücher, die ich vor mir ausgebreitet hatte. Definitiv keine Studienunterlagen.

»Wo dann?«, hakte ich nach und versuchte meine Überraschung zu überspielen. Ich war so versunken gewesen, dass ich sie nicht einmal hereinkommen gehört hatte.

»Es gibt eine spezielle Sektion für die ausgebildeten Krieger und Kriegerinnen des Ordens. Abgeschlossen natürlich. Dort stehen die wirklich wichtigen Informationen darüber, welche Schwachstellen diese Wesen haben, wie man sie bekämpfen und besiegen kann. Ich nehme an, das ist es, wonach Sie suchen?«

Ich nickte nur, da es mir die Sprache verschlagen hatte.

Sie warf einen Blick in eines der aufgeschlagenen Bücher. »Die Schwachstelle eines Nuckelavee ist übrigens Süßwasser«, fügte sie wie nebenbei hinzu.

Ich starrte sie an, als hätte sie mir gerade die Antwort auf eine Prüfungsfrage geliefert. »Wasser?«, wiederholte ich ungläubig. »So einfach?«

Ein Lächeln umspielte ihre Lippen. »Manchmal kann es sehr einfach sein. Jeder Dämon hat seine Schwächen, genau wie auch wir unsere Schwächen haben. Die Kunst besteht darin, die Schwäche eines Gegners in Erfahrung zu bringen und sie gewinnbringend zu nutzen. Bei manchen Kreaturen kann das simpel sein, dann wiederum gibt es Wesen, die man nicht besiegen kann, ganz gleich, wie viele Menschen sich in den Kampf stürzen und dafür opfern.« Ihr Lächeln verschwand. An seine Stelle trat ein trauriger, gequälter Ausdruck.

»Sie haben auch jemanden verloren, nicht wahr?«

Sie nickte mit zusammengepressten Lippen. »Das haben wir alle.«

»Trotzdem machen Sie weiter. Warum?«

»Lassen Sie mich Ihnen ein paar Fragen stellen, Miss Beauvil.«

Es war noch immer seltsam, diesen Namen laut ausgesprochen zu hören. Vor allem, wenn Professor Kingsley ihn in ihrer typischen Dozentinnenstimme sagte, die ich nur zu gut aus dem Hörsaal und dem Labor kannte. Bisher hatte ich diese beiden Welten – das Studentenleben und das Übernatürliche – ganz gut trennen können, doch ein einziger Satz aus dem Mund von Professor Kingsley sorgte dafür, dass die Mauern dazwischen Risse bekamen.

»Glauben Sie, dass unser Kampf etwas für diejenigen ändert, die wir verloren haben?«

Ich musste an Dad denken und schüttelte langsam den Kopf. »Nein. Für sie ist es zu spät.«

»Glauben Sie, dass wir diesen Krieg gewinnen können?«

Ein Schauder kroch mir bei dem Wort *Krieg* über den Rücken, obwohl sie recht hatte. Ich hatte es zwar noch nie so betrachtet, aber für diejenigen, die seit ihrer Geburt zum Orden gehörten und nicht nur vom Übernatürlichen wussten, sondern ständig mit dem Kampf dagegen konfrontiert waren, musste es sich wie eine nie enden wollende Schlacht anfühlen. Ein Krieg, der schreckliche Opfer forderte und bereits seit einem Jahrtausend andauerte.

»Ich weiß es nicht«, gab ich zu und ließ den Blick über die aufgeschlagenen Bücher und meine Notizen wandern. Aber ich musste auch an Levi und Jax, an Ailsa und die anderen Jugendlichen aus dem Camp denken, die vor zehn Jahren unfreiwillig in diesen Kampf hineingezogen worden waren. Manche von ihnen wussten vielleicht nicht einmal etwas davon, so wie wir bis vor Kurzem nichts vom Orden und vom Ursprung unserer Magie gewusst hatten.

»Letzte Frage.« Professor Kingsley musterte mich eindringlich. »Warum kämpfen wir dann noch? Warum bilden wir Leute wie Sie und die anderen Nachfahren unserer Gründerfamilien aus? Warum legen wir stattdessen nicht die Waffen nieder und leben ein ganz normales Leben?«

Ich musste nicht einmal über die Antwort nachdenken. »Weil es nicht nur um uns geht, sondern auch um die anderen. Um all die Menschen, die wir beschützen und deren Leben wir retten können. Weil wir im Gegensatz zu ihnen darüber Bescheid wissen, was dort draußen lauert, und nicht die Augen davor verschließen dürfen. Wir *müssen* kämpfen, damit sie es nicht tun müssen. Damit sie ein normales Leben führen können.«

Sekundenlang betrachtete mich Professor Kingsley mit unbewegter Miene, dann nickte sie wohlwollend. »Gesprochen wie eine wahre Beauvil. Ihr Vater wäre stolz auf Sie.«

Aus irgendeinem Grund war ich erleichtert. Ich hatte nie vorgehabt, in Dads Fußstapfen zu treten, aber es fühlte sich gut an, ein solches Lob aus ihrem Mund zu hören. Vor allem, weil sie ihn gekannt, womöglich sogar Seite an Seite mit ihm gekämpft hatte.

»Professor Kingsley?«, rief ich, nachdem sie sich mit einem weiteren Nicken abgewandt hatte.

Sie blieb zwischen den Regalreihen stehen und drehte sich mit fragend hochgezogenen Brauen zu mir um. »Ja, Miss Beauvil?«

»Wie komme ich an die Sektion mit diesen Büchern, wenn sie abgeschlossen und nur für den Kriegertrupp des Ordens ist?«

»Ganz einfach.« Bildete ich mir das ein oder war da wirklich ein amüsiertes Zucken um ihre Mundwinkel? »Sie lassen sich zur Kriegerin ausbilden und offiziell als solche aufnehmen.« Mit diesen Worten ließ sie mich stehen und verschwand durch eine Seitentür, die mir bisher nicht aufgefallen war und die vermutlich nach unten in ihr Labor führte.

Ich sah ihr blinzelnd nach und lauschte ihren leiser werdenden Schritten. Erst dann stieß ich die angehaltene Luft aus und ließ mich in meinen Stuhl zurücksinken.

Als ich mich dazu entschlossen hatte, mich trainieren zu lassen, war es mein Ziel gewesen, kämpfen zu können. Nicht mehr ständig weglaufen zu müssen. Andere beschützen zu können – Menschen, die mir wichtig waren und sonst in Gefahr gerieten und verletzt werden konnten. Aber eine Ausbildung zur Kriegerin des Ordens? So wie Levi es machte? Wie Nate einer war? Wie mein Vater es gewesen war?

Darüber hatte ich nie nachgedacht. Diese Option hatte gar nicht zur Debatte gestanden, und jetzt, da wir mehr über unsere Kräfte herausgefunden hatten, sollte sie es erst recht nicht tun. Trotzdem ließen mich Professor Kingsleys Worte nicht los. Auch dann nicht, als ich eine Stunde später meine Sachen zusammenpackte, die Bücher an ihre Plätze zurückstellte und die Bibliothek verließ.

Ich lief gerade an den Büros vorbei und wollte die Treppe ansteuern, die in die Eingangshalle hinunterführte, als mich eine Stimme innehalten ließ. Oder vielmehr das, worüber da gerade hinter einer angelehnten Tür gesprochen wurde.

»Ihr Enkel scheint sich gut mit den beiden Beauvil-Nachkommen zu verstehen. Womöglich etwas *zu* gut.«

Ich kannte die Stimme nicht, aber sie schien einem älteren Mann zu gehören. Und obwohl sie ein angenehmes Timbre hatte und unter anderen Umständen sogar eine einnehmende Wirkung haben könnte, gefiel mir nicht, was sie da sagte.

»Was willst du damit andeuten, Harris?« Das war eindeutig Mrs MacKenzie. Nur hatte sie die Wärme verloren, mit der sie uns damals beim Orden willkommen geheißen hatte.

»Überhaupt nichts. Ich möchte nur, dass wir auf derselben Seite stehen, Eileen. Hier und ganz offiziell im Rat des Ordens.«

Ich sah mich im Flur um. Niemand zu sehen. Und obwohl mir klar war, dass ich nicht lauschen sollte, konnte ich nicht anders. Nicht, wenn der Name meiner Familie gefallen war. Nicht, wenn es um Nate ging.

»Wir dürfen die Beauvil-Linie nicht verlieren«, sagte Mrs MacKenzie. »Unter keinen Umständen. Schlimm genug, was mit den Shieldblades passiert ist. Ich werde nicht zulassen, dass sich das bei den Beauvils wiederholt. Nicht jetzt, da wir endlich die beiden Erben hier haben.«

Ich runzelte die Stirn. Hieß das, dass sie uns beschützen würden, ob mit oder ohne dämonische Kräfte, weil sie den Familiennamen bewahren wollten? Oder würden sie darauf bestehen, uns zu Kriegern zu machen, die für den Orden kämpften, ob wir wollten oder nicht? Bisher waren die Mitglieder des Ordens sehr nachsichtig mit mir und meinen Wünschen gewesen, aber Mrs MacKenzie klang so bestimmt, dass ich mir da nicht mehr so sicher war.

Schritte waren zu hören, als würde jemand auf und ab laufen. »Was ist mit Nathaniel? Wird er zu einem Problem?«

»Harris Morthen!« Ihre Stimme klang so scharf, so tadelnd, dass ich unwillkürlich zusammenzuckte. »Mein Enkel weiß sehr genau, welche Opfer für den Orden und im Kampf gegen die Dämonenplage erforderlich sind.«

»Und wie lautet der Plan?«

»Wir tun, was nötig ist«, erwiderte sie nur und hörte sich dabei so kalt, so nüchtern an, dass ich unwillkürlich schauderte. »Er wird es verstehen.«

Aufgewühlt sah ich auf die Tür. Am liebsten wäre ich hineingestürmt und hätte Antworten verlangt, aber ich zwang mich dazu, leise weiterzugehen.

Meine Gedanken rasten, als ich die opulente Eingangshalle erreichte. Was hatte dieses Gespräch zu bedeuten? War Nate deswegen an diesem Wochenende nicht zu erreichen gewesen? Was hatten sie mit ihm vor?

Kapitel 22

Ich stolperte fast über meine eigenen Füße, als ich das Ende der Treppe in der Eingangshalle erreichte, und zwang mich zur Ruhe. Es war noch früh am Abend und ich hatte keine Pläne, obwohl Halloween war. Mit meinen Kommilitonen und Kommilitoninnen hatte ich außerhalb des Hörsaals und der Kurse, die im Labor stattfanden, nicht viel zu tun und Maisie war noch immer nicht von ihrer Familie zurück. Ich hatte keine Lust, allein – oder vielmehr nur mit meinen kreisenden Gedanken – in der leeren Wohnung zu sitzen, also textete ich Levi und fragte ihn, ob er Lust hatte, in den Pub zu gehen. Seit dem Besuch bei Mum vor zwei Tagen hatten wir uns nicht mehr gesehen, aber jetzt musste ich mit ihm reden. Dringend. Vielleicht wusste er ja mehr über das, was ich gerade mitangehört hatte. Oder er kannte einen anderen, kürzeren Weg, um in die verschlossene Abteilung der Bibliothek zu gelangen.

Nach wenigen Schritten vibrierte mein Handy mit einer neuen Nachricht:

Bin dabei! Brauche aber noch eine halbe Stunde.
Geh schon mal vor und ich komme dazu.

Sehr gut. Ich steckte das Handy ein und bemerkte, dass ich vor dem Gemälde stehen geblieben war, das mir schon bei meinem ersten Besuch hier beim Orden aufgefallen war. Es zeigte die Schlacht von Callanish, als die Krieger und Kriegerinnen des Ordens sich heldenhaft dem Brollachan entgegengestellt hatten. Schon ironisch, dass dieses Bild hier hing, für alle sichtbar, ich in der Bibliothek aber so gut wie keine Informationen darüber hatte finden können, was sich damals wirklich ereignet hatte.

Mein Blick glitt über die Ordensmitglieder, über die Schwerter der Gründerfamilien und die anderen Waffen, mit denen sie zwischen den Steinen kämpften, zu denen sie später selbst werden sollten. Ob sie gewusst hatten, welches Schicksal sie erwartete? Ob sie sich freiwillig geopfert hatten?

Ich runzelte die Stirn und trat näher. Bisher war es mir nicht aufgefallen, doch als ich jetzt nachzählte, fragte ich mich, ob das wirklich ein Zufall sein konnte. Denn auf dem Gemälde waren exakt dreizehn Männer und Frauen zu sehen, die gegen den Dämon kämpften. Soweit ich wusste, hatten sie ihm seine Magie entrissen, bevor sie alle zu Stein erstarrt waren. Bedeutete das etwa, dass es auch dreizehn Kräfte gegeben hatte? Und dass es heute ebenfalls dreizehn Personen gab, die eine dämonische Fähigkeit in sich trugen?

Mit einem Mal hämmerte mein Herz vor Aufregung. Ich rannte förmlich zum Ausgang und stieß die schwere Tür auf. Ich musste unbedingt Levi von meiner Theorie erzählen. Hastig sah ich nach rechts und links, bevor ich die vielbefahrene Straße überquerte, weil ich sonst ewig auf das Umschalten der Ampel warten musste. Josies Pub befand sich in der Innenstadt Dundees und war damit nur wenige Straßen entfernt.

Über mir kreischten die Möwen, hinter mir rauschten die Autos, doch das war es nicht, was mich auf einmal innehalten ließ.

Meine Schritte verlangsamten sich. Ich schaute mich um, konnte aber nichts Auffälliges erkennen. Die letzten Läden machten gerade zu, vor einem Café standen zwei Typen und unterhielten sich angeregt, eine blonde Frau lehnte an einer Hausmauer, in der einen

Hand ihre E-Zigarette, in der anderen das Smartphone, auf dem sie herumtippte. Ein Schwall Dampf mit Beerengeruch waberte in meine Richtung. Von Studierenden war nicht allzu viel zu sehen, die trieben sich in anderen Gegenden herum. Hier war es mehr die allgemeine Bevölkerung und ein paar seltene Touristen, die sich abends in diesen Teil der Stadt verirrten. Von Halloween war bis auf die Dekoration in den Schaufenstern nicht allzu viel zu sehen.

Ich schüttelte den Kopf. Was auch immer ich geglaubt hatte, zu spüren, war nur Einbildung gewesen. Doch gerade als ich weitergehen wollte, bemerkte ich es erneut. Das Summen war ganz zart, wie das Streichen eines Blütenblatts auf der Haut ... doch tief in meinem Inneren wusste ich es: Jemand war hier. Jemand, der ebenfalls über eine übernatürliche Fähigkeit verfügte und sie in diesem Moment einsetzte.

Vor Aufregung schlug mein Herz schneller. Wie in Zeitlupe drehte ich mich im Kreis und ließ den Blick wandern. Nichts. Keine Veränderung. Doch die Empfindung hielt an – und wurde klarer, als ich probehalber einen Schritt in Richtung einer Gasse machte. Jetzt war es ein deutliches Summen. Schmerzhaft vertraut.

Ich setzte mich in Bewegung, langsam erst, dann immer schneller, während sich meine Gedanken überschlugen. Levi war zu weit entfernt. Er war nicht derjenige, der seine Telekinese nutzte. Jax? Nein, auch nicht. Außerdem war das *Jo's* noch zu weit weg. Ailsa? Ich hatte keine Ahnung, wo sie sich gerade herumtrieb. Aber warum sollte sie ihre Windmagie mitten in der Stadt einsetzen?

Schlitternd kam ich kurz darauf neben einem parkähnlichen Friedhof zum Stehen. Hektisch zuckte mein Blick umher – und blieb an einem jungen Mann mit zerzaustem rotbraunem Haar neben dem Eingang hängen. Er konnte kaum älter sein als ich, trug jedoch ein weißes Hemd und eine Krawatte, dazu eine ordentliche

Bundfaltenhose. Ging er auf ein Internat oder ein College mit Schuluniform? Er war allein und sah immer wieder auf sein Handy, als würde er auf jemanden warten. Konnte das Summen, das ich gespürt hatte, von ihm gekommen sein …?

Ich wagte es nicht, mich ihm zu nähern, sondern beobachtete ihn weiterhin von der anderen Straßenseite aus.

Als hätte er gemerkt, dass er nicht länger allein war, schaute er sich plötzlich prüfend um, und ich drückte mich schnell in einen Hauseingang, damit er mich nicht entdeckte. Wieder starrte er auf sein Handy und begann dann vor der Mauer, die den Friedhof eingrenzte, auf und ab zu laufen.

Ein leises Summen meldete sich in meinem Brustkorb, als wie aus dem Nichts hinter dem Fremden Efeu an den Steinen emporzukriechen begann.

Oh mein Gott. Er konnte Pflanzen manipulieren?

Aber warum eigentlich nicht? Jax war dazu in der Lage, Feuer zu erschaffen, Ailsa beeinflusste den Wind. Da sollte es keine Überraschung sein, dass der Fremde die Natur beeinflussen konnte. Die eigentliche Überraschung war, dass er jetzt hier war. In Dundee.

Ich trat aus dem Hauseingang hervor. »Hey!«, rief ich.

Sein Kopf ruckte herum. Zwei, drei Sekunden lang starrte er mich nur an und sah dann wie in Zeitlupe zu der von Efeu bewachsenen Mauer hinter ihm, die vor ein paar Minuten noch nicht so überwuchert gewesen war – und sprintete los.

»Warte!« Ich fluchte innerlich und hetzte ihm hinterher. Meine Gedanken überschlugen sich. Was sollte ich tun, wenn ich ihn erreichte? Ihn zu konfrontieren, hatte nicht geklappt. Und wenn er mir entwischte …? Nein, verdammt. Das durfte ich nicht zulassen. Levi war zu weit weg. Ihn konnte ich nicht um Hilfe bitten, aber … der Pub! Der war ganz in der Nähe.

Spontan änderte ich die Richtung und nahm eine Abkürzung

durch eine unscheinbare Seitengasse. Wenige Sekunden später stieß ich die Tür zum Pub auf. »Jax!«

Er stand hinter der Bar und starrte mich an, genau wie alle anderen Gäste und das Servicepersonal. Ein einziger Blick auf mich genügte, dann riss Jax das Spültuch von seiner Schulter und warf es Freddie zu, ehe er um die Bar herumlief. »Übernimm kurz für mich, ja?« In wenigen Schritten war er bei mir und begleitete mich nach draußen. »Was ist los? Was ist passiert?«

»Schhh.« Schwer atmend legte ihm die Hand auf den Arm und versuchte mich wieder auf die Empfindung in meinem Inneren zu konzentrieren. »Spürst du es nicht?«

Er zögerte.

»Dieses Summen ganz tief in dir drin«, erklärte ich hastig. »Jemand ist hier. Jemand, der ebenfalls eine Kraft hat. Ich habe ihn gesehen, aber dann ist er weggelaufen und –«

Wir erstarrten beide. Das Summen war jetzt ganz deutlich, fast wie ein Bienenschwarm in meiner Brust. Entweder er beeinflusste ganz absichtlich die Natur um sich herum, womöglich als Ablenkung, um uns in die Irre zu führen – oder er hatte seine Kräfte überhaupt nicht im Griff.

»Ich spüre es.« Jax' Augen weiteten sich vor Überraschung. Schlagartig wurde seine Miene ernst.

Ohne Vorwarnung rannte ich wieder los und folgte der Empfindung in meinem Inneren, die von Sekunde zu Sekunde intensiver wurde. Ich wusste, dass ich näher kam, auch wenn ich den Kerl nicht sehen konnte. Dafür entdeckte ich die plötzlich sprießenden Blumen in den großen Steintöpfen am Wegesrand. Sogar ein Baum stand auf einmal in voller Blüte, obwohl es Ende Oktober war.

Zuerst hörte ich noch Jax' Schritte hinter mir, doch dann waren sie auf einmal verschwunden. Ich wollte mich gerade zu ihm umdrehen, doch –

Da vorne! Auf der anderen Seite der Kreuzung stand der Typ mit der Naturkraft und sah sich panisch um. Zwischen uns befand sich eine doppelspurige Fahrbahn mit viel zu vielen Autos.

»Hey!«, schrie ich und winkte hektisch. »Warte! Ich will nur reden!«

Er wirbelte zu mir herum. Seine Augen waren weit aufgerissen, sein Gesicht bleich vor Schreck. Er hatte mich eindeutig gesehen, aber er blieb nicht stehen. Wartete nicht auf mich. Stattdessen rannte der Mistkerl wieder los und sprang in den nächsten Bus.

Gottverdammt noch mal!

Ich sah mich nur ganz kurz um, dann stürmte ich über die Kreuzung.

Hupen. Das Dröhnen eines Motors hinter mir.

Mit quietschenden Reifen kam ein schwarzer Wagen neben mir zum Stehen. Jax saß am Steuer. Er lehnte sich über den Sitz und stieß die Beifahrertür auf. »Steig ein!«

Kapitel 23

Jax war so schnell mit dem Auto aufgetaucht, dass ich keine Sekunde mit Nachdenken verschwendet hatte, sondern sofort eingestiegen war. Jetzt ließen wir Dundee hinter uns und folgten dem Bus, in den der Fremde eingestiegen war. Und der Spur aus unnatürlich blühenden Pflanzen und absoluter Verwüstung, die er hinterließ. Einige Sträucher und Bäume am Straßenrand waren völlig eingegangen, während andere in die Höhe geschossen waren und in voller Blüte standen.

»Warum läuft er weg?«, fragte Jax und schaltete einen Gang höher.

»Vielleicht hat er Angst – oder er hält uns für Dämonen«, überlegte ich laut. »Guck nicht so. Als du Levi das erste Mal getroffen hast, hast du ihn auch angegriffen.«

»Ich bin mir ziemlich sicher, dass er zuerst angegriffen hat.«

»Ja, weil du mich bedroht hast«, gab ich zurück, schob die Erinnerung jedoch entschieden beiseite. »Tatsache ist, dass dieser Typ nichts von uns wissen könnte. Womöglich denkt er, er wäre ganz allein und muss sich deshalb schützen.«

Jax seufzte tief. »Ich bin sicher, es wird ein Kinderspiel, ihn vom Gegenteil zu überzeugen.«

Ich erwiderte nichts darauf. Darum würde ich mir Gedanken machen, wenn es so weit war, doch zunächst mussten wir den Kerl erwischen und dazu bringen, uns zuzuhören. Und solange wir im Auto saßen und *Fast & Furious* spielten, war das leider ein ziemlich aussichtsloses Unterfangen.

Wir waren rund eine Stunde unterwegs, immer dem Bus und den Spuren in der Natur hinterher, fuhren über die Autobahn und Schnellstraßen, vorbei an winzigen Dörfern, weiten Felder und dichten Wäldern. Der junge Mann war an keiner Haltestelle ausgestiegen, sondern saß noch immer in diesem verdammten Bus. Zwischenzeitlich hatte ich Levi und Ailsa über unseren kleinen Ausflug informiert, mehr konnte ich nicht tun. Uns waren die Hände gebunden, bis wir den Typen zur Rede stellen konnten. Diesmal hoffentlich ohne dass er davonrannte.

»Wie kommt es eigentlich, dass du ihn so viel deutlicher wahrnehmen kannst als ich?«, fragte Jax nach einer Weile.

Ich dachte kurz über seine Frage nach und zuckte dann mit den Schultern. »Ich bin mit Levi aufgewachsen und es gewohnt, zu spüren, wenn er seine Telekinese einsetzt. Wahrscheinlich geht es Levi mit mir genauso.«

Jax schwieg einen Moment lang. »Vielleicht ist das nicht alles.«

»Was willst du damit sagen?«

»Bisher ist deine Heilkraft die einzige Verbindung zwischen uns. Du kannst dich selbst, aber auch Levi und mich heilen, und ich wette, Ailsa ebenfalls. Gut möglich, dass du die anderen Kräfte deshalb deutlicher wahrnimmst als wir anderen.«

»Kann sein«, gab ich widerwillig zu. »Aber wir sind nicht nur durch meine Magie verbunden.«

»Stimmt.« Jax warf mir einen neckenden Seitenblick zu. »Die Blutsbrüderschaft vor zehn Jahren. Gut erkannt, *Schwesterchen*.«

»Igitt.« Ich kräuselte die Nase. »Nenn mich nicht so.«

»Keine Sorge, Schneeflöckchen.« Seine Mundwinkel zuckten. »Du bist zwar vieles, aber sicher keine Schwester für mich.«

Zum Glück.

Moment. Was?

Doch Jax sagte nichts mehr dazu, da der Bus vor uns in diesem

Moment wieder langsamer wurde. Eine neue Haltestelle. Nach den letzten paar hatte ich nicht mehr viel Hoffnung, dennoch beobachtete ich genau, wer den Bus verließ.

»Da ist er! Er ist ausgestiegen.«

»Warte«, rief Jax, als ich schon nach dem Türgriff tastete. »Beim letzten Mal hast du ihn erschreckt. Lass uns ihm folgen und sehen, wo er hingeht. Vielleicht können wir ihn in einem ruhigen Moment allein abpassen.«

»Und wenn er wieder wegrennt?«

»Dann haben wir Übung darin, ihm zu folgen.«

Ich verzog das Gesicht, protestierte allerdings nicht. Für den Moment schien das die bessere Vorgehensweise zu sein, auch wenn alles in mir darauf drängte, endlich mit ihm zu sprechen. Wie genau funktionierte seine Kraft? Erinnerte er sich vielleicht an mehr aus dem Camp, an Details, die dem Rest von uns verborgen geblieben waren? Konnte er uns zu den anderen führen?

Das Summen in mir war wie die wortlose Antwort auf all meine Fragen.

»Er setzt wieder seine Kraft ein. Fühlst du es?«

Jax nickte grimmig und stellte den Wagen auf einem kleinen Parkplatz ab. Wir warteten, bis wir sicher waren, dass uns der Fremde nicht bemerkt hatte, erst dann stiegen wir aus. Sofort wurde das Summen deutlicher.

»Ich glaube, er kann es nicht richtig kontrollieren.« Oder war sich nicht darüber bewusst, dass er damit praktisch ein GPS-Signal aussandte, dem wir nur zu folgen brauchten. Wobei das gar nicht nötig war bei dem Chaos, das er hinterließ. Zwei Sträucher nahe der Haltestelle hingen leblos herab, als hätten sie seit Wochen kein Wasser gesehen. Dafür leuchteten wenige Meter weiter Magnolienblüten auf. Dabei war das wirklich nicht die richtige Jahreszeit dafür.

»Anscheinend hat diese Magie keine negativen Auswirkungen auf ihn.« Jax musterte einen blühenden Busch mit einem Gesichtsausdruck, den ich nicht deuten konnte. »Sonst hätte er längst damit aufgehört.«

Mein Blick fiel auf seinen Hals. Auf die Verbrennungen. Er sprach von seinen Brandnarben. Wenn er mich darum gebeten hätte, könnte ich sie so gut wie vollständig für ihn heilen, aber das hatte er nicht getan. Und als ich es ihm nach unserem Gespräch in der WG angeboten hatte, hatte er abgelehnt. Warum Jax solche Konsequenzen von seiner Feuermagie davontrug, Levi und ich hingegen überhaupt keine, begriff ich nicht. Allerdings war das hier weder der richtige Ort noch die richtige Zeit, um darüber nachzudenken. Später, wenn wir den Unbekannten gefunden hatten, konnten wir uns alle zusammensetzen und gemeinsam überlegen, was es mit unseren verschiedenen Fähigkeiten auf sich hatte.

Wir folgten der Spur des jungen Mannes problemlos. Seine Kräfte führten uns in die richtige Richtung. Weg aus dem Zentrum dieser Kleinstadt und in ein Wohngebiet mit vielen urplötzlich blühenden Blumen und Sträuchern am Wegesrand. Selbst in der Dunkelheit erstrahlten die lilafarbenen Disteln voller Lebensenergie.

Doch dann hörte es auf. Das Blühen und Sterben der Natur um uns herum war auf den letzten Metern immer weniger geworden und jetzt, mitten in dieser Straße voller Einfamilienhäuser, sah alles normal aus. Hinter den Fenstern brannten Lichter, in einigen leuchteten ausgehöhlte Kürbisse mit gruseligen Fratzen. Aus der Ferne hörte ich das Lachen und Kreischen von Kindern. Halloween war in vollem Gange.

Jax und ich blieben gleichzeitig stehen und sahen uns an. Keiner von uns sprach es aus, aber wir wussten beide, dass wir die Spur verloren hatten.

»Lass uns trotzdem weitergehen«, schlug Jax vor und setzte sich wieder in Bewegung, also blieb mir nichts anderes übrig, als ihm zu folgen.

Angestrengt beobachtete ich unsere Umgebung, lauschte auf das vertraute Summen, doch da war nichts. Als hätte sich der Fremde einfach in Luft aufgelöst – oder aber genug beruhigt, um seine Kräfte nicht mehr wahllos einzusetzen.

Doch als wir das Ende der Straße erreichten, runzelte ich die Stirn. Vor jedem der zweistöckigen Sandsteinhäuser war ein kleiner Vorgarten mit akribisch gemähtem Rasen und perfekt getrimmten Buchsbaumsträuchern. Doch der Garten des letzten Hauses sah anders aus – und je näher wir kamen, desto mehr Details fielen mir auf.

Blühende Rosen rankten sich um einen Torbogen, der am Haus vorbei in den hinteren Bereich des Gartens zu führen schien. An einem großen Apfelbaum hingen noch jede Menge Früchte, dabei sollte es viel zu kalt dafür sein. Und in einem Topf neben der Haustür wiegten Narzissen die gelben Köpfe in der Abendluft.

Ich blieb stehen und legte den Kopf in den Nacken. Der Sandstein war von Wind und Regen gezeichnet und wies an einigen Stellen eine schmutzige, grau-grüne Farbe auf. Hinter den Fenstern brannte kein Licht.

»Sieht so aus, als wäre niemand zu Hause.« Jax' Stimme folgte mir, als ich durch den Vorgarten und um das Haus herumging.

Das Summen war nicht mehr zu spüren, aber ich war mir sicher, dass wir den jungen Mann hier finden würden. Die blühenden Sträucher hinter dem Haus bestätigten meine Vermutung. Entweder hatte hier jemand einen krassen grünen Daumen, oder aber der Fremde mit der Naturmagie wohnte hier.

»Ganz oben ist gerade das Licht angegangen.« Ich wartete, bis Jax zu mir aufgeschlossen hatte, und deutete hinauf.

Hinter einem einzigen, geöffneten Fenster brannte tatsächlich

Licht. Ein Vorhang flatterte im Wind, aber von dem Bewohner war keine Spur zu sehen.

»Mir gefällt das nicht. Ist der Kerl ganz allein in dem großen Haus? Was tut er da drinnen?«

Ich zuckte mit den Schultern. »Schlafen gehen?«

»Es ist gerade mal zehn.«

»Einige Leute müssen am nächsten Tag früh – hey, wo willst du hin?«

Jax stapfte um das Haus herum zurück zur Eingangstür. *Familie MacLean* stand auf dem Namensschild neben der Klingel. *Emma, Hugh und Cameron.* Jax drückte auf die Klingel. Einmal. Zweimal. Dreimal. Nichts. Offensichtlich hatte der Unbekannte – Cameron, nahm ich an – kein Interesse daran, mit uns zu reden.

Ich wollte mich schon frustriert abwenden, da bemerkte ich den konzentrierten Ausdruck auf Jax' Gesicht.

Einen Moment lang betrachtete er die Tür, dann holte er zwei schmale graue Werkzeuge aus seiner Hosentasche. »Wusste ich's doch, dass wir die noch brauchen können.«

Meine Brauen schossen in die Höhe. »Willst du gerade ernsthaft das tun, was ich denke, das du tun wirst?«

»Keine Sorge, ich hab's gleich«, murmelte Jax, der in aller Seelenruhe am Türschloss herumhantierte.

»Ja, und die Polizei hat uns sicher auch gleich«, kommentierte ich trocken, während ich mich mit dem Rücken zu ihm stellte und die Umgebung im Auge behielt. Ich konnte nicht fassen, dass er wirklich gerade in dieses Haus einbrach – und ich ihm auch noch dabei half.

»Willst du es versuchen, Schneeflöckchen?«

»Nein, danke. Ich überlasse die kriminellen Aktivitäten lieber dir.«

»Gut.« Ein Klicken ertönte. »Ich bin nämlich besser darin als du.«

Als ich über seine Schulter schauen wollte, hatte sich Jax bereits aufgerichtet und schob die Tür auf. Er hatte das Schloss wirklich innerhalb kürzester Zeit geknackt.

»Will ich wissen, wo du das gelernt hast?«

»Wir alle haben eine Vergangenheit«, erwiderte er nur und warf mir einen prüfenden Blick zu. »Nicht wahr?«

Ich musste schlucken, weil ich plötzlich einen Kloß im Hals hatte, nickte aber, ohne weitere Fragen zu stellen. Es gab zu viele wunde Punkte in meiner eigenen Vergangenheit, über die ich nicht reden wollte. Das Mindeste, was ich tun konnte, war, ihm dasselbe Recht zuzugestehen.

»Na dann.« Er drückte die Tür weiter auf. »Nach dir.«

»Das sagst du nur, falls uns da drinnen die Hölle erwartet.«

Ein amüsiertes Lächeln umspielte seine Lippen. »Eigentlich wollte ich zur Abwechslung bloß ein Gentleman sein.«

»Du? Ein Gentleman?« Ich schnaubte und schob mich an ihm vorbei. »Nicht in diesem Leben.«

Der Eindruck von außen hatte nicht getäuscht. Im Erdgeschoss brannte kein einziges Licht und es war erschreckend kalt. Ich hatte lange genug in Schottland gelebt, um an die kühlen Temperaturen gewöhnt zu sein, aber hier drinnen fröstelte ich ein wenig. Außerdem war es so still, dass ich neben unseren Schritten das Gefühl hatte, meinen eigenen Herzschlag hören zu können.

»Irgendetwas stimmt hier nicht«, sprach Jax meine Gedanken im Flüsterton aus. Ich nickte nur und deutete fragend nach oben.

Diesmal übernahm er die Führung und ging die Treppe als Erster hinauf. Leise. Stufe um Stufe, ohne das geringste Geräusch zu verursachen. Spätestens jetzt kam ich mir wirklich so vor, als wären wir Einbrecher. Wenn auch mit edleren Motiven.

Oben angekommen breitete sich eine Gänsehaut auf meinen Armen aus, allerdings war ich nicht sicher, ob das an der Kälte lag oder an etwas anderem. Bevor ich dieser Empfindung auf den Grund gehen konnte, spürte ich etwas. Da war wieder das Summen tief in meinem Inneren, zuerst nur ganz leicht, kaum spürbar, dann sehr schnell, sehr deutlich. Fast schon schmerzhaft stark.

Automatisch griff ich nach Jax' Arm und suchte seinen Blick. Er nickte knapp. *Ich spüre es auch.*

Mein Herzschlag beschleunigte sich vor Aufregung. Im selben Moment, in dem ich einen Schritt nach vorne machte, polterte es heftig über uns. Ein schreckliches Knacken und dann … Stille. Das Summen erlosch.

Wir rannten gleichzeitig los. Die nächste Treppe hinauf und den kurzen Flur hinunter zu dem einzigen beleuchteten Zimmer. An der offenen Tür kamen wir beide schlitternd zum Stehen. Vor uns lag ein einfach eingerichtetes Wohnzimmer: Couchgarnitur, Regale, Fernseher, Schreibtisch. Und Zimmerpflanzen. Unendlich viele Zimmerpflanzen.

Die Stille war ohrenbetäubend und der Geruch … Ich verzog das Gesicht. Erde. Feuchtigkeit. Etwas widerlich Süßes. Es war dieselbe Duftmischung wie damals in Dundee, als der Nuckelavee aus der Dunkelheit … *oh verdammt.*

Mein Blick irrte durch den Raum und landete schließlich auf der reglosen Gestalt auf dem Dielenboden. Ich hatte den jungen Mann mit der Naturmagie unbedingt finden wollen, aber nicht so. Auf keinen Fall so.

Camerons Gliedmaßen standen in seltsamen Winkeln von seinem restlichen Körper ab. Er hatte den Kopf zur Seite gedreht und starrte mit weit aufgerissenen Augen ins Leere.

»Nein …«, wisperte ich und machte einen Schritt in den Raum hinein, obwohl mich jeder gesunde Überlebensinstinkt anschrie, sofort umzudrehen und wegzulaufen. So schnell und so weit ich konnte.

»Faith.« Jax' warnende Stimme drang wie durch Nebel zu mir durch. Als ich noch einen Schritt nach vorne machte, packte er mich plötzlich am Arm und hielt mich zurück.

Und da sah ich es.

Ich erinnerte mich noch gut an eine der ersten Lektionen, die ich im Orden gelernt hatte: *Dämonen entstammen der Natur – und so sehen sie in der Regel auch aus. Je menschlicher ein Dämon wirkt, desto mehr hat er sich angepasst. Desto mächtiger und gefährlicher ist er.*

Und der Dämon, der ganz in der Nähe des Jungen an der Wand lehnte, sah im Vergleich zum Beithir und dem Nuckelavee, denen ich bisher begegnet war, viel zu menschlich aus. Er musste mindestens zwei Meter groß sein. Zwei kräftige Beine, zwei Arme, breite Schultern. Ganz in schwarze Gewänder gekleidet, das Gesicht von einer Kapuze verhüllt, die dunkler war als die tiefste Nacht.

»Sieh an.« Seine tiefe Stimme hallte von den Wänden wider. Vielleicht war sie aber auch nur in meinem Kopf. Sie klang merkwürdig hohl und sorgte dafür, dass sich die Härchen auf meinen Armen aufrichteten. »Ihr bringt mir das, was mir gehört … Was ihr mir gestohlen habt. Freiwillig. Wie überaus … *höflich* von euch.« Sein Blick wanderte von Jax zu mir und wieder zurück, als würde er spüren, dass die größere Gefahr von ihm ausging und nicht von mir.

Plötzlich trat Jax nach vorne und schob mich mit dem ausgestreckten Arm hinter sich. Sollte das ein verdammter Witz sein? Ich mochte ja keine aktive Angriffskraft haben, aber ich war immer noch diejenige hier, die unverwundbar war. Wenn jemand beschützt werden musste, dann so ziemlich jeder *außer mir.*

Entschlossen schob ich seinen Arm beiseite und stellte mich neben ihn. Weglaufen war zwecklos. Die Tür ging hinter uns zu, ohne dass sich einer von uns gerührt hätte. Und als ich mich umdrehte, sah ich wilde Efeuranken über die Tür wachsen. Die gleichen Ranken, die auch die Friedhofsmauer in Dundee überwuchert hatten, als ich Cameron begegnet war.

Langsam drehte ich mich wieder um. Und es brauchte keine weitere Demonstration seiner Kräfte, damit mir klar wurde, wen wir da vor uns hatten: den Brollachan. Der Dämon, den der Orden vor dreihundert Jahren in Stein eingeschlossen hatte. Der Dämon, der sich befreit hatte und dessen Magie wir jetzt in uns trugen. Hätte ich noch den geringsten Zweifel daran gehabt, hätten seine Worte mich eines Besseren belehrt.

Mein Magen verkrampfte sich vor Anspannung. Das Herz schlug mir bis zum Hals. Das war eine der Situationen, für die ich mich dem Orden angeschlossen und in den letzten zwei Wochen mit Nate trainiert hatte. Nur fühlte ich mich jetzt, da sie eingetroffen war, überhaupt nicht vorbereitet.

Der Dämon hob die rabenschwarze Hand. Ich konnte nicht erkennen, ob sie von einem Handschuh bedeckt war, ob das ihre natürliche Farbe oder ob sie aus purer dunkler Energie zu bestehen schien. Was ich dafür umso deutlicher registrierte, waren die langen, krallenartigen Klauen. Tödlich. Der Brollachan krümmte die Finger und unvermittelt ging ein Ruck durch das ganze Haus. Steine knirschten und Putz rieselte herab.

Ich wechselte einen schnellen Blick mit Jax. Er wirkte genauso alarmiert wie ich.

Bevor ich auch nur einen klaren Gedanken fassen konnte, platzte die Wand rechts von mir auf und schwere Ziegelsteine flogen geradewegs auf uns zu.

Jax und ich sprangen auseinander. Ich packte den ersten Gegenstand, den ich zwischen die Finger bekam, und warf die Lampe mit aller Kraft nach dem Dämon. Er wich nicht mal aus oder zuckte zusammen. Eine Wand aus Sand und Gestein formte sich im Bruchteil einer Sekunde vor ihm und verschluckte die Lampe einfach, riss sie im Zusammenstürzen mit sich mit, sodass sie ihr Ziel nie erreichte. *Verdammt.* Ich musste mir dringend ein paar Waffen vom Orden besorgen. Die ganzen Schwerter und Dolche wären jetzt wirklich praktisch. Ich würde sogar mit der Harpune oder den Ketten vorliebnehmen. *Alles* war besser, als nichts zu haben.

Plötzlich erstarrte ich von Kopf bis Fuß. Meine Hand hob sich ohne mein Zutun. Aber statt auszuholen und den Dämon erneut mit dem nächstbesten Gegenstand anzugreifen … legte sie sich um meinen Hals.

»Überraschung«, raunte der Brollachan in dieser unmenschlichen Stimme, die mir eine Gänsehaut bescherte. »Ihr habt mir nicht alle Kräfte gestohlen. Eine konnte ich mir sofort zurückholen. Rate mal, was es ist.«

Ich kämpfte gegen meine eigene Hand an, aber der Einfluss des Dämons war zu stark. Je stärker ich mich dagegen wehrte, desto schwindeliger wurde mir, und ich hatte das Gefühl, sterben zu müssen, wenn ich dem Befehl nicht nachgab. Ein erstickter Laut kam mir über die Lippen, als sich meine eigenen Finger um meine Kehle schlossen und so fest zudrückten, dass mich der Schmerz beinahe in die Knie zwang.

Aus dem Augenwinkel nahm ich etwas Helles wahr. Feuer? Ich konnte den Kopf nicht zur Seite drehen. Meine Finger drückten immer fester zu. Meine Nägel bohrten sich in meine Haut. Ich bekam keine Luft mehr. Ich bekam …

»Faith!«

Etwas Großes riss mich zur Seite. Hart knallte ich mit der Schulter auf den Holzboden. Schock und Schmerz brachen den Bann und ich zog die Hand von meiner Kehle. Mein Hals brannte wie verrückt. Mir blieb kaum Zeit, mich in dem provisorischen Versteck hinter dem Sofa umzusehen, in das Jax mich gezerrt hatte. Hustend bohrte ich die Finger in Jax' Arm, als er eine Flammenkugel in seiner Hand erschuf und im nächsten Atemzug auf unseren Gegner abfeuerte. Aber statt sofort nachzulegen und den Dämon weiter anzugreifen, starrte er plötzlich auf seine Finger hinab.

»Worauf wartest du?«, röchelte ich. »Wenn wir das hier ... überleben ... heile ich ... alles. Versprochen.«

Grimmig schüttelte Jax den Kopf. »Nicht nötig.«

Ohne Vorwarnung griff er nach meiner Hand und sprang hinter dem Sofa auf. Was um alles in der Welt ...? Diesmal ließ ich zu, dass er mich hinter sich schob. Ohne meine Hand loszulassen, schleuderte er eine Feuerattacke nach der anderen auf den Dämon. Ohne Schmerzen zu leiden. Ohne sich dabei selbst zu verbrennen.

Ungläubig starrte ich auf unsere Hände. Ich heilte ihn, während er seine Feuerkraft einsetzte. Bis gerade eben hatte ich nicht einmal im Entferntesten darüber nachgedacht, dass so etwas mö–

Ein Knall erschütterte das Haus. Etwas packte mich und riss mich von Jax los. Ich verlor den Bodenkontakt, flog durch die Luft und dann ... Ein ohrenbetäubendes Klirren. Schock. Schmerz. Glassplitter bohrten sich in meine Haut. Und ich fiel ... Ich fiel so schnell, dass ich –

Schlagartig wurde die Luft aus meiner Lunge gepresst. Mein Kopf knallte gegen etwas Hartes. Dann wurde alles schwarz.

Kapitel 24

Etwas berührte mich an der Wange. Hände schüttelten mich. Und da war eine verzerrte Stimme, die kaum durch den dichten Nebel in meinem Kopf drang. Plötzlich drehte sich die Welt und ich schwebte in der Luft. Nein, ich schwebte nicht. Jemand hielt mich fest an sich gedrückt und trug mich. Alles schwankte. Alles bewegte sich. Der einzige Halt war die Person, die mich an sich presste.

Wieder war da diese Stimme – und diesmal fand sie einen Weg zu mir.

»Komm schon, Schneeflöckchen! Wenn du nicht sofort aufwachst, schwöre ich, dass ich dich für den Rest deines Lebens nerve.«

Ein Ächzen kam mir über die Lippen. »Das ist … eine fiese … Drohung.«

Jax verlangsamte seine Schritte und blieb schließlich stehen. »Hey … Du bist wach.«

Ja. Ich war wach. Und ich lag in seinen Armen.

Reflexartig begann ich zu zappeln, bis er anhielt und mich auf einem schmalen Weg zwischen zwei Gartenhecken herunterließ. Ächzend ließ ich mich dagegen sinken, da mich meine Beine gerade nicht tragen wollten. Jax' Blick zuckte suchend umher, aber warum …?

Wie ein langsamer Sommerregen begannen die Erinnerungen auf mich einzuprasseln. Eine nach der anderen. Tropf. Tropf. Tropf.

»Ich wurde durch ein Fenster geschleudert.« Probehalber rollte ich mit den Schultern. Ein dumpfer Schmerz begann darin zu pochen, wurde von Sekunde zu Sekunde jedoch weniger. Ich betastete meinen Kopf und entdeckte eine Beule hinten links. Aua.

Jax musterte mich eindringlich. »Du hättest dir das Genick brechen können.«

»Wie gut, dass mir das nichts anhaben kann.« *Denke ich zumindest.* Mit der Hand rieb ich mir über den Nacken und verzog das Gesicht. Gut möglich, dass ich mir tatsächlich etwas gebrochen oder zumindest angeknackst hatte, aber das sagte ich Jax lieber nicht. Er wirkte auch so schon besorgt genug. Außerdem würde ich in ein paar Stunden schon wieder ganz die Alte sein. Unverletzt, genau wie vor dem Angriff. Moment mal.

Ich riss die Augen auf. »Der Dämon! Was –«

»Schon gut. Wir konnten entkommen. Ich hab mir den Weg freigebrannt und glaube nicht, dass er weiß, wo wir sind. Allerdings könnte das hier zu einem Problem werden.« Er deutete in einer Geste auf mich, die mich von Kopf bis Fuß einschloss.

»Oh nein«, stieß ich hervor, als es mir dämmerte. »Wir können einander spüren, wenn wir unsere Fähigkeiten einsetzen, also wird er auch die Heilung wahrnehmen.«

»Aye. Wir müssen sofort von hier verschwinden.«

»Kannst du fahren?« Denn ich war dazu eindeutig nicht in der Lage. Ich würde uns höchstens über die nächste Klippe manövrieren. Aber ich konnte ihn heilen. Ohne nachzufragen, griff ich nach Jax' Händen. Seine gerötete Haut hellte sich auf, bis kaum noch etwas von den Brandwunden zu sehen war.

Jax nickte mir zu und schlang den Arm um mich, um mich zu stützen. »Komm«, sagte er nur und führte mich zum Auto zurück.

Während wir so schnell wie möglich durch den Ort fuhren, starrte ich aus dem Fenster. Die Geschäfte waren geschlossen, aber es waren noch zahlreiche Menschen unterwegs. Unterhielten sich, lachten und telefonierten. Wie konnte alles so normal wirken? Wie konnte niemand etwas davon merken, was sich nicht weit von hier abgespielt hatte? Alles ging seinen gewohnten Gang. Niemand ahnte auch nur etwas von dieser bösen Macht. Von unserem Einbruch und dem Brollachan. Keiner wusste von dem jungen Mann, der sein ganzes Leben noch vor sich gehabt hatte und jetzt tot in seinem Zuhause lag.

»Was tust du da?«, fragte ich.

Jax tippte auf sein Handy und schaltete den Lautsprecher ein. Gleich darauf hallte ein Klingeln durch das Wageninnere.

Ich musterte ihn von der Seite, während er der Frau von der Notrufzentrale einen Unfall meldete, der sich in dem kleinen Ort zugetragen haben sollte, und von Cameron berichtete. Er nannte die Adresse, doch als die Stimme am anderen Ende nach seinem Namen fragte, legte Jax auf und schaltete das Handy aus. Mittlerweile waren wir meilenweit von der Kleinstadt entfernt und rasten durch die Nacht. Doch egal, wie weit und schnell wir fuhren, ich konnte den Anblick des reglosen jungen Mannes auf dem Boden nicht vergessen.

»Er hat ihn getötet.« Ich rutschte tiefer in den Sitz, während die Bilder wie ein grausamer Film vor meinem inneren Auge abliefen. »Der Brollachan hat ihn einfach getötet und sich seine Kraft zurückgeholt.«

Jax umklammerte das Lenkrad fester, hielt seine Aufmerksamkeit jedoch weiterhin starr auf die Straße gerichtet. »Ruh dich aus«, sagte er brüsk. »Je schneller du dich geheilt hast, desto besser.«

Er hatte recht. Es war verflucht knapp gewesen, aber wir hatten es geschafft. Wir hatten überlebt. Ganz im Gegensatz zu Cameron, der trotz seiner mächtigen Naturmagie nicht die geringste Chance gehabt hatte.

Kapitel 25

»Sein Name war Cameron MacLean. Er hat in einer kleinen Gemeinde nordwestlich von Dundee gelebt.« Meine Stimme zitterte, als ich Levi und Ailsa davon berichtete. Wir hatten uns direkt nach unserer Rückkehr im Pub getroffen. Es war mitten in der Nacht und das Lokal war längst geschlossen. Lediglich die Halloweendekoration, die ausgehöhlten Kürbisse und Lichterketten, flackerten trotz der späten Stunde in den Fenstern. Jax' Tante Josie hatte außerhalb der Stadt zu tun, also würde sich niemand daran stören, wenn wir den Pub als unseren Treffpunkt nutzten. »Er ist tot. Der Dämon hat ihn getötet und er …«

»Wir gehen davon aus, dass er sich seine Magie zurückgeholt hat«, fuhr Jax fort. Wie selbstverständlich hatte er seinen üblichen Posten hinter dem Tresen eingenommen, während Levi und ich auf zwei Hockern an dem einen Ende saßen und Ailsa direkt daneben an der Wand lehnte.

Zum ungefähr fünften Mal warf Jax mir einen besorgten Blick zu. Seit ich bei der Begegnung mit dem Brollachan aus dem Fenster geflogen war, behandelte er mich beinahe wie ein rohes Ei. Ich hasste alles daran.

»Fuck.« Levi rieb sich über das Gesicht. Seine eigenen Nachforschungen waren ergebnislos geblieben. Er hatte nicht mehr aus den Mitgliedern des Ordens herausbekommen, als wir bereits wussten, und wenn er hartnäckiger nachgebohrt hätte, hätte er nur ungewollte Aufmerksamkeit erregt.

Leider war auch Ailsa nicht vorangekommen. Auf der Liste mit allen Kindern, die vor zehn Jahren im Camp auf der Isle of Lewis gewesen waren, standen – selbst wenn man uns vier und jetzt auch Cameron abzog – noch immer über dreißig Namen. Viel zu viele. Heute Nacht hatte der Dämon bereits einen von uns getötet. Wer würde der oder die Nächste sein? Insbesondere jetzt, nachdem er Jax und mich in Aktion gesehen hatte und um unsere Kräfte wusste?

»Da ist noch etwas«, begann ich, als meine Gedanken zu den Geschehnissen zurückwanderten, bevor ich Cameron in der Stadt gesehen hatte. »Ich konnte beim Orden zwar nichts herausfinden, aber dort gibt es ein Gemälde von der Schlacht von Callanish vor 300 Jahren, als die Ordensmitglieder den Brollachan besiegt haben.«

Levi nickte. Er erinnerte sich an das Gemälde in der großen Eingangshalle.

»Vorher ist es mir nicht aufgefallen, aber darauf sind genau dreizehn Leute zu sehen, die den Dämon eingekreist haben. Könnte das etwas zu bedeuten haben?«

Ailsa wiegte den Kopf hin und her. »Gut möglich. Die Zahl Dreizehn hat für Hexen eine besondere Bedeutung. Anders als in unserem Aberglauben bringt sie ihnen Glück und verstärkt ihre Magie.«

»Mrs MacKenzie hat bei unserem ersten Besuch beim Orden erzählt, dass sie sich für diesen Kampf mit einer mächtigen Hexenfamilie zusammengeschlossen haben.« Mühsam unterdrückte ich ein Gähnen und rieb mir über das Gesicht. »Also ist es kein Zufall, dass es exakt dreizehn Leute waren. Sie haben dem Brollachan seine Magie gestohlen. Dreizehn Menschen. Dreizehn Kräfte.«

Ailsa nickte bedächtig. »Vielleicht waren wir in jener Nacht bei der Blutsbrüderschaft auch dreizehn Kinder. Das könnte erklären, wie wir es geschafft haben, den Dämon zu befreien. Und warum jeder von uns nur eine Fähigkeit besitzt.«

Das bedeutete, dass es dort draußen noch acht weitere wie uns geben musste. Acht Menschen mit einer übernatürlichen Gabe.

Jax, der ungewöhnlich still gewesen war, stellte mir wortlos eine Tasse Kaffee vor die Nase.

Levi beobachtete das Ganze äußerst skeptisch. »Denkst du wirklich, das ist um diese Uhrzeit eine gute Idee?«

»Hast du sie dir mal angesehen?«, gab Jax unwirsch zurück.

»Ich bin das blühende Leben«, murmelte ich trocken und trank einen vorsichtigen Schluck von dem Kaffee. Irgs. Viel zu stark. Ich lehnte mich über den Tresen und schnappte mir zwei Zuckerpäckchen und einen Löffel.

»Sie wäre heute Nacht fast draufgegangen, musste sich komplett heilen und jetzt auch noch mit diesem Mist herumschlagen«, knurrte Jax, ohne meinen Einwand zu beachten.

Levis Miene verfinsterte sich. »Und du konntest nichts tun, um zu *verhindern*, dass sie fast draufgeht?«

»Ich kann euch hören, wisst ihr?«, murmelte ich in meinen Kaffee. »Und ich brauche genauso wenig einen Babysitter wie Jax.« Als sich unsere Blicke trafen, stellte ich die Tasse vorsichtig ab. »Außerdem haben wir etwas Interessantes herausgefunden.«

Er verengte die Augen, zeigte aber keine Anzeichen von Widerspruch. Er wusste genauso gut wie ich, dass wir es den anderen sagen mussten. Wortlos hielt er mir seine Hand hin.

Stirnrunzelnd sah Levi zwischen uns hin und her. »Was wird das?«

Statt einer Antwort legte ich meine Hand in die von Jax und gab mir alle Mühe, das Kribbeln zu ignorieren, das diese Berührung in mir auslöste. Seine rauen Finger schlossen sich um meine. Dann hob er die andere Hand und ließ eine Flamme in seiner Handfläche entstehen. Sofort stellte sich die mittlerweile vertraute Wärme in mir ein. Die heilende Magie floss ungehindert durch mich hindurch und heilte seine Brandwunden, noch während sie entstanden.

Solange wir uns berührten, verbrannte er nicht, wenn er seine Feuerkraft einsetzte.

»Moment mal.« Ailsa deutete zwischen uns hin und her. »Was hat das zu bedeuten?«

»Anscheinend kann unser Schneeflöckchen hier uns nicht nur im Nachhinein heilen, sondern auch während wir unsere Kräfte einsetzen und damit verhindern, dass wir uns verletzen. Autsch, verdammt!«, rief er, als ich ihm meine Finger abrupt entzog. Mit einem Mal war seine Handfläche deutlich gerötet. »Was sollte das denn?«

Ich lächelte lieblich. »Demonstrationszwecke. Du wolltest ihnen doch den Unterschied zeigen, oder nicht?«

Er funkelte mich an und schüttelte seine Hand aus. »Nicht auf diese Weise.«

»Unsere Kräfte können also auch zusammen funktionieren«, stellte Ailsa überrascht fest. »Natürlich. Wenn sie ein und demselben Wesen entstammen, ergibt es Sinn, dass sie in Verbindung stehen. Aus diesem Grund können wir einander schließlich spüren.«

Nach einem letzten Schluck meines Kaffees rutschte ich vom Hocker und ging um die Bar herum.

»Vielleicht wäre es am besten, wenn wir den Orden informieren«, schlug Levi nachdenklich vor.

»Denkst du wirklich, dass das eine gute Idee ist?« Ich griff nach Jax' verbrannter Hand. Eine kurze Berührung, schon war seine Haut wieder verheilt. Doch als ich ihn loslassen wollte, hielt er meine Finger einen Moment länger fest und drückte sie leicht. Ein stummes Dankeschön. Erst dann ließ er mich los.

»Sie sind die Einzigen, die schon mal gegen dieses Monster gekämpft haben«, erinnerte uns Levi. »Sie werden wissen, was zu tun ist, und uns gegen ihn helfen.«

Da war ich mir nicht so sicher. Wenn der Orden nicht schon längst herausgefunden hatte, dass der Brollachan freigekommen war, wollte ich nicht diejenige sein, die es ihnen mitteilte. Vor allem nicht, weil Maisie und ihre Familie dann sehr große Probleme bekommen würden, wenn ich das richtig verstanden hatte.

»Klar. Und uns dabei gleich auch noch vernichten, weil wir dämonische Kräfte haben«, warf Jax sarkastisch ein. »Zwei Fliegen mit einer Klappe. Das ist sicher eine gute Idee.«

Levi schüttelte den Kopf. »Wir könnten ihnen erklären, was damals im Camp passiert ist. Wir waren Kinder. Uns trifft keine Schuld. Womöglich können sie uns sogar helfen, diese Kräfte wieder loszuwerden, schließlich gehören sie uns nicht einmal. Ist das nicht genau das, was du von Anfang an wolltest? Der einzige Grund, warum du bei der Suche nach den anderen mitmachst?«

Jax reagierte nicht, zumindest nicht mit Worten. Aber er ballte die Hände an seinen Seiten zu Fäusten.

»Und was, wenn nicht? Wenn sie uns nicht helfen?« Ailsa deutete auf meinen Bruder und mich. »Ihr zwei mögt ja zu diesem ach so tollen Verein gehören, aber der Rest von uns nicht. Die Mitglieder des Ordens hassen Magie. Sie werden uns genauso jagen wie Dämonen oder abtrünnige Hexen.«

Levi musterte sie eindringlich. »Warum klingt das so, als würdest du aus Erfahrung sprechen?«

»Weil es so ist«, gab sie widerwillig zu. »Vor ein paar Jahren bin ich mit dem Orden in der Nähe von Manchester in Kontakt gekommen. Damals wusste ich noch nicht, wer sie waren. Diese bewaffnete Gruppe ist aufgetaucht, als ich mich mit meinen Kräften gegen einen Dämon verteidigt habe. Statt mich zu fragen, wer ich bin, oder einfach mit mir zu reden, sind sie sofort auf mich losgegangen. Als wäre ich auch ein Dämon oder eine Hexe. Ich konnte entkommen und habe die Stadt verlassen«, fügte sie hinzu, als würde sie die Frage danach, wie dieses Aufeinandertreffen ausgegangen war, bereits ahnen. »Danach habe ich alles darangesetzt, mehr über diese Leute herauszufinden. Sie verabscheuen Magie, ganz egal ob von Hexen oder Dämonen. Wir können ihnen nicht trauen. Nicht damit.«

Seufzend rieb Levi sich über den Nacken. »Tut mir leid, dass dir das damals widerfahren ist. So sollte das nicht sein. Aber wenn du uns, wenn du *mir* vertrauen kannst, dann auch dem Orden.«

Ailsa schüttelte den Kopf, noch während er sprach. »Das sagst du nur, weil du zu ihnen gehörst und sie dir nichts tun werden. Nicht alle haben den Luxus, zu einer der hoch angesehenen Gründerfamilien zu gehören.« Sie stieß sich von der Wand ab, an der sie bis eben noch gelehnt hatte, und machte einen Schritt auf uns zu. »Wenn du ihnen von unseren Kräften erzählst, bin ich weg. Das ist mein voller Ernst. Ich will nichts mit ihnen zu tun haben.«

Levi zögerte. Dachte er etwa ernsthaft darüber nach?

Ich schüttelte den Kopf. »Wir werden dem Orden nichts sagen. Richtig?«

Er wirkte alles andere als glücklich darüber, doch die Aussicht, sowohl Ailsa als auch Jax aus unserer zusammengewürfelten Gruppe zu verlieren, schien ihn letzten Endes zu überzeugen.

»Okay, meinetwegen. Fürs Erste. Aber«, fügte er hinzu und wandte sich nun direkt an mich, »du bist ab sofort von der Suche abgezogen.«

Ich starrte ihn an. »Wie bitte?«

»Du hast mich schon verstanden, Faith. Du recherchierst nicht mehr und suchst nicht mit uns nach den anderen. Wir kriegen das auch zu dritt hin.«

Ich sah von Levi zu Jax und dann zu Ailsa, die genauso überrascht wirkten, wie ich mich gerade fühlte, und schließlich zurück zu meinem Bruder. »Ich weiß, das ist nicht so offensichtlich, weil wir uns schon achtzehn Jahre kennen, aber für den Fall, dass du es vergessen hast: Ich bin keine Soldatin, die du nach Belieben irgendwo abziehen oder einsetzen kannst.«

»Nein«, bestätigte Levi grimmig. »Du bist meine kleine Schwester. Und du wärst heute fast gestorben«, fügte er hinzu und warf Jax einen zornigen Blick zu.

Moment mal. War das sein verdammter Ernst? Deshalb war er jetzt so drauf?

Nachdrücklich schob ich mich zwischen die beiden. »Das war nicht seine Schuld. Wir sind in einen Dämon reingelaufen. In den Dämon, dessen Kräfte wir gestohlen haben und der nicht gerade gut auf uns zu sprechen ist. Nichts davon war geplant.«

Eigentlich war es ein Wunder, dass wir das überlebt hatten. Der Brollachan war stark, aber wahrscheinlich noch geschwächt genug ohne all seine Kräfte, dass wir hatten fliehen können.

»Wenn du diesem Kerl nicht nachgerannt wärst, dann wärst du auch nicht in den Dämon reingelaufen – und beinahe getötet worden.«

»Ich lebe aber noch!« Und war versucht, vor ihm mit den Händen herumzuwedeln, damit er mich sah. Damit er mich in meinem aktuellen, völlig gesunden Zustand wahrnahm, statt der Horrorszenarien, die sich gerade ohne Zweifel in seinem Kopf abspielten. »Außerdem: Was hätte ich sonst tun sollen? Seelenruhig dabei zuschauen, wie Cameron, unsere erste und bisher einzige Spur, vor meiner Nase verschwindet?«

»Ja, verdammt!«

»Ich hab wenigstens Verstärkung geholt!«

»Die dir ja echt viel gebracht hat.«

»Hey!«, riefen gleich mehrere Stimmen.

Hinter mir spürte ich, wie Jax nähertrat, sah mich aber nicht nach ihm um. Meine ganze Aufmerksamkeit lag auf meinem Bruder.

»Ich versuche nur, auf dich aufzupassen«, versuchte er sich zu erklären. »Das habe ich immer getan.«

»Seltsam. Ich dachte nämlich, wir würden uns gegenseitig beschützen. Dumm von mir.«

Levi presste die Lippen zu einer harten Linie zusammen. Ich kannte diesen Ausdruck an ihm, obwohl er ihn nie mir gegenüber aufgesetzt hatte. »Keine Diskussion. Du wirst nicht mit uns nach den anderen suchen.«

»Ich bin genauso Teil dieser Sache wie du. Du kannst mich nicht einfach ausschließen.«

»Ich kann und ich werde«, knurrte er.

»Du kannst mir das nicht verbieten!«, stieß ich fassungslos hervor. »Du bist nicht mein Vater.«

In der Sekunde, in der ich diese Worte aussprach, wünschte ich mir, ich hätte es nicht getan.

Levi zuckte zusammen. Kaum merklich, aber ich kannte ihn gut genug, um es deutlich zu sehen. Und um zu erkennen, dass mein Kommentar unter der Gürtellinie gewesen war.

»Nein, bin ich nicht«, erwiderte er betont ruhig. »Weil er von Dämonen getötet wurde. Also entschuldige bitte, wenn ich alles dafür tue, dass das nicht noch jemandem aus meiner Familie zustößt.«

»Das ist nicht fair …«, wisperte ich und blinzelte, um das plötzliche Brennen in meinen Augen zu vertreiben. Umsonst. »Ich bin nicht Dad.«

Und damit gab ich ihm die letzte Munition in die Hand …

»Stimmt. Dad war ein ausgebildeter Krieger des Ordens. Er wusste genau, womit er es zu tun hat. Du nicht. Wenn überhaupt, stehst du ganz am Anfang.« Er schüttelte den Kopf. »Ich hätte nie zulassen dürfen, dass du in diese Sache reingezogen wirst und beim Orden anfängst.«

»Zulassen?« Meine Stimme nahm einen gefährlich hohen Klang an. Ich spürte eine Hand auf meinem Arm, schüttelte sie jedoch ohne hinzusehen ab. Wer auch immer gerade versuchte, mich zu beruhi-

gen oder zurückzuhalten, kam zu spät. »Newsflash, Bruderherz! Du hast mir gar nichts zu sagen oder zu verbieten! Gerade du solltest am besten wissen, dass mir nichts passieren kann. Oder hast du vergessen, wer deine ganzen Wunden, Brüche und anderen Verletzungen in den letzten Jahren geheilt hat? Wer dafür gesorgt hat, dass du zu all deinen Wettkämpfen gehen konntest? Wer all die Jahre mit dir vor Dämonen geflohen ist und wer nicht einen einzigen verdammten Kratzer davongetragen hat? Weder damals noch heute, obwohl ich *aus einem verdammten Fenster im zweiten Stock geflogen bin!* Also hör verflucht noch mal endlich damit auf, mich wie ein Kleinkind zu behandeln, das unter allen Umständen beschützt werden muss!«

Schweigen. Schock in Levis Augen.

Ich ließ ihn nicht zu Wort kommen, ließ ihm keine Zeit zum Überlegen, sondern machte auf dem Absatz kehrt und marschierte durch den Pub. »Ich brauche frische Luft.« Mit diesen Worten stieß ich die Tür auf und ließ meinen Bruder zusammen mit Jax und Ailsa zurück.

Kapitel 26

Ich lief ohne Ziel aus dem Pub. Die Nachtluft empfing mich in einer kalten Umarmung, die mich sofort frösteln ließ. Mein Atem wurde sichtbar und ich schlang die Arme um mich. Ganz in der Nähe plärrten ein paar Möwen, ansonsten war es vollkommen still. Die Trick-or-Treat-Zeit, in der die Kinder verkleidet durch die Straßen rannten, war längst vorbei.

Unruhig begann ich in der Gasse hin und her zu laufen. Ich konnte nicht fassen, was da gerade aus Levis Mund gekommen war. Er hatte schon immer einen starken Beschützerinstinkt gehabt – aber das? Das war sogar für ihn ein neues Level. Dabei war das Erlebnis heute nun wirklich nicht das erste Mal in meinem Leben, das ich beinahe gestorben wäre.

Erinnerungsfetzen tauchten in meinem Kopf auf. *Bremsgeräusche. Das schrille Quietschen von Reifen. Der Aufprall.* Und dann noch ein anderer Moment, eine andere Erinnerung, bei der Levi die Kontrolle verloren hatte … Das kreischende Splittern von Glas brannte mir selbst jetzt noch in den Ohren. Allerdings hatte ich all das überstanden. Wir beide hatten das. Wie konnte er es also wagen, mir zu verbieten, bei der Suche dabei zu sein? Für wen hielt er sich?

Seufzend blieb ich stehen und legte den Kopf in den Nacken. Da war ein Funkeln am Nachthimmel. Ganz schwach nur.

Hinter mir wurde die Tür geöffnet und ich verkrampfte mich unwillkürlich. Ich rechnete mit Levi, womöglich sogar mit Jax, aber es war Ailsa, die neben mich trat.

»Alles klar?«

Nein. »Ja.«

Sie betrachtete mich einen Moment lang von der Seite, dann setzte sie sich auf die Bordsteinkante und streckte die Beine aus. Ihre Haare waren so lang, dass sie beinahe den Gehweg hinter ihr berührten, doch das schien sie nicht weiter zu stören.

»Haben sie dich geschickt, um mir eine Predigt zu halten? Oder um mir gut zuzureden?«

Ihre Mundwinkel zuckten. »Nichts davon. Die beiden diskutieren drinnen immer noch und es wurde mir zu anstrengend.«

Ha. Mit dieser Antwort sammelte sie eindeutig Pluspunkte bei mir.

Seufzend setzte ich mich neben sie und starrte auf die gegenüberliegende Straßenseite und die Häuser aus Sandstein, die in der Nacht dunkel und bedrohlich wirkten. Nur hinter einem Fenster ganz oben brannte Licht, was dem Ganzen den Eindruck eines einäugigen Monsters verlieh. Die im Schatten liegende Eingangstür als Maul tat ihr Übriges.

»Auch wenn ich kein Fan davon bin, wie Levi das Ganze gehandhabt hat, kann ich ihn trotzdem verstehen.« Sie musterte mich erneut. »Er ist dein großer Bruder und musste heute erfahren, dass du den mächtigsten aller Dämonen getroffen und der dich durch ein Fenster geworfen hat.«

»Ja, und trotzdem stehe ich jetzt hier. Unverletzt. Ohne den geringsten Kratzer.« Frustriert breitete ich die Arme aus. »Warum konzentrieren sich alle darauf, dass ich verletzt werde, statt darauf, dass mir nichts zustoßen kann? Nicht dauerhaft.«

»Ich glaube nicht, dass es darum geht.«

»Ach nein?«

Ailsa fand einen kleinen Stein und begann ihn zwischen den Fingern hin und her zu rollen. »Ich habe zwei Brüder. Adam ist vierundzwanzig, Ash ist vor Kurzem zwölf geworden.« Sie atmete tief durch und ein schmerzvolles Lächeln trat auf ihr Gesicht, während sie einen unsichtbaren Punkt in der Ferne fixierte. »Ich habe die beiden seit Jahren nicht mehr gesehen, um sie vor dem hier zu beschützen. Damit keiner von ihnen je von dieser Welt erfährt. Ich würde alles dafür tun, um sie in Sicherheit zu wissen.«

»Das mit deinen Brüdern tut mir leid. Es muss schlimm sein, sie nicht sehen zu können.«

Sie nickte, aber ihr Lächeln war gepresst, als sie weitersprach. »Manchmal ist es sicherer, dich von den Menschen, die du liebst, fernzuhalten, wenn du sie beschützen willst. Es war meine eigene Entscheidung. Ich habe die Schule abgebrochen und bin losgezogen, um mehr über meine Kräfte herauszufinden. Jahrelang dachte ich, ich wäre allein damit, und wollte niemanden in Gefahr bringen. Ich habe mich mit Nebenjobs durchgeschlagen und auf die harte Tour gelernt, mich gegen Dämonen zur Wehr zu setzen. Ich kann gar nicht zählen, wie viele von ihnen mich angegriffen haben, weil sie meine Magie wollten. So funktioniert das bei ihnen, weißt du? Sie stehlen Kräfte. Von anderen Dämonen, von Hexen – von uns. Und je mehr Kräfte sie sammeln, desto stärker werden sie.«

Ich nickte langsam. »Deshalb ist der Brollachan so mächtig. Er hat viele unterschiedliche Kräfte. Zumindest bis wir sie ihm gestohlen haben.«

Nachdenklich spielte Ailsa mit dem Stein in ihrer Hand herum. »Ich habe gesehen, wozu Dämonen in der Lage sind, Faith. Ich habe gesehen, wie sie vor meinen Augen unschuldige Menschen getötet haben. Nur zum Spaß. Für ihr eigenes krankes Vergnügen.« Ihre Stimme zitterte. »Also habe ich mich erst recht von meinen Brüdern und auch vom Rest meiner Familie ferngehalten. Um sie zu beschützen.« Ihr Blick landete wieder auf mir. »In der Hinsicht sind Levi und ich uns also gar nicht so unähnlich.«

»Deine Brüder können sich aber nicht selbst heilen, oder?«

»Nein«, gab sie zu, »aber Geschwisterliebe schert sich nicht um irgendwelche magischen Kräfte. Selbst wenn du unsterblich wärst und keinen Kratzer abbekommen könntest, würde er noch immer auf dich aufpassen wollen. Er ist dein großer Bruder. Das ist sein Job.«

Ich senkte den Blick und starrte auf das Kopfsteinpflaster, ohne etwas davon wahrzunehmen. Sie hatte ja recht. Levi war immer für mich da gewesen, aber ich wünschte …

Ich atmete tief durch. »Ich wünschte, er würde mich nicht so in Watte packen, sondern wie jemanden behandeln, der ihm ebenbürtig ist«, sprach ich die Worte laut aus. »Nicht wie das kleine Mädchen, das ich mal war, sondern wie eine Erwachsene.«

»Wenn du meine Meinung hören willst«, ertönte unvermittelt eine fremde Stimme aus der Dunkelheit. Gleich darauf trat jemand vor und ein Schatten fiel über uns. »Wenn du möchtest, dass man dich wie eine Erwachsene behandelt, dann solltest du dich auch wie eine verhalten.«

Ailsa und ich sprangen gleichzeitig auf. Ein kühler Windhauch wirbelte um uns herum. Kein Angriff, aber eine deutliche Warnung.

Der Fremde war groß, fast so groß wie Levi, aber etwas schlaksiger gebaut. Dunkelblondes Haar, lässig zurückgestylt, als wäre er einfach nur einmal mit der Hand hindurchgefahren. Seine Augen konnte ich nicht richtig erkennen, aber im matten Schein der Straßenlampen funkelten sie hinter den schwarz umrandeten Brillengläsern dunkel. Seine Kleidung wirkte zusammengewürfelt und passte dennoch irgendwie zueinander. Vom dunkelblauen Parka über das rote Hemd mit Plaidmuster bis hin zur schwarzen Jeans und den Sneakern.

Er erwiderte unsere Blicke. Dabei verzogen sich seine schmalen

Lippen zu einem amüsierten Lächeln, auch wenn ich nicht die geringste Ahnung hatte, was an dieser Situation so komisch sein sollte. »Freut mich, euch kennenzulernen. Oder sollte ich sagen – wieder kennenzulernen? Schließlich haben wir vor langer Zeit mal Blutsbrüderschaft geschlossen, hab ich gehört.« Er deutete auf die Tür hinter uns. »Wie wär's, wenn wir reingehen und das dort drinnen klären? Hier draußen ist es echt kalt.«

Da hatte er nicht ganz unrecht, auch wenn ich die Kälte bisher kaum wahrgenommen hatte. Aber Levi und Jax mussten auch hiervon erfahren, also trat ich einen Schritt zurück und drückte die Tür zum Pub auf. Der Fremde folgte mir, während Ailsa das äußerst misstrauische Schlusslicht bildete.

Worüber auch immer Levi und Jax gerade diskutiert hatten, ihre Stimmen erstarben in dem Moment, in dem wir wieder hereinkamen und sie den Neuling entdeckten.

»Was soll das?« Levi trat einen Schritt vor, die Hand bereits kampfbereit gehoben, aber er setzte seine Telekinese nicht ein. Noch nicht. »Wer ist der Typ?«

»Tja, er behauptet, einer von uns zu sein«, erwiderte Ailsa schulterzuckend. Doch ihr Blick war nicht so entspannt wie ihre Haltung. Sie taxierte den Fremden aus einigen Schritten Entfernung und schien genauso bereit zu sein, anzugreifen, wie mein Bruder.

Schweigen. Ungläubigkeit. Wir hatten gerade erst damit angefangen, nach anderen Leuten aus dem Camp zu suchen, und heute einen von ihnen sterben gesehen. Wir waren mit leeren Händen nach Hause zurückgekommen. Und jetzt platzte einfach dieser Fremde hier rein? Kein Wunder, dass das für Misstrauen sorgte. Allerdings hatte ich weder die Zeit für eine weitere Diskussion noch Lust auf einen unnötigen Kampf.

Entschieden wandte ich mich dem Typen zu.

»Faith …«, knurrte Levi, aber ich ignorierte seine Warnung.

Ich hatte schon lange keine Angst mehr davor, verletzt zu werden. Vielleicht machte mich das leichtsinnig, aber ich war auch die Einzige von uns, die eine mögliche Attacke ohne Schaden überstehen konnte. Und irgendetwas sagte mir, dass von diesem Kerl keine Gefahr ausging. Zumindest keine dämonische.

Als ich vor ihm stehen blieb, streckte er mir bereits die linke Hand entgegen. Und tatsächlich: Über die Handfläche zog sich die gleiche verblasste Narbe eines Schnitts wie bei Ailsa und Jax. Genau wie bei Levi und mir, wären die Spuren von damals nicht schon längst verheilt.

»Wie heißt du?«, fragte ich.

»Tommy. Tommy Buchanan.«

Ich blinzelte überrascht und sah zu den anderen zurück. Sie hatten den Namen ebenfalls erkannt: Er stand auf Ailsas Liste.

Scheinbar entspannt stützte sich Jax auf den Tresen, aber mir entging nicht, dass er den Neuankömmling keine Sekunde aus den Augen ließ. »Wie hast du uns gefunden, Tommy?«

»Das war nicht sonderlich schwer.« Sein Blick landete wieder auf mir. »Ich habe deine Gedanken bis auf die andere Seite der Insel gehört.« Nachdenklich wiegte er den Kopf hin und her. »Eigentlich war es eher ein Schrei.«

Automatisch sah ich zu Jax. Das musste der Moment gewesen sein, in dem der Dämon mich aus dem Fenster geschleudert hatte, kurz bevor ich bewusstlos geworden war. Mir war nicht mal klar gewesen, dass ich geschrien hatte, und sei es auch nur in Gedanken.

»Heißt das, du kannst Gedanken hören?«, sprach Ailsa meine Vermutung aus.

»Ja, kann ich, und ja, das gibt es wirklich. Du musst nicht gleich neidisch sein, Windmädchen.«

Ailsa schnappte nach Luft. »Ich habe nicht … Ich bin nicht …«

»In deinen Gedanken schon.« Tommy zwinkerte ihr zu.

»Das stimmt doch gar nicht!«

»Hör mal.« Er ging zur Bar hinüber und ließ sich auf einen der Hocker fallen. »Du kannst dir oder allen anderen gerne etwas vormachen. Nur zu. Aber lass den Bullshit bei jemandem, der in deinen Kopf gucken kann.«

Ailsa starrte ihn perplex an, aber statt es abzustreiten, verschränkte sie die Arme vor der Brust und funkelte ihn an.

»Du kannst also wirklich Gedanken lesen«, stellte Levi fest und musterte ihn prüfend von oben bis unten.

»Aye. Und nein, ich wüsste nicht, wie ich das als Waffe verwenden sollte«, fügte Tommy erneut an Ailsa gewandt hinzu.

Sie öffnete den Mund, aber er kam ihr zuvor. »Ich habe auch noch nie jemanden mit dieser Kraft gegen seinen Willen beeinflusst. Na gut, das ist nur die halbe Wahrheit. In der zehnten Klasse habe ich meinen Lehrer dazu gebracht, mir eine bessere Note zu geben, damit ich nicht durchfalle, aber das zählt nicht. Das war quasi ein Notfall.«

Während er von einem zum anderen sah, breitete sich ein langsames Lächeln auf seinem Gesicht aus. Ich meinte, ein leises Summen in mir zu spüren, aber es war so schwach, dass ich es fast nicht wahrgenommen hätte.

»Du solltest dem Orden wirklich nicht sofort alles erzählen«, sagte er unvermittelt zu Levi und wandte sich dann an Ailsa und Jax. »Ja, wir sollten so schnell wie möglich die anderen finden, und nein, du wirst mich nicht so bald wieder los. Wir sind durch unsere Kräfte, unser Blut und diesen blöden Dämon miteinander verbunden. Wir sind quasi eine Familie. Und du«, fügte er hinzu und drehte sich zu mir um. »Du solltest dich wirklich ausruhen.«

»Ich bin nicht müde«, brummte ich, obwohl mir im selben Moment klar wurde, wie defensiv das klang.

»Du hast gerade an dein Bett gedacht und wie gerne du schlafen würdest.«

Ich warf ihm einen wütenden Blick zu. »Halt dich aus meinen Gedanken raus!«

»Sorry.« Gespielt entschuldigend hob er die Hände. »Aber sie sind einfach so laut.«

»Schluss damit!« Warnend hob Levi die Hand.

»Okay, okay. Also, ich weiß ja nicht, wie es euch geht, aber ich hatte in letzter Zeit ein paar Beinahe-Zusammenstöße mit Dämonen und ich bin nicht scharf darauf, für den Rest meines Lebens auf der Flucht zu sein. Ständig neuen Leuten erklären zu müssen, wo man herkommt, nur um beim kleinsten Anlass wieder umziehen zu müssen, nein, danke. Glücklicherweise konnte ich die Gedanken der Dämonen aufschnappen und mich rechtzeitig aus dem Staub machen. Na ja, zumindest bei dem halbwegs intelligenten Teil der Spezies. Die unterste Schicht verfügt über keinen Funken Verstand. Aber wenn eine gruselige Stimme plötzlich *Mhmm, Fressen* oder *Magiiiiiie* in deinem Kopf raunt, nimmst du die Beine in die Hand und rennst los.«

Etwas zog sich in meiner Brust zusammen, als seine Worte Erinnerungen in mir weckten. Die vielen Umzüge. Die ständige Sorge und Angst im Nacken. Bisher waren die Angriffe immer wahllos gewesen, doch jetzt wussten wir, dass der Brollachan aktiv nach seinen Kräften suchte, also waren sie anscheinend doch nicht so wahllos gewesen wie gedacht. Die Angriffe in den letzten Wochen, die wir ursprünglich der Tatsache zugeschrieben hatten, dass wir als Nachfahren der Beauvil dem Orden der Goldenen Flamme angehörten, waren womöglich etwas anderem geschuldet. Und nach dem, was Jax und ich heute Abend gesehen hatten, wusste ich, dass der Dämon keine Gnade walten lassen würde, wenn er sich seine Magie zurückholte.

Tommy sah in die Runde. »Vorschlag: Wir suchen und finden die anderen, schließen uns zusammen und erledigen das Mistvieh. Problem gelöst. Happy End. Alle gehen wieder ihrer Wege.«

»Toller Plan, Professor X«, zischte Ailsa. »Warum sind wir nicht schon von selbst draufgekommen?«

Tommy grinste nur. »Da hattet ihr mich noch nicht.«

»Bildest du dir etwa ein, du kannst die anderen aus der Gruppe schneller finden, nur weil du Gedanken lesen kannst?«

Er zuckte mit den Schultern. »Einen Versuch ist es wert, oder nicht? Schließlich habe ich auch euch gefunden. Außerdem könnte ich euch genau sagen, was der Orden wirklich von uns hält. Ich müsste nur einmal in die Nähe kommen und ein paar ihrer Gedanken lesen, während ihr sie über Leute wie uns ausfragt.«

Oh nein. Das war eine ganz miese Idee.

»Dir ist schon klar, dass diese Leute dazu ausgebildet sind, Dämonen zu jagen?«, wandte ich ein.

»Wir sind keine Dämonen.«

»Nein, aber Leute mit dämonischen Kräften. Und zufälligerweise wissen wir bereits, was sie von uns halten: nicht viel. Aus genau diesem Grund haben wir bereits beschlossen, sie nicht einzuweihen.«

»Du und Levi gehört ganz offenbar zum Orden.«

»Das ist etwas anderes«, widersprach ich sofort. Zumindest bei mir, schließlich war ich nur dort, um das Kämpfen zu lernen. Ich wollte keine Kriegerin im Auftrag des Ordens werden wie Dad oder Levi. »Lass uns erst mehr herausfinden. Über den Dämon und wie der Orden ihn damals vernichtet hat. Außerdem haben wir noch eine ganze Liste abzuarbeiten.«

Noch während ich sprach, fing ich Levis harten Blick auf und wurde immer leiser.

Du kannst mir das nicht verbieten!, schrie ich förmlich in Gedanken und fragte mich, ob Tommy es wohl gehört hatte.

Auf jeden Fall hatte Levi es verstanden, denn er schüttelte den Kopf. »Ich diskutiere nicht mehr mit dir. Wir kümmern uns um alles. Du hältst dich da raus, Faith. Das ist mein letztes Wort.«

Kapitel 27

Er wartete.

Minuten. Stunden. Tage. Wochen. Monate. Jahrzehnte. Jahrhunderte.

Nach dreihundert Jahren konnte er sich kaum noch daran erinnern, wie es war, nicht zu warten. Nicht eingesperrt zu sein, gefangen in seinem eigenen Körper. Gefangen in einem Käfig aus massivem Stein. Selbst jetzt, da er seine Freiheit wieder hatte, musste er noch warten. Darauf, wieder zu Kräften zu kommen. Eine neue Anhängerschaft um sich zu scharen. Die Diebe zu finden, die seine Magie gestohlen hatten, damit er sich das zurückholen konnte, was rechtmäßig ihm gehörte.

Diesmal würde er jedoch anders vorgehen. Während seiner letzten Zeit auf Erden hatte ihn der Orden der Goldenen Flamme überlistet. Das würde nicht noch einmal geschehen. Also übte er sich in Geduld. Und wartete.

Minuten. Stunden. Tage. Wochen. Jahre.

Ein ganzes Jahrzehnt.

Er saß auf einem Thron, dem niemand anderes würdig war, und betrachtete das schattenartige Flackern, zu dem seine Hand verkommen war. Zwei seiner Kräfte hatte er sich bereits zurückgeholt. Schon bald würde er zu seiner alten Gestalt zurückfinden. Schon bald würde er wieder seine alte Macht besitzen – und dann konnte ihn nichts mehr aufhalten.

Das Schattenreich, in dem er Zuflucht gefunden und die letzten zehn Jahre ausgeharrt hatte, war genau das, was der Name verhieß: Dunkelheit herrschte und formte ein verzerrtes Abbild der Wirklichkeit. Schatten überall. Schattenhafte Gebäude, schattenhafte Bäume mit knöchernen Ästen, die in einen leblosen Himmel ragten. Oder war es die überaus hohe Decke eines Saals? Er wusste es nicht. Alles war in Bewegung, alles veränderte sich, genau wie die Natur um sie herum. Die dunkle Natur, die ihm vor so langer Zeit das Leben geschenkt hatte.

Wieder hörte er das Raunen und Flüstern der anderen seiner Art. Sie waren immer in seiner Nähe. Bewachten ihn. Ergötzten sich an seiner Schwäche und warteten gleichzeitig darauf, ihm zu dienen und an seiner Seite zu erstrahlen, sobald er wieder seine alte Macht erlangte.

Der Brollachan.

Damals hatte es niemand gewagt, sich ihm zu widersetzen. Zu jener Zeit hätte er beinahe den ganzen Orden zugrunde gerichtet. Beinahe. Ein Versäumnis, das er nachholen würde, sobald er wieder ganz zu Kräften gekommen war.

Doch eins nach dem anderen. Zuerst würde er sich all seine Magie zurückholen und ihre Träger töten. Dann würde er den Orden vernichten. Jedes einzelne Mitglied, jeden Mann, jede Frau und jedes Kind jagen, bis es keinen einzigen Nachfahren mehr gab. Erst dann würde er ruhen können.

Vorfreude kitzelte in seiner schattenhaften Gestalt. Hätte er noch ein festes Gesicht gehabt, hätten sich seine Lippen zu einem Lächeln verzogen. Spätestens in dem Moment, als zwei seiner treuesten Untertanen mit einem Geschenk vor ihn traten.

Ein Mensch. Seine Anhänger hatten ihm einen Menschen gebracht. Und auch noch ein so junges Exemplar. Höchstens zwei Jahrzehnte alt.

Er wollte schon ausholen, um auch diesem Exemplar ein Ende zu bereiten und sich an seiner Lebensenergie zu laben, als ihn etwas innehalten ließ. Etwas, das er viel zu lange nicht mehr gespürt hatte. Ein Summen tief in seiner Brust. Ein Teil von ihm reagierte auf das, was diese erbärmliche Kreatur in sich trug und in diesem Moment einsetzte: Magie. Seine Magie.

»Ich bin hier, um zu verhandeln«, sagte der Mensch, ohne das geringste Anzeichen von Furcht zu zeigen. Dabei müsste er doch vor Todesangst erzittern.

Neugierig legte der Dämon den Kopf schief. Beugte sich auf seinem Thron etwas nach vorne.

Entschlossen trat der Mensch näher. »Ich habe etwas, das Ihnen bei der Suche helfen wird. Es ist eine Liste mit allen Personen, die damals auf der Insel im Camp waren.«

Eine Liste … mit den Namen derjenigen, die ihm seine Macht gestohlen hatten.

»Ich weiß nicht, wer davon ebenfalls eine Kraft hat, aber die Namen stehen hier drauf. Damit können Sie alle aufspüren, die Ihre Magie gestohlen haben.«

Faszinierend.

»Und was erhoffst du dir als Gegenleistung?«

Ein kurzes Zögern. Das erste Anzeichen von Furcht. Na endlich. Er hatte es schon vermisst, die Angst seiner Opfer zu riechen.

Das Gesicht des Menschen nahm einen entschlossenen Ausdruck an. Ein lächerlicher Versuch, seine Furcht zu überspielen. »Ich will diese Kraft loswerden. Ohne Konsequenzen. Ich will sie einfach nur zurückgeben und mein Leben normal weiterleben.«

Oh, die Menschheit war so schwach. Sie ließ sich von Gefühlen, Ängsten und von einem Gewissen leiten. Es wurde Zeit, dass sie lernten, wo ihr Platz war. Es wurde Zeit, dass sie für das bezahlten, was sie dieser Welt durch ihre bloße Existenz angetan hatten.

Der Mensch stellte noch weitere Forderungen, doch er hörte ihm kaum zu. Dafür war er zu fasziniert von dem Verrat. Vielleicht waren ja doch nicht alle Menschen dieser Zeit so langweilig und dröge wie gedacht.

»Haben wir einen Deal?«, fragte die Person.

»Einverstanden. Aber du wirst mir dabei helfen, sie alle zu finden.« Seine schattenartigen Klauen schlossen sich um die Liste, bis das Papier knisternd in seinem Körper verschwunden war. All die Namen, Adressen und Informationen waren nun ein untrennbarer Teil von ihm.

Dann betrachtete er den Menschen vor sich. Natürlich könnte er ihn sofort töten und sich seine Magie einverleiben … aber er würde noch etwas damit warten. Der Mensch könnte sich als nützlich erweisen.

Später, dachte er, als er dem Verräter nachsah. Schon bald würde er jeden Einzelnen von ihnen finden und sich seine Macht zurückholen. Er stützte sich auf die Armlehnen seines Throns und stand schwungvoll auf.

Die Zeit des Wartens war vorbei.

Die Jagd hatte begonnen.

Kapitel 28

Es war mir egal, was Levi sagte. Ich gehörte dazu. Ich war ein Teil dieser Sache. Ohne mich hätten wir weder Jax noch Ailsa gefunden. Himmel, ohne den Kampf gegen den Brollachan und meinen Sturz durch das Fenster hätte Tommy meine Gedanken vermutlich nie gehört. Er wäre nie hergekommen und hätte sich uns nie angeschlossen.

Schweiß klebte mir auf der Stirn und rann mir den Rücken hinunter, trotzdem konnte und wollte ich nicht damit aufhören, auf den Boxsack einzuschlagen.

Nachdem Nate vor einer Woche aus der Stadt verschwunden war, hatte Lyla mein Training übernommen. Eine junge Frau Ende zwanzig, die von der Gründerfamilie Evander abstammte und zu jenen Kriegertruppen gehörte, die regelmäßig Jagd auf Dämonen machten. Eine Knieverletzung von einem Einsatz zwang sie aktuell auf die Reservebank, aber sie war diejenige, die mir die erste Unterrichtsstunde an einem Boxsack gegeben hatte. Und die zweite. Die dritte. An diesem Samstagabend stand zwar kein Training an, trotzdem musste ich meine Wut und Energie irgendwie rauslassen.

Wie konnte Levi mich aus der aktiven Suche ausschließen? Wer hatte ihn überhaupt zum Anführer ernannt?

Zumindest die letzte Frage konnte ich mir selbst beantworten. Levi war der geborene Anführer. Ohne viel Gerede hatte er die Verantwortung übernommen und traf die Entscheidungen. Natürlich nie, ohne uns alle einzubeziehen, aber am Ende hörten doch alle auf ihn. So war es immer.

Zumindest bis jetzt. Denn ich war nicht bereit, mich aus der Sache rauszuhalten, ganz egal, was mein herzallerliebster Bruder davon hielt. Und ich war auch nicht bereit, beim Orden aufzuhören, nur damit er nachts besser schlafen konnte. Pah! Das hätte er wohl gern. Was kam als Nächstes? Versprach er meine Hand einem wohlhabenden Mann, der dafür sorgen würde, dass ich nur noch zu Hause vor dem Herd stand und nirgendwo mehr allein hingehen durfte?

Ja, okay, das war übertrieben, aber ich war so wütend. So frustriert. So ... enttäuscht. Selbst Tage später war ich noch immer so enttäuscht darüber, dass nicht mal mein eigener Bruder, der mich schon mein ganzes Leben lang kannte und der oft genug miterlebt hatte, wie meine Kraft funktionierte, an mich glaubte. Dass er mich lieber aus allem raushalten wollte, statt mir zu vertrauen. Das war es, was mir am allermeisten zusetzte. Denn wenn nicht mal Levi mir etwas zutraute ... Warum sollte es dann jemand anderes tun?

Ich schlug ein letztes Mal zu und keuchte auf, als ein heißer Schmerz von meiner Hand bis in meinen Ellbogen hinaufschoss. *Shit!* Im nächsten Atemzug verschwand die Empfindung jedoch wieder und wurde von einer vertrauten Wärme abgelöst.

»Was hat dir der arme Boxsack getan?«

Ich wirbelte herum.

Nate lehnte mit verschränkten Armen in der Tür zum Trainingsraum. Mit einem Mal raste mein Herz aus ganz anderen Gründen und ich war irgendwie froh, dass ich bereits vom Sport ein rotes Gesicht hatte.

»Also?«, hakte er nach und deutete auf den Boxsack hinter mir.

»Gar nichts«, behauptete ich, wandte mich von ihm ab und machte mich bereit, wieder zuzuschlagen.

»Klar«, erwiderte Nate gedehnt und betrat den Raum. »Ich bin sicher, du verprügelst in Gedanken gerade auch niemanden.«

Ich ignorierte ihn, versuchte, ihn auszublenden, so gut es ging. Was alles andere als einfach war. Er war jetzt eine Woche lang weg gewesen. Auf meine letzte Nachricht hatte er nicht reagiert und sich auch sonst nicht bei mir gemeldet. Aber warum sollte er das auch tun? Wir waren … nur Freunde. Oder eher lose Bekannte. Er war mir gegenüber zu nichts verpflichtet, auch nicht dazu, mich darüber zu informieren, dass es ihm gut ging und er noch lebte.

Nate trat neben mich. »Wenn du so weitermachst, tust du dir noch weh.«

Ja, klar. Das Einzige, was seine leise Sorge bewirkte, war, dass ich fester zuschlug.

»Faith.«

»Was?« Ich hielt schwer atmend inne und wischte mir mit dem Unterarm über die verschwitzte Stirn.

Nate musterte mich einen Moment lang von oben bis unten. Ich konnte die Standpauke förmlich riechen, weil ich das nur zu gut von Levi kannte. *Überanstreng dich nicht. Morgen wirst du es bereuen. Muskelkater kannst du nicht heilen. Pass auf dich auf. Sei vorsichtig.*

Gott, ich hatte es so satt. Ich konnte und wollte die Sorge nicht mehr hören. Ich hatte es satt, vorsichtig zu sein. Ich wäre beinahe von einem verdammten Dämon auf einem Pferd entführt worden und ein anderer hatte mich aus dem Fenster geschleudert. Ich hatte beides überstanden. Und den Nuckelavee hatte ich sogar mit meinen eigenen Händen, mit meiner Magie, außer Gefecht gesetzt, auch wenn ich noch immer keine Ahnung hatte, wie ich das angestellt hatte. Um ehrlich zu sein, machte mir diese Seite meiner Magie Angst, darum hatte ich den anderen auch nichts davon erzählt. Vor allem Levi nicht. Er würde ja doch nur einen Weg finden, diese

Information gegen mich zu verwenden. Aber der Punkt war: Ich war nicht hilflos – und ich hasste es, dass andere mir das Gefühl gaben, ich wäre es.

»Lass uns kämpfen.«

Ich starrte Nate an. »Was …?«

»Du hast in den letzten Wochen hart trainiert und gerade eindeutig zu viel Energie, also lass uns kämpfen.« Mit dem Daumen deutete er hinter sich auf die Matten. Ehe ich antworten, ehe ich auch nur darüber nachdenken konnte, ging er schon zur Trainingsfläche hinüber und winkte mich heran.

»Was macht dich so aggressiv?«, fragte er, während wir einander mit gehobenen Fäusten umkreisten.

»Ich bin nicht aggressiv.«

»Okay.« Gekonnt wich er meinem ersten Hieb aus. »Was regt dich dann so auf, dass du dich hier austoben musst?«

»Nichts.« *Alles.*

Ich holte zum nächsten Angriff aus. Diesmal wich Nate nicht aus, sondern fing meine Faust ab und schloss seine warmen Finger darum. Ich könnte schwören, dass mein Herz für einen winzigen Moment stehen blieb, als sich unsere Blicke trafen – dann schlug ich mit der anderen Hand zu.

Nate bewegte sich so schnell und geschickt, dass ich kaum hinterherkam. In der einen Sekunde griff ich ihn noch an, in der nächsten stand er unversehens hinter mir und packte meinen rechten Arm. Er deutete an, ihn mir auf den Rücken drehen zu wollen wie in einer Art Polizeigriff, tat es aber nicht. Wir atmeten beide schwer und er strahlte hinter mir so viel Hitze aus, dass ich unweigerlich erschauerte.

»Du kannst dich daraus befreien«, raunte er viel zu nahe an meinem Ohr.

»Wie denn?«

»Versuch den Arm auszustrecken, bevor ich ihn knicken kann. Dann drehst du dich aus dem Griff heraus.«

Der erste Versuch scheiterte grandios. Nate hielt mich gnadenlos fest und mein Herz begann noch ein bisschen schneller zu hämmern. Nicht vor Wut, sondern weil er mich ernst nahm. Ich mochte es, dass er mir nichts durchgehen ließ und nicht versuchte, mich vor allem zu beschützen. Stattdessen trainierte er mich umso härter, um mich auf alles vorzubereiten, was dort draußen lauerte.

Beim dritten Versuch schaffte ich es, mich aus seinem Griff zu befreien. Gleich darauf standen wir uns wieder gegenüber, die Arme kampfbereit gehoben. Seine Mundwinkel verzogen sich zu einem angedeuteten Lächeln, aber er kommentierte meine Befreiungsaktion mit keinem Wort. Stattdessen griff er an. Wieder und wieder, Hieb um Hieb, dem ich ausweichen oder den ich abblocken musste.

Als ich mich erneut unter einem Schlag wegduckte, ließ ich mich in die Hocke sinken und trat Nate gegen den Knöchel. Er strauchelte, fing sich jedoch schnell wieder. Trotzdem verschaffte mir das genug Zeit, um meinerseits in den Angriff überzugehen und Nate Stück für Stück zurückzudrängen.

»Die Arme höher«, wies er mich zwischendurch an. »Denk daran, dass du nicht nur angreifen, sondern dich auch verteidigen musst.«

»Was, wenn mir ein Treffer nichts anhaben kann? Wenn er mir nichts ausmacht und ich trotzdem weiterkämpfen kann?« Ich war selbst überrascht, als die Worte aus mir herausplatzten, doch nun war es zu spät, sie zurückzunehmen.

Nate wirkte nicht überrascht. Wenn überhaupt, verdüsterte sich sein Blick. »Nur weil du einen Schlag einstecken kannst, heißt das nicht, dass du es auch tun solltest. Jeder Treffer ist ein gefährlicher Nachteil für dich. Du spürst den Schmerz, und selbst wenn nicht, verlierst du womöglich das Gleichgewicht, du bist abgelenkt, lässt die Verteidigung sinken, bietest weitere Angriffsfläche. All das kann zum Vorteil für deinen Gegner werden – und ein Dämon wird keine Sekunde zögern, jede Schwäche von dir sofort auszunutzen.«

Hm. So hatte ich das nie gesehen.

In einer irrsinnig schnellen Bewegung packte Nate mich und versuchte, mir erneut den Arm auf den Rücken zu drehen. Diesmal reagierte ich instinktiv: Ich streckte den Arm aus und drehte mich aus dem Griff heraus. Oh wow. Ich hatte es geschafft! Und das schon beim ersten Versuch, mitten in einem richtigen Trainingskampf. Ich hatte –

In der einen Sekunde stand ich noch mit beiden Beinen fest auf den Trainingsmatten, in der nächsten stieß ich mit dem Rücken gegen die Wand. Nate presste sich schwer gegen mich. Mit der linken Hand hielt er meine eigene neben meinem Kopf fest, die rechte hatte er auf meinen Hals gelegt, drückte aber nicht zu.

»Wie gesagt«, raunte er und sein warmer Atem streifte mein Gesicht. »Ein Gegner wird jede Schwäche und jede Ablenkung gnadenlos ausnutzen.«

Ich nickte nur, da ich kein Wort hervorbrachte. Mein Herz hämmerte wie verrückt und meine Kehle war wie zugeschnürt. Das letzte Mal, dass Nate mir so nahe gewesen war wie jetzt, war auf der Aussichtsplattform auf Dundee Law gewesen. Nahe genug, um die Wärme zu spüren, die sein Körper ausstrahlte. Nahe genug, um mich zu küssen.

Aber er tat es nicht.

Nate blinzelte, als würde er sich selbst aus einer Art Trance reißen, dann ließ er mich abrupt los und trat zurück. »Komm.«

Meine Haut prickelte überall, wo er mich berührt hatte, und ich rieb mir über den Hals. »Wohin?«

»Raus hier. Ich könnte eine Pause gebrauchen und ich glaube, du auch. Oder?«

Er ging nicht einfach davon aus, zu wissen, was ich brauchte, und schrieb es mir auch nicht vor. Eine nette Abwechslung.

Ich zögerte nur einen kurzen Moment, nickte dann jedoch und stieß mich von der Wand ab.

»In fünfzehn Minuten draußen vor dem Eingang?«, schlug er vor.

»Zehn Minuten.« Ich schnappte mir bereits mein Handtuch und die Wasserflasche. »Bis gleich.«

Kapitel 29

Exakt neun Minuten später war ich frisch geduscht, umgezogen und hatte es in der Eile auch noch geschafft, etwas Wimperntusche aufzutragen. Nicht schlecht. Ich sollte eine Medaille dafür bekommen. Allerdings war mein Haar eine Katastrophe, also hatte ich es zu einem lockeren Knoten zusammengebunden, aus dem sich bereits ein paar Strähnen gelöst hatten. Für mehr war keine Zeit.

Nate wartete bereits vor dem Eingang des Ordensgebäudes auf mich. Er lehnte an der dicken Sandsteinmauer, die Hände in den Taschen seiner Lederjacke vergraben und sah den zwei Wagen voll bewaffneter Krieger und Kriegerinnen nach, die gerade vom Parkplatz rollten. Als ich nach draußen trat, stieß er sich von der Hausmauer ab und wir setzten uns schweigend in Bewegung, nicht Richtung Innenstadt und auch nicht Richtung Universität, in deren Umgebung die Klubs an diesem Samstagabend überlaufen sein würden. Stattdessen nahmen wir den Weg durch die schmalen Straßen zum Flussufer.

Anfang November wurde es schon früh dunkel, auch wenn ich keinen Schimmer hatte, wie spät es eigentlich war. Nebel hing schwer über dem River Tay und verlieh den beiden Brücken, eine für Autos und eine für Züge, etwas Mystisches.

Wir schlenderten am Ufer entlang, auf der einen Seite das Geländer, auf der anderen ein moderner Häuserblock nach dem anderen, deren zahllose Balkone und Fenster zum Teil bereits weihnachtlich dekoriert waren. Nach und nach kamen meine Gedanken zur Ruhe, genau wie der Tumult in meinem Inneren.

Ich betrachtete Nate von der Seite. Er wirkte noch immer angespannt. Die Lippen waren zusammengepresst, die Stirn hatte er gerunzelt. Unweigerlich dachte ich darüber nach, was er wohl die ganze Woche über getrieben hatte. Ob er wirklich im Auftrag des Ordens unterwegs gewesen war, wie ich vermutet hatte? Ob er Dämonen aufgespürt und gegen sie gekämpft hatte? Ob er in Gefahr gewesen oder sogar verletzt worden war?

Mir fiel nicht mal auf, dass ich stehen geblieben war, bis Nate ebenfalls anhielt und mir einen fragenden Blick zuwarf.

»Geht's dir gut?«, platzte es aus mir heraus. »Ich meine, nachdem du weg warst und …«

Zu meiner Überraschung glätteten sich die Falten auf seiner Stirn und seine Mundwinkel wanderten in die Höhe. Er hatte noch immer dieses Grübchen in der rechten Wange, wenn er lächelte. »Alles gut. Es ist nicht unüblich, dass ich auch mal länger für den Orden unterwegs bin.«

»Okay …« Trotzdem tastete ich ihn mit meinen Blicken ab. Nur um sicherzugehen, dass er nicht verletzt war. Vorhin war ich zu sehr im Chaos meiner eigenen Gedanken gefangen gewesen, um darauf zu achten, doch jetzt war das anders.

Nate musterte mich ein paar Sekunden lang, dann griff er plötzlich nach meinem Handgelenk. »Komm. Ich will dir etwas zeigen.«

»Noch ein Aussichtspunkt?«, fragte ich und ließ mich von ihm mitziehen. Die Abenteuerlust kitzelte in meinem Bauch, wenn ich an unseren letzten Ausflug zurückdachte.

»Nicht ganz. Wobei es hier am Ufer tatsächlich einen gibt. Aber ich meine etwas anderes.«

Wir hatten uns dem Hafen genähert, der bei Tag langweilig und industriell aussah, nachts mit der ganzen Beleuchtung jedoch ein ziemlich beeindruckendes Bild abgab. Statt direkt darauf zuzusteuern, bog Nate ab. Er schien nach etwas zu suchen. Oder nach jemandem. Schließlich blieb er in der Nähe des Ufers stehen. Vor uns breitete sich ein größerer Platz aus, der wie ein Skatepark wirkte. Nur dass niemand dort mit seinem Board unterwegs war. Stattdessen rannten und sprangen drei Leute in unserem Alter umher, nahmen die Hürden mit einer Leichtigkeit, bei der mir der Atem stockte, rollten sich geschickt über den Boden und hetzten weiter.

»Was ist das?«, fragte ich, obwohl ich es bereits ahnte.

Er drehte sich zu mir um und sah mich an, statt auf das zu achten, was sich jetzt hinter ihm befand. »Nur einer von vielen Orten in der Stadt, die sich bestens für Parkour eignen.«

Ich deutete auf die drei Personen. Zwei Jungs und ein Mädchen mit langen Dreadlocks, die sie zu einem dicken Zopf zusammengebunden hatte. »Sag mir nicht, dass du das auch kannst.«

Statt einer Antwort ging Nate langsam rückwärts, wirbelte herum und lief dann los.

Bisher hatte ich nur im Internet gesehen, wie Leute wie Superhelden von einem Häuserdach aufs nächste sprangen, Wände hochliefen und im Lauf jedem potenziellen Hindernis nicht etwa auswichen, sondern darüber sprangen. Es war faszinierend, aber auch irgendwie … unwirklich.

Ich schüttelte über mich selbst den Kopf. Gerade ich, die sich selbst heilen konnte und inzwischen schon einigen Dämonen begegnet war, sollte lieber mal überdenken, was möglich war und was nicht. Vor allem, als ich Nate beobachtete.

Mir war schon früher aufgefallen, wie unglaublich schnell er war – zuerst im Kampf gegen diese riesige Schlange auf der Brücke, dann im Training. Jetzt wusste ich, wo er das gelernt hatte, denn auch hier bewegte er sich blitzschnell, sprintete vor, sprang über die

Geländer und Rampen, und zwar so effizient, dass er innerhalb kürzester Zeit auf der anderen Seite des Parks ankam. Für den Rückweg wählte er einen Umweg, sprang über eine Mauer, rollte über den Boden und kam geschmeidig wieder auf die Beine.

Als er sich zu mir umdrehte, lag ein breites Grinsen auf seinem Gesicht. Er war nicht nur richtig gut darin, das hier machte ihm wirklich Spaß. Er hatte eindeutig seine Leidenschaft gefunden und für einen Moment fragte ich mich, wie das wohl sein mochte. Sicher, ich hatte gute Gründe, zu studieren, was ich studierte, aber ich brannte nicht dafür. Nicht so wie Nate offensichtlich für Parkour. Auch als er sein Studium erwähnt hatte, war da dieses Leuchten in seinen Augen gewesen …

»Und?«, fragte er lässig und machte eine lockere Handbewegung, die den gesamten Park umfasste. »Was denkst du?«

»Das war … wow. Richtig, richtig gut.«

Er grinste, rieb sich aber auch über den Nacken, als wäre er das Lob nicht gewohnt. »Danke. Falls du auch mal willst …«

»Oh nein. Nein.« Abwehrend schüttelte ich den Kopf. »Der einzige Grund, aus dem ich so schnell rennen würde, ist, wenn Zombies mich verfolgen.«

»Oder Dämonen« ergänzte er.

»Oder das, ja.«

Wir setzten uns wieder in Bewegung. Zurück Richtung Flussufer, wo sich die salzige Meeresluft mit dem feuchten Nebel vermischte.

»Warum ist dir das eigentlich so wichtig? Der Orden und der Kampf gegen die Dämonen?«, fragte ich und beeilte mich, etwas hinzuzufügen. »Abgesehen von deinem Erbe als MacKenzie, meine ich.«

Nate antwortete nicht sofort, sondern schien sich seine Worte erst mal durch den Kopf gehen zu lassen.

»Wenn wir es nicht tun, wer dann? Es ist die eine Sache, nichts darüber zu wissen und sein Leben ganz normal zu leben. Aber wenn man weiß, dass es Magie, Hexen und Dämonen wirklich gibt? Wenn man weiß, was sie anrichten können, und dazu in der Lage ist, etwas dagegen zu unternehmen? Ich wäre ein selbstsüchtiger Feigling, wenn ich es nicht tun würde. Wenn ich mich zurücklehnen und dabei zusehen würde, wie andere zu Schaden kommen oder sogar sterben, obwohl ich es verhindern könnte.«

»Das klingt als …« Ich zögerte. »Als hättest du so etwas selbst erlebt.«

Er atmete tief durch. »Stimmt. Weißt du, ich habe früher schon mal hier gelebt. In Dundee«, fügte er hinzu und ließ den Blick schweifen. Die Lichter der Brücken und von der gegenüberliegenden Seite spiegelten sich im Fluss, der inzwischen die nachtschwarze Farbe des Himmels angenommen hatte. »Damals war ich noch ein Kind. Wir haben gar nicht weit von hier gewohnt, nur ein Stück weiter östlich, Richtung Broughty Ferry Beach. Wir waren zu viert: Mum, Dad, mein kleiner Bruder Charlie und ich.«

Ich traute mich kaum zu fragen. »Was ist mit ihnen passiert?«

»Ein Dämon hat sie getötet. Meine Mutter gehörte durch das Erbe der MacKenzies seit ihrer Geburt zum Orden. Als sie meinen Vater kennenlernte und er davon erfuhr, schloss er sich dem Orden ebenfalls an.«

»Jemand von außen? Ich dachte, nur blutsverwandte Familienangehörige dürfen beitreten.«

»Es ist selten, aber es kommt schon vor.«

»Und dann …?«

»Eines Abends kamen sie von einem Einsatz zurück und alles war … gut. Richtig gut. Sie hatten Pizza mitgebracht und wir saßen alle zusammen im Wohnzimmer auf dem Teppichboden. Im Hintergrund lief eine der romantischen Komödien, die Mum so geliebt hat. Wir haben Spiele gespielt und Pizza gegessen. Es war einer der besten Abende meines Lebens.« Er war stehen geblieben und starrte auf den Fluss hinaus. »Später, mitten in der Nacht, hörte ich ein Geräusch. Ich dachte, Charlie wäre wieder mal aus dem Bett gefallen und wollte nachsehen, doch als ich in den Flur hinaustrat, war schon die Hölle losgebrochen. Ein Dämon war ihnen gefolgt. Er konnte Feuer kontrollieren und hat das Haus angezündet. Meine Eltern haben ihn in Schach gehalten, bis Hilfe vom Orden kam. Sie haben mich als Erstes rausgeholt. Ich bin mit einer Rauchvergiftung davongekommen, aber Mum und Dad … Sie haben verzweifelt gekämpft, doch für sie war es bereits zu spät. Sie sind verbrannt, genau wie Charlie.«

»Oh mein Gott. Das tut mir so leid«, flüsterte ich und legte meine Hand auf seinen Arm.

»Das ist der Grund, warum mir der Orden und unsere Mission so wichtig sind. Deshalb tue ich, was ich tue. Damit nicht noch mehr Familien so leiden müssen.« Er drehte den Kopf zu mir. In seinen Augen lag eine wilde Entschlossenheit, aber auch … Verzweiflung. Als würde er mit aller Macht an seinen Prinzipien festhalten – und gleichzeitig dagegen ankämpfen. »Deshalb halte ich mich an die Regeln«, ergänzte er eine Spur leiser. Rauer. »Auch wenn es mir seit einer Weile verflucht schwerfällt.«

Ich atmete erstickt aus. Mit einem Mal war ich mir meiner Hand auf seinem Arm überdeutlich bewusst und die Berührung verlor jede Unschuld. Doch statt sich zu befreien, drehte sich Nate zu mir. Erst als er mir eine verirrte Haarsträhne hinters Ohr strich, merkte ich, dass ich zitterte.

»Du wirst die Regeln nicht brechen, oder?«

»Nein«, seufzte er und lehnte seine Stirn an meine. »Das werde ich nicht. Ich kann nicht.«

Ich nickte unmerklich, schaffte es jedoch nicht, mich von ihm zu lösen. Noch nicht. Auch wenn zwischen uns nie mehr sein durfte, wollte ich nicht, dass das hier endete. Es war ein gestohlener Moment. Ein Moment, in dem wir uns nahe sein konnten, obwohl eine Unendlichkeit zwischen uns lag. Regeln. Geheimnisse. Ein tausend Jahre alter Orden. Und eine tödliche Gefahr.

Schweigend kehrten wir zum Stützpunkt des Ordens zurück. Jeder von uns hing seinen eigenen Gedanken nach und ich ertappte mich dabei, dass ich mich fragte, was in Nates Kopf vor sich ging. Was er gedacht hatte, als wir über die Regeln gesprochen hatten und über … uns. Auch wenn es ein *Uns* nie gegeben hatte und auch nie geben würde.

Vor dem Haupteingang blieben wir stehen und es fiel mir so verflucht schwer, mich von ihm zu verabschieden. Vielleicht weil der Abschied diesmal ein anderer war, denn mir wurde zum ersten Mal etwas wirklich klar: Ich musste mir Nate aus dem Kopf schlagen. Endgültig. Ganz egal, wie bitter das war. Ganz egal, wie sehr sich alles in mir dagegen wehrte. Ganz egal, wie sehr es wehtun würde.

Sekunden verstrichen, in denen ich auf die Tür starrte, hinter der Nate verschwunden war und die vorbeifahrenden Autos hinter mir auf der Straße ausblendete. Ich wünschte, ich könnte meine eigenen Gedanken genauso gut ausblenden.

Und meine Schuldgefühle.

Ich musste mich nicht umdrehen, um zu wissen, dass er dort stand. »Du hast alles gehört, oder?«

Kapitel 30

Tommy löste sich aus dem Schatten des Gebäudes und schlenderte so entspannt zu mir herüber, als müsste er sich um nichts in der Welt Sorgen machen. Als hätte er nicht gerade mein ganzes Gespräch mit Nathaniel MacKenzie, Sohn und Nachfahre einer der sechs Gründerfamilien, belauscht und dabei auch noch seine Gedanken gelesen.

»Hast du doch, oder nicht?«, fragte ich widerwillig, als Tommy nicht sofort reagierte.

Er verzog das Gesicht. »Ich weiß, du und Levi vertraut ihnen, aber ich musste sichergehen, dass diese Leute wirklich das sind, was sie zu sein vorgeben.«

»Und? Was hast du gehört?«

Ein Teil von mir brannte darauf, alles über Nates Gedanken zu erfahren, aber ein anderer Teil wollte es nicht wissen. Vielleicht weil ich Angst vor den Antworten und Wahrheiten hatte, die ich erfahren würde. Vor allem aber, weil es nicht richtig war, ihm auf diese Weise ohne sein Wissen und ohne seine Zustimmung nachzuspionieren.

»Er ist in Ordnung – und er hat die Wahrheit gesagt. Seine Gedanken sind ehrenwert. Zumindest die meisten«, fügte Tommy mit einem Zwinkern hinzu.

Mir wurde heißkalt.

»Was soll das heißen?«, rief ich, doch er ließ mich einfach stehen. Ich eilte die Straße hinunter, bis ich ihn eingeholt hatte. »Warte! Was meinst du damit?«

»Dass er hinter dem steht, was er sagt. Er macht dir nichts vor. Aber keine Sorge, ich habe nicht euer ganzes Date belauscht«, fügte er schnell hinzu.

Ich runzelte die Stirn und ignorierte das Flattern in meiner Brust. »Das war kein Date. Wir haben uns nur unterhalten.«

Tommy grinste. »Bei einem romantischen Spaziergang am Flussufer.«

»Das ist nicht lustig.«

Er wurde schlagartig ernst und blieb stehen. »Nein, das ist es nicht. Ich kann zwar keine Gefühle lesen – Gott sei Dank, wenn du mich fragst –, aber ich weiß, dass das für euch beide verflucht schwierig ist. Er hasst es genauso sehr wie du.«

Ich schluckte hart und sah zur Seite. »Danke.«

»Kein Ding.«

»Sag den anderen nichts davon, ja? Sie wissen nicht …« Ich hielt inne. Schüttelte den Kopf. »Wahrscheinlich würde Levi ausrasten, immerhin war Nate mal sein bester Freund und er weiß um die Regeln und Verbote des Ordens.«

»Keine Sorge. Meine Lippen sind versiegelt.«

Ich atmete erleichtert auf.

Zusammen überquerten wir die große Kreuzung und liefen weiter Richtung Zentrum.

»Apropos Levi …«, begann Tommy unvermittelt und ich spannte mich unwillkürlich wieder an. »Du solltest mit ihm reden.«

»Warum? Er hat mich aus allem ausgeschlossen. Sogar aus der Recherche, weil ich mich ja beim Umblättern einer Seite am Papier schneiden könnte. Er will mich nicht dabeihaben.«

»Als ob dich das aufhalten würde.«

Ich warf ihm einen überraschten Blick zu. »Woher …?«

»Wenn du an etwas denkst, kann ich es sehen oder hören. Auch Erinnerungen.« Er tippte sich an die Schläfe. »Du hast gerade an die

Bibliothek im Orden gedacht. Ziemlich beeindruckende Sammlung. Hast du in den letzten Tagen irgendetwas Neues herausfinden können?«

Ich musterte ihn aus zusammengekniffenen Augen. »Warum fragst du eigentlich, wenn du die Antwort ohnehin in meinen Gedanken lesen kannst?«

»Weil ich höflich bin.« Ein kurzes Grinsen blitzte in seinem Gesicht auf. »Außerdem sind deine Gedanken nur eine winzige Momentaufnahme. Es ist nicht so, als könnte ich dein ganzes Leben, jede Idee, jeden Gedankengang und jede Information einfach so herausfiltern. So funktioniert das nicht.«

»Gott sei Dank.«

Er zuckte mit den Schultern. »Es kann nicht jeder Jesus sein.«

»Jesus …?«

»Das Heilen?«, erinnerte er mich, während wir an diversen Läden vorbeiliefen, von Cafés über eine Buchhandlung bis hin zu einem Bekleidungsgeschäft, das sich auf Kilts spezialisiert hatte. »Allerdings musst du an deinen Wasser-zu-Wein-Fähigkeiten echt noch arbeiten.«

Ich lachte überrascht auf. »Du bist echt …«

»Ich weiß.« Er grinste. »Ich bin mega. Aber jetzt mal im Ernst. Levi will dich raushalten, um dich zu schützen, bla bla bla, aber die Wahrheit ist, dass wir deine Hilfe brauchen. Ob er es nun einsehen will oder nicht.«

»Nichts für ungut, aber ich kenne meinen Bruder. Wenn er sich etwas in den Kopf gesetzt und eine Entscheidung getroffen hat, braucht es eine mittlere Katastrophe oder ein Weltwunder, um ihn davon abzubringen.«

Tommy fluchte leise. »Warum seid ihr alle so stur?«

»Gehört wohl dazu, wenn man eine Beauvil ist. Oder Dämonenkräfte hat.«

Er schnitt eine Grimasse. »Wahrscheinlich hast du recht. Trotzdem: Rede mit ihm!«

»Okay«, gab ich nach. »Ich versuche es.«

»Danke.« Gespielt erschöpft wischte er sich über die Stirn. »Mission erfüllt.«

Erst als er stehen blieb, wurde mir bewusst, wo wir waren. Wir standen vor dem Haus, in dem ich seit Beginn des Studiums wohnte. Ich hatte nicht mal gemerkt, dass wir diesen Weg eingeschlagen hatten, aber jetzt waren wir hier. Entweder war ich automatisch so gelaufen und Tommy hatte sich einfach angeschlossen oder er hatte die Adresse aus meinem Kopf geklaut. Ich schüttelte mich bei der Vorstellung. Das war echt creepy.

»Eigentlich hat mir Levi deine Adresse verraten«, kommentierte Tommy amüsiert.

»Hör auf, in meinen Gedanken herumzuwühlen!«

»Ich kann nicht. Es ist so spannend.«

»Du bist unmöglich.«

»Ich wurde schon Schlimmeres genannt. Übrigens wartet da drinnen jemand auf dich.«

Ich folgte seinem Fingerzeig, sah zur Dachgeschosswohnung hinauf – und tatsächlich. Hinter den Fenstern brannte Licht.

Stirnrunzelnd wandte ich mich wieder an Tommy. »Hast du das einfach vor mir bemerkt oder kannst du sogar auf diese Entfernung Gedanken lesen?«

»Das bleibt mein Geheimnis.«

»Angeber.«

Er grinste gut gelaunt und verabschiedete sich mit einem Winken. Einen Moment lang sah ich ihm nach, wie er die Straße hinunterschlenderte, dann beeilte ich mich, die Haustür aufzuschließen und die Treppen nach oben zu nehmen. Als ich die Wohnungstür aufriss, strömte mir ein herrlicher Duft entgegen, zusammen mit Maisies Stimme, da sie beim Kochen immer sang.

»Du bist zurück!«, rief ich und fiel ihr um den Hals.

»Na klar.« Grinsend erwiderte sie die Umarmung und schaffte es dabei irgendwie, mit dem Holzlöffel weiter in einem Topf herumzurühren. »Als ob ich mir den Winterball entgehen lassen würde.«

Ich löste mich von ihr. »Und ich dachte, du hättest mich oder die WG oder wenigstens dein Studium vermisst.«

Maisie schnitt eine Grimasse. »Dich und die Wohnung schon, das ewige Lernen nicht. Das musste ich daheim auch tun. Manchmal hasse ich das Internet wirklich.«

»Online-Kurse?«

»Online-Kurse«, bestätigte sie und pustete sich eine rote Locke aus der Stirn.

»Wie geht's dir?«, fragte ich und musterte sie genau. Von ihren Verletzungen war nichts mehr zu sehen, allerdings war das auch schon mehrere Wochen her.

»Meine Familie hat sich bestens um mich gekümmert.« Sie lächelte strahlend und legte den Kochlöffel zur Seite. »Übrigens soll ich dir etwas von ihnen ausrichten.«

»Oh?«

Ein feierlicher Ausdruck trat auf ihr Gesicht. »Normalerweise wollen wir nichts mit Fremden zu tun haben, aber weil du mich vor dem Nuckelavee gerettet hast, soll ich dir ausrichten, dass meine ganze Familie in deiner Schuld steht. Solltest du also je unsere Hilfe bei etwas – ganz egal, was – brauchen, sind wir für dich da.«

Ich blinzelte. Und blinzelte noch etwas mehr, während es neben uns in den Töpfen blubberte. »Das ist … Ich weiß gar nicht, was ich sagen soll.«

Maisie grinste. »Sag einfach danke. Und hol zwei Teller aus dem Schrank, ja?«

»Okay. Danke.« Auch wenn ich wirklich hoffte, dass ich nie in eine Situation geriet, in der ich die Hilfe einer ganzen Hexenfamilie benötigen würde …

Kapitel 31

»Und vergessen Sie nicht, die nächsten vier Kapitel zu lesen und fürs nächste Mal vorzubereiten!«

Ein kollektives Stöhnen drang durch den Hörsaal und alle, die gerade dabei gewesen waren, eilig ihre Sachen zusammenzupacken, hielten abrupt inne. Ich war eine von ihnen.

»Aber die nächste Vorlesung ist schon in zwei Tagen«, protestierte jemand aus den hinteren Reihen.

Professor Kingsley lächelte unbeirrt. »Korrekt. Wenn ich es mir recht überlege, sollten Sie die nächsten *fünf* Kapitel vorbereiten.«

Wieder ging ein Stöhnen durch den Hörsaal, untermalt von leisen Flüchen, doch diesmal widersprach niemand, aus Angst, dass unsere Dozentin uns sonst noch weitere Aufgaben aufdrücken würde. In diesem Punkt war Professor Kingsley gnadenlos. Erst gestern hatte ich gehört, dass nur fünfzehn Prozent ihren Kurs direkt im ersten Semester bestanden; den Rest ließ sie durchfallen. Ich konnte nur hoffen, dass ich zu diesen ausgewählten fünfzehn Prozent gehören würde.

In vier Wochen stand die offizielle Prüfungsphase an – und ich hatte das Gefühl, dass die Universitätsleitung in meinem Studiengang schon jetzt ordentlich aussieben wollte. Anders konnte ich mir nicht erklären, warum wir in jedem Kurs und jedem Modul mit so vielen Hausaufgaben, Seminararbeiten, Referaten, Studien und Lesematerial überschüttet wurden. Im Gegensatz zu Maisie oder auch Levi ertrank ich schon jetzt in Arbeit. Wie sollte das erst in der Klausurenwoche im Dezember werden?

Als ich den Laptop in meine Umhängetasche schob und aufstand, sah ich noch mal nach vorne zu Professor Kingsley und unsere Blicke trafen sich für einen kurzen Moment. Niemand bemerkte das angedeutete Nicken, das sie mir schenkte. Niemand würde je vermuten, dass sie und ich Teil derselben jahrhundertealten Institution waren. Manchmal konnte ich es selbst nicht ganz fassen.

Neben der Uni, meinen Schichten im Pub, dem regelmäßigen Training beim Orden und dem ganz normalen Studentenleben – also wenn Maisie mich an den wenigen freien Abenden zu einer Society oder auf eine Party zerrte – war keine Zeit für andere Dinge geblieben. Eigentlich sollte ich froh sein, dass Levi mich von der weiteren Suche ausgeschlossen hatte, denn ich hatte überhaupt keine Zeit, um noch mehr Stunden in irgendeiner alten Bibliothek zu verbringen oder Leuten von einer Liste nachzujagen. Trotzdem wurmte es mich noch immer. Ganz besonders, weil er nicht von seiner Meinung abgerückt war, als ich ihn vor ein paar Tagen noch mal darauf angesprochen hatte. Oh nein. Mein Bruder änderte seine Meinung genauso wenig, wie sich ein Berg mal eben versetzen ließ.

Und das war nicht das einzig Frustrierende in den letzten anderthalb Wochen gewesen. Seit dem Abschied vor dem Ordensgebäude war ich Nate nicht mehr begegnet. Wie es aussah, hatte er mein Training jetzt offiziell an Lyla abgegeben. Und obwohl sie nett war und ich wirklich viel von ihr lernte, fehlte mir Nate. Wie konnte man jemanden, der jahrelang kein Teil deines Lebens gewesen war, plötzlich so sehr vermissen, nur weil er für eine kurze Zeit wieder einen Platz darin eingenommen hatte?

Als ich das Gebäude verließ, zog ich den Reißverschluss meiner Jacke bis zum Hals hoch – und bemerkte Ailsa in der Nähe der Tür.

Nach wenigen Sekunden lief sie neben mir her, die untere Hälfte ihres Gesichts komplett in ihrem Schal verborgen – und hielt mir wortlos einen Zettel hin.

Da war nur ein ganz kurzes Stolpern in meinen Schritten. »Ist es das, was ich denke, das es ist?«

»Ja. Es hat mich eine Ewigkeit gekostet, aber ich habe die Liste derjenigen, die damals mit uns im Camp dabei waren, um Adressen und Social-Media-Profile ergänzt. Jetzt ist sie so vollständig, wie sie nur sein kann.«

Ich blieb stehen und überflog die Liste: Neben unseren Namen standen da auch Jack, Rebekah, Himiko, Mohammed, Andrew, Amy, Erin, Savina, Keir, Hannah, Rachel, Matthew … So ging es immer weiter, ohne dass ich einen der Namen wiedererkannte oder mich an die dazugehörigen Gesichter erinnerte. Bis auf einen, der, genau wie fünf andere, bereits durchgestrichen war: Cameron MacLean.

Bei der Erinnerung an seinen Tod breitete sich Kälte in mir aus und legte sich wie ein eisiger Klumpen in meinen Magen. Er war tot – und das nur wegen einer Blutsbrüderschaft zwischen ein paar Kindern, die sich dafür ausgerechnet die Standing Stones von Callanish ausgesucht hatten. Aber woher hätten wir auch wissen sollen, dass dieser Ort einst der Schauplatz eines brutalen Kampfes zwischen dem Orden und den Hexen auf der einen und einem der mächtigsten Dämonen aller Zeiten auf der anderen Seite gewesen war? Noch weniger hätten wir ahnen können, dass die Magie, die den Brollachan im Stein gefangen hielt, mit der Zeit nachließ. Und dass es anscheinend nur ein paar Tropfen unschuldigen Blutes brauchte, um einen jahrhundertealten Zauber aufzulösen.

Ailsa musste meinen zweifelnden Gesichtsausdruck bemerkt haben, denn sie seufzte leise. »Mir ist egal, was Levi sagt. Wir brauchen dich. Scheiße, wir brauchen jeden, den wir kriegen können. Einer von uns ist schon tot. Ich hab keine Lust, bei den anderen auch zu spät zu kommen. Du etwa?«

»Nein, natürlich nicht.«

»Dann hilf uns. Die eingekringelten Adressen sind für Jax«, erklärte Ailsa. »Wenn du ihn begleitest, könnt ihr beide Richtung Südwesten fahren und sie euch zusammen vorknöpfen. Levi ist vor einer Stunde nach Edinburgh aufgebrochen, Tommy ist nach Norden gefahren und ich habe meine eigene Liste für die Westküste.«

»Moment mal«, fiel ich ihr fast ins Wort. »Warum macht ihr euch alle allein auf die Suche, während ich …« Während ich mich ausgerechnet mit Jax zusammentun musste?

Das Zucken in Ailsas Mundwinkel gefiel mir überhaupt nicht. »Sei froh, dass ich dich überhaupt gefragt habe. Wenn es nach deinem Bruder ginge, würdest du immer noch auf der Ersatzbank sitzen. Ich habe keine Lust darauf, dass er mich anschreit, wenn er es herausfindet, also ist es für alle besser, wenn du dich jemandem anschließt. Und Tatsache ist nun mal, dass du die Einzige von uns vieren bist, die keine aktive Kraft hat. Sollte es zu irgendwelchen Zwischenfällen kommen, können wir uns verteidigen und Tommy ist zumindest rechtzeitig gewarnt und kann abhauen – und ja, ich weiß, dass deine Wunden von allein heilen«, fügte sie hinzu, als ich schon Luft holte, um zu widersprechen. »Was übrigens ziemlich cool und echt praktisch ist. Aber falls wieder Dämonen auf der Bildfläche auftauchen, bist du mit Jax besser dran. Außerdem kannst du ihn heilen, und das ist auch für ihn praktisch.«

Ich rollte mit den Augen. »Das bedeutet nicht, dass ich einen ganzen Nachmittag mit ihm verbringen will.« Trotzdem faltete ich den Zettel zusammen und steckte ihn ein.

»Arbeitet ihr nicht beide im Pub?«

»Eben. Zwei Mal die Woche ist mehr als genug.«

Sie grinste kurz. »Dann gewöhn dich besser dran. Wir stehen

nämlich erst am Anfang der Suche. In diesem Camp waren um die vierzig Kinder und die wenigsten von ihnen melden sich telefonisch oder online zurück. Außerdem ist es besser, ihnen ins Gesicht sehen zu können, wenn wir über Dämonen und magische Kräfte reden.«

Da hatte sie recht. Bisher war es nur eine Vermutung, dass es sich um dreizehn Kinder handelte, aber selbst wenn es einige mehr oder weniger waren – wir waren noch meilenweit davon entfernt zu wissen, wer von den Namen auf der Liste noch eine Kraft des Dämons abbekommen hatte.

Toll. Wirklich toll.

»Ich muss jetzt los.« Ailsa tippte mir im Vorbeigehen auf die Schulter. »Du schaffst das schon. Vielleicht werden du und Jax sogar noch Freunde.«

Na sicher doch.

Stirnrunzelnd sah ich ihr nach, dann machte ich mich auf den Weg zum Pub. Obwohl das Ganze hinter Levis Rücken geschah, war ich seltsam erleichtert, wieder mit dabei zu sein. Auch wenn ich die anderen erst vor Kurzem kennengelernt hatte und noch kaum kannte, verband uns etwas Wichtiges. Ich wollte ihnen helfen. Wollte sie retten. Uns. Auch wenn das bedeutete, den restlichen Tag mit Jax im Auto zu verbringen. Aber hey: Was sollte da schon schiefgehen?

Kapitel 32

Was sollte da schon schiefgehen?

Nur ein paar Stunden später bereute ich diesen Gedanken zutiefst. Jax und ich waren sofort in seinem Wagen losgefahren und hatten Dundee kurz darauf hinter uns gelassen. Es dauerte nicht lange, bis wir die erste Person von unserer Liste aufgespürt hatten: Matthew Boyle. Im Gegensatz zu uns hatte er erstaunlich klare Erinnerungen an das Camp. Er erzählte uns, wie er den Campleitern zusammen mit Levi und ein paar anderen einen Streich gespielt hatte, bei dem sie fast eine der Holzhütten unter Wasser gesetzt hatten, und wie sie danach zur Strafe abends immer beim Aufräumen helfen mussten.

»Hey, jetzt erinnere ich mich an dich!«, hatte er plötzlich gerufen und auf mich gedeutet. »Natürlich. Levis kleine Schwester. Du siehst heute ganz anders aus.«

Ich hatte nur ein schmales Lächeln zustande gebracht. »Das passiert mit der Zeit.«

»Damals warst du dieses kleine dürre Mädchen mit den zwei Zöpfen und der Zahnspange. Eine der Jüngsten in der Gruppe, glaube ich. Und du bist ständig diesem Jungen nachgerannt, in den du so verknallt warst.«

Mein Gesicht glühte. Konnte sich bitte der Erdboden auftun und mich verschlingen? Jetzt sofort?

Neben mir krümmte sich Jax vor Lachen. Ich warf ihm einen bitterbösen Blick zu, aber er grinste nur breit. Dieser Mistkerl genoss das hier auch noch.

»Ich denke, wir können jetzt gehen«, knurrte ich und griff nach Jax' Arm, um ihn wegzuziehen, doch er rührte sich nicht von der Stelle.

»Nein, ich muss unbedingt das Ende dieser Geschichte erfahren.«

»Jax …«, zischte ich warnend.

»Was, wenn *ich* dieser geheimnisvolle Typ war, in den du so verknallt warst und dem du nachgelaufen bist wie ein kleines Hündchen?«

»Selbst wenn es so wäre: Ich war acht Jahre alt. Da leidet man schon mal an Geschmacksverirrung.«

Matthew gab einen erstickten Laut von sich und verbarg sein Lachen hinter seinem Wasserglas. Jax hingegen schüttelte belustigt den Kopf.

Da Matthew keinerlei Erinnerungslücken aufwies, uns nichts von übernatürlichen Kräften erzählte und ich auch kein Summen in seiner Gegenwart verspürte, verabschiedeten wir uns nach einer Weile wieder.

Unser nächstes Ziel befand sich in Glasgow und die Fahrt dahin dauerte viel zu lange für meinen Geschmack.

»Wie lange willst du eigentlich noch schmollen?«, fragte Jax nach einer Weile und setzte den Blinker, um von der Autobahn herunterzufahren.

»Ich schmolle nicht.«

Er gab einen Laut von sich, der wie ein unterdrücktes Lachen klang. Womöglich war es auch ein ungläubiges Schnauben.

»Ich kann nur nicht fassen, dass Ailsa mich als deinen Babysitter abgestellt hat.«

»So würde ich das nicht nennen.« Er warf mir einen kurzen Seitenblick zu und zog die Brauen hoch. »Eher als meine persönliche Krankenschwester. Und hey, du wolltest doch wieder im Einsatz sein, oder nicht?«

Schon, aber nicht so. Auch wenn ich widerwillig zugeben musste, dass Jax und ich nicht nur im Pub ein gutes Team waren.

Als ich wieder zu ihm hinüberschaute, lag ein äußerst erheiterter Ausdruck auf seinem Gesicht. »Was?«

»Nichts. Ich stelle mir dich nur gerade in einem Krankenschwestern-Outfit vor.«

»Arschloch.«

Er grinste. »Ich bin sicher, es würde dir ganz fantastisch stehen.«

»Träum weiter.«

»Keine Sorge, mittlerweile habe ich genug Stoff für meine Träume.«

Bildete ich mir das ein oder war seine Stimme eine Spur tiefer und rauer geworden? Ich presste die Oberschenkel gegeneinander und versuchte, das verräterische Kribbeln in meinem Bauch mit aller Macht zu unterdrücken. Oder es wenigstens zu ignorieren.

»Glaub mir, wenn ich die Wahl hätte, würde ich nicht hier mit dir sitzen. Und dich auch nicht heilen.«

»Autsch«, murmelte er, klang aber noch immer amüsiert. »Das trifft mich wirklich *zutiefst*.«

»Ich bezweifle, dass dich irgendetwas oder irgendjemand treffen kann.«

»Auch wieder wahr. Wir sind übrigens da.«

Vor uns erstrahlte die bekannte Mischung aus alten Sandsteingebäuden und den modernen Bauten Glasgows in der untergehenden Sonne. Es war wie ein letztes Aufbegehren der Stadt, bevor sie von der Dunkelheit verschluckt wurde. Die Nacht kam zurzeit viel zu früh und viel zu schnell. Mein erster Tag an der University of Dundee, als ich in den warmen Sonnenschein hinausgetreten und zum ersten Mal das Wappen des Ordens an einer Hausmauer entdeckt hatte, kam mir ewig her vor. Wie in einem anderen Leben.

»Also, wie heißen unsere Zielpersonen hier noch mal?«, fragte

Jax, während wir uns in den Straßenverkehr einfädelten, der in die Stadt führte. Wir hatten es pünktlich zur Rushhour geschafft. Großartig.

Ich warf einen Blick auf das Papier in meinem Schoß. »Himiko und Ryu Nagasaki. Ailsa hat anscheinend ziemlich lange nach den Geschwistern gesucht, weil sie oft umgezogen sind. Hier stehen drei verschiedene alte Adressen, allesamt durchgestrichen.«

Neben mir runzelte Jax die Stirn. »Also wissen wir gar nicht, wo wir hinmüssen? Nur dass sie irgendwo in Glasgow sind?«

»Jein. Hier ist die Adresse eines Restaurants, in dem Ryu angeblich arbeitet. Ailsa hat online Fotos von ihm aufgespürt und mit deren Social Media Postings abgeglichen.«

Jax erwiderte nichts, aber ich ahnte, was er dachte: Die Chance, diese beiden Leute zu finden, war ohnehin nicht besonders groß gewesen, jetzt aber noch geringer als zuvor. Ohne Wohnadresse konnten wir nicht einfach so an die Tür klopfen wie bei Matthew. Und darauf zu hoffen, dass Ryu tatsächlich in diesem Restaurant arbeitete und gerade Schicht hatte, war ein Glücksspiel. Nicht sonderlich vielversprechend, aber die einzige Spur, die wir im Moment hatten.

Rund zwanzig Minuten später erreichten wir das Lokal, aber Jax hielt nicht an, sondern fuhr daran vorbei.

»Was hast du vor?«

Er setzte den Blinker und bog ab, als wüsste er genau, wo es hinging. »Der letzte Kerl mit einer dämonischen Kraft, den du in der Öffentlichkeit angesprochen hast, ist vor uns weggerannt. Keine Ahnung, wie es dir geht, aber ich habe keine Lust auf eine weitere Verfolgungsjagd.«

»Was schlägst du vor? Sollen wir uns von hinten anschleichen und die beiden festhalten? Weil das ja sicher gut ankommen wird.«

Seine Mundwinkel zuckten. »Zumindest laufen sie dann nicht

weg. Lass uns einfach vorsichtig sein und diese Leute erst mal beobachten, bevor wir in Aktion treten, okay?«

»Okay«, erwiderte ich nach einem Moment. Zumindest war es einen Versuch wert.

Jax parkte den Wagen zwei Seitenstraßen vom Restaurant entfernt. Als ich ausstieg, war ich überrascht über die Lautstärke, die hier herrschte. Es gab viel mehr Menschen und Autos als in Dundee. Mehr Pubs, Restaurants und Klubs. Und vor allem mehr Künstler und Künstlerinnen, die für etwas Geld Instrumente spielten und sangen. Und das auch noch richtig gut.

Seltsam eigentlich. Ich hatte bereits in Edinburgh und London gewohnt und auch eine Weile in Glasgow gelebt, trotzdem kam mir hier alles zu laut und voll vor. Wie es aussah, hatte ich mich mehr an Dundee gewöhnt, als mir bisher klar gewesen war. Es war nicht nur der Ort, an dem ich studierte, sondern mein Zuhause geworden. Und aus irgendeinem Grund zauberte dieser Gedanke ein Lächeln auf mein Gesicht.

Seite an Seite gingen Jax und ich denselben Weg zurück, den wir mit dem Auto genommen hatten, und näherten uns dem Restaurant.

»Ich werfe einen kurzen Blick rein«, sagte Jax und joggte los, ehe ich ihn aufhalten konnte.

Seufzend blieb ich draußen stehen und holte mein Handy hervor, um beschäftigt zu wirken. Allerdings starrte ich nicht die ganze Zeit aufs Display, sondern sah immer wieder zur Eingangstür, hinter der Jax verschwunden war.

Auf einmal bemerkte ich ein leises Summen in meinem Brustkorb. Ganz schwach nur, aber eindeutig da. Ich riss den Kopf hoch und musterte die Passanten in meiner Nähe, aber keiner von ihnen ließ plötzlich Feuer entstehen oder bewegte Dinge allein mit der Kraft seines Geistes. Als Jax aus dem Restaurant kam und sich kurz umsah, war das Summen wieder verschwunden.

»Hast du gerade deine Kräfte eingesetzt?«, fragte ich ihn sofort.

»Sehe ich so aus, als hätte ich Lust darauf, dass jemand die Feuerwehr ruft?« Er runzelte irritiert die Stirn. »Nein, ich hab meine Kräfte nicht eingesetzt. Warum fragst du?«

»Dann hast du das eben nicht gespürt?«

»Was gespürt?«

»Du weißt schon! Dieses Summen. Ich war mir sicher, dass da etwas war …« Meine Stimme verlor sich.

Wenn ich genau darüber nachdachte, war es nur schwach gewesen, wie aus weiter Ferne. Ein bisschen so wie bei Tommy. Bei ihm merkte ich auch nur selten, wenn er wieder mal Gedanken las. Trotzdem war da eindeutig etwas gewesen … oder nicht?

Ich schüttelte den Kopf. »Was hast du herausgefunden?«

»Dass der gute Ryu Nagasaki tatsächlich hier arbeitet. Er hat zwar heute keine Schicht, kommt aber immer um diese Zeit vorbei, um Abendessen für sich und seine Schwester abzuholen.«

»Wirklich?«

Er nickte. »Ich hab mich als einen alten Schulfreund von ihm ausgegeben. Jetzt müssen wir nur noch auf ihn warten, hoffen, dass das Summen tatsächlich etwas mit ihm zu tun hat, und ihn am besten nicht sofort verschrecken, wenn wir ihn ansprechen.«

Bei Cameron MacLean, dem Kerl mit der Naturmagie hatte das ja eher weniger gut geklappt. Ich konnte nur hoffen, dass es dieses Mal anders sein würde – und dass Jax und ich nicht zu spät kommen würden. Nicht schon wieder.

Jax schien etwas von meinen Gedanken zu ahnen. »Diesmal wird es funktionieren. Nur weil man nicht sofort Ergebnisse sieht, heißt das nicht, dass man keinen Erfolg haben wird. Und jetzt komm.« Er griff nach meiner Hand und zog mich mit sich, ein Stück weg vom Restaurant, damit wir nicht mehr so auffällig davor herumstanden.

Ich sah auf meine Hand in seiner hinab. Früher hatte er mich nie berührt. Mit Worten und mit Blicken, ja, aber nie direkt. Nie Haut an Haut.

»Seit wir herausgefunden haben, dass ich dich heilen kann, bist du sehr touchy-feely geworden«, stellte ich trocken fest.

»Vielleicht genieße ich es nur, deine heilenden Hände auf meinem Körper zu spüren. Schon mal darüber nachgedacht?« Er warf mir ein selbstsicheres Lächeln zu.

Ich schnaubte. »Perversling.«

»Hey, ich habe nie gesagt, *wo* ich es genießen würde, deine Hände auf mir zu spüren. Die schmutzigen Gedanken stammen ganz allein von dir.«

Wider Willen musste ich lachen – und erstarrte. Denn da vorne, nur wenige Schritte von uns entfernt, lief ein großer, schlanker junger Mann mit schwarzen Haaren, der dem Social-Media-Foto von Ryu ziemlich ähnlich sah. Er blickte sich in alle Richtungen um, als würde er nach jemandem suchen – oder sich verfolgt fühlen. Mit den Fingern der rechten Hand tippte er sich nervös gegen den Oberschenkel.

Ich packte Jax am Arm. »Da vorne ist er!«

Und wir standen wie das Reh im Scheinwerferlicht mitten auf dem Gehweg und starrten ihn an. Verflucht. Auffälliger ging es ja wohl kaum, oder?

Ryu würde uns jede Sekunde bemerken – und wissen, dass wir seinetwegen hier waren. Und so paranoid, wie er bereits wirkte … Es war schon jetzt wie eine Wiederholung der Begegnung mit Cameron. Der kurze Blickkontakt. Das Wegrennen. Die ungeplante Verfolgungsjagd. Und dann …

Ohne Vorwarnung zog Jax mich in einen Hauseingang und drückte mich gegen die Mauer. »Schneeflöckchen?«

Mir blieb gerade mal genug Zeit, um fragend aufzusehen. In dem Moment beugte sich Jax zu mir herunter – und presste seinen Mund auf meinen.

Kapitel 33

Im ersten Moment war ich zu überrumpelt, um überhaupt etwas zu tun oder zu denken. Dann packte ich Jax an seinem Shirt und begann den Kuss zu erwidern.

Zuerst erstarrte er, als hätte er nicht mit dieser Reaktion gerechnet, schlang dann jedoch den Arm um mich und zog mich näher an sich.

Seine Lippen waren weich und fordernd, als sie über meine strichen. Was als Ablenkungsmanöver begonnen hatte, entwickelte sich schnell zu mehr. Viel mehr. Ich legte die Arme um seinen Hals und vergrub die Finger in seinem Haar, damit er nicht aufhörte, damit das hier nicht so schnell endete, wie es angefangen hatte.

Ein tiefes Stöhnen drang aus seiner Kehle. Mit den Zähnen streifte er meine Unterlippe, gleich darauf drang seine Zunge vor und fand den Weg in meinen Mund. Diesmal war ich diejenige, die gedämpft aufstöhnte. Und … verdammt, wenn er mich nicht festhalten würde, hätte ich mich kaum noch aufrecht halten können. Dafür waren meine Knie viel zu weich geworden.

Jax zu küssen, war, wie zu nahe an einem offenen Feuer zu stehen. Seine Lippen, seine Berührungen brannten auf meiner Haut, sein Körper strahlte unheimlich viel Hitze aus. Ich sollte zurückweichen, bevor ich mich verbrannte, aber ich konnte nicht. Ich wollte mehr davon.

Als Jax schließlich den Kopf hob, blieb er mir so nahe, dass ich seinen warmen Atem auf meinen Lippen fühlen konnte. Zuerst sah er mir nur tief in die Augen, dann verzogen sich seine Mundwinkel zu diesem typischen lässigen Lächeln, das mich in den Wahnsinn trieb. »Wenn du mir eine runterhauen willst, wäre jetzt der richtige Zeitpunkt dafür.«

Sekundenlang konnte ich ihn nur anstarren, bis ich einen vernünftigen Satz zustande brachte. »Du hast mich geküsst.«

»Ich bin froh, dass du das richtig erkannt hast.« Mit dem linken Unterarm stützte er sich neben meinem Kopf an der Wand ab und nahm mir so die Sicht auf den Gehweg.

»Du kannst nicht einfach irgendwelche Leute küssen!«

Er lachte lautlos. »So wie du das sagst, klingt es wie ein Angriff.«

»Das war es auch!«, zischte ich.

Sein Blick wanderte von meinem Gesicht zu meinen Fingern, die in seinem Shirt vergraben waren, als würde ich ihn um jeden Preis festhalten wollen. Sofort ließ ich ihn los.

Er schmunzelte nur. »Soll ich dich noch mal küssen, damit du die Wahrheit sagst?«

»Bitte nicht. Das ist keine Erfahrung, die ich wiederholen möchte.«

Er lehnte sich zu mir herunter, um mir die nächsten Worte ins Ohr zu raunen. »Lügnerin.«

Ein heißer Schauer kroch meinen Rücken hinunter. Ein Schauer, für den ich mich in diesem Moment ebenso sehr hasste wie Jax. Hätte er nie den Mund aufgemacht, wäre das mit der Anziehung zwischen uns in Ordnung gewesen. Aber er musste ja unbedingt ein Großmaul sein, das seine Sprüche raushaute – und zusätzlich auch noch Wahrheiten, die ich nicht hören wollte.

»Das war der einzige Weg, um nicht gesehen zu werden«, beharrte er, als ich nichts erwiderte.

»Ach ja?« Ungläubig starrte ich ihn an. »Wolltest du ursprünglich nicht allein herfahren? Wen hättest du dann geküsst?«

Statt einer Antwort grinste er nur – und musterte mich von oben bis unten mit einem Blick, der viel zu aufgeladen war. So langsam und eindringlich, dass ich das Gefühl hatte, gleich zu schmelzen, wenn er nicht woanders hinschaute. Was er dann auch endlich tat. Jax drehte sich etwas und sah zum Restaurant hinüber.

Zu meiner Überraschung – und grenzenlosen Verärgerung – musste ich mir eingestehen, dass er einen guten Ort gewählt hatte, um in Deckung zu gehen. In diesem Hauseingang waren wir weit genug von Ryus Arbeitsplatz entfernt, um nicht aufzufallen, und konnten trotzdem alles erkennen – auch jeden, der ein und aus ging.

Es dauerte nicht lange, bis unsere gesuchte Person mit einer vollgepackten Tüte aus dem Lokal kam.

»Da ist er!« Ich setzte mich in Bewegung, bevor Jax mich davon abhalten konnte. Dennoch war er in Sekundenschnelle an meiner Seite. Ohne einen blöden Spruch auf den Lippen. Voll und ganz auf unsere Mission konzentriert.

Wir folgten ihm die Straße hinunter. Einmal sah er sich kurz um, schien aber dank all der anderen Menschen, die zwischen ihm und uns unterwegs waren, nicht zu bemerken, dass er verfolgt wurde. An der nächsten Kreuzung bog er um eine Ecke. Wir beschleunigten unsere Schritte, um ihn nicht zu verlieren, bogen ebenfalls ab, und –

»Hi.« Ryu stand nur wenige Schritte von uns entfernt mitten auf dem Gehweg, die Tüte mit Essen noch in der Hand, und blickte uns entgegen.

Das schwarze Haar fiel ihm auf eine fast schon nachlässige Art und Weise in die ebenso dunklen Augen. Entweder war das so gewollt oder er machte sich tatsächlich nicht viele Gedanken um sein Aussehen. So oder so war er mit seiner großen, schlaksigen Figur, die durch den offenen langen Mantel, den eng anliegenden Rollkragenpullover und die Jeans nur noch betont wurde, ziemlich gut aussehend. Ob er sich dessen nun bewusst war oder nicht.

»Hallo«, erwiderte ich und versuchte, mich an meinem besten Lächeln. »Du kennst uns nicht, aber wir hätten da eine Frage und …«

»Warte mal«, unterbrach er mich und hob den Zeigefinger, mit dem er nun zwischen Jax und mir hin und her deutete. »Seid ihr etwa das Paar, das da eben so wild neben dem Restaurant herumgeknutscht hat?«

Was?! Ich wollte protestieren, aber als ich den Mund öffnete, kam etwas ganz anderes heraus: »Ja, sind wir. Er hat mich einfach geküsst.«

»Verstehe.« Ein belustigtes Funkeln trat in Ryus schwarze Augen. »War das ein schlechtes Ablenkungsmanöver oder Absicht?«

Jax presste die Lippen aufeinander, schien mit sich zu kämpfen, dennoch presste er dieses eine Wort heraus: »Absicht.«

Mein Herz polterte los. Ich starrte ihn von der Seite an und wünschte mir plötzlich, Tommys Fähigkeit zu besitzen und Gedanken lesen zu können. Andererseits wollte ich lieber nicht wissen, was in Jax' Kopf vor sich ging. Es interessierte mich nicht. Kein bisschen.

»Was –«, begann ich, aber Ryu war wieder schneller.

»Wie heißt ihr?«

»Mein Name ist Faith. Faith Isabelle McGregor. Eigentlich Beauvil, aber unsere Mutter hat uns nach dem Verschwinden unseres Dads ihren Nachnamen annehmen lassen.«

Himmel, warum erzählte ich ihm all das so bereitwillig?

»Jaxon Kerrigan«, ertönte es neben mir. »Aber Jax reicht.«

»Und warum verfolgt ihr mich?«

»Weil du in Gefahr sein könntest«, schoss es aus mir heraus, bevor ich auch nur darüber nachdenken konnte.

»In Gefahr wovor? Vor wem?«, hakte Ryu nach.

Diesmal war es Jax, dem die Worte in einem Schwall über die Lippen kamen. »Vor dem Dämon, den wir vor zehn Jahren auf der

Isle of Lewis, ohne es zu wissen, aus seinem Gefängnis befreit und ihm dabei auch noch die Kräfte gestohlen haben. Er macht Jagd auf uns, um sich seine Magie zurückzuholen.«

Ryus Augen weiteten sich vor Überraschung. Entweder war diese Info neu für ihn – oder er war verblüfft, dass wir Bescheid wussten.

Doch Jax war noch längst nicht fertig: »Wahrscheinlich erinnerst du dich genauso wenig wie wir an das Camp damals, aber wenn du auch zu denjenigen gehörst, die eine dieser tollen Fähigkeiten abbekommen haben – herzlichen Glückwunsch. Du bist in Gefahr. *Scheiße!*« Fluchend wandte er sich ab und rieb sich mit der Hand über den Mund. »Was zum Teufel passiert hier?«

»Was denkst du denn, was passiert?«, antwortete Ryu mit einer Gegenfrage.

Jax funkelte ihn an. Ich konnte ihm ansehen, dass er am liebsten geschwiegen hätte, dennoch spie er die Worte hervor. »Irgendetwas zwingt uns zum Reden und dazu, dir die verdammte Wahrheit zu sagen, ohne auch nur eine Sekunde an die Konsequenzen zu denken.«

»Du bist das«, stieß ich hervor und betrachtete Ryu plötzlich in einem ganz neuen Licht. »Das ist deine Kraft.«

Natürlich. Deshalb haute er eine Frage nach der anderen heraus – und wich unseren an ihn aus.

»Du bringst andere dazu, die Wahrheit zu sagen.«

Es war keine Frage, dennoch nickte er, wirkte dabei allerdings nicht besonders glücklich. »Ich schätze, das ist eine dieser tollen Fähigkeiten, von denen dein Freund erzählt hat.«

»Er ist nicht mein Freund«, widersprach ich sofort. Diesmal eindeutig nicht unter dem Einfluss von Ryus Magie. Oder?

»Aber das wäre er gerne, nicht wahr?«

Jax fluchte gepresst und entfernte sich ein paar Schritte, bevor ich seine Antwort hören konnte.

Ich sah ihm besorgt nach, blieb jedoch bei Ryu, auch wenn mein Herz wie wild schlug und ein Teil von mir geradezu darauf brannte, die Antwort zu erfahren, auch wenn ich es besser nicht wüsste. Das würde alles nur verkomplizieren. »Was hast du mit ihm gemacht?«

»Nichts.« Scheinbar unschuldig zuckte Ryu mit den Schultern. »Wenn ich eine Frage stelle, fühlt sich die Person dazu gezwungen, ehrlich zu antworten, komme was wolle. Sich dagegen zu wehren, führt zu heftigen Kopfschmerzen.«

»Bei dir auch?«, hakte ich sofort nach. »Musst du auch die Wahrheit sagen? Oder wirkt diese Kraft nur bei anderen?«

Diesmal schien sich Ryu zu sträuben. Er kniff die Augen zusammen und biss die Zähne zusammen. Umsonst. Die Antwort platzte geradezu aus ihm heraus: »Es geht in beide Richtungen. Ich muss genauso die Wahrheit sagen, wenn mir jemand eine Frage stellt. Was echt zum Kotzen ist«, fügte er mit einem gequälten Lächeln hinzu.

Ich überlegte fieberhaft. »Warst du in letzter Zeit mal in Dundee?«

»Kann schon sein.«

»Hast du deine Kräfte dort eingesetzt? Vielleicht in einem Kaufhaus?«

»Nicht dass ich wüsste. Aber es ist ja nicht so, als könnte ich das steuern. Ich muss nur mit jemandem reden, schon sagen alle die ungeschönte Wahrheit, ob ich sie hören will oder nicht.«

Wie groß war die Wahrscheinlichkeit, dass ich ihn gespürt hatte, als ich mit Maisie shoppen gewesen war? Kurz bevor der Nuckelavee uns angegriffen hatte?

Verschwindend gering. So lautete die niederschmetternde Antwort. Und selbst wenn Ryu dort gewesen war, das Summen, das ich bei ihm wahrgenommen hatte und immer noch wahrnahm, fühlte sich anders an als das im Kaufhaus, und es war auch viel permanenter, nicht so abrupt und plötzlich wie damals. Aber das bedeutete, dass noch immer jemand in Dundee herumschwirrte, den wir nicht gefunden hatten. Zumindest, falls dieser Jemand nicht Cameron gewesen war.

Ich sah mich kurz um. Wir standen noch immer mitten auf dem Gehweg zwischen einem rötlichen Sandsteingebäude und einem modernen Glaskasten. Passanten liefen an uns vorbei. Jeder könnte uns hören.

Ich wandte mich wieder an Ryu. »Du musst mit uns kommen.«

Er blinzelte verblüfft. »Wie bitte?«

»Du hast mich schon richtig verstanden. Du musst mit uns kommen. Nach Dundee. Ein gefährlicher Dämon wartet nur darauf, dich und uns in die Finger zu bekommen.«

Schnaubend wandte er sich ab. »Ja, okay.«

»Das ist die Wahrheit!« Ich stellte mich ihm in den Weg. »Na los, frag mich.«

»Nur weil *du* es für die Wahrheit hältst, bedeutet das nicht automatisch, dass es auch stimmt.«

»Du solltest ihr besser glauben«, meldete sich Jax plötzlich wieder zu Wort. Er hatte sich uns unbemerkt genähert. »Da draußen läuft ein Dämon herum, der uns jagt – und mit dem ist echt nicht zu spaßen.«

Irritiert zog Ryu die Brauen zusammen. »Ihr meint das wirklich ernst, oder?«

»Ja«, antworteten wir gleichzeitig.

»Er hat schon andere umgebracht, um an ihre Kräfte zu kommen«, sagte ich und erinnerte Jax und mich damit an das vorletzte Mal, als wir zusammen nach jemandem aus dem Camp gesucht hatten. Und daran, wie wir versagt hatten. Ich schob diesen Gedanken zurück in den hintersten Winkel meines Bewusstseins. Was geschehen war, konnte ich nicht ändern, darauf hatte ich keinen Einfluss mehr. Auf das Hier und Jetzt schon. »Früher oder später wird er dich ebenfalls finden, aber zusammen haben wir eine Chance. Wir können … Unsere Kräfte können sich gegenseitig beeinflussen. Wir können einander helfen.«

Zusammen waren wir stärker. Davon war ich überzeugt. Spätestens seit ich Jax durch meine Heilkraft geholfen hatte, seine Feuermagie einzusetzen, ohne sich dabei selbst zu verbrennen.

»So einfach ist das nicht.« Ryu hob die freie Hand, um mich zu stoppen, bevor ich die Frage stellen konnte, die mir auf der Zunge lag. »Ich kann nicht einfach so die Stadt verlassen. Unmöglich.«

»Du bist hier nicht allein, nicht wahr?«, hakte Jax nach.

Mein Blick wanderte zu Ryu, der das Gesicht verzog, als hätte er Schmerzen. »Nein«, gab er schließlich zu. »Da ist noch … meine Schwester.«

Hastig zog ich den zusammengefalteten Zettel aus der Hosentasche und überflog die Namen. »Himiko, richtig?« Ich sah auf. »Was ist mit ihr? Hat sie auch Kräfte?«

»Das … ist … kompliziert«, presste Ryu hervor und massierte sich die Schläfen, als hätte er Schmerzen.

»Wir können sie mitnehmen. Und sie beschützen, genau wie dich. Aber dafür müsst ihr mit uns kommen«, beschwor ich ihn. »Ich habe schon mal mit ansehen müssen, wie dieser Dämon einen von uns tötet, und ich will wirklich nicht, dass euch das Gleiche passiert. Also bitte! Wenn dir irgendetwas an deiner oder der Sicherheit deiner Schwester liegt: Kommt mit uns.«

Kapitel 34

Zu meiner Überraschung waren Ryu und seine Schwester letzten Endes tatsächlich mit uns nach Dundee gekommen. Vermutlich hatte das weniger mit Vertrauen in uns, sondern mehr damit zu tun, dass Ryu jedem von uns ohne Probleme die Wahrheit entlocken konnte. Trotzdem war ich unglaublich erleichtert, sie vor dem Dämon gefunden zu haben.

Knapp zwei Stunden später saßen wir alle im *Jo's* an einem der hinteren Tische. Es war schon spät, aber die Besucher und Besucherinnen aßen und tranken, lachten und unterhielten sich, als hätten sie noch den ganzen Abend vor sich. Als wäre es ein ganz normaler Tag. Und warum auch nicht? Sie ahnten schließlich nichts von der tödlichen Gefahr, die dort draußen lauerte. Sie wurden nicht von einem Brollachan verfolgt, der zurecht wütend auf sie war, weil sie ihm seine Kräfte gestohlen hatten.

Levi stieß als Letzter zu uns und schien nicht glücklich darüber zu sein, mich in der Runde zu sehen. Oder zu erfahren, dass ich mit Jax unterwegs gewesen war und mich somit in Gefahr begeben hatte. Doch das war mir egal. Wir hatten gleich zwei Leute mit dämonischen Fähigkeiten gefunden und niemand war dabei zu Schaden gekommen. Das war das Einzige, was zählte.

Himiko sah ihrem Bruder unheimlich ähnlich. Das gleiche schwarze Haar, jedoch deutlich länger und dicker, fiel ihr über die Schultern auf den Rücken. Sie war ebenfalls sehr schlank, geradezu zierlich, aber nicht so groß wie Ryu. Während der Fahrt hatte sie kein Wort gesagt und tat es auch jetzt nicht. Zwar saß sie neben ihrem Bruder, hielt jedoch Abstand zu allen anderen. Dafür musterte sie jeden von uns aufmerksam durch Augen, die ebenfalls denen von Ryu ähnelten. Doch in Himikos Augen lag ein Schmerz, den ich bei ihm nicht gesehen hatte. Die Art von Schmerz, die sich nicht einmal mit Heilkräften überwinden ließ.

»Himikos Fähigkeit ist anders als meine«, begann Ryu zu erklären und senkte die Stimme, als ein etwas angetrunkener Gast an unserem Tisch vorbeischlenderte. »Wenn ich den Mund aufmache, bringe ich die Leute dazu, die Wahrheit zu sagen, ob sie wollen oder nicht. Aber Himiko …« Er schaute zu seiner Schwester und zögerte, als wäre er nicht sicher, ob er ihr Geheimnis verraten dürfte.

»Ihr Schrei kann vernichten«, meldete sich eine andere Stimme zu Wort.

Alle Blicke richteten sich auf Tommy. Der beachtete uns gar nicht, sondern musterte Himiko vom anderen Ende des Tisches so eindringlich, als würde er in diesem Moment ihre Gedanken lesen.

»Ich habe recht, oder? Deine Stimme ist etwas ganz Besonderes.«

Sie zögerte und sah ängstlich zu Ryu, nickte dann jedoch. Mit einem Mal bewegten sich ihre Finger in einer schnellen Abfolge, die ich nicht entschlüsseln konnte. Sie konnte oder wollte ihre Stimme nicht einsetzen, also unterhielt sie sich in Gebärdensprache mit ihrem Bruder, der auf die gleiche Weise antwortete.

Ich versuchte etwas aus den Handbewegungen herauszulesen, aber es gelang mir nicht. Ich hatte Gebärdensprache nie gelernt, auch wenn ich mir jetzt wünschte, es getan zu haben. Dann könnte ich ebenfalls mit Himiko kommunizieren und vielleicht, nur vielleicht herausfinden, was diesen schrecklichen Schmerz in ihren Augen verursacht hatte.

»Um ehrlich zu sein, fühlen wir uns beide nicht sonderlich wohl damit, das hier zu besprechen.« Ryu deutete um sich.

Der Pub hatte sich zwar bereits ein wenig geleert, aber an der Bar hockten noch immer einige Gäste, und in einer Ecke saßen Barnes und seine Kartenspielgruppe an einem Tisch und wirkten nicht so, als hätten sie die Absicht, demnächst aufzubrechen. Auch wenn ich nicht glaubte, dass sie uns belauschen würden – oder irgendein Wort davon tatsächlich glauben würden –, konnte ich Ryu verstehen. Mir war es mitten in Glasgow schließlich nicht anders gegangen.

Mein Blick fiel auf seine linke Hand, als er wieder mit Himiko kommunizierte. Genauer gesagt auf die verblasste Narbe in seiner Innenfläche.

»Ich habe eine Idee«, sagte ich unvermittelt und stand auf. »Ich weiß, wo wir ungestört sind.«

Kalter Wind erfasste mich, als ich fünfzehn Minuten später auf dem Parkplatz des Broughty Ferry Beach aus dem Auto stieg, und trieb mir den salzigen Geruch des Meeres in die Nase. Ich schlang die Jacke enger um mich. Man hörte das gleichmäßige Rauschen der Wellen bereits, auch wenn ich das Wasser aufgrund der Dünen noch nicht sehen konnte. Der fast volle Mond spendete mehr als genug Licht, trotzdem schalteten wir die Handytaschenlampen ein, um uns einen Weg durch die Dünen zu bahnen.

»Hältst du das wirklich für eine gute Idee?«, fragte Levi zweifelnd.

Ich drehte mich im Gehen zu ihm um. »Du etwa nicht?«

Ich wartete seine Antwort nicht ab, sondern stapfte weiter. Und siehe da, nach wenigen Schritten breitete sich ein atemberaubender Anblick vor uns aus. Das Wasser funkelte im Mondlicht. Sanfte Wellen umspülten den Strand, zogen sich zurück und glitten wieder nach vorne. Von hier aus konnte man unendlich weit auf die Nordsee hinausblicken, aber ich musste den Kopf nur ein bisschen nach rechts wenden, um die vereinzelten Lichter Dundees in der Dunkelheit auszumachen, genauso wie den beleuchteten Hafen. Links in der Ferne erhob sich ein Leuchtturm am Ende einer Klippe.

Wir fanden einen Platz nahe genug am Wasser, ohne gleich nass zu werden. Mir war gar nicht aufgefallen, dass Jax und Tommy sich von der Gruppe entfernt hatten, um etwas Holz zu sammeln. Jetzt legten sie die Äste zu einem Haufen in der Mitte zusammen. Ohne Vorwarnung griff Jax nach meiner Hand. Ich starrte erst auf unsere verschränkten Finger und dann hoch in sein Gesicht. Er hatte die Augen konzentriert zusammengekniffen. Sekunden später leckten erste kleine Flammen an den trockenen Ästen und er ließ meine Hand wieder los.

Überrascht sah ich auf das Lagerfeuer, das er entzündet hatte. Natürlich. Er hatte meine Hand nur genommen, damit ich ihn heilte. Jeder andere Grund wäre lächerlich gewesen. Ich verbannte die Erinnerung an den Kuss in Glasgow, bevor sie sich vor meinem inneren Auge materialisieren konnte. Bevor Tommy sie aufschnappen konnte. Doch das schnelle Hämmern in meiner Brust konnte ich leider nicht so schnell unter Kontrolle bringen.

Wir hatten uns im Kreis um das Lagerfeuer gesetzt, dessen Wärme einen willkommenen Kontrast zum kühlen Wind bildete, der vom Meer her blies. Die Flammen warfen flackernde Schatten auf unsere Gesichter. Levi saß links von mir, Jax rechts. Neben ihm hatte Tommy es sich gemütlich gemacht und neben ihm wiederum saß Ailsa. Den Platz zwischen ihr und Levi hatten Himiko und Ryu eingenommen, wobei sich Himiko noch immer näher an ihren Bruder hielt.

»Das war eine schöne Idee«, sagte Ailsa unvermittelt und zog ein Bein an die Brust. »Ich glaube, ich war noch nie nachts am Strand.«

»Ich auch nicht«, gab Tommy zu und rieb sich über den Nacken. »Schon gar nicht mit so vielen Leuten.«

»Wie ist das eigentlich?«, fragte Levi und stocherte mit einem Zweig im Feuer herum. »Hörst du die ganze Zeit unsere Gedanken? Jeden einzelnen?«

»Nicht ganz. Um ehrlich zu sein, ist es ein bisschen wie ein supernerviger Tinnitus. Ich höre und sehe sie ständig. All die Gedankenfetzen, Erinnerungen, plötzlichen Ideen, Selbstzweifel, Vorwürfe und die nie enden wollenden Was-wäre-Wenns. Aber wenn ich mich auf etwas oder jemanden konzentriere, rücken die anderen Stimmen in den Hintergrund. Dann ist es nur noch wie ein Rauschen, das ich mal mehr, mal weniger deutlich wahrnehme.«

»Alter … du kannst Gedanken lesen?« Ryu schüttelte so heftig den Kopf, dass einzelne Haarsträhnen herumflogen. »Und ich dachte, meine Kraft wäre anstrengend, aber ich will echt nicht mit dir tauschen.«

»Danke«, erwiderte Tommy trocken. Dann bemerkte er das Messer, das ich aus dem Pub hatte mitgehen lassen und jetzt vor mich in den Sand gelegt hatte. »Willst du etwa, dass wir eine neue Blutsbrüderschaft schließen? Damals wussten wir nicht, wie viele Bakterien und Krankheiten wir damit übertragen können. Heute schon.«

Ich zog eine Grimasse. »Das Messer ist symbolisch. Außerdem kann ich heilen, schon vergessen? Das schließt Krankheiten mit ein.«

»Praktisch«, murmelte er und betrachtete meine Hände einen Moment lang.

»Kannst du wirklich heilen?«, meldete sich Ryu wieder zu Wort.

»Ja«, erwiderte ich sofort. »Bisher konnte ich das nur bei Levi und mir selbst. Neuerdings auch bei Jax, aber ich bin mir ziemlich sicher, dass ich das bei euch allen kann.«

»Warum testen wir das nicht gleich mal?« Ailsa begann ihr linkes Hosenbein hochzurollen. Auf ihrem Knie prangte ein riesiger Bluterguss, der im Schein des Feuers dunkelviolett schimmerte.

»Wie ist das passiert?«, fragte Jax, während ich an ihm und Tommy vorbeiging und die Hand behutsam auf Ailsas Knie legte.

»Beim Klettern in den Highlands. Als Ausgleich neben der ganzen Dämonenjagd. Ich hab nicht richtig aufgepasst und bin ausgerutscht. Es sieht schlimmer aus, als es ist, ehrlich.«

Kribbelnde Wärme wanderte von meinen Fingern in ihr Bein. Erst als die Empfindung nachließ, zog ich meine Hand zurück. Die anderen atmeten scharf ein, als sie Ailsas Knie sahen. Kein Bluterguss. Nicht das geringste Überbleibsel der Verletzung, abgesehen von einer ganz leichten gelblichen Verfärbung, die morgen von allein verschwunden sein würde.

»Wow.« Ailsa warf mir ein warmes Lächeln zu. »Das ist echt cool. Danke.«

»Kein Problem.« Ich setzte mich wieder auf meinen Platz.

»Hat deine Heilkraft keine negativen Auswirkungen?«, hakte Ailsa nach und schob den Stoff wieder hinunter. »Ich hab das Gefühl, jede unserer Fähigkeiten hat auch eine andere, nicht ganz so schöne Seite.«

Kurz tauchte die Erinnerung an meine Begegnung mit dem Nuckelavee in meinen Gedanken auf. Der Schmerz. Die Angst. Dieses dunkle Flackern tief in meiner Seele. Der Moment, in dem ich meine Hände nicht zum Heilen benutzt hatte, sondern …

Hastig schob ich diesen Moment beiseite, doch als ich den Kopf hob, begegnete ich Tommys Blick. Verdammt. Hatte er etwas von diesen Gedanken mitbekommen? Oder hatte er sie ausgeblendet wie die meisten anderen?

»Faith kann nicht jeden heilen«, kam mir Levi zu Hilfe. »Nur uns – und das auch nur bis zu einem gewissen Grad. Nie zu hundert Prozent. Und bei normalen Menschen funktioniert es gar nicht.«

Ryu räusperte sich. »Ich traue mich gar nicht zu fragen …«

»Unsere Mum ist krank«, erklärte ich. »Ich brauche keinen Wahrheitszauber, um das zu sagen. Sie ist schwerkrank und ich kann ihr nicht helfen.«

Obwohl ich *alles* dafür tun würde …

»Das tut mir leid«, murmelte Tommy und sah überallhin, nur nicht in meine oder Levis Richtung, als wollte er unter allen Umständen vermeiden, durch unsere Gedanken mehr darüber zu erfahren. Verübeln konnte ich es ihm nicht.

»Das ist echt scheiße«, kam es von Ailsa.

Ryu und auch Himiko nickten. Und Jax … Jax beobachtete mich von der Seite, als würde er versuchen, ein Rätsel zu lösen, aber er sagte kein Wort.

»Es hat nicht nur Vorteile«, sprach ich schnell weiter. »Ich kann keine normalen Kopfschmerzen oder Periodenkrämpfe verschwinden lassen. Oder wenn mir die Füße nach einer langen Schicht im Pub wehtun.«

Diese Aussage entlockte den meisten wenigstens ein schwaches Lächeln, doch die Stimmung blieb gedrückt. Mist.

Ailsa holte tief Luft. »Wenn ich den Wind kontrolliere, kann ich nicht atmen«, gab sie stockend zu. »Es ist einfach nicht möglich. Es fühlt sich an, als würde ich langsam ersticken, wann immer ich diese Magie einsetze.«

»Ich hab mich mal beinahe selbst ins Gefängnis gebracht, weil ich gestanden habe, Essen und Süßigkeiten geklaut zu haben«, platzte Ryu heraus. »Und ein Auto. Aber dann war der Polizist doch zu peinlich berührt über seine Pornosammlung und dass er die Strafzettel seiner Frau regelmäßig verschwinden lässt, also bin ich ohne Strafe davongekommen. Gerade so.«

»Was?!«, rief ich und sah ungläubig von einem zum anderen. Das war jetzt nicht wahr, oder?

Tommy grinste. »Ich habe einen Schulabschluss mit Bestnoten, weil ich alle Antworten von den anderen gehört habe. Ich musste nicht mal lernen.«

Tadelnd schüttelte Ailsa den Kopf. »Das ist Betrug. Du hast gecheated.«

»Hey, was kann ich dafür, wenn ich die Antworten einfach höre, ob ich will oder nicht?«, verteidigte er sich. »Und ich kann definitiv nichts dafür, dass ich herausgefunden habe, dass mein verheirateter Lehrer seine Frau mit zwei Kolleginnen und der Mutter einer seiner Schülerinnen betrogen hat. Diese Bilder haben sich auf ewig in meinen Kopf eingebrannt.«

Levi lachte laut auf. »Dein Ernst, Mann?«

Tommy nickte mit Grabesmiene. »Ich meine es todernst.«

»Oh mein Gott.«

Es dauerte eine ganze Weile, bis das Lachen wieder abebbte und die Stimmung seltsam ernst wurde.

»Wie habt ihr …«, begann Ryu, klappte den Mund jedoch schnell wieder zu und schüttelte den Kopf. »Ich sollte nicht derjenige sein, der euch das fragt.«

Weil wir dann gezwungen wären, zu antworten, er uns aber nicht gegen unseren Willen dazu bringen wollte. Ich lächelte Ryu dankbar an. Wir mochten uns zwar erst seit heute Abend kennen, aber er achtete auf seine Mitmenschen. So viel hatte ich schon über ihn gelernt – und das war verdammt viel wert.

Tommy wechselte einen Blick mit ihm. »Er möchte wissen, wie es für uns war, als wir unsere Kräfte das erste Mal entdeckt haben.«

»Beschissen.«

Überrascht sah ich zu Jax hinüber. Von allen Anwesenden hätte ich am wenigsten damit gerechnet, dass ausgerechnet er darauf antworten würde. Und auch noch als Erster.

»Ich hab das halbe Haus niedergebrannt und mich selbst ins Krankenhaus befördert. Es hat erst aufgehört, als ich bewusstlos war.« Er ballte die Hand zur Faust. Die Hand, die mittlerweile keine Narben von damals mehr aufwies, im Gegensatz zu seinem Hals und wahrscheinlich auch einem Teil seines Oberkörpers.

Zuerst hatte ich nicht begriffen, weshalb er nicht wollte, dass ich auch diese Narben heilte, doch so langsam begann ich ihn zu verstehen. Sie schienen eine Erinnerung an damals zu sein und zugleich eine Warnung davor, es nicht mehr so weit kommen zu lassen. Nie mehr die Kontrolle zu verlieren.

Ich öffnete schon den Mund, um etwas zu sagen, aber Levi kam mir zuvor.

»Ich hab ein einziges Chaos angerichtet«, erzählte er leise und stocherte wieder mit einem Zweig in den Flammen herum. »Bücher sind aus den Regalen geflogen, ich habe Schubladen herausgerissen, ohne sie zu berühren, Glühbirnen sind geplatzt und Fenster zersprungen. Ich hatte nicht die geringste Ahnung, was mit mir passiert, und bin immer panischer geworden.«

Ich erinnerte mich daran. Und während Levi davon berichtete, erlebte ich die Ereignisse von damals erneut, allerdings nicht durch seine Augen, sondern durch meine eigenen. Ich hatte schreckliche Angst gehabt. Es war das erste und einzige Mal gewesen, dass mein Bruder mir Angst gemacht hatte. Nicht davor, dass er mir etwas antun könnte, denn das würde er niemals tun, sondern weil er sich selbst so sehr gefürchtet hatte. Weil er so wütend, so panisch und verzweifelt gewesen war.

In der einen Minute war noch alles gut gewesen, ein ganz normaler Nachmittag nach der Schule zu Hause. In der nächsten war alles durch die Luft geflogen. Mum hatte geschrien. Ich hatte mich in einer Ecke zusammengekauert. Dad hatte alles versucht, hatte auf Levi eingeredet in der Hoffnung, ihn zu beruhigen. Vergeblich. Erst als ich aufgesprungen und auf Levi zugerannt war, hatte es aufgehört.

Nein, das stimmte so nicht ganz.

Ich sah an mir hinunter. Eines der Fenster war direkt neben mir explodiert. Ich erinnerte mich nicht mehr daran, wie sich die Glasscherben in meine Haut gebohrt hatten, nur noch an die schneidende Hitze. An den brennenden Schmerz. Daran, wie ich zu Boden gegangen war. Wie Mum, Dad und ein blutverschmierter Levi über mir gekniet hatten. Daran, wie Levi aufstehen und panisch weglaufen wollte, ich aber nach seiner Hand gegriffen hatte. Und mit dieser Berührung hatte die Heilung eingesetzt. Meine eigene und die bei ihm. Sekunden später war zwar unsere Kleidung noch blutig und an manchen Stellen zerrissen gewesen, aber keiner von uns beiden hatte auch nur den geringsten Kratzer davongetragen.

Der Schock hatte Levi dazu gebracht, seine Telekinese in den Griff zu kriegen, und die Berührung hatte uns beide geheilt. Seither achtete er immer darauf, dass es mir gut ging und ich nicht verletzt wurde. Und ich war mir ziemlich sicher, dass er sich diese Sache bis heute nicht verziehen hatte, dabei war es ein Unfall gewesen.

Schweigen breitete sich zwischen uns aus, nachdem er die Geschichte zu Ende erzählt hatte. Niemand sagte ein Wort. In den Gesichtern der anderen konnte ich Schock und Mitgefühl lesen. Und Verständnis. So viel Verständnis, dass es mir beinahe die Tränen in die Augen trieb. Weder Levi noch ich hatten je darüber reden können. Wir hatten nie jemandem etwas davon erzählt. Und als Dad verschwunden war, war nur noch unsere Mutter geblieben, doch die hatte in den letzten Jahren genug mit ihren eigenen gesundheitlichen Problemen zu kämpfen gehabt. Also hatte es nur Levi und mich gegeben. Jetzt so offen darüber zu sprechen und die Geschichten der anderen zu hören, hatte etwas unglaublich Befreiendes. Es war wie die Erlösung für etwas, das wir nie mit böser Absicht getan hatten.

»Willst du wirklich, dass ich das erzähle?«, fragte Tommy plötzlich.

Sein durchdringender Blick war auf Himiko gerichtet, obwohl sie kein einziges Wort gesagt hatte. Aber durch Tommys Gedankenkraft schien sie mit ihm kommunizieren zu können.

Als jetzt alle zu ihr sahen, breitete sich eine zarte Röte auf ihren Wangen aus. Sie sah zu Boden, nickte jedoch unmerklich.

Ryu atmete scharf ein, protestierte aber nicht. Dafür legte er den Arm um seine Schwester und zog sie an sich, bis sie den Kopf gegen seinen lehnte.

Tommy zögerte noch einen Moment, wie um sich zu versichern, dass sie es tatsächlich ernst meinte. Dann holte er tief Luft und begann mit leiser, rauer Stimme zu erzählen: »Es war kurz nach dem Camp. Wenige Tage danach war noch alles in Ordnung, aber dann haben sich ihre Eltern gestritten. Wieder mal. Normalerweise hat sich Himiko versteckt und abgewartet, bis der Sturm vorbeizieht, aber diesmal war es anders. Diesmal ging sie dazwischen. Sie wollte vermitteln und den Streit schlichten, aber ihre Eltern haben sie einfach ignoriert und immer weitergemacht, sich gegenseitig immer lautere, immer schlimmere Vorwürfe an den Kopf geworfen. Ganz egal, was Himiko gesagt hat, sie haben einfach nicht reagiert. Und dann … dann hat sie angefangen zu schreien.« Tommy nahm den Blick keine Sekunde lang von Himiko, auch wenn sie ihn nicht anschaute, sondern weiter in den Sand vor sich starrte.

Tröstend rieb Ryu ihr über die Schulter. »Ich hab den Schrei gehört und bin in die Küche gerannt. Unsere Eltern waren geschockt und haben aufgehört zu streiten. Himiko hatte ihr Ziel erreicht, aber … das Problem war … sie konnte nicht mehr aufhören. Sie schrie immer weiter, immer lauter, immer schriller. Die Wände fingen an zu beben. Bilderrahmen fielen zu Boden. Glas zersplitterte. Egal, was wir versucht haben, wir konnten sie nicht beruhigen. Sie schrie und schrie und schrie.« Seine Stimme brach.

Ailsa lehnte sich etwas vor und legte die Hand auf seinen Arm. Er lächelte schwach.

»Die Decke ist runtergekommen.« Überraschung und Entsetzen schwangen in Tommys Worten mit, als würde er die Ereignisse gerade selbst durch Himiko und Ryu miterleben. »Das ganze Haus ist eingestürzt. Du hast sie gerettet, aber eure Eltern …«

Ryu presste die Lippen zu einer schmalen Linie zusammen. »Sie haben es nicht geschafft. Es war ein Unfall, aber … seither benutzt Himiko ihre Stimme nicht mehr. Sie redet nicht. Nie.«

Großer Gott.

Ich sah in die Runde, von Himiko und Ryu zu Ailsa, Tommy, Jax, Levi und schließlich in die zuckenden Flammen des Lagerfeuers. Es tat mir so leid um das Mädchen, das versucht hatte, ihre Eltern dazu zu bringen, nicht mehr zu streiten. Es tat mir leid um den Jungen, der die Kontrolle über das Feuer verloren hatte und im Krankenhaus gelandet war. Es tat mir leid um den Jungen, der in völliger Panik Gegenstände durch die Luft fliegen ließ und dabei seine Schwester verletzt hatte. Es tat mir um all diese Kinder leid, die nicht gewusst und nicht verstanden hatten, was mit ihnen geschah und warum sie auf einmal diese Magie besaßen. Magie, mit der sie den Menschen, die sie liebten, wehtaten – und sich selbst.

»Vielleicht wäre es besser, wenn dieser Dämon sich einfach seine Kräfte zurückholt«, murmelte Ryu, seine Schwester noch immer fest im Arm.

»Das willst du nicht.« Levi klang ungewohnt hart. »Er hat sich schon mindestens eine Kraft zurückgeholt und den Kerl dabei getötet. Faith und Jax waren dabei.« Er nickte in unsere Richtung.

»Was sollen wir tun?«, fragte Ailsa und klang dabei zum ersten Mal nicht wie die entschlossene Kämpferin, als die ich sie kennengelernt hatte. Die junge Frau, die stets alles im Griff hatte. Jetzt wirkte sie genauso hilflos wie der Rest von uns.

Aber das waren wir nicht. Wir waren nicht hilflos.

Ich blickte sie alle der Reihe nach an. »Wir machen weiter. Wir suchen die anderen – und wir kämpfen. Zur Not auch gegen diesen Dämon.«

Zustimmendes Gemurmel erklang. Niemand hatte auch nur die geringste Ahnung, was uns bevorstand, doch in dieser Nacht waren wir uns alle einig: Wir standen auf derselben Seite. Uns verband dasselbe Schicksal.

Und noch etwas wurde mir in dieser Nacht bewusst, als Jax und Tommy noch mal zum Wagen gingen, mit dem sie hergefahren waren, und gleich darauf mit einer riesigen Packung Marshmallows und ein paar Getränken zurückkehrten: Ich hatte nie wirklich Freunde gehabt. Oberflächliche Bekanntschaften und lose Freundschaften, ja. Aber Menschen, die füreinander durchs Feuer gehen würden? Die mich wirklich kannten, mit all meinen Stärken und Schwächen? Die von meiner besonderen Gabe wussten? Nie. Es hatte immer nur meine Familie gegeben. Aber … hier mit meinem Bruder, den ich schon mein ganzes Leben lang kannte, und mit neuen Freunden, die ich gerade erst kennengelernt hatte, zu sitzen, war irgendwie … schön.

Zum ersten Mal in meinem Leben hatte ich nicht das Gefühl, mich zurücknehmen, mich verstellen oder anpassen zu müssen, sondern mit den richtigen Leuten am richtigen Ort zu sein. Zum ersten Mal hatte ich das Gefühl, angekommen zu sein.

Und ich würde alles dafür tun, diese Gruppe zu beschützen.

Kapitel 35

»Gute Nacht! Kommt gut nach Hause!«, rief ich, als die letzten Gäste den Pub verließen.

Ich atmete auf. Levi und die anderen wollten noch vorbeikommen, um zu besprechen, wie wir weiter vorgehen würden, und da war es am besten, wenn der Laden leer war.

Seit unserem nächtlichen Ausflug an den Strand war über eine Woche vergangen. Ich hatte damit angefangen, die Britische Gebärdensprache zu lernen, um Himiko verstehen zu können, stand aber noch ganz am Anfang. Wir alle hatten weitergemacht, hatten die Liste mit Namen und Adressen abgearbeitet und dabei jede Menge Leute gefunden, die ein glückliches, normales, magieloses Leben führten. Und einen Grabstein. Da das Grab fast zehn Jahre alt war und das Mädchen unter mysteriösen Umständen sehr plötzlich verstorben war, vermuteten wir, dass sie das erste Opfer des Dämons gewesen war und er sich als Erstes ihre Fähigkeit zurückgeholt hatte. Vermutlich die Beeinflussung, mit der er mich dazu gezwungen hatte, mich selbst beinahe zu erwürgen. Sicher konnten wir nicht sein, allerdings würde es nicht mehr allzu lange dauern, bis auch wir an der Reihe waren. Jax und mich hatte er bereits einmal fast erwischt und wenn er heute noch stärker war als an jenem Tag …

Gänsehaut breitete sich auf meinen Armen aus und ein kalter Schauder kroch mir das Rückgrat hinunter. Ich wollte nicht allzu genau darüber nachdenken und konzentrierte mich lieber darauf, die leeren Gläser vom Tisch abzuräumen und auf das Tablett zu stellen.

Heute Mittag nach der Uni hatte ich mich bereits mit Ailsa getroffen. Eine Person hatten wir nach einem kurzen Telefonat direkt ausschließen können. Sie hatte im Camp zu den älteren Kids gehört, war inzwischen verheiratet und hatte selbst ein Kind, das sie sehr gerne auch einmal in ein Sommercamp schicken würde, wie sie voller Nostalgie erzählte. Keine Erinnerungslücken, keine Kräfte, keine Gefahr. Also hatten Ailsa und ich uns schnell wieder verabschiedet und uns eine weitere Telefonnummer von der Liste vorgenommen. Leider ohne Erfolg. Es war niemand zu Hause gewesen oder zumindest nicht rangegangen.

Ailsa wäre am liebsten hingefahren, nur um sicherzugehen, aber die Person lebte in Deutschland, was für einen schnellen Ausflug einfach zu weit war. Auch wenn Freitag war, hatte ich Verpflichtungen in Dundee – genau wie sie, da sie sich hier in eine WG eingemietet hatte und in einem kleinen Café jobbte. Für mich standen heute Trainingsstunden beim Orden auf dem Plan und direkt im Anschluss ging ich zu meiner Schicht im Pub.

Nate hatte ich seit unserem letzten Training und dem Spaziergang am Flussufer nicht mehr gesehen, was mittlerweile drei Wochen her war. Er hatte sich nicht bei mir gemeldet und ich hatte nicht nachgefragt, weil ich es nicht über mich gebracht hatte. Nein, das stimmte so nicht ganz. Es hatte viel zu viele Augenblicke gegeben, in denen ich das Handy nur zu diesem Zweck in die Hand genommen hatte. Letzten Endes hatte ich es nicht getan, hatte Nate weder angerufen noch ihm eine Nachricht geschrieben, weil wir beide wussten, dass es so besser war. Was nichts daran änderte, dass er mir fehlte … als jemand, der mich noch von früher kannte, als Trainer, als guter Freund, als … egal was.

»Schließt du ab?«

Ich sah auf, aber Josie sprach nicht mit mir, sondern mit ihrem Neffen, der ihr jetzt zunickte. Dann winkte sie zum Abschied und ließ Jax und mich allein im Pub zurück.

Ich ignorierte das plötzliche Hämmern in meiner Brust und räumte den zweiten Tisch ab. Die Gläser und Flaschen klirrten leise, als ich sie zurück zur Bar trug und hinter den Tresen schlüpfte. Zu Jax, der gerade mal anderthalb Meter von mir entfernt die Arbeitsfläche mit einem Tuch abwischte.

Ich stellte das Tablett ab und begann die Sachen wegzuräumen oder in die Spülmaschine zu stellen, wie schon unzählige Male zuvor. Konzentrierte mich ganz auf meine Arbeit. Zumindest, bis Jax hinter mich trat. Es gab ohnehin nicht viel Platz, aber als er sich jetzt mit den Händen rechts und links von mir auf der Arbeitsfläche abstützte, wurde der Raum winzig klein.

Ich hielt den Atem an und wagte es nicht, mich zu rühren.

»Was wird das?«, fragte ich leise.

Verflucht, seit wann klang meine Stimme so gepresst? So belegt?

»Wir haben seit dem Kuss nicht mehr geredet«, raunte er. »Und waren seitdem auch nicht mehr allein.«

Dieser Kuss war das Letzte, woran ich denken wollte – und dennoch tat ich es viel zu oft. Das Gefühl seiner Lippen auf meinen, seiner Zunge in meinem Mund, seines erhitzten, harten Körpers, der sich gegen meinen drückte … All das hatte sich viel zu genau in mein Gedächtnis eingebrannt. Und wie ein Brandmal wurde ich diese Erinnerung einfach nicht los.

Es kostete mich viel zu viel Selbstbeherrschung, die nächsten Worte herauszubringen und dabei vollkommen ungerührt zu klingen. »Es gibt nichts zu bereden. Der Kuss war ein Ablenkungsmanöver, nicht mehr und nicht weniger. Er hatte überhaupt nichts zu bedeuten.«

Nur weshalb raste mein Herz dann allein beim Gedanken daran?

Jax berührte mich kaum, trotzdem war die Versuchung, mich gegen ihn zu lehnen, viel zu groß. Mich einfach gegen seine Brust sinken zu lassen, um ihm noch näher zu kommen und auch das letzte bisschen Abstand zwischen uns verschwinden zu lassen.

»Wenn dieser Kuss nichts zu bedeuten hatte, warum stehst du dann noch hier?«

Mit der Nase strich er hauchzart über meinen Hals, von meiner Schulter hinauf bis zu meinem Ohr. Heiße Schauer rieselten durch meinen Körper und eine Gänsehaut breitete sich in meinem Nacken und auf meinen Armen aus, aber ich rührte mich nicht. Bewegte mich keinen Zentimeter. Atmete nicht einmal mehr.

»Sag mir, dass ich aufhören soll«, befahl er leise. Sein warmer Atem streifte meine Haut bei jeder einzelnen Silbe.

Ich erschauerte unter der Empfindung. Der Berührung. Seinen Worten.

Ganz langsam schob er mein Haar zur Seite. »Sag stopp.«

Ich öffnete den Mund, brachte jedoch keinen Ton hervor. Weil ich nicht wollte, dass er aufhörte. Ich wollte, dass er weitermachte, dass er mich alles andere vergessen ließ.

Diesmal war es nicht seine Nasenspitze, die meinen Hals streifte, sondern seine Lippen. Weich. Feucht. Siedend heiß.

Ich gab jeglichen Widerstand auf und sank gegen Jax. Mein Puls raste. Meine Finger umklammerten den Rand der Arbeitsplatte vor mir. Ich konnte keinen einzigen klaren Gedanken mehr fassen, sondern mich nur noch auf die Empfindungen konzentrieren, die er in mir auslöste. Und in diesem Moment war es das Einzige, was ich wollte. Den Kopf ausschalten und nur noch fühlen. Selbst wenn ich nur zu deutlich wusste, dass ich gerade mit dem Feuer spielte. Das taten wir beide.

Träge strich sein Mund über meinen Hals, während mich sein

Duft einhüllte. Seine rechte Hand wanderte langsam an meiner Seite hinab. Selbst durch den Stoff konnte ich die Wärme, die Berührung überdeutlich spüren, als er erst über meine Taille und anschließend über meine Hüfte abwärts glitt. Tiefer, immer tiefer bis zum Saum meines Rocks – und dann noch ein paar Millimeter weiter, bis seine rauen Finger auf nackte Haut stießen.

Ein Kribbeln breitete sich von der Stelle auf meinem Oberschenkel aus. Nicht die vertraute Empfindung, die sich immer dann einstellte, wenn meine Heilkraft zum Einsatz kam. Nein. Das hier war völlig anders. Selbst die kleinste Berührung löste viel zu viel in mir aus. Ich sollte uns stoppen, so wie er es von mir verlangt hatte. Stattdessen legte ich meine Hand auf seine – und schob sie noch ein Stück höher.

Jax erstarrte hinter mir. Seine Lippen schwebten über meinem Hals, als würde er den Atem anhalten. Als hätte er nicht mit meiner Initiative gerechnet.

»Fuck …« Seine Stimme klang dunkel und kehlig, als er seine Hand höher wandern ließ. Ganz langsam. Im Zeitlupentempo unter meinen Rock und –

Ein lautes Räuspern.

Ich zuckte zusammen. Mein Blick schnellte zum Eingang des Pubs. Im selben Moment trat Jax von mir zurück. Tommy stand in der Tür, seinen Laptop unter den Arm geklemmt, ein amüsiertes Funkeln in den Augen und ein verschmitztes Lächeln im Gesicht.

Ich starrte ihn an.

Kein. Wort.

Entweder las er meine Gedanken oder mein warnender Blick war deutlich genug, denn er kommentierte die Szene nicht. Stattdessen deutete er mit dem Daumen hinter sich. »Ich wollte nur Bescheid geben, dass der Rest auch gleich da sein wird.«

Dann durchquerte er den Raum und steuerte den großen Tisch

an der hinteren Wand an. Ich mied Jax' Blick und setzte mich ebenfalls in Bewegung.

»Danke«, wisperte ich Tommy im Vorbeigehen zu.

»Aber sicher doch.« Seine belustigte Miene war unverändert.

»Wenn du jetzt noch aufhören könntest, so dämlich zu grinsen ...?«

»Keine Chance. Dafür ist das alles viel zu unterhaltsam. Stell dir nur vor, Levi wäre hereingeplatzt.«

Bei der Vorstellung, dass mein großer Bruder an Tommys Stelle hereingekommen und Jax und mich so erwischt haben könnte, verzog ich das Gesicht. Das wäre noch peinlicher gewesen. Wahrscheinlich hätte Levi sich sofort mit Jax angelegt, um meine Ehre zu verteidigen oder so einen Scheiß. Nein, danke. Dann doch lieber Tommy, der sich zwar köstlich darüber amüsierte, dessen Auftauchen aber wenigstens keine weiteren Konsequenzen nach sich ziehen würde. Und der wenige Sekunden später sowieso mit den Gedanken woanders zu sein schien. Mit konzentriert gerunzelter Stirn tippte und klickte er auf seinem Laptop herum. Ich hatte herausgefunden, dass er selbstständig als Webdesigner arbeitete, weil er dadurch nicht ständig in der Nähe von anderen Menschen sein musste, deren Gedanken auf ihn einströmten. In der letzten Woche war er abends öfter vorbeigekommen, als der Pub sich geleert hatte, um hier zu arbeiten, und vorgestern hatte er mich anschließend nach Hause begleitet.

Nach und nach traf der Rest ein und wir versammelten uns an unserem Stammtisch. Einzig Ryu und Himiko fehlten. Sie waren vor ein paar Tagen zurück nach Glasgow gefahren, weil Ryu arbeiten musste. Irgendwie ironisch, dass das normale Leben nicht einfach eine Pause einlegte, während man sich mit magischen Kräften und Dämonen herumschlug. Aber nein. Der Alltag hatte uns alle fest im Griff.

Nachdem Tommy die beiden per Videocall dazu geschaltet hatte, berichteten alle nacheinander von ihren Fortschritten. Ich hörte nur mit halbem Ohr zu und starrte auf die verbliebenen Namen auf der Liste, die noch nicht durchgestrichen waren. Fünfzehn Stück. Noch immer zu viele. Neben zweien hatte Ailsa ein dickes Fragezeichen gemalt, da uns noch immer die aktuelle Wohnadresse und damit jeglicher Hinweis fehlte, dem wir nachgehen könnten.

Als Ailsa von unserem letzten Trip erzählte und meinen Namen erwähnte, hob ich erstmals den Kopf. Überrascht registrierte ich erst Levis finstere Miene, dann breitete sich die Realisation in mir aus, dass sie es anscheinend unter den Tisch hatte fallen lassen, dass der Ausflug mit Jax nach Glasgow keine einmalige Aktion gewesen war, sondern ich Ailsa regelmäßig bei ihren Missionen unterstützte.

Ich räusperte mich und richtete den Blick auf meinen Bruder. »Ich weiß, du würdest mich am liebsten aus allem raushalten, aber das funktioniert nicht. Ich gehöre dazu, ob dir das nun passt oder nicht, also werde ich auch weiterhin nach den anderen suchen, genau wie du. Genau wie wir alle.«

Levi atmete tief durch. Innerlich stellte ich mich schon auf die nächste Tirade ein. Auf weitere Argumente. Auf eine neue Diskussion.

»Eigentlich …«, begann er, »wollte ich vorschlagen, dass wir zusammen zu den nächsten Leuten fahren.«

Moment mal. Was?!

Zwar war ich schon mehrfach mit Jax und mit Ailsa unterwegs gewesen, bisher jedoch nie mit Levi. Dass er mich jetzt nicht nur wieder dabeihaben, sondern die nächste Mission sogar zusammen mit mir angehen wollte, entlockte mir ein Lächeln und ich nickte sofort. »Klar.«

Dann gingen die Besprechungen weiter. Ailsa lächelte still und nickte mir zu. Ich wusste nicht, wie sie es geschafft hatte, Levi zu überzeugen, aber das hatte sie. Und dafür war ich wirklich dankbar.

Als mein Blick den von Jax traf, verging mir das Lächeln schlagartig und mir wurde gleichzeitig heiß und kalt. Er sagte kein Wort, verzog keine Miene, dennoch konnte ich die Erinnerung an das, was da vorhin beinahe zwischen uns passiert war, deutlich in seinen Augen lesen. Ebenso wie das Versprechen, dass das erst der Anfang gewesen war.

Kapitel 36

Am nächsten Tag trafen Levi und ich uns nachmittags in der Innenstadt. Ich hatte den ganzen Samstagvormittag in der Bibliothek mit Lernen verbracht und mich dann mit Maisie zu einem späten Mittagessen getroffen. Den Tag über war es grau und wolkig gewesen, sodass es keinen großen Unterschied machte, als es zu dämmern begann.

»Hey.« Levi wartete vor einem Café auf mich, in dem er sich mit ein paar Freunden getroffen hatte.

»Hey.« Ich bemühte mich, nicht allzu auffällig ins Innere zu schauen, ob noch jemand von ihnen da war … Und ich womöglich jemand ganz Bestimmtes erkannte. Doch von Nate war weit und breit nichts zu sehen. Das Café war so gut wie leer, und im Fenster blinkte lediglich die Weihnachtsbeleuchtung und eine Rudolph-Figur mit roter Nase winkte uns fröhlich zu.

»Können wir los?« Mit dem Daumen deutete Levi hinter sich, vermutlich in die Richtung, in der sein Wagen stand.

Ich wollte schon losgehen, als sich eine vertraute Empfindung schlagartig in mir ausbreitete. Ich packte Levi am Arm und sah ihn aus weit aufgerissenen Augen an. »Sag mir, dass du das auch gespürt hast.«

Falten traten auf seine Stirn und er bekam diesen konzentrierten Gesichtsausdruck, den ich nur zu gut kannte. »Ja, aber nur ganz kurz und heftig. Hast du …?«

Ich schüttelte den Kopf, bevor er die Frage zu Ende brachte. »So war es schon damals mit Maisie im Kaufhaus, kurz bevor wir angegriffen wurden. Es fühlt sich genauso an!«

»Also ist wirklich noch jemand mit einer Kraft in der Stadt.«

Es musste so sein. Das war die einzig logische Erklärung. Es sei denn, der Brollachan war hier und nutzte seine Magie – aber aus welchem Grund sollte er uns dann nicht angreifen? Nein, es musste jemand aus dem Camp sein. Jemand wie wir.

»Warum zeigt sich die Person nicht, so wie Ailsa oder Tommy?«, murmelte ich.

»Wir wissen nicht, wie viel er oder sie weiß und um was für eine Fähigkeit es sich handelt.« Da wir immer noch keinen Zugang zur Sonderabteilung der Ordensbibliothek hatten, wussten wir nach wie vor nicht, welche speziellen Kräfte der Brollachan noch besessen hatte, bevor der Orden ihn eingesperrt hatte – und welche davon womöglich auf uns übergegangen waren.

»Es muss etwas sein, was man aktiv und nur ganz kurz einsetzt«, überlegte ich. »Nicht ständig im Hintergrund wie Tommy und auch nicht so lange, wie es dauert, mich zu heilen.«

Levi nickte nachdenklich, während unsere Blicke suchend durch die Fußgängerzone wanderten. An diesem späten Samstagnachmittag waren viele Leute unterwegs. Eine Familie mit zwei Kleinkindern, warm eingepackt in Jacke, Mütze und Schal. Eine junge Frau mit schwarzen Locken, die aus einer Seitengasse kam und mit schnellen Schritten in einem Laden verschwand. Eine Gruppe Raucher an einer Ecke. Zwei Freundinnen mit Coffee-to-go-Bechern in der Hand. Ein Pärchen mit Einkaufstüten. Nichts deutete auf etwas Übernatürliches hin. Aber es war auch nicht so, dass diejenigen, mit denen wir damals im Camp Blutsbrüderschaft geschlossen hatten, einfach so von ganz normalen Menschen zu unterscheiden waren. Schade eigentlich. Eine leuchtende Aura, die nur wir sehen konnten, hätte alles so viel einfacher gemacht.

»Ich spüre nichts mehr.« Levi sah auf mich hinunter. »Du?«

»Nein«, gab ich widerwillig zu. »Aber ich weiß, dass da jemand war. Irgendwo hier im Zentrum. Und es macht mich wahnsinnig, dass wir sie oder ihn nicht finden können.«

»Noch nicht. Lass uns erst mal die nächsten Namen von der Liste abarbeiten.«

Ich zögerte, doch das Summen blieb aus. Wer auch immer hier eine übernatürliche Fähigkeit hatte und sie in großen Abständen einsetzte, tat es blitzschnell. Zu schnell und zu unregelmäßig, um aufgespürt zu werden. Ich konnte nur hoffen, dass das nicht nur für uns, sondern auch für den Dämon galt, denn ich wollte auf keinen Fall noch jemanden aus unserer Gruppe verlieren.

Widerwillig machte ich mich mit Levi auf den Weg zu seinem Wagen. Mein eigener stand noch auf dem Parkplatz vor der Universitätsbibliothek, da ich nach der ganzen Lernerei dringend frische Luft gebraucht hatte und hergelaufen war.

»Wenn diese Person wirklich hier in Dundee ist«, griff ich das Thema wieder auf, als wir ins Auto stiegen, »dann müsste sie in unserem Alter sein. Das schließt eine Menge Leute aus, aber auch viele mit ein – ungefähr die gesamte Uni, minus die Dozentinnen und Dozenten, plus alle, die hier oder in der Nähe eine Ausbildung machen oder arbeiten.« Ich schnallte mich an und ließ mich anschließend seufzend in den Sitz zurückfallen. »Aber wir können nicht die ganze Stadt durchkämmen. Das würde ewig dauern und am Ende wären wir wahrscheinlich nicht schlauer als vorher. Wir brauchen etwas, bei dem möglichst viele dieser Menschen zusammenkommen. Vielleicht könnten wir sie oder ihn dann aufspüren. So etwas wie ein Fußballspiel vielleicht, oder …«

»Oder den St Andrew's Day nächste Woche?«, schlug Levi vor und wandte sich mir zu.

Blinzelnd sah ich ihn an. »Der Winterball ist an dem Abend, genau wie all die anderen Feierlichkeiten in der Stadt.«

Levi startete den Motor und warf mir einen entschlossenen Seitenblick zu. »Einen Versuch ist es wert.«

Ich wollte mir zwar nicht allzu viele Hoffnungen machen, gab ihm aber im Stillen recht. Einen Versuch war es wert. Die Veranstaltungen in der Innenstadt würden zahlreiche Menschen an einem Ort versammeln. Und auf dem Ball würden fast alle Studierenden der Uni herumlaufen – schließlich fand der nur einmal im Jahr statt und dann auch noch für einen guten Zweck. Maisie hatte mich ohnehin dazu verpflichtet, sie auf den Ball zu begleiten – ob ich wollte oder nicht.

Doch das alles war ein möglicher Plan für später, wenn wir uns mit den anderen trafen. Jetzt musste ich mich erst mal voll und ganz auf das Mädchen konzentrieren, das als Nächstes auf unserer Liste stand: Rebekah. Um ihretwillen hoffte ich, dass sie keine dämonische Kraft geerbt hatte, sondern ein ganz normales Leben führte.

Etwa zweieinhalb Stunden später standen wir vor einem Wohnhaus in Berwick-upon-Tweed, einem kleinen Küstenort und die nördlichste Stadt Englands, direkt an der Grenze zu Schottland. Das weiße, zweistöckige Gebäude mit den Schiebefenstern stand eingebettet zwischen einem kleineren beigefarbenen Haus und einem, dessen Farbe ich im Dunkeln nicht richtig ausmachen konnte. Eine Mischung aus Rosa und Lachsfarben womöglich? Es schien neuer zu sein und hatte eine Etage mehr, wirkte ansonsten aber unauffällig.

Als niemand in dem weißen Haus auf unser Klingeln und Klopfen reagierte, rüttelte ich an der Tür. »Verschlossen.« Ratlos sah ich zu den dunklen Fenstern empor. Ailsas Informationen zufolge war das eindeutig die richtige Adresse und laut Klingelschild wohnte Rebekah direkt unterm Dach.

»Ich mach das schon.« Levi schob mich zur Seite und konzentrierte sich auf das Schloss.

»Warum bin ich neuerdings ständig mit Kriminellen unterwegs?« Trotzdem beobachtete ich fasziniert, wie es klickte und die Tür ganz von allein aufsprang. Nein, nicht von allein. Levis Telekinese hatte das zustande gebracht. »Manchmal bin ich wirklich neidisch auf deine Kraft.«

Er ließ ein kurzes Grinsen aufblitzen, dann ging er als Erstes hinein. »Ich weiß, Schwesterherz. Und ich auf deine.«

Es war still, als wir das Haus betraten. So still, dass ich unsere gepressten Atemzüge überdeutlich wahrnahm, ebenso wie das Knirschen der Bodendielen unter unseren Schuhen. Darum deutete ich nur auf die Treppe, die nach oben führte, statt die Worte auszusprechen.

Wieder ging Levi voraus, um jede Gefahr aufzuspüren und sich ihr entgegenzustellen. Das hatte er schon immer so gemacht – und tat es bis heute, auch wenn ich mittlerweile fast genauso viele Wochen Kampftraining beim Orden hinter mir hatte wie er. Das Verteidigen hatte ich inzwischen problemlos drauf, dafür hatten erst Nate und dann Lyla gesorgt. Inzwischen übte ich verschiedene Angriffstechniken und fühlte mich mit jeder Trainingsstunde sicherer darin.

Nichts davon würde ich Levi sagen. Zum einen war das weder die richtige Zeit noch der richtige Ort für dieses Gespräch. Und zum anderen war mir klar geworden, dass er immer versuchen würde, mich zu beschützen. Genauso wie ich ihn. Er war mein großer Bruder und ich würde so ziemlich alles für ihn tun. Daran würde nichts und niemand etwas ändern. Und solange er mich mit seinem Beschützerinstinkt nicht wieder zu bevormunden versuchte, ging das in Ordnung.

Wir erreichten die oberste Etage ohne Zwischenfälle. Levi wandte sich nach links und öffnete das Schloss auf dieselbe Weise wie unten. Mit der Höflichkeit war es anscheinend vorbei.

Knarrend schwang die Tür vor uns auf und gab den Blick frei auf eine kleine, gemütlich eingerichtete Wohnung. Massive Dachbalken und weiße Wände dominierten das Bild, dazwischen standen helle Möbel. An der Garderobe hingen ein paar Jacken und Hoodies. Mehrere Paar Schuhe standen auf dem Boden, ordentlich aufgereiht, außer ein Paar Chucks, die so aussahen, als hätte ihre Besitzerin sie gerade erst abgestreift.

Leise drückte ich die Tür hinter uns zu. Meine Kehle war wie zugeschnürt. Hier drinnen war es auch so unheimlich leise, obwohl Licht brannte. Also musste jemand zu Hause sein. Dennoch begann sich eine Gänsehaut auf meinen Armen auszubreiten.

Das gleichmäßige Blinken einer Lichterkette lockte uns ins Wohnzimmer. Und dort war sie. Neben dem Regal voller bunter Bücher, das die ganze Wand einnahm, saß Rebekah in einem breiten Lesesessel. Das Buch, das sie gerade las, lag neben ihr auf dem Boden.

»Nein …«, flüsterte ich.

Sie sah beinahe friedlich aus. Die Haut blass. Die Augen geschlossen. Ein paar dunkelbraune Strähnen fielen ihr in die Stirn, als hätte sie sich nicht die Mühe gemacht, sie beiseitezuschieben.

Ich sah von ihrem Gesicht auf ihre Hände, wartete auf eine Regung, auf ein Zucken, doch nichts passierte. Ihre schmalen Finger mit den lilafarbenen Nägeln bewegten sich nicht. Als mein Blick auf ihrem Brustkorb landete, glaubte, nein, hoffte ich, eine Bewegung zu sehen. Das stete Auf und Ab von Atemzügen. Doch ganz egal, wie lange ich hinsah, ganz egal, wie sehr ich es mir wünschte, sie rührte sich nicht. Sie atmete nicht mehr.

»Fuck!« Levi trat gegen den Türrahmen und drehte sich abrupt weg. Er starrte auf einen Punkt an der Wand über dem Kamin, als könnte er den Anblick nicht länger ertragen. »Ich schätze, jetzt wissen wir, dass sie eine Kraft hatte.«

Ja, die hatte sie eindeutig gehabt – und nun war sie tot.

Wir waren zu spät gekommen. Schon wieder.

Kapitel 37

Meine Stimme klang selbst in meinen eigenen Ohren monoton, als ich bei der Polizei anrief und Rebekahs Tod meldete. Ich hielt mich dabei so knapp wie möglich, ohne meinen Namen zu nennen, genauso wie Jax es damals bei Cameron gemacht hatte. Dann legte ich auf und starrte aus dem Fenster, während erst die Küste und dann Edinburgh an uns vorbeibrauste.

Von der Fahrt bekam ich kaum etwas mit, ich fühlte mich wie in Trance, bis die ersten Häuser von Dundee vor uns auftauchten, dicht gefolgt von den Kränen und Containern am Hafen. Die Ölplattformen ragten in die Höhe und ein Frachtschiff hatte angelegt.

Wenige Minuten später parkte Levi den Wagen in der Nähe des *Jo's* und schaltete den Motor aus. »Wir müssen den anderen Bescheid geben.«

Wortlos stieg ich aus. Mein Körper fühlte sich taub an. Ich wusste nicht, warum mich dieser Tod so mitnahm. Sogar mehr als der von Cameron. Vielleicht weil wir heute nicht einmal eine Chance gehabt hatten, dieses Mädchen zu retten. Sie war … einfach tot gewesen. Wer wusste schon, wie lange. Hätte es einen Unterschied gemacht, wenn wir ein, zwei Stunden früher dort aufgetaucht wären? Einen Tag? Wenn wir gestern zu ihrer Adresse gefahren wären, um sie zu warnen, wäre sie dann heute noch am Leben?

Auf dem Weg zum Pub spürte ich Levis Arm auf meiner Schulter. Er drückte mich kurz an sich und suchte meinen Blick. Fragend.

Prüfend. Besorgt. Ich konnte mich an unzählige solcher Situationen erinnern. Meist hatte ich mir wehgetan oder etwas Dummes angestellt, was unweigerlich in einer Verletzung endete. Meine Fähigkeit war praktisch, aber sie machte mich auch leichtsinnig. Das letzte Mal, dass Levi mich so angesehen und sich um mich gekümmert hatte, war, als Mum kurz vor unserem Umzug nach Dundee wegen ihrer Lungenentzündung ins Krankenhaus gekommen war. Dabei ging ihm das alles doch genauso nahe wie mir. Er litt ebenfalls. Damals ebenso wie heute.

»Schon gut.« Ich zwang mich zu einem Lächeln, auch wenn es mir kaum gelang. Aber ich wollte stark sein. Dieses Mal wollte ich auch für ihn stark sein. »Wir hätten nichts tun können.«

Er presste die Lippen zu einer schmalen Linie zusammen. Es dauerte eine gefühlte Ewigkeit, doch schließlich nickte er. »Du hast recht.« Er atmete tief durch, drückte noch einmal meinen Arm und ließ mich dann los. »Danke, Faith.«

Diesmal fühlte sich mein Lächeln ehrlicher an. Es tat gut, dass ich zur Abwechslung meinem Bruder eine Stütze sein konnte, statt immer nur andersherum.

Als wir den Pub betraten, herrschte der übliche Feierabendtrubel. Jax und Freddie standen hinter der Bar und schenkten aus, während Daisy das Essen servierte. Der Geruch von Pommes, Bier, Mac&Cheese und Nachos hing schwer in der Luft. Im Vorbeigehen entdeckte ich Josie, die mit ihrem Laptop in einer Nische saß. Sie war hochkonzentriert; der Lärm um sie herum, die vielen Gäste, lauten Stimmen und Musik schienen sie nicht zu stören.

Es war bizarr, so viel Leben an einem Ort zu sehen, nachdem wir gerade dem Tod begegnet waren.

Ohne noch mal zur Bar zu schauen, folgte ich Levi zu unserem Stammtisch im hinteren Bereich. Ailsa saß bereits dort, eine große Cola mit Eis und Zitronenscheiben – keine Viertel – vor sich. Sie schaute sich etwas auf ihrem Handy an, doch als wir näher kamen, hob sie den Kopf.

Ein Blick in unsere Gesichter genügte und ihre Augen weiteten sich. »Fuck …« Sie ließ das Handy sinken. »Geht's euch gut?«

Ich würde mich nie daran gewöhnen können, dass Leute mich das fragten. Die Heilkraft war zu sehr ein Teil von mir, um mir Sorgen um meine Gesundheit oder körperliche Unversehrtheit zu machen. Ähnlich verhielt es sich bei Levi, wobei der in letzter Zeit häufiger über Kopfschmerzen geklagt hatte. Etwas, das ich leider nicht einfach durch Handauflegen verschwinden lassen konnte. Aber bei seinem Arbeitspensum für die Uni, dem Orden und unserer Suche war es eigentlich kein Wunder, dass ihm hin und wieder der Schädel platzte.

»Wir sind unverletzt«, antwortete er und setzte sich neben sie auf die Bank, während ich mich auf einen Stuhl gegenüber fallen ließ. »Es gab keinen Kampf.«

Wachsam sah sie zwischen uns hin und her. »Also seid ihr … *ihm* nicht begegnet?«

Ich schüttelte den Kopf und schaute mich um. »Wo sind die anderen?«

»Ryu muss arbeiten und Himiko wollte nicht allein herfahren. Aber er hat den Kerl südlich von Glasgow überprüft.« Sie senkte die Stimme, als jemand an unserem Tisch vorbeilief. »Negativ.«

Ich wünschte, wir könnten dasselbe sagen. Gott, ich wünschte es mir so sehr. Und Levi auch, wenn ich seine gefasste Miene richtig deutete. Er war nie der Typ für große Gefühlsregungen gewesen, aber ich kannte ihn lange genug, um die Anzeichen richtig zu deuten. Die schmalen Lippen. Die fast schon unmerklichen Falten zwischen seinen Brauen. Die fahrigen Bewegungen, obwohl er sich ruhig zu geben versuchte. Und so, wie er sich über die Schläfe rieb, schienen die Kopfschmerzen gerade erst zu beginnen.

»Was ist mit Tommy?«, fragte er.

In diesem Moment zog Tommy einen Stuhl am Kopfende des Tisches zurück und setzte sich zu uns. Er wirkte erschöpft. Erschöpfter als ich ihn die ganze Woche über gesehen hatte.

»Alles okay?«, fragte ich und lehnte mich etwas über den Tisch, damit er mich überhaupt verstand. Bis mir wieder einfiel, dass er ja problemlos meine Gedanken lesen konnte. Nun gut. Bis ich mich *daran* gewöhnt hatte, würde es noch eine ganze Weile dauern.

»Mehr oder weniger«, gab er zu und rieb sich über die Stirn. »Es ist echt laut hier.«

Und damit meinte er nicht nur die Geräuschkulisse.

Ich warf ihm ein mitfühlendes Lächeln zu und zog mein Handy hervor. Wie nebenbei registrierte ich, dass es keine Nachricht von Nate gab. Dafür drei von Maisie, die sich um den Wocheneinkauf drehten, und zwei Mails von meinen Professorinnen. Mist. Eigentlich hatte ich nur nach der Uhrzeit schauen wollen. »Noch zwei Stunden, bis der Pub schließt. Hältst du es so lange aus?«

»Oder sollen wir woanders hin?«, schlug Ailsa vor. »Wo es ruhiger ist? Gibt es hier nicht eine Art Pausenraum?«

»Gibt es«, sagte ich, doch Tommy schüttelte bereits den Kopf.

»Das wird keinen großen Unterschied machen. Also, für die Geräusche vielleicht, aber nicht für die Gedanken.«

»Außerdem kann Jax nicht einfach weg«, erinnerte ich sie. »Er muss arbeiten.«

»Stimmt. Mist.«

Besorgt musterte ich Tommy. »Wir können das hier sonst auch verschieben, bis es leerer ist?«

»Nein, schon gut«, presste er hervor und fasste sich an den Nasenrücken. »Bringen wir es einfach hinter uns. Auch wenn ich einen Teil schon weiß.« Sein ruheloser Blick blieb erst an Levi und dann an mir hängen.

Als Jax sich wenig später in seiner Pause mit Getränken zu uns setzte, begannen wir abwechselnd zu erzählen. Ailsa fasste noch mal ihren Nachmittag zusammen und wie ihre Spur zwar ein Ergebnis erbracht hatte, genau wie die von Ryu, aber in beiden Fällen nicht das erhoffte. Mit einem dicken schwarzen Filzstift strich sie beide Namen von der Liste.

Als Nächstes war Tommy an der Reihe. Auch er hatte sich mit jemandem vom Camp getroffen, der sich noch gut daran erinnerte, auch an uns. Nur leider war der Typ in jener Nacht nicht dabei gewesen, also noch eine Niete. Dafür hatte Tommy aber eine andere Entdeckung gemacht: ein weiterer Grabstein.

»Wie es aussieht, ist er schon vor Monaten gestorben«, erklärte er. »Entweder war es ein Unfall oder …« Er ließ den Satz unvollendet, aber wir wussten alle, was gemeint war.

Da Jax den ganzen Tag gearbeitet hatte, waren nun Levi und ich an der Reihe, von unserem schrecklichen Fund zu berichten.

»Wie lange war sie schon tot?«, fragte Jax.

»Keine Ahnung.« Frustriert rieb sich Levi über die Stirn. Ailsa schob ihm eine Packung Schmerztabletten über den Tisch, die er dankbar annahm. »Ein paar Stunden, schätze ich. Noch nicht allzu lange.«

»Fuck …«

»Das kannst du laut sagen, Mann.« Levi nahm einen großen Schluck des Biers, das Jax vor wenigen Minuten vor ihn hingestellt hatte.

Ich hatte mein Getränk noch nicht angerührt, obwohl es mein liebster Cider mit Beerengeschmack war. Aber nach dem heutigen Erlebnis war mir jeder Appetit und jeder Durst vergangen.

»Vier Tote.« Nachdenklich drehte ich die Flasche zwischen meinen Fingern hin und her. »Das heißt, im schlechtesten Fall hat sich der Dämon bereits vier seiner Kräfte zurückgeholt, während wir hinterherhinken. Es ist, als wäre er uns immer einen Schritt voraus.«

Levi nickte. »Erst der Typ mit der Naturkraft, die beiden Gräber, jetzt das Mädchen. Wer weiß, wie viele von der Liste sonst noch tot sind …«

»Vielleicht hat er eine andere Möglichkeit, seine fehlenden Kräfte zu erspüren …«, überlegte Ailsa. »Eine, die ihn auf direkterem Weg zu den Leuten führt als unsere Liste.«

»Vielleicht hat er seine eigene Liste, nur stehen da viel weniger Namen drauf«, warf Tommy ein.

Ich schüttelte den Kopf. »Woher sollte er so eine Liste haben? Viel wichtiger ist doch: Warum hat er uns nicht schon längst angegriffen?«

Ailsa zuckte mit den Schultern. »Wir hocken doch meistens aufeinander und sind eine ziemlich schlagkräftige Gruppe. Vielleicht will er erst mehr Kräfte sammeln, bevor er sich mit uns allen auf einmal anlegt?«

Ich sah nur in nachdenkliche, ratlose Gesichter. Abgesehen von Tommy, der den Blick gesenkt hielt, als müsste er sich konzentrieren – oder sich zusammenreißen.

Levi seufzte. »Das klingt ja beinahe so, als wüsste er schon, was wir vorhaben, bevor wir es tun.«

»Vielleicht kann er in die Zukunft schauen«, überlegte Ailsa laut. »Oder uns belauschen. Oder sich unsichtbar machen. Keine Ahnung. Es ist ja nicht so, als wüssten wir genau, welche Kräfte er besitzt.«

Richtig, denn an diese Info vom Orden waren weder Levi noch ich bisher gekommen. Sie befand sich im verschlossenen Bereich der Bibliothek, nur für die ausgebildete Kriegertruppe und die Leute in höheren Positionen zugänglich. Was weder meinen Bruder noch mich einschloss, obwohl wir die letzten Erben der Beauvil-Linie waren. Aber nicht mal dafür machte man eine Ausnahme.

»Vielleicht …«, begann Tommy langsam und hob den Blick von der Tischplatte, auf die er die letzten Minuten gestarrt hatte. »Vielleicht hat er auch Hilfe.«

Es wurde still am Tisch. Mehrere Sekunden lang waren nur noch die Musik aus den Lautsprechern und die Stimmen der anderen Gäste zu hören.

Ich blinzelte langsam. »Moment mal … was?«

»Was willst du damit sagen?«, hakte auch Levi nach.

»Ich …«, Tommy rieb sich über die Schläfen. »Shit, es ist so *laut* hier. Aber ich glaube, ich habe gerade einen Gedanken aufgeschnappt, der …« Er ließ die Hände sinken und blickte in die Runde. »Was, wenn jemand, der ebenfalls Kräfte hat, ihm hilft?«

»Du meinst …«, begann ich und deutete von mir auf die anderen. »Einer von uns? Ein Verräter?«

»Ist das so abwegig?«, fragte er eine Spur leiser. »Bisher haben wir nur Ryu und durch ihn Himiko gefunden. Alles andere war eine erfolglose Suche. Und die beiden Male, als wir tatsächlich jemanden gefunden haben, ist diese Person gestorben oder war schon tot.«

Das musste er mir nicht sagen. Ich erinnerte mich sehr gut daran, schließlich war ich beide Male dabei gewesen. Aber das konnte doch nicht bedeuten …

Mein Herz begann zu hämmern. Obwohl ich es nicht wahrhaben wollte, ahnte ein Teil von mir, dass Tommy recht haben könnte. Vor allem, wenn er wirklich einen Gedanken von einem von uns aufgeschnappt hatte, der darauf hindeutete.

Langsam ließ ich den Blick über die Anwesenden gleiten, über meinen Bruder, der genauso angespannt dreinschaute, wie ich mich gerade fühlte, über Ailsas schreckgeweitete Augen und Tommys abgekämpfte Miene, bis ich schließlich bei Jax landete. Jax, der bisher kaum ein Wort gesagt hatte. Diese Schweigsamkeit passte ganz und gar nicht zu ihm.

Auf einmal kam mir ein Gedanke, ein schrecklicher, unmöglicher Gedanke. Mein Magen verkrampfte sich. Alles in mir wehrte sich dagegen, die nächsten Worte auszusprechen, aber ich musste es tun.

»Damals …«, begann ich zögerlich und sah unverwandt weiter zu Jax, »… in Camerons Haus. Als wir dem Brollachan das erste Mal begegnet sind. Da warst du kurz mit ihm allein.«

Seine blauen Augen blitzten auf. »Du meinst, als du blutend und bewusstlos im Garten lagst? Ja, war ich. Und rate mal: Ich habe mir den Weg freigekämpft und bin zu dir gerannt. Du hast meine Wunden doch selbst gesehen. Ich habe mich nicht mit dem Dämon hingesetzt und eine Tässchen Tee getrunken.«

»Das hat auch keiner behauptet«, schaltete sich Tommy ein. Er hatte die Schultern hochgezogen und die Augen zusammengekniffen, als hätte er Schmerzen. So wie sein Blick ziellos zwischen uns allen hin und her zuckte, musste er gerade ein ganzes Konzert aus verschiedenen Stimmen in allen Lautstärken im Kopf haben.

Ein Stuhl scharrte über den Boden. Levi stand langsam auf und stützte die Hände auf den Tisch. »Nein, aber Faith hat recht. Wie bist du dem Dämon entkommen?«

»Wie bitte?«

»Du hast mich schon richtig verstanden. Du standest dem Brollachan ganz allein gegenüber. Einem Dämon, der meine Schwester, die sich verdammt noch mal selbst heilen kann, durch ein Fenster geschleudert und fast getötet hat. Du hingegen hast kaum einen Kratzer davongetragen. Also: Wie bist du ihm entkommen?«

Jax' Hände ballten sich zu Fäusten. Seine Unterarme zitterten. Die Sehnen an seinem Hals traten hervor, als er die Zähne fest zusammenbiss. Sein Blick wanderte von einem zum anderen. »Wollt ihr mir gerade ernsthaft unterstellen, ich wäre einen Deal mit dem Brollachan eingegangen? Warum zum Teufel sollte ich das tun?«

»Du wolltest von Anfang an nicht nach den anderen suchen«, erinnerte ich ihn leise. »Erst als du die Möglichkeit gesehen hast, deine Kräfte loszuwerden, hast du zugestimmt und dich uns angeschlossen.«

Jax schüttelte den Kopf, widersprach jedoch nicht. Er *widersprach nicht*. Er sagte kein Wort. Aber seine Miene, seine Augen waren so voller Schuld, dass es mir die Luft abschnürte.

Nein … Das konnte nicht sein.

»Du hast uns ausgeliefert …«, stieß ich hervor. »Dieses Mädchen heute … Rebekah … war tot. Sie ist gestorben! Sie …« Meine Stimme brach.

Wir hätten sie retten können. Wenn er sich nicht eingemischt, wenn Jax uns nicht an den Dämon verraten hätte, dann hätten wir sie retten können – und womöglich sogar Cameron. Denn wer wusste schon, wie lange Jax den Brollachan mit Informationen versorgte?

»Schneeflöckchen …«

Ich schüttelte den Kopf. »Nein.«

Er sah zu Levi, starrte meinen Bruder in Grund und Boden, als würde er sich von ihm eine andere Reaktion erhoffen. Als würde Levis Wort mehr zählen als meines, nur weil er bisher die meisten Entscheidungen in unserer Gruppe getroffen hatte. Doch diesmal war nicht Levi der Entscheidungsträger, sondern ich.

»Verschwinde!«, zischte ich und sprang so schnell auf, dass sich gleich mehrere Blicke der anderen Pubbesucher auf uns richteten, doch das war mir egal. »Das ist mein Ernst. Geh, bevor noch jemand von uns getötet wird.«

Ob er die Warnung in meinen Worten wahrnahm? Denn damit schloss ich Jax nicht aus. Er könnte genauso gut getötet werden.

Dunkelheit regte sich im hintersten Winkel meines Bewusstseins. Sie hob den Kopf wie ein lauerndes Tier, das seine Beute witterte.

Ich tat alles, um das Monster zu beschwichtigen, es niederzuringen und zum Schweigen zu bringen. Ich war diejenige, die anderen half. Ich war diejenige, die heilte. Ich würde keine Zerstörung bringen. Auf keinen Fall.

Sekundenlang hielt Jax meinen Blick fest, dann schnaubte er und stand abrupt auf. »War ja klar, dass ich wieder mal der Böse bin.«

Im nächsten Moment drehte er sich um und ging. Durch den Pub, kurz nach hinten in den Pausenraum, um seine Sachen zu holen, und dann durch die Vordertür nach draußen. Freddie rief ihm etwas nach, aber Jax reagierte nicht darauf. Er ging – und kam nicht zurück, ganz egal, wie lange ich die Tür anstarrte.

Gegen Mitternacht war ich wieder in der WG und beobachtete Levi dabei, wie er sich auf dem Boden neben meinem Bett ein Schlaflager aus Kissen, Decken und Maisies Yogamatte baute. So wie er es früher schon gemacht hatte, wenn ich Angst gehabt hatte oder nicht allein sein wollte.

Nach dem heutigen Abend kam mir unser Streit vor ein paar Wochen so lächerlich vor. So sinnlos. Aber vor allem wurde mir klar, dass ich niemals auf diese Weise mit ihm auseinandergehen wollte. Ich wollte nichts bereuen müssen, wenn es irgendwann zu Ende ging. Und dass das schneller passieren konnte, als auch nur einer von uns ahnte, hatte uns der Dämon heute wieder einmal bewiesen.

Die Liste mit den Namen wurde immer kürzer. Die Gefahr kam immer näher.

Wie viele Kräfte der Dämon sich wohl schon wieder zurückgeholt hatte? Wie viele von uns er inzwischen getötet hatte? Mit Jax' Hilfe waren das sicher einige. Und das alles nur … wofür? Um seine eigene Feuermagie loszuwerden?

Kurz hatten wir darüber gesprochen, ihn von Ryu befragen und auf diese Weise die Wahrheit herausfinden zu lassen. Aber Ryu war nicht hier – und Jax spurlos verschwunden.

Frustriert grub ich die Finger in die Bettdecke. Ein winziger Teil von mir konnte Jax' Beweggründe sogar nachvollziehen. Ich hatte seine Narben gesehen, als ich sie geheilt hatte. Und auch wenn ich mir nicht mal ansatzweise vorstellen konnte, welche Schmerzen er jedes Mal gelitten haben musste, begriff ich, dass seine Fähigkeit ein Albtraum für ihn sein musste. Die Gefahr, jemandem oder sich selbst mit seinen Kräften wehzutun, war allgegenwärtig. Ich verstand das. Wirklich.

Aber uns alle deshalb zu verraten …? Das würde ich niemals begreifen.

Unschuldige waren gestorben – und daran trug Jax mindestens so viel Schuld wie der Dämon selbst.

»Du musst das nicht machen«, sagte ich zum wiederholten Mal, auch wenn ich Levi dabei nicht ansah, sondern an die Leuchtsterne an der Zimmerdecke starrte. »Du musst wirklich nicht hier bleiben.«

»Ich weiß, aber ich mache es trotzdem.« Levi schüttelte ein Kissen auf und ließ sich mit einem Seufzen zurücksinken. »Tommy ist bei Ailsa. Himiko und Ryu sind gewarnt und zu Freunden gegangen. Ich bin hier bei dir. Nach dieser Sache sollte keiner von uns allein sein.«

Keiner … außer Jax. Er war ganz allein.

Ich konnte noch immer nicht fassen, was er getan hatte. Mehr noch. Ich weigerte mich, zu glauben, dass alles eine Lüge gewesen war. Seine Worte. Seine Hilfe. Seine dummen Sprüche. Dieser Kuss …

Ich kniff die Augen zusammen und versuchte, die Erinnerung daran zu vertreiben. In diesem Moment war ich einfach nur froh, dass Levi hier war und nicht etwa Tommy oder Ryu. Ich hatte keine

Lust, meine chaotischen Gedanken und Gefühle mit anderen zu teilen. Ich wollte ja nicht mal selbst darüber nachdenken. Also drehte ich mich auf die Seite und schaltete die Nachttischlampe aus.

»Danke«, sagte ich in die Dunkelheit hinein.

»Jederzeit, Schwesterchen. Jederzeit.«

Minutenlang herrschte Schweigen und ich glaubte schon, dass Levi eingeschlafen war, als er sich doch noch mal zu Wort meldete.

»Das mit Jax …«, begann er und räusperte sich leise. »Ich weiß, ihr standet euch nahe, aber –«

»Nein«, unterbrach ich ihn kalt und starrte an die leuchtenden Punkte über mir. Die Sterne, die vor meinen Augen zu verschwimmen begannen. »Wir standen uns nicht nahe. Jax und ich sind *nichts* füreinander.«

Nicht mehr.

Kapitel 38

Ende November fielen die ersten Schneeflocken, auch wenn sie nicht lange liegen blieben. Nicht dass wir etwas davon gehabt hätten, denn das Lernen so kurz vor der Prüfungswoche hielt uns alle auf Trab. Hatte ich vorher schon kaum Freizeit gehabt, war sie im Moment praktisch nicht existent. Zumindest bis heute.

»Endlich!« Maisie strahlte, als wir am Abend des St. Andrew's Day die Stufen zu dem Sandsteingebäude hinaufgingen, das genauso gut ein Schloss sein könnte, so groß war die Villa, die inmitten eines wunderschön angelegten Parks etwas erhöht über der Stadt thronte. »Darauf habe ich seit einer Ewigkeit gewartet.«

Mit der einen Hand umklammerte ich meine Clutch, mit der anderen raffte ich mein Kleid etwas höher in der Hoffnung, nicht auf den Saum zu treten und mich gleich auf die Nase zu legen. »Du weißt doch erst seit Anfang des Semesters davon.«

Oben vor den Eingangstüren angekommen, machte Maisie eine wegwerfende Handbewegung. »Spielt keine Rolle. Es war eine Ewigkeit! Und jetzt sind wir endlich hier.«

Wir betraten die Eingangshalle, Maisie in ihrem eleganten schwarzen Hosenanzug mit dem tiefen Dekolleté und den teilweise hochgesteckten Haaren. Ich war ein bisschen stolz darauf, wie glücklich sie mit ihrem Make-up war, nachdem ich sie für den heutigen Abend geschminkt hatte.

Ich trug das Kleid, das ich an jenem verhängnisvollen Nachmittag gekauft hatte, als ich mit Maisie in der Stadt gewesen war. Derselbe Nachmittag, an dem der Angriff eines Dämons alles verändert hatte. Für mich, aber auch für meine Mitbewohnerin und mittlerweile beste Freundin. Ich war wirklich froh darüber, dass sie wieder zurück war und wir ehrlich zueinander sein konnten.

In der Eingangshalle, die dank der funkelnden Leuchter und dem flackernden Kerzenlicht noch eindrucksvoller aussah, ließ ich den Saum meines blasslilafarbenen Kleids los. Sofort fiel er auf den Marmorboden und verdeckte die Schuhe in derselben Farbe. Die Absätze waren mörderisch, aber ich hatte letzte Woche in unserer Wohnung geübt, während ich den Prüfungsstoff paukte, und konnte nun bequem darin laufen. Und hoffentlich tanzen.

Kalte Winterluft drang durch die offenen Türen herein und ließ mich schaudern. Eine Gänsehaut breitete sich auf meinen Armen aus. Vorne reichte mir der Stoff meines Kleids zwar bis zu den Schlüsselbeinen, dafür war mein Rücken frei, denn dort lief das Kleid in einem scharfen V zusammen und traf sich erst tief auf meinem unteren Rücken wieder. Vielleicht hätte ich mir etwas zum Überziehen mitnehmen sollen, doch dafür war es zu spät.

Wir liefen durch den Eingangsbereich, vorbei an den Stehtischen voll gefüllter Sektgläser und der Fotoecke, vor der sich schon eine Schlange gebildet hatte. Nach wenigen Schritten erreichten wir unser Ziel und ich staunte schon beim Näherkommen.

Die Halle war gigantisch. An den Seiten war sie von vielen runden Tischen gesäumt, an denen locker acht bis zehn Personen Platz fanden, wobei viele der Stühle leer waren, da sich bereits zahlreiche Paare in der Mitte auf der Tanzfläche zur Musik bewegten. Am anderen Ende stand eine Bühne, auf der Livemusik gespielt wurde, und Servicepersonal eilte lautlos hin und her, um den Gästen jeden Wunsch zu erfüllen. Jeder der Anwesenden hatte sich in Schale geworfen: entweder mit einem eleganten Kleid oder einem Anzug, manche der Männer trugen auch einen Kilt in den Farben ihres jeweiligen Clans. Jedes Outfit für sich war schön, aber alle zusammen zu sehen? Wow. Einfach wow.

Es war atemberaubend und für einen Moment fühlte ich mich, als wäre ich in eine Szene aus *Bridgerton* oder einem meiner liebsten Fantasyromane gestolpert. Die Decke war völlig von leicht durchsichtigen Stoffbahnen verhüllt, in denen zahllose Lichterketten schimmerten. Auch an den Wänden hingen lange Stoffbahnen und die dicken weißen Kerzen auf den Tischen sorgten zusammen mit der Dekoration aus Zweigen und weißen Blumen für eine geradezu magische Atmosphäre. Die Menschen, die an den Tischen in kleinen Grüppchen zusammensaßen, unterhielten sich und lachten, und ihre Stimmen vermischten sich mit der Musik. Sie hatten genau wie wir mit ein paar anderen Leuten zusammengelegt und für die Plätze bezahlt. Die gesammelten Spendengelder waren für einige gute Zwecke in der Stadt gedacht. Spätestens jetzt war ich froh, dass Maisie darauf bestanden hatte, herzukommen.

Allerdings war ich nicht nur zum Vergnügen auf dieser Veranstaltung, sondern hoffte darauf, endlich den Menschen zu finden, dessen Kraft ich inzwischen schon mehrmals in Dundee gespürt hatte. Wir vermuteten, dass es eine der beiden Personen war, deren Adressen Ailsa nicht hatte ausfindig machen können: Savina oder Keir. Sie waren die einzigen, deren Namen noch auf unserer Liste standen. Und wenn Maisie recht behielt, war so gut wie jeder Studierende Dundees hier – oder auf einer der anderen Feiern in der Stadt, die Levi und Ailsa abklappern würden. Mit etwas Glück fanden wir die gesuchte Person heute Abend endlich. Und ich hoffte, dass wir sie diesmal vor dem Dämon aufspüren würden.

Als würde er geradewegs meinen Gedanken entspringen, trat Tommy zu uns. Auch er hatte sich dem Anlass entsprechend gekleidet. Der dunkelblaue Anzug betonte seine Schultern und die langen Beine. Außerdem bildete er einen attraktiven Kontrast zu seinem dunkelblonden Haar und der Brille mit dem schwarzen Rand. Ein kurzer Rundumblick genügte, um zu erkennen, dass ich nicht die Einzige war, der das aufgefallen war. Gleich zwei junge Frauen und ein attraktiver Kerl beobachteten ihn aus der Ferne – und das waren nur diejenigen, die ich auf die Schnelle entdecken konnte, während ich nach Ryu Ausschau hielt, der sich ebenfalls unter die Gäste gemischt hatte.

Schon seltsam, dass es so viele von uns ausgerechnet nach Dundee verschlagen hatte. Natürlich, Jax wohnte schon lange hier, während Levi und ich für unser Studium hergezogen waren. Aber auch Cameron hatte zumindest in der Nähe gewohnt. Und jetzt noch Savina oder Keir mit dieser mysteriösen Kraft, die wir immer nur ganz kurz und heftig spürten? Das konnte kein Zufall sein.

Tommy nickte mir zu und begrüßte Maisie dann mit einem formvollendeten angedeuteten Kuss auf ihren Handrücken, der sie entzückt seufzen ließ.

Ich schnaubte. »Du Charmeur.«

Er ließ Maisies Hand mit einem breiten Lächeln los. »Das ist mein zweiter Vorname. Woher wusstest du das?«

Ich verdrehte nur die Augen, kam aber nicht gegen mein amüsiertes Grinsen an.

Nach einem kurzen Gespräch verabschiedete sich Maisie, um sich alles anzuschauen und die anderen Leute an unserem Tisch zu begrüßen. Es war eine bunte Mischung aus meinem und ihrem Studiengang und ich war gespannt, wie sie sich verstehen würden.

»Alles klar?« Tommy hielt mir ein Glas Punsch hin.

»Müsste ich das nicht eigentlich dich fragen?« Ich warf ihm einen zweifelnden Blick zu, nahm das Glas jedoch. »Außerdem: Warum fragst du, wenn du ohnehin meine Gedanken lesen kannst?«

»Weil ich höflich bin. Das weißt du doch.« Seine Mundwinkel zuckten. »Außerdem hilft es den Leuten oft, ihre Gedanken laut auszusprechen. Manchmal kommt man dabei zu ganz neuen Erkenntnissen.«

Ich stieß den angehaltenen Atem aus. »Na, wenn das so ist … Ich habe keine Ahnung, ob das hier eine sehr gute oder ganz miese Idee war.«

»Es war eine geniale Idee. Zusammen sind wir stärker als allein.«

»Das hoffe ich«, murmelte ich und nippte an meinem Drink. Der fruchtige Geschmack explodierte auf meiner Zunge und Wärme breitete sich von meinem Hals bis in meinen Magen aus und entspannte mich ein wenig. Da hatte eindeutig jemand heimlich etwas Alkohol hineingeschüttet. Als ich aufsah, zwinkerte Tommy mir zu.

Er hatte gewusst, dass ich etwas Entspannung dringend nötig hatte. Natürlich.

»Sei ehrlich: Wie schlimm ist es für dich?« Ich deutete um mich. Der Saal war voller schick gekleideter Leute, die in Grüppchen beisammensaßen und sich unterhielten, auf der Tanzfläche alles um sich herum vergaßen oder zwischen all den anderen Gästen, Tischen und Stühlen herumwuselten.

»Bisher geht es.« Als er meinen fragenden Blick bemerkte, presste er kurz die Lippen aufeinander. »Außerdem brauchen wir meine Kräfte, genau wie die von Ryu, schon vergessen?«

Nein, das hatte ich nicht. Im besten Fall würde Tommy die Gedanken unserer gesuchten Person aufschnappen und uns geradewegs zu ihr führen können. Oder Ryu entdeckte sie vorher, indem er sich einfach mit den Gästen unterhielt und ihnen Fragen stellte. Wer auch immer er oder sie war, würde uns die Wahrheit sagen müssen. Ich konnte nur hoffen, dass wir Keir oder Savina hier auch finden würden.

»Wie kommt es eigentlich, dass ich bei Levi, Jax, Ailsa und der Person, nach der wir suchen, spüren kann, wenn sie ihre Kräfte einsetzen, aber bei dir fast gar nicht?«

»Vermutlich weil ich meine Fähigkeit nicht nach Belieben einsetze. Sie läuft die ganze Zeit im Hintergrund. Wahrscheinlich spürst du das auch, blendest es aber aus. Du achtest ja auch nicht auf deinen eigenen Herzschlag und deine Atmung, oder?«

»Niedlich, dass du deine Kräfte mit meinem Herzschlag und meiner Atmung vergleichst.«

»Nicht wahr?« Grinsend prostete er mir zu.

Ich ließ den Blick über die vielen, vielen Menschen wandern. Bisher war mir nichts Ungewöhnliches aufgefallen – und ich nahm auch kein Summen wahr. »Wie lange hältst du es hier aus?«

»Nicht lange«, gab er widerwillig zu und nippte an seinem Glas. »Aber für ein, zwei Stunden muss es gehen.« Er sagte noch etwas, was ich nicht mehr hörte.

Denn mein Blick traf auf ein Paar intensiv grüner Augen und für einen Moment blieb mein Herz einfach stehen. Und dann pochte es so schnell weiter, als würde ich nicht auf einem Ball am Rande einer Tanzfläche stehen, sondern hätte einen Marathon hinter mir.

Nate.

Er war hier. Er war zurück.

Ich hatte ihn nicht mehr gesehen seit … Ich wusste schon gar nicht mehr genau, wie lange das her war. Wochen. Vielleicht sogar ein Monat. Dem Gespräch zufolge, das ich vor einiger Zeit beim Orden belauscht hatte, schien seine Großmutter ihn wieder im Auftrag des Ordens weggeschickt zu haben. Trotzdem war er jetzt hier.

Er trug einen schwarzen Anzug mit ebenfalls schwarzem Hemd, allerdings ohne Krawatte, und sah viel zu gut aus. Vor allem, wenn er mich so eindringlich ansah wie in diesem Moment.

Erleichterung breitete sich in mir aus, zusammen mit einer kribbelnden Wärme, die mir in seiner Gegenwart mittlerweile schmerzlich vertraut war. Denn ganz egal, wie sehr ich es versuchte oder mir das Gegenteil einredete, ich hatte es nie geschafft, mir Nathaniel MacKenzie endgültig aus dem Kopf zu schlagen. Weder damals vor drei Jahren noch heute. Es ging einfach nicht. Er hatte sich so fest in meinem Bewusstsein eingeprägt wie die Tattoos auf seiner Haut. Und in meinem Herzen.

Tommy beugte sich zu mir hinunter, um mir etwas ins Ohr zu raunen. »Da scheint jemand nicht besonders glücklich zu sein, dass du hier mit mir herumstehst.«

Er hatte recht. Nate zog die Augenbrauen zusammen und ein finsterer Ausdruck trat auf sein Gesicht. Kein Wunder bei dem Anblick, den Tommy und ich gerade abgeben mussten.

Schnell wandte ich mich ab, trotzdem klopfte mir das Herz bis zum Hals. »Von all den Menschen hier, deren Gedanken du hören kannst, musst du dir ausgerechnet *ihn* aussuchen? Warum?«

Ein nicht zu deutendes Lächeln umspielte seine Mundwinkel. »Weil seine Gedanken sehr laut sind.«

Ich schüttelte den Kopf. Ich wollte nicht wissen, was Nate in diesem Moment dachte. Okay, das war eine Lüge. Ich wollte es wissen. Aber ich würde Tommy definitiv nicht danach fragen.

»Wollen wir tanzen?«

»Was?«

Er deutete auf das Parkett vor uns, auf dem sich bereits mehr als ein Dutzend Paare versammelt hatten und zu den sanften Klängen eines Walzers bewegten. »Dadurch stehen wir nicht so am Rand herum und haben bessere Chancen, etwas zu spüren, falls hier tatsächlich jemand mit einer übernatürlichen Kraft ist und sie einsetzt.«

»Oh. Ja. Natürlich.«

Es war seltsam, mich von Tommy zur Tanzfläche führen zu lassen. Noch seltsamer war es, meine Hand in seine zu legen und die andere auf seine Schulter, während er mich mit gebührendem Abstand festhielt. Irgendwie erinnerte es mich an die Tanzstunden mit Levi, als Mum uns beiden die Grundschritte beigebracht hatte. Und genau so fühlte es sich auch an: als würde ich mit meinem Bruder tanzen.

Ich kniff die Augen zusammen. »Warum grinst du so?«

Er presste die Lippen aufeinander, konnte sein Schmunzeln aber nicht unterdrücken, während er mich in sicheren Tanzschritten über das Parkett führte. »Ach, nur so.«

Von wegen. Er führte doch irgendetwas im Schilde. So etwas roch ich schon aus einer Meile Entfernung, ich war schließlich mit einem großen Bruder aufgewachsen und bei Tommy war das nicht anders. Dazu musste ich nun wirklich keine Gedanken lesen können.

Auf einmal war da ein Kribbeln in meinem Nacken und ich drehte den Kopf herum. Nate befand sich noch genau dort, wo er zuvor gestanden war, nur dass er uns jetzt beim Tanzen beobachtete. Sein dunkler Blick folgte jedem Schritt, jeder unserer Bewegungen – und er schien alles andere als begeistert darüber zu sein. Ganz im Gegensatz zu Tommy, der noch immer vor sich hin lächelte.

»Du machst das mit Absicht, oder?«, zischte ich leise genug, damit keines der anderen Paare auf der Tanzfläche uns hörte.

»Keine Ahnung, wovon du da redest.«

»Ach ja? Soll ich Ryu holen und ihn bitten, dich dasselbe noch mal zu fragen?«

Diesmal schnitt er eine Grimasse. »Nein, danke. Die Wahrheitsnummer ist sogar mir ein bisschen zu krass.«

Und das ausgerechnet von Mister Ich-kenne-all-deine-Gedanken.

Ein Räuspern unterbrach uns. Wir blieben stehen, und als ich mich umdrehte, stand Nate plötzlich neben uns.

Wieder setzte mein Herz einen Schlag lang aus. Bevor ich den Mund aufmachen und etwas sagen konnte, ergriff Nate das Wort.

»Was dagegen, wenn ich übernehme?« Er wartete nicht auf Tommys oder mein Einverständnis, sondern nahm seinen Platz als mein Tanzpartner ein.

Tommy trat mit einem Grinsen zurück und verschwand gleich darauf in der Menge, während ich auf einmal in Nates Armen lag. Seine Finger umschlossen meine und ich spürte seine warme Hand überdeutlich auf meinem Rücken. Auf meiner Haut. Ganz anders als beim Tanz mit Tommy vorhin. Und mein dummes, dummes Herz wollte sich einfach nicht beruhigen und langsamer schlagen.

»Du siehst …« Nate räusperte sich. »Du siehst unglaublich aus.«

Selbst mit den hohen Absätzen musste ich den Kopf ein wenig in den Nacken legen, um seinen Blick erwidern zu können.

»Danke.« Ich lächelte, obwohl ich mir ziemlich sicher war, dass mein Gesicht gerade knallrot wurde. »Du siehst aber auch gut aus.«

Und wie er das tat. Jetzt aus der Nähe bemerkte ich, dass die obersten zwei Knöpfe seines Hemds offen standen, wodurch der Ansatz seines Tattoos zu erkennen war. Nicht viel, nur ein, zwei schwarze Linien auf seiner Haut, die unter seinem Hemdkragen verschwanden, wie das Versprechen auf mehr.

Als ich ihm wieder in die Augen sah, hatte sich etwas darin verändert, war dunkler und hitziger geworden.

»Ich bin froh, dass du wieder da bist«, wisperte ich.

»Wirklich?«

»Ja, natürlich. Warum sollte ich das nicht sein?«

Ein kurzes Schweigen.

»Ich hab dich neulich mit diesem anderen Typen vor dem Pub gesehen, in dem du arbeitest. Da waren noch zwei Leute. Er hat den Arm um dich gelegt und ihr schient es ziemlich eilig zu haben, reinzukommen«, fügte er angespannt hinzu.

Ich runzelte die Stirn. Meinte er Jax? Und die anderen beiden, waren das Levi und Ailsa gewesen? Nein, Levi hätte er erkannt. Also musste das der Abend gewesen sein, an dem wir mit Himiko und

Ryu aus Glasgow gekommen waren. Der Abend, an dem Jax mich geküsst hatte.

Ich presste die Lippen aufeinander, die plötzlich verräterisch kribbelten. *Wir standen uns nicht nahe. Jax und ich sind* nichts *füreinander.* Meine eigenen Worte geisterten mir durch den Kopf, genau wie die Erinnerung an den Verrat. Wie er es nicht einmal abgestritten hatte, sondern einfach gegangen war.

»Zwischen Jax und mir läuft nichts.«

Nicht mehr. Nicht, nachdem er uns dem Brollachan ausgeliefert hatte. Gott, allein an ihn zu *denken*, tat weh und machte mich wütend, also setzte ich alles daran, jedes Gefühl, jeden Gedanken und jede Erinnerung an ihn zu verbannen.

Nate führte mich in eine Drehung und zog mich wieder zu sich heran. Näher diesmal. Nahe genug, dass ich die Wärme, die sein Körper ausstrahlte, überdeutlich wahrnahm.

»Der Orden hat mich weggeschickt«, sagte er leise. »Ich bin nicht freiwillig so lange weg gewesen.«

»Ich weiß. Deine Großmutter scheint sich Sorgen um dich zu machen.«

»Sie macht sich Sorgen über meine Treue dem Orden gegenüber. Und darüber, dass ich ein bisschen zu viel Zeit mit einem Mitglied einer anderen Gründerfamilie verbringen könnte«, fügte er eine Spur rauer hinzu.

Ich schluckte schwer. »Warum? Freundschaft ist nicht verboten.«

Unsere Blicke trafen sich mit einer Heftigkeit, die mir den Atem raubte. *Freundschaft.* Auch wenn es keiner von uns je ausgesprochen hatte, wussten wir beide, dass das zwischen uns keine reine Freundschaft war. Nicht nur. Nicht mehr. Daran hatten weder unsere halbherzigen Versuche noch die Wochen ohne einander etwas geändert.

Nates Finger bewegten sich auf meinem Rücken, beschrieben kleine Kreise, und mir wurde schlagartig heiß. Selbst wenn ich mich nach Kräften dagegen gewehrt hätte, wäre ich nicht gegen die prickelnden Schauer angekommen, die diese winzige Berührung auslöste.

Meine Lippen teilten sich wie von selbst und Nates Blick heftete sich sofort auf meinen Mund.

»Wird das jetzt immer so zwischen uns sein?«, flüsterte ich.

So angespannt. Voller Möglichkeiten. Voller Regeln und Verbote, an die ich immer weniger denken, an die ich mich immer weniger halten wollte. Aber Nate würde es tun. Der Orden war sein Leben. Wichtiger als alles andere. Wichtiger als ich – und das, was da zwischen uns war. Zwischen uns *sein könnte.*

In einem anderen Leben, zu einer anderen Zeit hätten wir vielleicht mehr füreinander sein können. Aber nicht heute. Nicht hier. Nicht wenn er ein Dämonenjäger des Ordens der Goldenen Flamme war und ich jemand, der dämonische Magie in sich trug. Selbst wenn es die Gesetze des Ordens nicht gegeben hätte, war das zwischen uns unmöglich.

»Ich … ich brauche etwas frische Luft.« Mit diesen Worten ließ ich Nate stehen und stolperte blindlings von der Tanzfläche.

Überall um mich herum waren Menschen. Freunde. Bekannte. Glückliche Paare. Ich musste hier raus. Ich musste sofort hier raus.

Auf dem Weg zur Terrasse bemerkte ich Maisie, tief in ein Gespräch mit einer jungen Frau und einem älteren Professor verwickelt. Als sie mich entdeckte, zog sie fragend die Brauen hoch.

Alles okay?, formte sie mit den Lippen.

Ich nickte knapp, damit sie sich keine Sorgen machte, und eilte weiter, an den letzten Tischen vorbei und stieß die Doppeltür mit beiden Händen auf. Mein Puls raste noch immer wie verrückt, doch das war nichts gegen den Schmerz in meiner Brust. Ich schloss die Augen und atmete mehrmals tief durch.

Die kühle Nachtluft strich wie eine Liebkosung über mein Gesicht. Ich schob mir ein paar Strähnen hinters Ohr und ging bis ans Geländer. Von hier aus hatte man einen unglaublichen Blick auf die Stadt, die sich wie ein glitzerndes Meer in der Finsternis vor mir ausbreitete. Ich konnte die Nordsee, die Ölplattformen vor dem Hafen und die *Discovery*, das alte hölzerne Museumsschiff sehen. Seine drei Masten waren festlich beleuchtet und aus der Ferne mutete es wie ein Geisterschiff an, das nur kurz in die Welt der Lebenden gekommen war, um dann weiterzuziehen.

Da mich der Anblick viel zu sehr an den Ausflug mit Nate zur Aussichtsplattform am Dundee Law erinnerte, wandte ich mich ab und eilte die Stufen in den Park hinunter.

Hier war es deutlich ruhiger, die Musik drang nur gedämpft nach draußen und es waren kaum Leute unterwegs. Einzelne Spaziergänger, die die Schönheit der winterlichen Blumenbeete betrachteten, leise kichernde Paare, die nach einem ruhigen Ort für etwas Zweisamkeit suchten.

Verflucht. Nach draußen zu gehen, war keine gute Idee gewesen. Es hatte nicht geholfen. Kein bisschen. Ich sollte wieder zurück und …

Das vertraute Summen war wie ein Schlag in die Magengrube – und genauso schnell wieder vorbei. Aber ich wusste, was das zu bedeuten hatte: Unsere gesuchte Person war hier. Und sie war ganz in der Nähe.

Kapitel 39

Ich gab den anderen nicht Bescheid, aber das musste ich auch nicht. Denn auf einmal hörte ich Tommys Stimme so klar und deutlich in meinem Kopf, als würde er neben mir stehen.

Ryu, du siehst dich drinnen weiter um. Faith, du suchst die östliche Seite des Gartens ab. Ich übernehme die Westseite.

Dankbar für die Ablenkung von meinen eigenen Problemen, raffte ich mein Kleid und lief los. Wieder einmal wünschte ich mir, dass es einfacher wäre, einander zu erkennen. Wie ein inneres Leuchten oder so. Doch dann wären wir mit ziemlicher Sicherheit bereits alle tot, weil der Brollachan uns längst gefunden hatte. Wobei er dank Jax wahrscheinlich sowieso schon genauestens über uns Bescheid wusste …

Ich ignorierte den Stich in meiner Brust, den ich beim Gedanken an Jax verspürte, und konzentrierte mich lieber wieder aufs Hier und Jetzt. Ich hatte eine Aufgabe zu erfüllen, also beschleunigte ich meine Schritte und lief schneller durch den Garten. Vorbei an perfekt gestutzten Hecken und Rosenbüschen, auf denen eine feine weiße Schicht lag.

Moment mal. Schnee?

Ich blieb stehen. Legte den Kopf in den Nacken. Und tatsächlich: Es schneite. Jeder meiner schnellen Atemzüge bildete kleine Wölkchen in der kalten Nachtluft, trotzdem sah ich die feinen Flocken, die vom Himmel fielen und auf meinen nackten Armen landeten, wo sie in Sekundenschnelle schmolzen.

Schneeflöckchen …

Unvermittelt war da wieder dieses Summen in meiner Brust, so kurz und heftig, als wäre ein Bienenstock explodiert. Genauso schnell, wie es angefangen hatte, hörte es auch wieder auf, doch das änderte nichts daran, dass ich jetzt ganz nahe sein musste.

Hektisch sah ich mich um – und entdeckte Tommy auf der Terrasse, auf die ich vor wenigen Minuten selbst hinausgestürmt war. Er hatte eine junge Frau am Arm gepackt und hielt sie fest. Eine junge Frau, die mir seltsam bekannt vorkam, als hätte ich sie schon mal gesehen. Ich raffte mein Kleid mit einer Hand und rannte die Stufen zur Terrasse hinauf.

Die Fremde passte perfekt ins Bild der anderen Gäste. Sie trug die vollen schwarzen Locken in einer Hochsteckfrisur, allerdings waren rund um ihr Gesicht ein paar Strähnen herausgefallen. Ihre Brauen hatten dieselbe Farbe, aber ihre Augen waren von einem intensiven Graugrün, die durch das mintfarbene Ballkleid nur noch betont wurden.

»Was soll das?«, zischte sie und zerrte an ihrem Arm. »Lass mich sofort los!«

»Das mache ich erst, wenn du aufhörst, die unschuldige Jungfrau in Nöten zu spielen«, knurrte Tommy.

Sie schnappte empört nach Luft. »Wie bitte?!«

»Ich weiß genau, was du gerade getan hast. Ich habe es in deinen Gedanken gesehen.«

Ihre Augen weiteten sich. »Was?! Wie …?«

»Tommy«, warnte ich leise und trat zu den beiden.

Wenn er sie nicht bald losließ, riskierte er eine Szene. Im schlimmsten Fall wurden wir rausgeschmissen und fanden das Mädchen, von dem er so überzeugt zu sein schien, dass sie ebenfalls eine übernatürliche Fähigkeit besaß, nie wieder.

»Tut mir leid.« Ich versuchte mich an einem Lächeln, obwohl ich zitterte. Vor Aufregung oder Kälte wusste ich selbst nicht. »Ich bin Faith und das ist Tommy. Wir wollen nur mit dir reden.«

Sie sah von mir zu Tommys Hand auf ihrem Arm und wieder zurück. »Ach wirklich?«, murmelte sie trotzig. »Das sieht eher nach einem Übergriff aus. Und wenn dein Freund mich nicht sofort loslässt, werde ich –«

In diesem Moment trat Ryu zu uns auf die Terrasse hinaus. »Wie heißt du?«

»Savina«, antwortete sie wie aus der Pistole geschossen. Ihre Augen weiteten sich vor Schock, ganz so, als hätte sie nicht vorgehabt, uns das zu verraten.

»Du hast eine besondere Fähigkeit, nicht wahr? Was ist es?«

»Es ist … ich …« Sie versuchte sich gegen Ryus Wahrheitszauber zu wehren, aber es war zwecklos, das wusste ich nur zu gut, schließlich hatte ich es am eigenen Leib erlebt. »Ich … oh Gott … ich … ich kann … von Ort zu Ort … springen. Ich kann mich teleportieren!« Sobald die Worte aus ihr herausgeplatzt waren, schlug sie sich die Hand vor den Mund und starrte Ryu entsetzt an.

Sogar Tommy schien überrascht zu sein, denn er ließ sie abrupt los.

»Dann hast du dich also direkt hierher auf den Ball teleportiert, statt ganz normal herzukommen wie alle anderen?«, hakte Ryu verwundert nach. »Warum?«

Savina schnaubte. »Hast du diese Schuhe gesehen?« Sie deutete auf ihre Zehn-Zentimeter-Absätze.

»Aber warum –«

»Okay, das reicht«, schritt ich ein. »Keine Fragen mehr«, sagte ich zu Ryu und wandte mich dann an Savina. »Wir werden dir nichts tun. Wir sind wie du. Und bevor du etwas sagst: Der Typ neben dir kann Gedanken lesen, ich kann mich selbst heilen und Ryu hast du ja gerade erlebt.«

Falten traten auf Savinas Stirn. »Aber wie …?«

»Vor zehn Jahren warst du in einem Camp auf der Isle of Lewis, in der Nähe der Callanish Stones«, erklärte Tommy gepresst. Er war deutlich blasser, als ich ihn das letzte Mal im Ballsaal gesehen hatte. Die Gedanken der vielen Menschen hier schienen ihm mehr zuzusetzen, als er zugeben wollte. »Wir erzählen dir alles in Ruhe, aber jetzt sollten wir besser von hier verschwinden, okay?«

Zu meiner absoluten Verwunderung sah er mich dabei an. Und nicht nur er. Auch Ryu und sogar Savina musterten mich fragend, so als wäre das allein meine Entscheidung.

»Ähm.« Ich blinzelte irritiert, nickte dann jedoch. »Ja. Lasst uns gehen.«

»Zu dir?«

Seit der Sache mit Jax war der Pub als Treffpunkt nicht mehr infrage gekommen. Für keinen von uns.

Kurz dachte ich über Tommys Frage nach und schüttelte den Kopf. Maisie würde später in die WG zurückkehren und ich wollte sie nicht mehr als unbedingt nötig in diese Dämonensache mit reinziehen. Schlimm genug, dass sie bereits ein Mal meinetwegen zwischen die Fronten geraten und verletzt worden war.

»Levis Wohnung«, sagte ich stattdessen und erntete Zustimmung von den Jungs.

Savina zögerte, also ließ ich die beiden vorausgehen und trat zu ihr. »Du weißt, dass wir die Wahrheit sagen, nicht wahr? Ich verspreche dir, dass dir nichts geschehen wird. Und sollte dir einer dumm kommen, kannst du dich jederzeit wegteleportieren, oder nicht?«

Das schien sie zu überzeugen, denn sie nickte knapp und setzte sich ebenfalls in Bewegung.

Zurück in der Festhalle kam es mir unheimlich warm und stickig vor. Aber wir mussten nur einmal quer hindurch, ans andere Ende gelangen und den Ausgang erreichen.

Plötzlich war Tommy an meiner Seite. »Ich nehme an, du kümmerst dich um unseren Freund vom Orden, damit er keinen Verdacht schöpft und uns folgt?«

Ich musste nur den Kopf ein klein wenig zur Seite drehen, schon trafen sich Nates und meine Blicke. Mit einem Mal war mir die stickige Wärme hier drinnen völlig egal, da mir siedend heiß wurde.

»Geht schon mal voraus«, murmelte ich und wollte lieber nicht wissen, welche Gedanken von Nate oder mir Tommy gerade aufschnappte. Ich holte den Schlüsselbund aus meiner Clutch, machte den Schlüssel von Levis Wohnung ab und drückte ihn Tommy in die Hand. »Ich komme nach.«

»Alles klar.« Damit schloss er zu Ryu und Savina auf und verwickelte sie sofort in ein Gespräch. »Machst du das eigentlich öfter? Dieses Teleportationsding?«

»Ständig.«

»Kannst du das auch bei anderen? Kannst du andere mitnehmen?«

Savina stolperte kurz über ihre eigenen Füße. Selbst auf die Entfernung registrierte ich die Anspannung, die auf einmal von ihr Besitz ergriffen hatte. »Ich habe es mal versucht, aber …« Ihre Stimme verlor sich in der Menge.

Sekundenlang sah ich ihnen nach, den beiden Kerlen, die ich erst so kurz kannte und denen ich trotzdem schon mit meinem Leben vertraute, und dem Mädchen, an das ich mich nicht mehr erinnern konnte, mit dem mich jedoch genauso eine Blutsbrüderschaft verband wie mit dem Rest der Truppe. Dann richtete ich meine Aufmerksamkeit wieder auf Nate, der in diesem Moment auf mich zukam.

»Alles in Ordnung?«, fragte er und folgte meinem Blick, doch von Tommy, Ryu und Savina war nichts mehr zu sehen. »Geht es deinen Freunden gut?«

»Ja«, krächzte ich. »Sie wollten nur nach Hause.«

Das schien ihn zu beruhigen, auch wenn die besorgten kleinen Falten auf seiner Stirn dadurch nicht verschwanden. »Was ist mit dir? Willst du auch gehen?«

Kurz ließ ich den Blick durch den wunderschön geschmückten Ballsaal und über die Gäste wandern. Sie lachten, redeten, tanzten und hatten Spaß, ohne auch nur zu ahnen, was direkt vor ihren Augen geschah.

Ich war hergekommen, weil Maisie mich dazu überredet hatte. Aber vor allem war ich hier, um Savina zu finden, und jetzt, da wir das geschafft hatten, gab es keinen Grund mehr für mich, hierzubleiben. Auch wenn ich für ein paar kurze Stunden gerne in diese normale Welt eintauchen und alles andere vergessen wollte. Vor allem mit Nate an meiner Seite. Aber ich konnte nicht. Die anderen warteten auf mich.

»Ja«, sagte ich schließlich und sah wieder zu Nate. »Ich sollte auch gehen.«

»Dann begleite ich dich nach Hause.«

Es war keine Frage und ich widersprach nicht, obwohl ich das vielleicht hätte tun sollen. Aber die Aussicht darauf, ihm schon wieder Lebewohl zu sagen, womöglich erneut auf unbestimmte Zeit, war unerträglich. Also zögerte ich es hinaus … einfach nur, um noch ein paar Minuten länger mit ihm zu haben. Auch wenn ich wusste, wie falsch das war.

Kapitel 40

Der Brollachan räkelte sich auf seinem Thron im Schattenreich und ließ eine Hand voll neuer Empfindungen über sich hinwegspülen. Es waren nicht seine eigenen und auch nicht die seiner Untertanen, sondern die des Menschen vor ihm.

Emotionen. Er schüttelte den Kopf. Sie zu spüren war nicht seine präferierte Fähigkeit, aber dennoch nützlich. So unendlich nützlich, um seine Opfer in Angst und Schrecken zu versetzen, sie zu manipulieren und gefügig zu machen. Damit würde er seine Macht erweitern.

Das Mädchen hatte nicht gekämpft, hatte nicht einmal versucht, sich gegen ihn zur Wehr zu setzen. Als er aufgetaucht war, war sie so ruhig geblieben, als hätte sie sein Näherkommen bereits gespürt und sich innerlich darauf vorbereitet.

Sie hatte ganz still dagesessen, das kleine Ding, wohl wissend, dass sie nicht die geringste Chance gegen ihn hatte. Und als er sie gepackt, als er ihr seine Magie ausgesaugt und sie getötet hatte, da hatte sie gelächelt. Beinahe so, als wäre sie erleichtert, dass es zu Ende ging und sie diese Kraft loswurde. Eine Kraft, die nun endlich wieder sein Eigen war und die ihm dabei helfen würde, zu seiner alten Macht zu gelangen.

Genau wie der Mensch, der wieder zu ihm gekommen war.

»Ich kann das nicht mehr«, stieß der kleine Wurm hervor. »Ich will aussteigen. Der Deal ist beendet.«

Er war erbärmlich. Geplagt von etwas wie einem Gewissen oder Schuldgefühlen. Etwas, womit er, der Brollachan, sich glücklicherweise nie hatte herumschlagen müssen. Deshalb würde die Menschheit auch verlieren. Sie waren schwach. Im Grunde warteten sie nur auf ihre Auslöschung, bettelten geradezu darum mit all ihren Krankheiten, politischen Intrigen, Waffen und Kriegen.

Nun … diesen Wunsch würde er ihnen erfüllen. Dazu brauchte er nur noch den Rest seiner gestohlenen Kräfte – und dieser Mensch würde ihm dabei helfen. Ob er wollte oder nicht.

Eine einzige Empfindung reichte aus und die erbärmliche Person brach vor ihm zusammen. Keuchend. Mit weit aufgerissenen, panischen Augen. Es war fast schon zu einfach, seine wiedergewonnene Magie auf dieses unwürdige Nichts anzuwenden. Diesen Menschen, der selbst eine seiner Kräfte in sich trug – und damit zu kämpfen hatte. Er konnte es spüren, konnte seine eigene Magie nach ihm rufen hören.

Bald. Bald war es endlich so weit. Doch bis dahin konnte – und würde – ihm dieser Mensch weiterhin von Nutzen sein. Und zu Diensten.

»Ich sage, wann diese Vereinbarung zu Ende ist – und das ist sie noch lange nicht.« Langsam, gemächlich stand er auf und trat auf die Person zu seinen Füßen zu. »Du wirst mich zu den anderen führen, so wie es abgesprochen war.«

Kurz flackerte etwas auf. Magie regte sich in diesem Menschen – und verblasste wieder.

Der Brollachan lachte tief und hohl. »Dachtest du wirklich, du könntest meine eigene Kraft gegen mich einsetzen? Das ist mein Reich! Du hast keine Macht hier.«

»Bitte«, keuchte die Person und presste sich die Faust gegen die Brust, als würde sie vor lauter Angst keine Luft mehr bekommen. »Bitte …«

»Weigerst du dich etwa?«

Es bedurfte nur einer winzigen Handbewegung, schon traten fünf seiner Untertanen aus den Schatten und kreisten den Menschen ein. Sie lechzten geradezu danach, sich an diesem erbärmlichen Etwas auszutoben.

»Du wirst mir weiterhin zu Diensten sein. Hast du das verstanden?«

»Ja«, presste die Person hervor. Ihre Hände waren zu Fäusten geballt, das

Gesicht so bleich wie der Tod, in den Augen ein panisches, aber auch wütendes Funkeln. »Verstanden.«

Brav. Zur Belohnung zog er all die Furcht und Panik, mit denen er diese elende Kreatur so gebeutelt hatte, wieder zurück. Er hörte das Aufatmen, sah das Zittern, als sie sich langsam erhob. Obwohl er sie nicht länger beeinflusste, roch sie noch immer nach Angst.

Gut so. Der Dämon lächelte. Sie waren noch längst nicht fertig miteinander. Niemand wagte es, sich ihm zu widersetzen. Zumindest niemand, der noch am Leben war.

Zeit für eine Lektion. Er gab seinen Anhängern ein Zeichen. Eine Fingerbewegung genügte – und sie stürzten sich auf den Menschen.

Genüsslich ließ er sich wieder auf seinem Thron nieder, während der Kampf direkt vor seinen Augen ausbrach.

Keuchen. Schreie. Fluchen.

Der Mensch setzte sich gut zur Wehr. Das musste man ihm lassen. Aber er würde schon noch einsehen, dass er nicht die geringste Chance gegen die Dämonen hatte, die einzig und allein ihm dienten. Der einzige Grund, warum er den Verräter nicht langsam und qualvoll selbst tötete, war, dass er ihm noch immer nützlich war.

Früher oder später würde er all seine Macht zurückerlangen. Mit oder ohne Hilfe. Die einzige Frage, die sich dieser Verräter beantworten musste, war also nur, wie lange er noch leben wollte. Und ob sein Tod schnell oder schmerzhaft sein würde.

Kapitel 41

In der Zwischenzeit hatten sich die Schneeflocken in Regentropfen verwandelt, die kalt und gnadenlos auf uns herabprasselten. Nate und ich waren beide durchnässt, als wir vor meiner WG ankamen. Ich hatte ihm nicht gesagt, dass mein eigentliches Ziel Levis Wohnung war. Das hätte nur Fragen aufgeworfen, außerdem waren die anderen dort und warteten auf mich. Dabei wollte ich einfach nur noch etwas länger mit Nate allein sein.

Er hätte mich nicht bis zur Wohnungstür bringen müssen, dennoch hatte er es getan. Und ich hatte ihn nicht aufgehalten. Jetzt standen wir hier, ohne uns zu rühren, schweigend, weil alle Worte gesagt waren.

Meine Hände zitterten, als ich das schwere schwarze Jackett abstreifte, das Nate mir über die Schultern gelegt hatte, bevor wir den Winterball verlassen hatten. Nun gab ich es ihm zurück, aber er zog es nicht an, sondern hielt es nur fest, starrte es einen Moment lang an, bevor er den Kopf hob und mich wieder ansah.

Mein Herz hämmerte zum Zerspringen schnell. Alles in mir wehrte sich dagegen, mich schon von ihm zu verabschieden. Denn diesmal würde es für immer sein. Was auch geschah, ob Nate in der Stadt blieb oder wieder fortging, ob wir die letzten Leute mit Kräften fanden und uns dem Brollachan entgegenstellten … Ich wusste mit absoluter Sicherheit, dass nach dieser Nacht nichts mehr so sein würde wie zuvor.

»Nate …«

Er machte einen Schritt auf mich zu, als wollte er mich genauso wenig zurücklassen, wie ich ihn gehen lassen wollte.

»Ich …«, begann ich, ohne zu wissen, wie dieser Satz enden würde. Aber ich konnte die Worte auch nicht unausgesprochen lassen. »Bin ich egoistisch, wenn ich mir wünsche, dass es anders wäre? Dass es diese Vorschriften nicht gäbe? Dass du und ich … anders wären?«

»Nein, Faith. Das macht dich nicht egoistisch.« Mit dem Daumen strich er über meine Wange, meinen Hals hinunter bis zu meinem kräftig schlagenden Puls. »Es macht dich menschlich. Uns beide.« Er lehnte sich vor, bis seine Lippen beinahe mein Ohr streiften, als er weitersprach. »Weil ich mir dasselbe wünsche.«

Ich schloss die Augen. Atmete tief seinen Duft ein. Blendete alles andere aus.

Mein Leben lang hatte ich mich an die Spielregeln gehalten, hatte immer auf das gehört, was man mir gesagt hatte. Ich war nur selten über die Stränge geschlagen – und wenn, dann waren Levi oder Nate da gewesen, um mich zu retten. Aber ich brauchte keinen Retter mehr. Und ich wollte mich auch nicht länger an Regeln halten, die andere für mich aufgestellt hatten.

Allerdings ging es hier nicht nur um mich, wie mir in diesem Moment klar wurde, als ich die Finger in den Stoff seines Hemds grub. Selbst wenn ich damit leben könnte, die Gesetze des Ordens zu brechen und Nate weiterhin meine Kräfte zu verheimlichen – er könnte es nicht. Gegen die Grundprinzipien des Ordens zu verstoßen, würde ihn zerstören. Und das konnte ich nicht zulassen. Unter keinen Umständen.

Also ließ ich ihn los und trat einen halben Schritt zurück. Als sich unsere Blicke begegneten, wussten wir beide, was das hier bedeutete.

Nate ließ mich nicht aus den Augen. »Gute Nacht, Faith.«

»Nacht …«, wisperte ich.

Sekunden verstrichen. Minuten. Erst nach einer Ewigkeit wandte Nate sich ab, in der Hand noch immer das Jackett, das ich auf dem Heimweg getragen hatte.

Ich sah ihm nach, wie er die Treppe ansteuerte. Ein Schritt. Dann noch einer. Ein dritter. Jetzt musste er nur noch die erste Stufe nehmen und wäre aus meinem Blickfeld verschwunden. Und aus meinem Leben.

»Fuck!«

Ohne Vorwarnung wirbelte er herum, warf das Jackett aufs Treppengeländer und stand gleich darauf wieder vor mir. In einer fast schon zärtlichen Geste legte er die Hände an mein Gesicht – und küsste mich.

Nates Lippen strichen über meine, wieder und wieder, als müsste er sich erst davon überzeugen, dass das hier wirklich passierte. Aber es war real. Sein Mund auf meinem war ebenso real wie das leichte Kratzen seiner Bartstoppeln auf meiner Haut.

Und als er den Kopf hob und mich ansah, blieb mir fast das Herz stehen. In seinen Augen lag so viel Hitze, so viel Verlangen und so viel … von etwas anderem, etwas Intensivem, etwas, das sich weder an Regeln halten wollte noch konnte, weil es tiefer ging als alles andere.

Als er den Kopf erneut senkte, kam ich ihm entgegen. Es gab kein Zögern. Kein Nachdenken. Keine Zweifel. Als Nate seine Lippen diesmal auf meine drückte, fühlte ich mich nicht um drei Jahre in die Vergangenheit zurückversetzt. Ich war auch keine naive Fünfzehnjährige mehr, die ihren Crush verführen wollte. Ich war voll und ganz im Hier und Jetzt verankert. In der Gegenwart. In diesem Augenblick.

Ich schlang die Arme um seinen Hals, presste mich an ihn und erwiderte diesen lang ersehnten Kuss mit allem, was ich hatte. Dieser Moment war nicht zu vergleichen mit dem flüchtigen Kuss von damals. Dazwischen lagen nicht nur Jahre, sondern Welten. Ganze Universen.

Nate schob die Hand in mein Haar, und als ich die Lippen für ihn teilte, als sich unsere Zungen das erste Mal berührten, spürte ich, wie er die Finger zur Faust ballte. Ein Keuchen entkam ihm. Ein gedämpftes Stöhnen. Ich hatte das Gefühl zu fallen, aber er war da. Er hielt mich fest. Fing mich auf.

Ich wollte nicht, dass das hier endete, wollte diesen kostbaren Augenblick um jeden Preis festhalten. Aber ich konnte nicht. Und das brach mir das Herz.

Ein letztes Mal strichen Nates Lippen über meine, als wollte er sich ihre Form und ihren Geschmack einprägen, doch schließlich richtete er sich auf. Ein letztes Mal sah er mich mit diesem durchdringenden Blick an. Wir atmeten beide schwer, aber keiner von uns sagte ein Wort. Vielleicht weil wir beide wussten, dass jedes Wort diesen Moment nur zerstören würde.

Meine Augen brannten, als ich ihm nachsah. Diesmal blieb er nicht stehen, sondern griff nach seinem Jackett und nahm die Treppe nach unten. Eine Etage nach der anderen. Entfernte sich immer weiter von mir.

Ich wusste nicht, wie lange ich so dastand. Als mein Sichtfeld immer mehr verschwamm, wischte ich mir hastig über die Augenwinkel, kramte meinen Schlüssel hervor und öffnete die Tür.

Sekundenlang lehnte ich mit dem Rücken gegen das kalte Holz und versuchte zu begreifen, was passiert war. Gerade eben. An diesem Abend. In meinem ganzen Leben. Doch dann stieß ich mich von der Tür ab und lief in mein Zimmer. Was auch immer ich jetzt fühlte – es musste warten. Ich musste zu Tommy, Ryu und den anderen, und das am besten nicht im Ballkleid, also ging ich zu meinem Kleiderschrank und …

Ein Klopfen an der Tür.

Mein Magen machte einen Sprung. Hatte Nate es sich anders überlegt? War er zurückgekommen?

Ich sprintete förmlich zur Wohnungstür, riss sie auf – und erstarrte.

»Jax.«

Kapitel 42

»Hey, Schneeflöckchen.« Jax war völlig durchnässt und hielt sich die blutige Seite. Auch in seinem Gesicht prangten tiefe Kratzer. Dennoch brachte er so etwas wie ein Lächeln zustande. »Hättest du vielleicht einen Moment für mich? Ich wusste nicht, zu wem ich sonst gehen sollte …«

Seit dem letzten Wochenende hatte ich ihn nicht mehr gesehen. Laut Arbeitsplan im Pub hatte er seine Schichten getauscht, sodass wir nicht mehr zusammen arbeiteten, und auch sonst hatte ich nichts mehr von ihm gehört. Genauso wenig wie die anderen.

»Was ist passiert?«, stieß ich hervor und trat zur Seite, um ihn hereinzulassen.

Er ging einen Schritt an mir vorbei, und als ich seine Verletzungen im Licht der Flurbeleuchtung deutlicher erkennen konnte, sog ich scharf die Luft ein. Sein Shirt klebte an seinem Oberkörper, war blutig und zerfetzt. Und sein rechter Arm … großer Gott. Er musste seine Feuerkraft intensiv eingesetzt haben, um solche Brandwunden davonzutragen. Bei dem Anblick drehte sich mir der Magen um, aber ich tat alles, um mir nichts anmerken zu lassen.

»Hier entlang.« Vorsichtig legte ich ihm die Hand auf den Rücken, unsicher, wie ich ihn am besten stützen könnte.

Jax warf mir einen kurzen Blick zu, protestierte aber nicht, sondern starrte stur geradeaus, bis wir es durch die Küche in mein Zimmer geschafft hatten. Ich wollte Maisie nicht erschrecken, falls sie in der Zwischenzeit nach Hause kam.

»Du müsstest in ein Krankenhaus …«

»Die haben keine Heilerin«, stieß er hervor und setzte sich mit meiner Hilfe auf die Matratze. Während des kurzen Weges war er deutlich blasser geworden. Feine Schweißtropfen hatten sich auf seiner Stirn gebildet und seine Atmung war flach. »Außerdem würden sie dort zu viele Fragen stellen.«

»Und ich nicht?«

»Du heilst mich währenddessen wenigstens …«, stieß er hervor. »Oder nicht?«

Ich senkte den Blick. Auch wenn er uns an den Dämon verraten hatte, konnte ich ihn nicht einfach leiden, oder sogar sterben lassen. Erst recht nicht, wenn ich etwas dagegen unternehmen konnte. Und das konnte ich. Hier und jetzt konnte ich es. Also setzte ich mich neben ihn und legte die Hände vorsichtig auf seine verbrannte rechte Hand und den ebenso zugerichteten Unterarm.

»Entschuldige«, murmelte ich, als er zusammenzuckte. Er musste höllische Schmerzen haben. Es grenzte an ein Wunder, dass er überhaupt noch bei Bewusstsein war.

»Schon gut«, presste er durch zusammengebissene Zähne hervor. »Mach einfach dein Ding.«

Wärme floss durch mich hindurch und in meine Hände hinein. Das vertraute Prickeln, das die Heilung begleitete, ging von mir auf Jax über. Das hier waren keine schlichten Verbrennungen ersten Grades. Doch unter meiner Berührung regenerierte sich seine Haut Zentimeter für Zentimeter und hellte sich auf, bis sie einen gesünderen Farbton annahm.

»Danke, dass du mir hilfst.«

Ich sah nicht auf, sondern konzentrierte mich voll und ganz aufs Heilen. »Hätte ich dich etwa sterben lassen sollen?«

»Ich kenne da ein paar Leute, denen das lieber gewesen wäre.« Er ließ den Rest offen, aber ich reagierte nicht darauf. Das war eine zu offensichtliche Einladung, ihm wieder Vorwürfe zu machen, und im Moment hatte ich wirklich Besseres zu tun.

»Wie ist das?«, fragte ich nach einer Weile und suchte seinen Blick.

»Viel besser«, erwiderte er genauso leise und bewegte probehalber die Finger, indem er sie zur Faust schloss und wieder öffnete.

»Gut.« Ich musterte ihn schnell von Kopf bis Fuß. »Zieh dein Shirt aus.«

Er blinzelte. Starrte mich aus diesen tiefblauen Augen ungläubig an. »Ähm, was?«

»Wenn ich nicht sehen kann, wo du verletzt bist, weiß ich auch nicht, was ich heilen soll, also zieh dein Shirt aus. Außerdem wirst du dir mit oder ohne meine Heilkräfte den Tod holen, wenn du in diesen nassen Sachen bleibst.«

Jax schnaubte. »Wenn du mich nackt sehen willst, hättest du das nur sagen müssen, Schneeflöckchen.« Ächzend versuchte er sich das Shirt über den Kopf zu ziehen. Die Bewegung schien ihm jedoch Schmerzen zu bereiten, denn er hielt inne und verzog das Gesicht.

»Hier. Lass mich dir helfen.« Ich kniete mich neben ihn auf die Matratze und schob seine Hände beiseite. Bei der Berührung hob er ruckartig den Kopf und unsere Blicke verfingen sich ineinander. Für einen kurzen Moment vergaß ich zu atmen, doch Jax' angestrengtes Keuchen erinnerte mich daran, was ich zu tun hatte.

Behutsam schob ich den feuchten Stoff nach oben, darauf bedacht, ihn nirgendwo zu berühren, wo er verletzt sein könnte, und half ihm dabei, das Oberteil auszuziehen. Ich ließ das nasse Shirt auf den Boden fallen, wo es ein klatschendes Geräusch verursachte. Während sich Jax mit einer Hand hinter sich auf der Matratze abstützte, richtete ich meine Aufmerksamkeit auf die blutende Wunde.

Verdammt. Das, was ich davon erkennen konnte, sah wirklich

übel aus. Wenn Jax nicht hierhergekommen wäre, wenn er mich nicht so schnell gefunden hätte, wäre er ein Fall für die Notaufnahme. Oder würde in irgendeiner Gasse liegen und langsam verbluten.

Entschieden vertrieb ich diese Vorstellung aus meinen Gedanken. Ich musste mich konzentrieren. Dummerweise befand sich die Wunde an seiner linken Seite und ich saß an seiner rechten. Ich musste mich über ihn lehnen, aber selbst dann kam ich nicht richtig ran, also richtete ich mich kurzentschlossen auf, raffte das Ballkleid zusammen und kletterte auf seinen Schoß. Mit den Knien rechts und links neben seiner Hüfte war es leichter, die Hand auf die blutige Stelle unter seinen Rippen, knapp über seinem Hüftknochen zu legen. »Erzählst du mir jetzt endlich, wie das passiert ist?«

Schweigen.

»Jax?«

Als er nicht antwortete, hob ich den Kopf und sah ihm geradewegs in die Augen. Mein Magen verkrampfte sich und mit einem Mal fühlte sich nicht nur meine Hand warm an. Meine ganze Haut schien in Flammen zu stehen.

»Ich würde es dir ja sagen«, erwiderte er nach einer gefühlten Ewigkeit mit gepresster Stimme. »Aber du sitzt auf meinem Schoß und berührst mich, da fällt es mir etwas schwer, mich zu konzentrieren.«

Oh …

»Sorry«, murmelte ich.

»Schon gut.«

Ich brauchte einen Moment, um mich von seinem Blick zu lösen und meine Aufmerksamkeit wieder auf das warme Kribbeln in meiner Hand zu richten.

»Fertig«, flüsterte ich nach einer Weile. Obwohl es nicht notwendig war, strich ich mit den Fingerspitzen noch mal über die Stelle.

»Womöglich wird eine kleine Narbe zurückbleiben, aber mit der Zeit wird man sie kaum noch sehen können.«

Anschließend legte ich die Hand an seine Wange und heilte auch die blutigen Kratzer dort.

Jax stieß den angehaltenen Atem aus. »Danke, Faith.«

Ich starrte ihn an. Aus irgendeinem Grund hämmerte mein Herz plötzlich wieder viel zu stark.

Falten erschienen auf Jax' Stirn. »Was ist?«

»Nichts, nur …« Kopfschüttelnd kletterte ich von ihm herunter und setzte mich neben ihn an den Bettrand. »Ich glaube, das ist das erste Mal, dass du mich bei meinem Namen genannt hast.«

Und das stellte merkwürdige Dinge mit mir an. Dinge, über die ich lieber nicht nachdenken wollte. Vor allem nicht an diesem Abend.

»Wirklich?«

Ich nickte und räusperte mich, um dieses seltsame Gefühl in meiner Kehle und meiner Brust loszuwerden.

»Dann lass mich gleich noch was hinterherschieben: Du siehst heute wunderschön aus.«

Ich sah nur kurz an mir hinunter. Das Kleid hatte ich schon ganz vergessen, und jetzt, da sein Blut an dem lilafarbenen Stoff klebte, war es mit ziemlicher Sicherheit ruiniert. Zu meiner eigenen Überraschung könnte mir das nicht gleichgültiger sein.

»Ach was, nur heute?«, neckte ich ihn leise und für einen Moment war alles beinahe wie früher zwischen uns. Beinahe.

Jax lächelte angespannt, erwiderte jedoch nichts. Die Tatsache, dass er mir kein Kontra gab und das hier nicht in eines unserer Wortgefechte ausartete, zeigte mir deutlicher als alles andere, wie schlimm es wirklich um ihn stand.

»Was ist mit dir passiert?«, fragte ich erneut.

Jetzt, da er nicht mehr kurz vorm Verbluten stand, musste ich es einfach erfahren.

Jax sah zur Seite. Biss die Zähne zusammen. »Ich hab mich mit ein paar Dämonen angelegt«, gestand er schließlich, ohne mich anzusehen. »Bin ihnen entkommen.«

»Warum? Außerdem dachte ich …«

»Dass ich auf ihrer Seite stehe?«, beendete er meinen Satz, als ich es nicht tat. Nur dass seine Stimme einen zynischen Unterton angenommen hatte. »Ja, klar.«

Obwohl es spätabends war und die ganze Zeit schon ruhig, wirkte es auf einmal noch stiller. Keine Autos, die draußen die Straße entlangfuhren. Kein Kreischen von Möwen. Selbst die Moleküle in der Luft schienen erstarrt zu sein, als würde alles um uns herum den Atem anhalten.

»Jax …?«

Ein erdiger, leicht süßlicher Geruch drang mir in die Nase. Wie feuchte Erde und Schimmel.

Ich sprang auf. Mit einem Mal raste mein Puls, denn ich wusste genau, was die Stille und dieser Geruch zu bedeuten hatten. »Bitte sag mir nicht, dass du sie hierhergeführt hast!«

»Nicht absichtlich.« Jax ballte die jetzt verheilten Hände zu Fäusten und stand ebenfalls auf. »Sorry.«

»Dafür ist es ein bisschen zu spät, meinst du nicht?«, zischte ich und zerrte gleichzeitig das Handy aus meiner Handtasche. Für einen Anruf blieb keine Zeit mehr, also tippte ich eine schnelle Nachricht an meinen Bruder. Ich konnte nur hoffen, dass er die Nachricht sofort sehen und den anderen Bescheid sagen würde. Tommy und Ryu waren in Levis Wohnung und damit rund zwanzig Minuten entfernt. Zehn mit dem Auto. Aber mit Savinas Teleportationskraft könnten sie innerhalb von Sekunden hier sein. Zumindest theoretisch. Ich hatte nicht die geringste Ahnung, ob sie das tun und ob es funktionieren würde. Fürs Erste waren Jax und ich auf uns allein gestellt.

Wir stürmten in die Küche, gerade rechtzeitig, um zu sehen, wie sich eine Kreatur aus den Schatten löste und immer größer wurde, bis sie fast so groß wie der Esstisch war – und so sehr an einen Skorpion erinnerte, dass sich mein Magen vor Angst verkrampfte. Die Kreatur hatte acht dünne Beine, einen langen Schwanz und einen schwarzen Panzer, der in der Küchenbeleuchtung fast schon feucht schimmerte. Blutrote Adern zogen sich über die ganze Gestalt und zeichneten eine unheimliche Landkarte. Die langen Fangarme mit den Scheren schnappten hektisch, während die Augen des Dämons glühend rot aufleuchteten. Sein Blick richtete sich geradewegs auf mich.

Unwillkürlich musste ich an das denken, was ich in den Büchern des Ordens gelesen hatte: *Je ähnlicher ein Dämon einem Menschen ist, je weniger diese Kreatur wie etwas aus der Natur oder wie ein Tier aussieht, desto mächtiger ist sie.* Die raubtierhaften Gestalten wie der Schlangendämon an der Brücke waren jene, die nur von ihren Trieben und Instinkten geleitet wurden. Aber das machte sie in meinen Augen nicht weniger gefährlich.

Instinktiv wich ich einen Schritt zurück. Wollte mich in Sicherheit bringen. Weglaufen, so wie erst Dad und dann Levi es mir mein halbes Leben lang immer wieder eingetrichtert hatten. Doch meine Beine wollten sich nicht bewegen, schienen an Ort und Stelle festgewachsen zu sein. Denn neben Furcht durchströmte mich noch etwas anderes: Entschlossenheit.

Ich war nicht länger das kleine Mädchen, das vor der großen, bösen Gefahr davonlief und sich versteckte. Ich war eine Beauvil. Eine Nachfahrin einer Gründerfamilie des Ordens der Goldenen Flamme. Und ich hatte eine Kraft, die mich praktisch unverwundbar machte. Ich haute nicht ab. Ich stellte mich der Gefahr.

»Jax!«, rief ich und betete, dass ich ihm vertrauen konnte. Dass er mich jetzt nicht im Stich lassen würde.

Er war sofort an meiner Seite. In dem Moment, in dem meine Hand seinen warmen Arm berührte, zuckte sein Blick zu mir. Uns blieb keine Zeit, uns abzusprechen. Keine Zeit für einen ausgefeilten Plan. Ein knappes Nicken musste genügen.

Meine Heilkraft meldete sich mit einer prickelnden Wärme, die durch mich hindurch und gleich darauf in Jax hineinfloss. Im selben Moment erschienen Flammen in seiner Handfläche.

Ein Feuerball schoss durch die Luft, doch der skorpionhafte Dämon wich so schnell aus, dass die Attacke ihr Ziel verfehlte. Stattdessen explodierten die Flammen auf dem Küchenboden, leckten an den Stuhlbeinen und fraßen gierige Löcher in die Vorhänge. Rauch drang mir in die Nase.

Ein schwarz-roter Schwanz mit rasiermesserscharfem Stachel peitschte durch die Luft.

Ich musste Jax loslassen, um der Attacke auszuweichen. Auf einmal war ich froh um die endlosen Trainingsstunden, in denen Nate mir beigebracht hatte, richtig zu fallen, sodass ich mir weder wehtat noch etwas brach oder verstauchte. All das würde zwar schnell wieder heilen, aber ich brauchte meine ganze Konzentration und Energie für den Kampf.

Ich sprang auf die Beine, duckte mich unter dem nächsten Angriff hinweg und kam schlitternd neben Jax zum Stehen. Der packte mich am Arm und schleuderte eine erneute Feuerattacke auf das Monster. Diesmal fand sie ihr Ziel, doch die Flammen schienen kaum Schaden am Panzer anzurichten.

Plötzlich schnellte eine silberne Kette durch die Luft. Die einzelnen Glieder schlossen sich wie eine Schlange um den Rumpf des Angreifers und zogen sich fest zu. Der Dämon schrie auf, als sich das Metall durch den Panzer brannte und eine ganz andere Art von Rauch die Luft erfüllte.

Ich sah an dem sich windenden und zappelnden Dämon vorbei

Richtung Flur und rechnete damit, meinen Bruder dort stehen zu sehen. Aber Levi war nicht derjenige, der uns so schnell zu Hilfe gekommen war.

Es war Nate.

Kapitel 43

Was zur Hölle macht Nate hier?

Mir blieb keine Zeit, um die Worte auszusprechen. Jax griff nach meiner Hand. Fast zeitgleich erschien eine neue Feuerkugel in seiner Hand und schwoll an, bis sie die Größe eines Fußballs hatte, während das vertraute warme Kribbeln der Heilung durch meine Adern floss und auf Jax überging. Er holte aus und schleuderte die Flammen auf den Dämon. Gefangen durch die Kette, konnte der sich nicht wehren, nicht ausweichen. Das Feuer traf ihn mitten ins Gesicht und brannte sich in ihn hinein. Direkt vor unseren Augen löste er sich zu Staub auf. Mit einem Klirren fiel die Kette zu Boden; die einzelnen Glieder glühten noch einen Moment lang von der Hitze des Angriffs, dann erloschen auch sie.

Stille breitete sich aus. Obwohl sich die Welt dort draußen vor dem Haus wieder zu drehen schien, obwohl ich wieder vorbeifahrende Autos und das Kreischen der Möwen wahrnahm, war die plötzliche Ruhe im Raum zum Zerschneiden dick. Und gefährlich. Sehr, sehr gefährlich.

Ich entwand Jax meine Hand und ließ den Blick prüfend durch die Küche wandern. Verflucht. Der Kampf hatte Spuren hinterlassen. Nicht nur einen schwarzen Fleck auf dem Küchenfußboden, wo bis vor wenigen Augenblicken noch der Dämon gestanden hatte, sondern auch kleine Glutherde, die jedoch nach und nach in einem dünnen Rauchfaden erloschen.

»Faith.« Nates Stimme klang so scharf wie die Klinge, die er plötzlich in der Hand hielt. »Geh langsam von ihm weg.«

Oh nein. Nicht das schon wieder.

Und dann stürzte sich Nate mit seinem vollen Körpergewicht auf Jax – und der ließ es einfach zu. Krachend stürzten sie zu Boden und rissen dabei gleich zwei Stühle mit.

»Hört sofort auf!«

Nichts. Sie machten einfach weiter und schlugen aufeinander ein, als hätten sie mich nicht gehört. Oder eher: Als würden sie mich nicht hören wollen.

Scheiße. Ich hatte ja schon erlebt, wie Jax und Levi aufeinander losgegangen waren, doch das war im Vergleich zu heute ein Kindergarten gewesen. Blut floss und die Dolchklinge blitzte im Licht der Küchenlampe auf.

Erneut roch ich Rauch, und als ich einen Blick auf Jax erhaschte, erstarrte ich. Verflucht, er setzte seine Feuermagie ein, obwohl seine Haut dabei verbrannte. Und das gegen jemanden, der nicht sein Feind sein musste. Jemand, der ebenfalls gegen Dämonen kämpfte. Aber nach dem, was Nate gerade gesehen hatte …

»Schluss jetzt!«, rief ich und ging entschieden dazwischen. »Das ist mein voller Ernst.«

»Du solltest besser gehen«, knurrte Nate, nachdem er aufgesprungen war, und machte keine Anstalten, den Dolch wegzustecken. »Du weißt, was er ist und wozu er imstande ist.«

»Er hat recht, Schneeflöckchen«, kam es von Jax, der sich ebenfalls aufrichtete und sein Gegenüber keine Sekunde lang aus den Augen ließ.

Wie bitte?! Verarschten mich die beiden gerade?

»Geh. Ich weiß nicht, wie lange ich es noch unter Kontrolle habe.« Jax' Stimme klang gepresst, sein Blick war fiebrig. Er musste noch von seinem ersten Kampf gegen Dämonen geschwächt sein, und auch wenn ihm meine Heilung geholfen hatte, schien er jetzt neben sich zu stehen. Hinter ihm begannen kleine Flammen an den Wänden hinaufzuzüngeln.

»Jax ...« Ich machte einen vorsichtigen Schritt auf ihn zu. Das Herz schlug mir bis zum Hals. Er musste sich beruhigen, sonst würde er noch die ganze Wohnung in Schutt und Asche legen, selbst wenn er das nicht wollte. Denn jetzt gerade schien niemand noch einen klaren Kopf zu haben. Jax kämpfte gegen seine Feuermagie an und es war nur eine Frage der Zeit, bis sich herausstellen würde, wer gewann.

Ich hatte das schon einmal erlebt. Als Levi völlig die Kontrolle über seine Telekinese verloren hatte, war ich dabei gewesen. Ich hatte die Geschichten von Jax und Himiko gehört. Ich wusste, was passieren konnte.

Ich wirbelte zu Nate herum. »Er ist kein Dämon! Er ist ein Mensch, genau wie du und ich.«

Nate sah mich nicht mal an, sondern hielt den Blick misstrauisch auf Jax gerichtet. »Dämon oder nicht, er hat Kräfte, mit denen er anderen gefährlich werden kann. Kräfte, die andere bereits verletzt haben, also lass den Scheiß.«

Unwillkürlich musste ich daran denken, was Nate mir während unseres Spaziergangs erzählt hatte. Seine Familie war von einem Dämon angegriffen worden, der Feuerkräfte besaß. Sie waren alle gestorben. Qualvoll verbrannt.

»Das hier ist nicht wie damals, Nate«, begann ich und machte einen Schritt auf ihn zu. »Das ist nicht wie –«

Nate bewegte sich unglaublich schnell. In der einen Sekunde stand er noch gefährlich still da, in der nächsten wirbelte der Silberdolch durch die Luft und flog geradewegs auf Jax zu.

Ich dachte nicht nach. Zögerte keine Sekunde. Nahm nicht einmal wahr, dass ich mich bewegte, bis mich etwas hart in die linke

Schulter traf. Die Wucht ließ mich ein, zwei Schritte zurücktaumeln. Ganz langsam sah ich an mir hinunter, sah auf den Dolchgriff, der knapp unter meinem Schlüsselbein aus mir herausragte, und starrte auf den immer größer werdenden roten Fleck in meinem Ballkleid. Mein Puls raste, aber weder mein Körper noch mein Verstand schienen zu begreifen, was gerade passiert war. Was ich getan hatte.

Und dann setzte der Schmerz ein.

»Faith!«

Meine Knie gaben unter mir nach. Jemand fing mich auf und legte mich vorsichtig auf den kalten Küchenboden.

Schnelle Schritte. Nates Gesicht tauchte über mir auf. »Hast du den Verstand verloren? Warum hast du das getan?«

»Er ist … kein … Dämon.« Die Worte kamen mir nur röchelnd über die Lippen und ein metallischer Geschmack begann sich in meinem Mund auszubreiten. »Und ich kann … kann mich … h-heilen. Jax … nicht …«

Nate verschwand aus meinem Sichtfeld und an seiner Stelle beugte sich Jax über mich. »Das wird jetzt wehtun, aber ich muss es tun, okay?« Ich spürte, wie sich seine Finger um den Griff schlossen.

Ich öffnete den Mund, brachte aber keinen Ton hervor, also nickte ich nur zittrig. Er zögerte nicht, warnte mich kein weiteres Mal vor, sondern riss den Dolch aus meiner Schulter.

Heißer Schmerz schoss durch mich hindurch und ich schrie auf.

Jemand schlang die Arme um mich, hielt mich fest, wiegte mich sanft. »Schhh, schhh …«, raunte Jax dicht an meinem Ohr. »Alles wird gut … alles wird gut, Schneeflöckchen.«

Nur langsam beruhigte ich mich wieder. Die vertraute Wärme stellte sich ein und konzentrierte sich auf die Wunde an meiner Schulter. Aber es geschah zögerlicher als sonst. Zäher. Als bräuchte meine Heilung durch die Kraftanstrengung vorher ein wenig länger.

»Du bist total durchgeknallt«, stieß er hervor.

Ich lachte trocken auf. »Glaub mir, ich … ich hasse mich … gerade … selbst dafür.«

Wenn ich gewusst hätte, wie heftig der Schmerz sein würde … okay, dann hätte ich es vermutlich trotzdem getan. Aber … *verdammt*, das hatte echt wehgetan.

Ich konnte spüren, wie Muskeln und Sehnen zusammenwuchsen und die Haut sich wieder schloss. Zurück blieb … nichts. Keine Narbe. Keine Rötung. Nichts. Der Blutfleck auf meinem Kleid war der einzige Beweis dafür, dass das gerade wirklich passiert war.

»Du …« Nate kam näher und starrte erst auf die verheilte Stelle, dann in mein Gesicht. »Du bist … wie er?« Mit dem Kopf deutete er auf Jax, hielt aber noch immer Abstand zu ihm, als würde er ihm nach wie vor nicht über den Weg trauen.

Eigentlich sollte ich das auch nicht. Jax hatte uns verraten. Er hatte einen Dämon in meine Wohnung geführt, ob nun absichtlich oder nicht. Aber er hatte auch gegen die Kreatur gekämpft, hatte mir zur Seite gestanden, mich beschützt. Und ich … verdammt, ich wusste nicht mehr, was ich denken sollte. Vor allem nicht, wie ich Nates Frage beantworten sollte.

War ich wie Jax? Ja. Und nein.

»So ähnlich«, stieß ich hervor und setzte mich auf. »Aber ich verspreche dir, dass wir Menschen sind. Nur eben nicht … ganz so normal.«

Jax schnaubte hinter mir. »Nett ausgedrückt.«

Nate sah von mir zu ihm und wieder zurück. Langsam begann er den Kopf zu schütteln … und all das, was ich heute Abend in seinen Augen gesehen hatte, verschwand mit einem Mal. Erlosch einfach. An seine Stelle traten Wut und Enttäuschung. Ohne ein weiteres Wort hob er die Metallkette vom Boden auf, drehte sich um und verließ die Küche.

Panisch rappelte ich mich auf. »Nate, warte!«

Aber er wartete nicht. Er ging. Diesmal endgültig.

Kapitel 44

Bis vor Kurzem war ich davon überzeugt gewesen, dass diese Nacht alles ändern würde. Für mich. Für Nate. Vielleicht sogar für uns alle. Ich hatte ja keine Ahnung gehabt, wie recht ich damit haben würde.

Ich starrte in den leeren Flur, auf die geschlossene Eingangstür und versuchte Nate mit bloßer Willenskraft dazu zu bringen, zurückzukehren. Aber er kam nicht zurück. Natürlich nicht. Und ich … ich war zu feige, um ihm nachzurennen.

Die ganze Zeit über hatte ich geglaubt, die Regeln des Ordens würden zwischen uns stehen – und das taten sie in gewisser Weise auch. Aber sie hatten nicht das zerstören können, was zwischen uns war. Sie hatten nicht die Gefühle vernichten können, die wir füreinander empfanden.

Ich schon. Und ich hatte es in dem Moment getan, in dem ich mich zwischen die beiden geworfen und das Messer für Jax abgefangen hatte. In dem Moment, in dem ich Nate ungewollt meine Heilkräfte gezeigt hatte.

Ich würde nie vergessen, wie er mich danach angesehen hatte. Als wäre ich eine Fremde für ihn. Eine Lügnerin. Eine Bedrohung.

»Na, das lief doch echt gut.« Jax' sarkastischer Kommentar holte mich in die Wirklichkeit zurück.

Ich wischte mir über die Augen. »Du hast ein seltsames Verständnis von *gut*.«

Er musterte mich mit einem undeutbaren Ausdruck in den Augen. »Was du da eben getan hast …«

»Hätte ich auch für Levi oder Ailsa oder einen der anderen getan«, unterbrach ich ihn, bevor er etwas aussprechen konnte, was ich nicht hören wollte. Ich wollte ja nicht einmal darüber nachdenken, warum ich es getan hatte. Definitiv nicht nur, um einen Streit zu beenden, sondern auch um … ihn zu schützen. Um Jax zu beschützen. Den Verräter.

Gott, was stimmte nur nicht mit mir?

»Können wir ihm trauen, dass er die Klappe hält?«

Ich zögerte. »Ich weiß es nicht.«

Nate hatte nie gegen die Regeln des Ordens verstoßen oder sie gebrochen. Und nach dieser Sache müsste er dem Rat eigentlich davon berichten. Von Jax. Und von mir.

Mit zusammengebissenen Zähnen wandte ich mich ab, hob Nates Dolch vom Boden auf und marschierte in mein Zimmer. Ich musste endlich aus diesem Kleid raus und ich … ich brauchte einen klaren Kopf. Doch dafür raste mein Herz viel zu sehr und meine Gedanken waren ein einziges Chaos. Ein Trümmerhaufen, den ich ganz allein zu verantworten hatte, ebenso wie die Brandflecken und kaputten Stühle in der WG.

Ich schnappte mir frische Sachen aus dem Schrank und ging ins Bad. Doch als ich unter dem warmen Wasser der Dusche stand, ging das Gedankenkarussell von Neuem los.

Warum war Nate so plötzlich hier gewesen, um uns zu helfen? War er nach unserer Verabschiedung in der Nähe geblieben, um sicherzugehen, dass es mir gut ging und mir keine Gefahr drohte? Hatte er etwa gesehen, wie ich Jax hereingelassen hatte? Er musste zumindest etwas vom Kampf gegen den Dämon gehört haben, sonst wäre er nicht sofort hereingestürmt. Und als er dann auch noch Jax' Feuerkraft gesehen hatte, hatte ihn das sofort an den Tod seiner Familie erinnert. Großer Gott …

Ich rieb mir übers Gesicht und erinnerte mich zu spät daran, dass ich noch Make-up drauf hatte. Mist. Aber nach den Ereignissen der letzten Stunde war wahrscheinlich eh schon alles verschmiert, also konnte es mir jetzt auch egal sein, wenn ich gleich wie ein Panda aus der Dusche kam.

Entschieden griff ich nach dem Duschgel und begann mich einzuseifen. Obwohl ich mich fühlte, als hätte ich den Ben Nevis erklommen, war dieser Tag noch nicht zu Ende. Ich musste mit Jax reden – falls der nicht schon längst wieder verschwunden war –, zu den anderen in Levis Wohnung fahren, mit Savina sprechen und herausfinden, wie Levis und Ailsas Mission gelaufen war. Außerdem musste ich ihnen erzählen, was hier geschehen war. Oh, und Maisie Bescheid geben, damit sie keinen Herzinfarkt bekam, wenn sie heimkehrte und die angekokelte Küche entdeckte.

Innerhalb weniger Minuten hatte ich mich geduscht, abgetrocknet und umgezogen und trug nun eine hautenge Skinny Jeans, ein dunkelgraues Langarmshirt und meine Halbstiefel. Von dem Mädchen im Ballkleid war ich so weit entfernt wie Shetland von Rom. Hastig band ich mir das feuchte Haar zusammen, auch wenn sich ein paar kurze Strähnen sofort aus dem Zopf lösten, und wischte die letzten Spuren meiner Wimperntusche unter den Augen fort.

Einen Moment lang betrachtete ich den mittlerweile gesäuberten Dolch von Nate in meiner Hand, ohne zu wissen, was ich damit anstellen sollte. Dann schob ich ihn zwischen Gürtel und Jeans und verließ mein Zimmer.

In der Küche blieb ich jedoch abrupt stehen. Jax war noch da. Er hatte sein nasses Shirt wieder angezogen, die Stühle aufgestellt und versuchte die Rußflecken an Wänden und Boden mit einem Lappen zu entfernen.

»Hast du uns wirklich verraten?«

Er hielt inne. Drehte sich langsam zu mir um. Seine Lippen teilten sich …

Ich würde wohl nie erfahren, was er sagen wollte, denn die Wohnungstür ging auf, bevor Jax auch nur einen Ton hervorgebracht hatte. Gleich darauf stand Levi in der Küche. Er trug nur ein dünnes Shirt, obwohl er heute mit Jacke losgegangen war. Blut rann an seiner Schläfe hinab.

»Was ist mit dir passiert?« Ich spähte an ihm vorbei in den Flur, aber er war allein. »Und wo ist Ailsa?«

Levi winkte ab und wischte sich mit dem Ärmel über die Schläfe. »Ich hab sie zu den anderen geschickt. Was ist mit dir? Ich hab deine Nachricht bekommen. Was ist los? Und was will *er* hier?«

Jax machte einen angriffslustigen Schritt nach vorne. Selbst mit dem Putzlappen in der Hand sah er noch immer bedrohlich aus. »*Er* hat dafür gesorgt, dass deine Schwester kein Dämonenfutter wird.«

Ich kniff die Augen zusammen. »Das reicht mit dem Testosteron, Jungs.« Ich ging dazwischen, bevor die Situation eskalieren konnte. Schon wieder. »Davon hatte ich heute Abend wirklich genug.«

Sekundenlang hielt Levi Jax' Blick noch fest, dann riss er sich los und wandte sich an mich. »Geht's dir gut? Bist du verletzt worden?«

»Halb so wild«, erwiderte ich automatisch, war mir Nates Dolch – und wofür er stand – in meinem Gürtel jedoch umso deutlicher bewusst. »Aber wir müssen dringend ...«

Ich hielt inne, als mir ein mittlerweile vertrauter Geruch in die Nase strömte. Mein Puls begann zu tosen. Meine Muskeln spannten sich an. Mein ganzer Körper reagierte schneller, als mein Verstand aufholen konnte.

Dieser Geruch. Die erneute schlagartige Stille um uns herum. *Oh nein.*

Nein, nein, nein. Hörte dieser Abend denn nie auf?

Mit einem Mal stand sie einfach vor uns. Dieselbe schattenartige Gestalt, die uns in Camerons Zuhause angegriffen hatte. Nur dass sie diesmal ... fester wirkte. Kräftiger. Mächtiger.

Der Brollachan. Der Dämon, den wir versehentlich befreit und dessen Kräfte wir an uns genommen hatten, hatte uns gefunden. Und jetzt … jetzt würde er sich seine Magie zurückholen.

Angst floss wie Gift durch meine Adern und breitete sich immer weiter aus. Panisch begann mein Herz zu hämmern. Schweißtropfen bildeten sich auf meiner Stirn. Meine Beine waren wie festgefroren, ich konnte mich nicht rühren.

Mühsam drehte ich den Kopf zur Seite. Auch Levi und Jax waren wie erstarrt, die Augen vor Schreck geweitet.

Das ist der Dämon! Er manipuliert unsere Emotionen.

Und dann spürte ich ihn wieder, den heftigen Drang, meinen Arm zu heben. Die Hand um meine Kehle zu legen. Und zuzudrücken.

Oh nein, nicht mit mir. Nicht schon wieder. Es gab jede Menge Gründe, Todesängste auszustehen, aber ich würde nicht wie ein Reh im Scheinwerferlicht auf den unvermeidbaren Aufprall warten. Dafür hatte ich nicht trainiert. Dafür hatten wir nicht so lange und verzweifelt nach den anderen aus unserer Gruppe gesucht.

Ich konnte meine eigene Hand nicht aufhalten, die sich um meinen Hals schließen wollte, aber ich konnte etwas gegen die Panik tun. Es kostete mich alles an Willenskraft, doch dann löste ich mich aus dem Bann der Emotionen.

Hastig suchte ich Deckung im Flur und presste mich gegen die Wand. Sobald ich nicht mehr im direkten Sichtfeld des Dämons war, ließ auch seine Beeinflussung nach. Mein Arm sank herab. Ich atmete erleichtert auf, aber nur kurz.

Aus der Küche hörte ich Kampfgeräusche und sah das Flackern von Flammen. Offenbar hatte meine Aktion dafür gesorgt, dass auch Levi und Jax den Zauber brechen konnten.

Ein heftiges Zittern ging durch das Gebäude, als würde es zum Leben erwachen. Ich musste daran denken, wie Cameron die Büsche, Bäume und Pflanzen bei seiner Flucht vor uns hatte erblühen – und sterben – lassen. Mit seiner Kraft, die jetzt wieder dem Brollachan gehörte, beherrschte er die Natur. Und wie so viele Häuser in Schottland war auch dieses aus Sandstein erbaut.

Das Knirschen verwandelte sich in ein Dröhnen. Der Boden begann zu beben.

Ich fluchte innerlich. Wir würden nicht lange durchhalten. Nicht ohne die anderen. Vielleicht nicht einmal dann.

Rasch stieß ich mich von der Wand ab und versuchte zu Jax zu gelangen, damit er seine Feuermagie ohne Schaden einsetzen konnte, schaffte es aber nicht. Immer wieder trieb der Dämon uns auseinander. Risse bildeten sich im Boden. Einzelne Steine lösten sich aus der Decke direkt über mir und rasten auf mich zu. In letzter Sekunde änderten sie jedoch die Richtung und krachten gegen den Kühlschrank.

Der Dämon erstarrte. Dann richtete er seinen geballten Zorn auf Levi. »Du wagst es?«

Statt einer Antwort setzte Levi seine Telekinese erneut ein. Wieder schossen die schweren Steine durch die Luft, diesmal jedoch auf den Dämon zu. Das war unsere Chance. Ich rannte zu Jax und packte ihn am Arm. Sofort setzte die kribbelnde Wärme in meiner Hand ein und in seiner erschien eine riesige Flamme. Wieder und wieder schleuderte er die Feuerattacke auf den Dämon.

Funken flogen durch die Luft. Flammen züngelten an den Möbeln. Die Stellen, die vorher erloschen waren, begannen wieder zu brennen. Rauch breitete sich im ganzen Raum aus.

»Weg hier!«, schrie Levi.

Einen Sekundenbruchteil später raste der Küchentisch auf den Dämon zu. Der wich nicht schnell genug aus und war für einen winzigen Moment abgelenkt.

Ich sprintete los. Raus aus der Wohnung. Die Stufen hinunter. Hinter mir hallten die Schritte der Jungs durchs Treppenhaus.

Ich stieß die Haustür auf und lief in die Nacht hinaus. Husten schüttelte mich. Meine Kleidung, mein Haar, alles roch nach Rauch. Mir war nicht klar geworden, wie schlimm der Brand gewesen war, bis ich mich jetzt zu meiner Wohnung umdrehte. Hinter den Fenstern flackerte es, und wenn nicht schnell jemand kam und das löschte, würden die Flammen wahrscheinlich das ganze obere Stockwerk zerstören.

Hinter den Fenstern der anderen Bewohner war es dunkel. Kein Anzeichen dafür, dass jemand zu Hause war oder etwas von den Kämpfen mitbekommen hatten. Risse zogen sich durch die Außenwand, als hätte ein Erdbeben das komplette Haus auseinanderzureißen versucht.

»Faith.« Levi trat in mein Sichtfeld. »Wir müssen sofort von hier verschwinden.«

»Was ist mit Jax?«, rief ich.

»Ich komm schon klar.« Er warf einen harten Blick in unsere Richtung, ehe er sich umdrehte und in der Dunkelheit verschwand.

»Los, Faith!«, drängte Levi und griff nach meinem Arm. »Wir müssen hier weg. Sofort!«

Widerwillig ließ ich mich von ihm mitziehen. Weg von Jax. Weg von der Gefahr. Weg von meinem Zuhause.

Kapitel 45

Während Levi sich neben mir das Handy ans Ohr drückte und die Feuerwehr rief, tippte ich hastig eine Nachricht an Maisie, um ihr Bescheid zu geben, was passiert war, und sie zu warnen, damit sie nicht in die WG zurückkehrte. Von der wahrscheinlich nicht allzu viel übrig bleiben würde. Unsere ganzen Sachen … Die wenigen Erinnerungen, die wir dort gemacht hatten … Würden wir sie alle verlieren?

Ich stand neben mir, war völlig erledigt – und dennoch total aufgedreht.

Tommy sprang als Erstes auf, als wir Levis Wohnung betraten. »Was ist passiert?« Sein Blick zuckte zwischen uns hin und her. »Eure Gedanken sind total wirr und durcheinander. Ich kann kaum ein Wort verstehen oder etwas klar sehen. Außerdem stinkt ihr nach Rauch.«

»Das passiert, wenn man gegen einen Dämon kämpft und Jax dabei aus Versehen die Wohnung abfackelt«, antwortete ich trocken und ließ mich auf den einzigen freien Sessel im Wohnzimmer fallen. Müde und frustriert rieb ich mir über die Augen.

Ich sollte wütend auf Jax sein. Nach allem, was passiert war und wie er uns belogen hatte, sollte ich rasend sein. Warum also konnte ich nur daran denken, wie verletzt er gerade sein musste, nachdem er so viel Feuermagie eingesetzt hatte, bevor ich zu ihm gelangt war?

Ich sah von einem zum anderen. Sie hatten sich tatsächlich alle hier versammelt. Tommy, Ryu und Savina trugen noch die schicken

Outfits vom Winterball. Himmel, es konnten keine zwei Stunden vergangen sein, seit wir dort gewesen waren, aber mir kam es so vor, als läge ein ganzes Leben zwischen damals und jetzt.

Ailsa war ebenfalls da und betrachtete mich besorgt, während Himiko sich in eine Ecke des Wohnzimmers zurückgezogen hatte, als wollte sie mit alldem nichts zu tun haben. Mit uns. Nicht dass ich es ihr verübeln konnte.

Schließlich schaffte ich es, den anderen alles zu erzählen. Wie Jax schwerverletzt vor meiner Wohnungstür aufgetaucht war und ich ihn geheilt hatte. Wie der skorpionartige Dämon, der ihm auf den Fersen gewesen war, uns angegriffen und wir ihn ausgerechnet mit Nates Hilfe besiegt hatten. Die Auseinandersetzung zwischen Nate und Jax erwähnte ich nur kurz. Das war eine Sache zwischen uns dreien. Wichtiger war im Moment, dass der Brollachan plötzlich mitten in meiner Wohnung aufgetaucht war.

»Konnte er euch folgen?«, fragte Ailsa sofort und sah sich hektisch um, als würde sie damit rechnen, dass er jede Sekunde aus den Schatten treten könnte.

Ich wechselte einen Blick mit Levi und schüttelte den Kopf. »Ich glaube nicht. Wir konnten ihn lange genug ablenken, um zu fliehen. Dann sind wir über Umwege hergekommen.«

Außerdem hatten wir uns von Jax getrennt, sodass der Dämon uns nicht wieder alle zusammen überraschen konnte. Aber was, wenn er nun hinter Jax her war …? Verräter oder nicht, Jax hatte vorhin ebenfalls gegen ihn gekämpft und das konnte nicht gut angekommen sein.

Ich schaute von Levi zu Ailsa und zurück. »Wie lief es bei euch?«

Sie zögerte. »Abgesehen von Savina war Keir der letzte auf unserer Liste – und ich hab vorhin, während wir in der Stadt waren, endlich was rausgefunden. Er hat seinen Nachnamen geändert, darum war es so schwierig, ihn zu finden. Und er … er ist vor etwa acht Wochen gestorben.«

»Ich weiß, ich bin neu hier«, meldete sich Savina zu Wort und strich sich die schwarzen Locken hinters Ohr. »Aber was hat das zu bedeuten? Warum seht ihr so aus, als hättet ihr etwas Schlechtes gegessen?«

Ailsa setzte sich auf. »Es bedeutet, dass der Dämon schon mehr Kräfte gesammelt hat, als wir angenommen haben. Die Leute hier in diesem Raum – und Jax – sind die Einzigen von damals, die noch leben. Bei allen anderen sind wir zu spät gekommen. Sie sind tot.«

Schock und Stille senkten sich über den Raum. Fünf waren tot. Acht noch am Leben. Das machte dreizehn Kinder, die in jener Nacht bei den Standing Stones of Callanish, einem heiligen, mystischen Ort, ihr Blut vergossen hatten, als sie sich Blutsbrüderschaft geschworen hatten. Hätten wir damals nur gewusst, was wir damit in Gang setzen würden …

Ich starrte auf meine im Schoß zusammengefalteten Hände hinab. Meine Knöchel waren weiß, so krampfhaft hielt ich meine Finger umklammert. »Deshalb ist es so wichtig, dass wir zusammenbleiben. Nur gemeinsam können wir etwas gegen ihn ausrichten und verhindern, dass …«

»Dass er uns auch tötet?«, beendete Savina meinen Satz und sprang auf. »Habt ihr etwa eine Garantie dafür?«

»Nur zu, versuch es ruhig.« Tommy klang beinahe gelangweilt, doch der Blick, mit dem er Savina in ihrem mintfarbenen Ballkleid fixierte, sprach eine andere Sprache. »Hau ab. Teleportiere dich weg. Ich weiß, dass du es willst.«

Sie funkelte ihn an. »Halt dich aus meinen Gedanken raus! Die gehen dich nichts an.«

Er lehnte sich auf dem Sofa vor wie ein Raubtier. Bereit zum

Sprung. Bereit zum Angriff. »Dann denk gefälligst leiser und plane nicht panisch deine Flucht.«

Unsicher sah sie von einem zum anderen. »Ich kenne euch ja nicht mal … Keinen von euch.«

»Stimmt«, bestätigte ich langsam und ignorierte die überraschten Blicke, die in meine Richtung flogen. »Du kennst uns nicht. Aber von dreizehn Leuten sind fünf bereits tot. Du, Ryu und Himiko, ihr seid die Einzigen, die wir retten konnten. Die anderen hat der Brollachan schon viel früher oder erst vor wenigen Tagen getötet. Manche sogar …« Meine Stimme versagte. Ich atmete einmal tief durch und zwang mich dazu, weiterzusprechen. »Manche sogar direkt vor unseren Augen. Du hast jedes Recht dazu, Angst zu haben, Savina. Du wärst verrückt, wenn du dich nicht fürchten würdest. Aber steh nicht hier und tu so, als wärst du allein besser dran, denn das bist du nicht. Jeder in diesem Raum ist nur noch deshalb am Leben, weil wir uns rechtzeitig gefunden und zusammengehalten haben. Allein kann es keiner von uns schaffen. Zusammen haben wir wenigstens eine Chance.«

Mehrere Sekunden lang starrte Savina mich an, als würde es in ihr arbeiten, als würde sie Für und Wider abwägen und nach einem anderen Ausweg suchen. Aus dem Augenwinkel bemerkte ich, wie Tommy sich seufzend zurücklehnte. Ich rechnete damit, dass Savina türmen würde. Und warum auch nicht? Mit ihrer Fähigkeit hatte sie die vielleicht beste Chance, dem Dämon für lange Zeit zu entkommen. Auch wenn er sie früher oder später trotzdem finden würde. Das tat er immer. Wenn ich heute etwas gelernt hatte, dann das.

Aber statt zu fliehen, setzte Savina sich wieder. Ich hatte gar nicht gemerkt, wie angespannt ich gewesen war, wie sehr ich mit einem weiteren Verlust gerechnet hatte, bis ich jetzt den angehaltenen Atem wieder ausstieß.

Eine willkommene Ruhe senkte sich über die Gruppe. Abgesehen von Levi, der ungeduldig hin und her lief und sich dabei die Stirn rieb. Ich zog die Brauen zusammen. Hatte er wieder Kopfschmerzen?

»Hey«, sagte ich, aber er reagierte nicht. Womöglich hörte er mich nicht, obwohl es völlig still war. »Levi!«

Er blieb stehen. Drehte sich langsam zu mir um. Dunkle Ringe prangten unter seinen Augen. Das Blut von der Wunde an seiner Schläfe war inzwischen getrocknet und auch sonst wirkte er unversehrt. Gestresst bis zum Gehtnichtmehr, aber nicht tödlich verwundet.

»Alles okay?«, fragte ich eine Spur leiser.

Er nickte und nahm sein Herumtigern wieder auf. Als ich in die Runde sah, bemerkte ich, dass Tommy ihn aufmerksam musterte. Und auch ich sah wieder zu meinem Bruder zurück. Es war nicht sein Verhalten, das mich nachdenklich stimmte, sondern etwas anderes. Jedes Mal, wenn er sich umdrehte, um in die andere Richtung zu laufen, erhaschte ich einen Blick auf die Wunde an seiner Schläfe. Auf das getrocknete Blut. Die natürliche Heilung setzte bereits ein, ganz ohne mein Zutun. Hatte er Schmerzen? War er deshalb so unruhig? Oder machte er sich Sorgen wegen Jax und dem Dämon?

Ryu räusperte sich und zeigte auf seine Schwester.

Die errötete, als sich alle Blicke auf sie richteten. Ihre Finger zitterten ein wenig, dennoch gebärdete sie ihre Frage, die mittlerweile die meisten von uns verstanden, weil wir alle damit begonnen hatten, Gebärdensprache zu lernen.

»Sind wir hier sicher?«

»Himiko fragt, ob wir hier sicher sind«, wiederholte Ryu, auch für Savina, die fragend in die Runde sah.

»Nein, sind wir nicht. *Verdammt!*«, fluchte ich, als mir klar wurde, dass Ryus Wahrheitsmagie mich wieder beeinflusst hatte. »Ich wollte sagen: Ich weiß es nicht.«

»Wenn wir hier nicht sicher sind«, meldete sich Savina zu Wort. »Wo dann?«

Tommys Kopf fuhr herum. »Keine schlechte Idee.«

»Was denn?«

»Sie denkt darüber nach, ob es möglich wäre, uns einen nach dem anderen wegzuteleportieren. Irgendwohin. Sie war schon auf der ganzen Welt.«

»Ich weiß nicht, ob es funktioniert«, widersprach sie sofort und grub die Finger in ihr Kleid. »Bisher habe ich es nur ein einziges Mal versucht und das … ist schrecklich schiefgegangen.« Ihre Stimme brach und auf Tommys Gesicht trat ein so bedrückter Ausdruck, dass ich lieber nicht nachhakte.

Ich sah zurück zu Levi. Beobachtete ihn. Diese Wunde ließ mich einfach nicht los. Ich stand auf, um zu ihm gehen und sie zu heilen, weil ich den Anblick nicht länger ertrug, als ich unvermittelt stehen blieb. Auf einmal wusste ich, was mich so irritierte.

»Du warst schon verletzt, als du in die WG gekommen bist. *Bevor* der Brollachan aufgetaucht ist.«

Er blieb so abrupt stehen, als hätte jemand ihm den Strom abgestellt. Dann drehte er sich langsam zu mir um.

»Wo warst du?«, flüsterte ich. »Vorher, meine ich.«

Er runzelte die Stirn. Seine Mundwinkel wanderten nach oben. »Was meinst du? Ich war mit Ailsa unterwegs. Das weißt du doch.«

Nein. Hier stimmte etwas nicht. Ich kannte Levi. Ich *kannte* ihn. Ich mochte über keine Wahrheitsmagie verfügen wie Ryu, aber ich wusste, wann mein Bruder log. Und genau das tat er gerade.

»Wir haben uns vor fast zwei Stunden getrennt, als die Nachricht kam, dass wir uns alle hier treffen sollen«, meldete sich Ailsa zu Wort.

»Ich musste noch mal kurz in meine WG. Ich dachte, Levi wäre direkt hergekommen.«

Plötzlich wurde es sehr, sehr still.

»Wo warst du?«, wiederholte ich und kämpfte gegen die böse Vorahnung in mir an. Ein Teil von mir ahnte es bereits, aber ich wollte es nicht wahrhaben. Ich weigerte mich. Denn das würde bedeuten ... »Der Brollachan ist nicht mit Jax gekommen«, stieß ich hervor. »Er ist aufgetaucht, nachdem *du* die Wohnung betreten hast.«

Savina sprang auf. »Was hat das alles zu bedeuten?«

»Es bedeutet«, begann Tommy langsam und stand ebenfalls auf, »dass wir einen Verräter unter uns haben.«

Und dass wir den Falschen beschuldigt hatten. Jax hatte uns nicht verraten und dem Dämon ausgeliefert, sondern ... Levi. Mein eigener Bruder. Derjenige, der so etwas wie ein Anführer innerhalb unserer Gruppe geworden war. Er hatte uns ausgeliefert.

»Nein ...« Ich wich zurück. Das konnte nicht sein. Das konnte einfach nicht sein. Levi würde so etwas nicht tun. Er würde niemals ...

»Du musst das verstehen.« Er trat auf mich zu und ergriff meine Hände. Sein Blick war eindringlich. Flehend. »Jedes Mal, wenn ich diese ... diese Kraft einsetze, passiert etwas in mir. In meinem Kopf. Ich war bei verschiedenen Ärzten, aber sie können mir nicht helfen. Etwas verändert sich in mir, geht kaputt.«

Ich entriss ihm meine Hände. »Ich hätte dich heilen können!«

»Eben nicht!«, brüllte er. Sein Aufschrei war voller Verzweiflung. So hatte ich meinen Bruder nie zuvor erlebt. »Du kannst mich nicht heilen. Jedenfalls nicht ganz. Und der Schaden ist schon angerichtet. Es wird nur noch schlimmer werden. Wenn ich die Telekinese weiter einsetze, gibt es irgendwann kein Zurück mehr. Ich verliere jetzt schon den Verstand.«

Die häufigen Kopfschmerzen. Sein übertrieben starker Beschützerinstinkt, der sogar dafür gesorgt hatte, dass er mich komplett aus der Sache auszuschließen versuchte. Levi hatte schon immer auf mich aufgepasst, aber nie so. Nie so heftig. Es war, als hätte … als hätte sich sein ganzes Wesen verändert. Und dann war alles auf einmal wieder in Ordnung gewesen und wir hatten uns zusammen auf die Suche nach Rebekah gemacht. Wieso war mir das nicht schon früher seltsam vorgekommen? Wieso hatte ich nicht nachgedacht, sondern war davon ausgegangen, dass alles okay war?

Tommy stellte sich neben mich. »Und da dachtest du: Hey, wenn ich schon sterben muss, warum dann nicht auch alle anderen?«

»Ich musste einen Weg finden, die Telekinese loszuwerden. Versteht ihr das denn nicht?« Levi sah in die Runde und blieb mit dem Blick an Himiko hängen.

»Wag es ja nicht.« Ryu trat zwischen ihn und seine Schwester. Seine Hände zitterten vor Wut, so fest hatte er sie zu Fäusten geballt. »Ich kapiere, dass du diese Magie loswerden willst. Niemand von uns hat darum gebeten, für niemanden von uns ist es einfach, aber hier sind wir nun mal. Was ich nicht begreife ist, wie du uns alle einfach ausliefern konntest. Sogar deine eigene Schwester!«

Levis Miene verriet alles. Er hätte mich nicht ausgeliefert, zumindest nicht so wie alle anderen.

Fassungslos schüttelte ich den Kopf. »Ich kann nicht glauben, dass du das wirklich getan hast.«

»Wir haben dir vertraut!« Ailsa erhob sich ebenfalls und funkelte Levi zornig an. Dann warf sie Ryu einen Blick zu.

Er verstand sofort. »Wie hast du es gemacht? Na los, sag schon!«

Levi wehrte sich nicht einmal gegen Ryus Magie. Durch seine Kräfte dazu gezwungen, blieb ihm gar nichts anderes übrig, als uns die Wahrheit zu verraten.

»Der Dämon hat mich schon vor Wochen gefunden«, gestand er

mit hängendem Kopf. »Kurz nach Semesterbeginn. Kurz nachdem ich diese ganzen ärztlichen Untersuchungen hinter mir hatte.«

Deshalb war er ständig beschäftigt und nie zu erreichen gewesen. Nicht wegen seines Studiums, des Trainings oder der ganzen Societys, denen er angeblich angehörte. Er hatte sich untersuchen lassen. Und er hatte kein Wort darüber verloren. Hatte sich mir nicht anvertraut. Niemandem.

»Jedes Mal, wenn ich die Telekinese einsetze, verändert sich etwas in meiner Gehirnstruktur, und das nicht erst seit ein paar Monaten, sondern schon seit Jahren. Seit diesem verdammten Camp. In meinem Kopf ist schon lange etwas kaputt, Faith. Und du kannst es nicht vollständig heilen, ganz egal, wie sehr du es willst. Es wird nie mehr so sein wie früher. Wenn das so weitergeht, wenn ich diese Kräfte weiter nutze, werde ich sterben. Oder schlimmer noch: Nicht mehr ich selbst sein. Also hab ich dem Dämon einen Deal vorgeschlagen.«

Ich bohrte meine Fingernägel so fest in meine Handflächen, dass es wehtat. Alles tat weh. Das Eingeständnis meines Bruders. Ihn so zu sehen. Dieser Verrat. Dass alles eine große Lüge gewesen war.

»Du hast sie ausgeliefert«, stieß ich hervor. Als er nicht reagierte, wurde ich lauter: »Du hast sie ausgeliefert! Cameron. Rebekah. Keir. Du hast …«

Levis Schweigen war schlimmer als jede Antwort es hätte sein können. Jedes Abstreiten. Jedes Erklären.

»So viel also zum Zusammenhalt«, murmelte Savina. Einen Wimpernschlag später verschwand sie, war von der einen Sekunde auf die nächste einfach fort.

Ryu und Himiko gingen als Nächste. Er legte seiner Schwester in einer beschützenden Geste den Arm um die Schultern und führte sie aus dem Raum. Sekunden später fiel die Wohnungstür hinter ihnen ins Schloss. Und dann noch mal hinter Ailsa und Tommy.

Ich schüttelte den Kopf. Das passierte nicht wirklich. Nicht so. Nicht … Levi. Nicht mein eigener Bruder.

Abrupt riss ich mich aus dieser Gedankenspirale und setzte mich in Bewegung, durchquerte das Wohnzimmer in großen Schritten.

»Faith!«

Ich ignorierte Levis Rufen und stürmte nach draußen, erst ins Treppenhaus, dann hinaus in die kalte Winterluft.

Wir hatten den wahren Verräter gefunden. Allerdings hätte ich nie damit gerechnet, dass ausgerechnet *er* es sein würde.

Ich kniff die Augen zusammen und kämpfte gegen die Tränen an. Dann lief ich los. Ohne Ziel. Ohne Sinn und Zweck. Ich wollte einfach nur allem entfliehen. Sogar meiner eigenen Familie. Vor allem ihr.

Kapitel 46

Es war vorbei. Wir hatten versagt. Unsere Gruppe war zersplittert. Alle waren gegangen. Zu Recht. Ich wollte auch unter keinen Umständen bei Levi bleiben. Nicht nach dem, was er getan hatte. Allerdings konnte ich auch nicht in meine Wohnung zurück und zum Pub wollte ich ebenfalls nicht gehen. Wir alle hatten Jax unrecht getan, doch damit konnte ich mich gerade nicht befassen. Ich wusste ja nicht einmal mehr, was ich noch denken oder fühlen sollte.

Irgendwie landete ich in der Innenstadt zwischen all den Menschen, die den St. Andrew's Day feierten. Musik und laute Stimmen schallten mir aus den Pubs und Klubs entgegen. Ich blieb vor einem Klub stehen, aus dem dröhnende Bässe nach draußen drangen. Vor der Tür hatte sich eine Schlange gebildet. Die Leute waren gut drauf, manche vertrieben sich die Wartezeit mit Gesprächen, andere sogar mit Gesängen. Für einen winzigen Moment beneidete ich sie darum. Ich beneidete sie darum, nicht zu wissen, dass so etwas wie Dämonen, Hexen und Menschen mit übernatürlichen Kräften sowie ein Orden, der diese Wesen jagte, wirklich existierten. Aber vor allem beneidete ich sie um ihr normales Leben. Etwas, das ich mir so lange gewünscht hatte. Ein Wunschtraum, dem ich so lange nachgejagt war. Doch die Zeit des Träumens war vorbei.

Ich riss den Blick von dem Klub und seinen wartenden Besuchern los. In dem Moment, in dem ich weiterlaufen wollte, bemerkte ich eine kleine Einkerbung in der Hausmauer direkt daneben. Mein Herz begann schneller zu schlagen, als ich mich dem eingeritzten Symbol näherte. Ich ahnte bereits, worum es sich handelte, noch bevor ich direkt davor stehen blieb – und ich hatte recht. Es waren die sechs Schwerter der Gründerfamilien, die Disteln sowie die goldene Flamme im Zentrum, die alles miteinander verband. Das Wappen des Ordens.

Gleich neben dem Haus führte eine unscheinbare Gasse in die Dunkelheit. Nur eine flackernde Lampe erhellte den hinteren Eingang. Auch hier war neben der Tür das Wappen eingeritzt. Und plötzlich wusste ich, wohin ich gehen konnte.

Ich drückte gegen die massive Tür, die überraschend einfach aufging, und folgte den Stufen in die Tiefe. Der hell erleuchtete Tunnel führte nur in eine Richtung: nach Süden. Zum City Quay.

Mittlerweile schlug mir das Herz bis zum Hals. Hatte Nate mein Geheimnis für sich behalten? Oder war er sofort zum Orden gerannt und hatte alle informiert? Würden sie von nun an Jagd auf mich machen? Auf Jax, dessen Feuermagie Nate mit eigenen Augen gesehen hatte?

Vermutlich wäre es klüger gewesen, umzukehren, aber es gab keinen anderen Ort, an den ich gehen könnte. Ich konnte mich an niemanden wenden. Sicher, ich könnte zurück nach Aberdeen fahren und mich in unserem Haus verstecken, während Mum im Krankenhaus lag. Ich könnte den Kopf in den Sand stecken und mich weiter an die leere Hoffnung auf ein normales Leben klammern. Oder ich ging das Risiko ein und stellte mich den Konsequenzen, wie auch immer sie ausfallen würden.

Ich musste nicht darüber nachdenken. Für einen Weg zurück war es längst zu spät, also ging ich weiter. Immer weiter, bis ich eine schwere Stahltür mit einer unscheinbaren Kamera erreichte. Obwohl es mitten in der Nacht war, wurde die Tür sofort für mich geöffnet. Allerdings war ich mehr als überrascht, wen ich kurz darauf in der großen Eingangshalle vorfand …

»Barnes?« Was machte der nette alte Mann, der im *Jo's* immer mit seinen Freunden Karten spielte, denn hier?

»Was ist passiert, *lass*?« Er war in wenigen großen Schritten bei mir und betrachtete mich besorgt. »Ich hole Hilfe. Warte einen Moment.«

Ehe ich mich versah, kehrte er mit Nates Großmutter zurück. Mrs MacKenzie. Ausgerechnet.

»Faith?« Sie trug einen langen Mantel über ihrem Hosenanzug, der nur zur Hälfte aufgeknöpft war, als wäre sie ebenfalls gerade erst von draußen hereingekommen. Die Falten auf ihrer Stirn und rund um ihre Augen vertieften sich. »Was ist passiert? Ist alles in Ordnung?«

Ich schüttelte den Kopf. »Es gab einen Angriff. Ich … wir wurden angegriffen.«

Und dann brach alles aus mir hervor. Ich erzählte ihr von den Ereignissen an diesem Abend, ließ jedoch einige Dinge aus. Die Sache mit Jax und Nate zum Beispiel, ebenso wie die anderen aus unserer jetzt wohl nicht mehr existierenden Gruppe. Ich verriet auch nicht, dass Levi mit dem Dämon gemeinsame Sache gemacht hatte. Ich konnte nicht. Und das nicht nur, weil er mein Bruder war, sondern weil die Mitglieder des Ordens nicht dumm waren. Sie würden herausfinden wollen, warum er das getan hatte, was sich nur mit seinen Kräften begründen ließ – und das wiederum würde auf uns alle zurückfallen. Falls Nate nicht sowieso schon alles erzählt hatte. Doch der besorgte Blick seiner Großmutter ließ mich das Gegenteil hoffen. Konnte es wirklich sein, dass er mein Geheimnis für sich behalten hatte?

Ich berichtete von dem Angriff und dem kurzen Kampf in meiner und Maisies Wohnung, erwähnte das Feuer, aber nicht unsere Fähigkeiten. Nicht, nachdem ich mit eigenen Augen gesehen hatte, wie Nate darauf reagiert hatte.

»Wir schicken sofort ein Team hin, um die Lage zu sondieren und nach Spuren zu suchen. Es ist gut, dass du damit zu uns gekommen bist, Faith.« Mrs MacKenzie drückte meine Schulter. Inzwischen waren wir nicht mehr allein. Alistair aus der Waffenkammer war ebenfalls zu uns gestoßen und musterte mich mit einer Mischung aus Besorgnis und Entsetzen. Auch zwei andere Ordensmitglieder waren da. Ich hatte sie schon mal in der Trainingshalle gesehen, aber ihre Namen vergessen. Jetzt bereute ich es, nicht aufmerksamer gewesen zu sein.

»Wo steckt dein Bruder?«, fragte Mrs MacKenzie. »Levi war bei dem Kampf dabei, richtig?«

»Ich … ich weiß nicht. Wir haben uns … zur Sicherheit getrennt.«

Das war zumindest nur zur Hälfte gelogen, weil wir das mit Jax gemacht hatten, aber im Moment erzählte ich sowieso nur Halbwahrheiten.

»Gut. Das war klug. Mach dir keine Sorgen, wir finden ihn.« Sie deutete zur Treppe. »Möchtest du dich etwas hinlegen? Es ist schon spät und du hattest einen schlimmen Abend.«

Nun, da das Adrenalin in meinem Körper langsam nachließ, meldete sich die Erschöpfung schlagartig. In den vergangenen Stunden hatte ich mehr geheilt als sonst in einem ganzen Monat. Erst die Verletzungen von Jax, dann ihn während der beiden Kämpfe und schließlich noch mich selbst, nachdem ich mich zwischen Jax und Nate geworfen hatte. Ich nickte mechanisch. »Das wäre toll, danke.«

Eines der beiden Ordensmitglieder – Mrs MacKenzie hatte sie Greer genannt – begleitete mich die Stufen hinauf bis in die dritte Etage. Das Ganze erinnerte mich an den Tag, an dem Nate mich das erste Mal hergebracht hatte. Wenn ich mich nicht völlig irrte, musste sein Zimmer ebenfalls hier oben sein. Doch Greer führte mich in die entgegengesetzte Richtung.

»Ist Nate da?« Ich platzte mit der Frage heraus, bevor ich mich eines Besseren besinnen konnte.

Greer warf mir einen überraschten Blick zu. Sie war ein paar Jahre älter als ich, mit glänzendem schwarzen Haar, das sie wie einen Kranz um ihren Kopf geflochten hatte, bis ihr der Zopf über die Schulter fiel. »Ich habe ihn heute noch nicht gesehen, aber wenn er hier ist, dann in seinem Zimmer. Da wären wir auch schon.«

Sie blieb vor der vorletzten Tür stehen und öffnete sie. In diesem Raum stand ein riesiges Himmelbett, das nach den Ereignissen heute Abend einfach nur verlockend aussah. Schwere Vorhänge verdeckten die Fenster. Davor stand ein Schreibtisch aus Kirschholz, wenn ich es richtig vermutete, mit elegant geschwungenen Beinen und einem ebenso eleganten Stuhl davor. Eine schmale Couch, ein Wandschrank und Fernseher komplettierten das Bild.

»Das Bad ist gleich nebenan«, erklärte Greer. »Auf dem Nachttisch steht eine Flasche Wasser für dich bereit. Die Küche ist im Erdgeschoss, wenn du morgen frühstücken willst.«

»Wow«, stieß ich hervor. »Seid ihr ein Hotel, oder was?«

Sie lächelte verhalten. »In diesem Haus stehen immer ein paar Zimmer für unsere Brüder und Schwestern bereit. Das gehört dazu.«

Ich unterdrückte ein Schaudern bei der Bezeichnung *Brüder und Schwestern* und nickte stattdessen. »Danke, Greer. Gute Nacht.«

»Gute Nacht.« Sie schloss die Tür hinter sich.

Ich lauschte auf ihre Schritte, die sich immer weiter entfernten. Erst dann wagte ich es, aufzuatmen. Kurz überlegte ich, aus dem Zimmer zu schlüpfen und Nate zu suchen, aber ich hatte nicht die Kraft für eine weitere Konfrontation. Das Einzige, was ich wollte, war, mich hinzulegen, die Augen zu schließen und alles zu vergessen. Wenigstens für eine kleine Weile.

Doch als ich wenige Minuten später nur in Unterwäsche unter der dicken Decke lag und an den Baldachin des Himmelbettes starrte, wollte sich der Schlaf trotz aller Müdigkeit nicht einstellen. Dafür gingen mir zu viele Dinge durch den Kopf … und ich vermisste die Leuchtsterne über meinem Bett, die ich zählen konnte, bis ich einschlief.

Seufzend drehte ich mich von einer Seite auf die andere. Ich war in Sicherheit. Hier würde mir nichts geschehen. Sollte der Brollachan so verrückt sein, hier anzugreifen, würde sich ihm der gesamte Orden entgegenstellen, dessen war ich mir absolut sicher. Aber was war mit den anderen? Mit Ailsa, Tommy, Savina, Himiko und Ryu? Mit … Jax? Wir hatten ihm unrecht getan. Wir hatten ihm so verdammt unrecht getan.

Ich streckte die Hand nach meinem Telefon auf dem Nachttisch aus. Ehe ich darüber nachdenken konnte, tippte ich eine Nachricht.

Es tut mir leid. Ich weiß jetzt,
dass du uns nicht verraten hast.
Es war Levi.

Ich wartete einen Moment, aber es kam keine Antwort. Also schrieb ich weiter.

Es tut mir wirklich leid, Jax.
Wo bist du? Geht es dir gut?

Nichts. Wieder keine Reaktion. Vielleicht hatte er die Nachrichten noch nicht gelesen. Vielleicht wollte er aber auch nicht darauf antworten. Nach allem, was passiert war, konnte ich ihm das nicht verübeln.

Die ganze Zeit über hatte ich versucht, alles zusammenzuhalten, und damit nur das Gegenteil erreicht. Unsere Gruppe, unser kurzer Zusammenschluss war am Ende. Gemeinsam hätten wir eine Chance gegen den Dämon gehabt, aber jetzt …? Dank Levi kannte er all unsere Namen und wer wusste schon, welche Infos mein Bruder ihm sonst noch geliefert hatte. Es war nur eine Frage der Zeit, bis er wieder angreifen würde. Bis er uns genau wie den Rest töten würde.

Ich tippte eine letzte Nachricht an Jax.

Bitte pass auf dich auf.

Kapitel 47

Am nächsten Morgen riss mich kein Wecker aus dem Schlaf, sondern das Kreischen der Möwen, das viel lauter klang als sonst. Ich drehte mich auf die Seite, öffnete blinzelnd die Augen – und setzte mich abrupt auf, als ich mich in einem fremden, abgedunkelten Raum wiederfand. Es dauerte ein paar Sekunden, bis die Erinnerungen an letzte Nacht zurückkehrten.

Seufzend ließ ich mich in die Kissen zurückfallen. Doch als das Gedankenkarussell wieder Überhand zu nehmen drohte, zwang ich mich dazu, aufzustehen.

Als Erstes griff ich nach meinem Handy. Da war eine Nachricht von Maisie. Sie war in Sicherheit und bei Freunden untergekommen. Zum Glück. Ich textete ihr schnell zurück, dass auch bei mir alles in Ordnung war und wir später über alles reden würden.

Doch abgesehen von Maisies Textnachricht hatte ich keine bekommen, weder von Jax noch von Nate, Levi oder den anderen.

Ich schluckte die Bitterkeit hinunter, die beim Gedanken an meinen Bruder in mir aufstieg, und marschierte ins Bad. Nach der Dusche stellte ich jedoch fest, dass ich nichts zum Anziehen hatte. Verdammt. Ich war nur mit der Kleidung an meinem Körper hier aufgeschlagen, also musste ich wohl oder übel wieder in die nach Rauch stinkenden Sachen steigen.

Nur in ein Handtuch gewickelt, kehrte ich ins Zimmer zurück. Das Handy lag unangetastet auf dem Nachttisch. Die Bettdecke war zurückgeschlagen. Nichts wirkte verändert. Trotzdem fiel mir erst jetzt die schwarze Reisetasche neben der Tür auf. Ich erstarrte. Jemand war hier gewesen. Entweder gerade eben, während ich in der Dusche gewesen war, oder als ich noch geschlafen hatte.

In wenigen Schritten war ich bei der Tür und öffnete sie einen Spaltbreit – nur so viel, um mich umzusehen. Doch da war niemand. Der Flur war leer. Stirnrunzelnd drückte ich die Tür wieder zu und ging neben der Tasche in die Hocke. Sie gehörte eindeutig nicht mir, doch als ich den Reißverschluss aufzog, fand ich darin meine Sachen. Zwei Pullis und T-Shirts, meine Lieblingsjeans, eine Yogahose, ein Kleid und jede Menge anderer Sachen, die allesamt etwas nach Rauch rochen. Aber sie waren heil und sie gehörten mir. Sogar Kosmetika waren dabei. Und zwei meiner geliebten Journals. Das aktuelle, das auf meinem Nachttisch gelegen hatte, und ein älteres aus meinem Regal.

Nate …

Er war der Einzige, der noch von früher wusste, wie viel mir diese Notizbücher bedeuteten. Himmel, hoffentlich hatte er nicht gelesen, was ich über ihn hineingeschrieben hatte. Damals vor drei Jahren … oder nach unserem Wiedersehen vor inzwischen über zwei Monaten.

Mit klopfendem Herzen ließ ich mich auf den Teppichboden sinken, während ich mit den Fingern über die glatte Oberfläche des Journals fuhr. Ich brachte es nicht über mich, es durchzublättern, nicht nachdem ich herausgefunden hatte, dass so vieles eine Lüge gewesen war. Doch diese Bücher waren kostbar für mich. Ich hatte all meinen Gedanken, aber vor allem all meinen Gefühlen darin freien Lauf gelassen. In Wörtern und Sätzen, in Bildern, Aufklebern und Zeichnungen. Ich hätte es nicht ertragen, wenn sie verbrannt wären.

Nachdem ich alles aus der Tasche herausgeholt hatte, stieß ich ganz unten auf einen Zettel. Meine Finger zitterten ein wenig, als ich ihn auseinander faltete und die vertraute Schrift sah.

Das war alles, was ich auf die Schnelle finden konnte.
Ich hoffe, es ist genug.
N.

Nate. Er war es wirklich gewesen.

Seine Großmutter hatte zwar gesagt, dass sie Leute zu meiner Wohnung schicken würde, aber ich hätte niemals damit gerechnet, dass Nate unter ihnen sein könnte. Und dass ausgerechnet er mir meine Sachen bringen würde. Trotz allem, was passiert war. Trotz allem, was er herausgefunden und mit eigenen Augen mit angesehen hatte. Du liebe Zeit, ich hatte mich in die Schussbahn geworfen und sein Messer abgefangen, um Jax zu schützen. Und jetzt sammelte Nate das zusammen, was von meinem Leben übrig war, und brachte es mir? Einfach so?

Ich biss mir auf die Unterlippe. Fest. Ich musste dringend mit ihm reden. Mich bedanken. Und mich entschuldigen.

Wenige Minuten später hatte ich Jeans und ein langärmeliges Shirt angezogen, mir die noch feuchten Haare gebürstet und mein Make-up aufgefrischt, um mich wieder menschlich zu fühlen. Die Augenringe konnte ich zwar nicht sonderlich gut verdecken, aber damit musste ich wohl oder übel leben. Neben dem Bett blieb ich stehen, schob das Kissen zur Seite und zog den Dolch hervor, den ich letzte Nacht darunter versteckt hatte. Er gehörte Nate. Ein Grund mehr, ihn aufzusuchen. Wie gestern schob ich mir den Dolch hinten zwischen Gürtel und Hosenbund und ließ mein Shirt darüber fallen. Dann machte ich mich auf den Weg.

Doch als ich kurz darauf an Nates Zimmertür klopfte, erhielt ich keine Antwort. Ich versuchte es erneut. Er musste hier sein, oder nicht? Schließlich hatte er mir irgendwann in den letzten Stunden diese Reisetasche vorbeigebracht. Dennoch blieb es still in seinem Zimmer.

Ich sah mich um. Als ich niemanden entdeckte, legte ich die Finger an die Klinke und drückte sie langsam hinunter. Ich wollte nur kurz nachsehen, ob er nicht doch da war. Vielleicht hörte er mit Kopfhörern Musik oder stand gerade unter der Dusche und hatte mein Klopfen deshalb nicht gehört. Doch als ich die Tür aufschob, war das Zimmer dahinter leer. Das Bett war ordentlich gemacht, das Licht im Bad aus. Und obwohl noch immer Nates Duft in der Luft hing, war er nicht da. Aber wo steckte er dann?

Nachdem ich mich ein letztes Mal in seinem Zimmer umgesehen hatte, schloss ich die Tür hinter mir und machte mich auf den Weg nach unten. Ich hatte keine Ahnung, wie spät es war, aber es musste morgens sein. Im Haus des Ordens war es völlig ruhig. Ich begegnete keiner Menschenseele, als ich die Treppe hinunter in den zweiten und dann in den ersten Stock nahm. Auch in den Fluren war es geisterhaft still. Allerdings hoffte ich insgeheim auch, niemandem zu begegnen – erst recht nicht Levi, falls er ebenfalls hier Zuflucht gesucht hatte –, aber auch keinem anderen Ordensmitglied. Zuerst musste ich meine Gedanken und Gefühle sortieren und herausfinden, wie es jetzt weiterging.

Vielleicht war es die Gewohnheit, die mich letzten Endes in die große Bibliothek führte, vielleicht zog mich aber auch mein Erbe an, denn kurz darauf fand ich mich vor der Vitrine mit dem Schwert der Familie Beauvil wieder. Was hätte Dad wohl dazu gesagt, dass seine beiden Kinder nicht einfach nur magische, sondern dämonische Kräfte in sich trugen, zerstritten waren und einer den anderen verraten hatte? Was würden unsere Vorfahren dazu sagen? Sie hatten ihr Leben für den Orden, für die Menschheit gegeben, und wir …

Mit einem Kopfschütteln wandte ich mich ab. Ziellos wanderte ich an den Regalreihen vorbei, fast schon erleichtert, wenigstens eine weitere Person an den Tischen zu entdecken – auch wenn ich die Frau mittleren Alters nicht näher kannte –, weil das zeigte, dass ich nicht völlig allein war. Ich näherte mich dem hinteren Bereich, obwohl ich wusste, dass ich dort nichts zu suchen hatte. Dieser Raum war abgeschlossen und nur die Mitglieder des Rats und die Krieger und Kriegerinnen des Ordens hatten einen Schlüssel. Denn genau hier, verborgen hinter dieser Tür, lagerten die wichtigsten, aber auch gefährlichsten Informationen.

Bisher hatten weder Levi noch ich Zugang dazu bekommen, doch als ich mich der Tür heute näherte, bemerkte ich, dass sie nur angelehnt war. Verwundert sah ich mich um, konnte jedoch niemanden entdecken. Seltsam. Doch nach dem, was ich Mrs MacKenzie gestern erzählt hatte, sollte es mich nicht überraschen, dass jemand alles zusammentrug, was der Orden in den letzten tausend Jahren über den Brollachan gesammelt hatte.

Ich sollte mich umdrehen und wieder gehen … aber ich konnte nicht. Stattdessen schlich ich mich an die Tür heran, blickte mich ein letztes Mal um – und schlüpfte hinein.

Der Raum war überraschend kühl, verglichen mit der restlichen Bibliothek, auch wenn sich hier ebenfalls Regalreihen voller Bücher und Aufzeichnungen vom Boden bis zur Decke türmten. An einigen Stellen waren Lücken, wo jemand Bücher herausgenommen hatte, aber der quadratische Raum war leer. Keine Menschenseele zu sehen oder zu hören.

Das war meine Chance.

Erneut ging ich die einzelnen Reihen ab und fuhr mit dem Zeigefinger über die Buchrücken. Sie waren nach Jahren sortiert, nicht nach Themen. Mist. Das wäre deutlich einfacher gewesen, dann hätte ich nur nach B wie *Brollachan* suchen müssen. Es gab nur ein Regal, in dem es um abtrünnige Hexen, ihre Rituale und Verbindung zu Dämonen ging, doch das half mir leider nicht weiter.

Ich ging dreihundert Jahre zurück. Leider kannte ich das genaue Jahr nicht, also zog ich ein Buch nach dem anderen hervor und blätterte es in Windeseile durch, bis ich endlich fand, wonach ich gesucht hatte. 1721. Schottland. Isle of Lewis.

Vor Aufregung klopfte mir das Herz bis zum Hals. Ich nahm den Wälzer und trug ihn zu dem einzigen Tisch in der Mitte des Raums. Er war nicht sonderlich groß und es gab auch keine Stühle. Das hier war eindeutig kein Ort, an dem man sich ewig lang aufhielt. Trotzdem klappte ich das Buch auf und blätterte durch die Seiten.

Mit schwarzer Tinte waren die Ereignisse in klaren, deutlich geformten Buchstaben dargestellt. Es schien kein Originaldokument zu sein, denn das hätte ich mit Sicherheit nicht entziffern können. Jemand musste die Ereignisse später noch einmal in modernem Englisch aufgeschrieben haben. Auf der rechten Seite war eine Zeichnung, die in groben Zügen dem Gemälde in der Eingangshalle ähnelte. Es stellte die Schlacht von Callanish dar. Dreizehn Krieger und Kriegerinnen des Ordens waren nach dem Kampf gegen den Brollachan übrig geblieben – und sie alle waren zu Stein erstarrt.

Ich hielt inne, als ich den Namen Beauvil las. *James und Isabelle Beauvil.* Unsere Vorfahren. Unsere Ururururgroßeltern. Sie waren so von dem, was sie taten und wofür sie kämpften, überzeugt gewesen, dass sie für diese Sache sogar ihr Leben gelassen hatten. Genau wie Nates Vorfahr, Rob MacKenzie, und all die anderen Anhänger des Ordens, die sich freiwillig für diese Mission gemeldet hatten.

Und wir hatten ihr Opfer zunichtegemacht, indem wir vor zehn Jahren diese Blutsbrüderschaft direkt bei den Steinen von Callanish geschlossen hatten. Ausgerechnet an dem Ort, an dem dieser Kampf stattgefunden hatte. Ausgerechnet dort, wo der Dämon jahrhundertelang in seinem Gefängnis eingesperrt gewesen war – bis wir ihn befreit hatten. Wie hoch standen die Chancen, dass so etwas passierte?

Ich wünschte, die Hexe aus Maisies Familie hätte uns damals

nicht die Erinnerungen gestohlen. Ich wünschte wirklich, ich wüsste noch, warum wir das getan hatten. Was wir uns dabei gedacht hatten. Weshalb wir uns ausgerechnet diesen Ort ausgesucht hatten.

Doch vielleicht gab es keinen guten Grund dafür. Vielleicht war es einfach nur kindliche Ahnungslosigkeit und Abenteuerlust gewesen. Vielleicht hatten wir instinktiv gespürt, dass die Steine etwas Besonderes markierten – und für unser aufregendes Ritual war uns das genau richtig erschienen.

Ich blätterte um, fand jedoch keine weiteren Hinweise zum genauen Ablauf des Rituals, das den Brollachan seiner Kräfte beraubt hatte. Dafür war ein kleiner Vermerk in den Fußnoten. Ich las die Worte wieder und wieder, während mir eiskalt wurde, denn der Vermerk deutete auf weitere Aufzeichnungen hin, die mit diesen hier in Verbindung standen.

Mir war nicht mal bewusst, dass ich mich bewegte, bis ich vor einem anderen Regal stand. Einem, das die Aufzeichnungen der letzten fünfzig Jahre enthielt. Meine Hände zitterten, als ich nach dem richtigen Buch griff und es aufschlug.

Callanish. Isle of Lewis. Der Sommer vor zehn Jahren.

Das war der kaum lesbare Hinweis ganz unten im Eintrag über die Schlacht von Callanish gewesen. Dieser Text handelte ebenfalls vom Brollachan – und von dem, was vor zehn Jahren in Callanish passiert war. Und wer dafür verantwortlich war.

Als ich den ersten von mehreren Namen las, gefror mir das Blut in den Adern.

Es war William Beauvil.

Dad.

Kapitel 48

Ich starrte auf den Namen, bis mir die Buchstaben vor den Augen verschwammen. Dad hatte gewusst, was damals geschehen war. Das Camp. Die Blutsbrüderschaft. Alles war fast schon minutiös verzeichnet. Das Datum und die Uhrzeit, zu der unsere dreizehnköpfige Gruppe losmarschiert war, ebenso wie all unsere Namen. Levi und ich, Jax, Tommy, Ailsa, Savina, Himiko, Ryu, Cameron, Rebekah, Keir – und die beiden Namen auf den Grabsteinen, die wir gefunden hatten. Wir standen alle hier drin. Der Orden hatte von Anfang an Bescheid gewusst.

Nein, nicht nur Bescheid gewusst. Sie hatten das Ganze überhaupt erst in die Wege geleitet. Und Dad … er hatte ein Geheimnis daraus gemacht, hatte so getan, als wüsste er nicht, woher unsere Kräfte stammten. Er hatte uns angelogen, verdammt!

Ich riss den Kopf hoch, als ich Schritte von draußen hörte, die sich rasch entfernten. Meine Gedanken rasten. Das hier konnte kein Zufall sein. Jemand hatte die Tür absichtlich offen gelassen. Jemand *wollte*, dass ich diese Aufzeichnungen fand. Jemand, der etwas ganz Bestimmtes damit zu bezwecken versuchte. Und auch wenn ich nicht wusste, was das war, ahnte ich, wer es sein musste. Nämlich die Person, die mir das erste Mal von dem abgeschlossenen Bereich in der Bibliothek erzählt hatte. Und deren Name direkt unter dem meines Vaters in den Aufzeichnungen aus dem Camp stand: Dr. Sylvia Kingsley.

Ich fand sie in ihrem Labor im Keller. Sie stand in einem Kittel und Latexhandschuhen in einem sterilen weißen Raum mit bläulicher Beleuchtung. Der Anblick und die Umgebung erinnerten mich so sehr an meine eigenen Unterrichtsstunden im Labor, dass ich im ersten Moment völlig erstarrt war. Alles wirkte so vertraut.

»Ich habe die Aufzeichnungen gefunden«, sagte ich statt einer Begrüßung und warf das Buch neben sie auf den Tisch. Meine Stimme klang brüchig, doch das hielt mich nicht davon ab, weiterzusprechen. »Darüber, was vor zehn Jahren in Callanish passiert ist. Es war ein Experiment, nicht wahr?«

Professor Kingsley stellte das Reagenzglas beiseite und richtete sich langsam auf. Sie sagte kein Wort, als sie die Schutzbrille abnahm und mich ansah, aber ich erkannte die Wahrheit in ihren Augen.

»Hier steht der Name meines Vaters«, würgte ich hervor.

Es musste sich um einen Irrtum handeln. *Bitte sag, dass es ein Fehler war!*

»Ganz recht. Es war seine Idee. Er war immer grandios in der Ideenfindung, aber schlecht in der Umsetzung.« Sie schnalzte mit der Zunge. »Wirklich bedauerlich.«

Ich bohrte die Fingernägel in meine Handflächen. Fest. Meine Gedanken arbeiteten auf Hochtouren, stellten alles infrage, was Kingsley und alle anderen mir je erzählt hatten. »Er wurde nicht von Dämonen getötet, nicht wahr?«

Sie warf mir einen irritierten Blick zu. »Wie kommst du darauf?«

»Weil der …« Ich atmete zittrig durch. Zwang mich zur Ruhe. »Weil der Vater, den ich kannte, meinen Bruder und mich niemals freiwillig in Gefahr gebracht hätte. Er wollte uns immer nur beschützen. Vor den Dämonen … und vor dem Orden. Deshalb sind wir so oft umgezogen. Er hat es bereut, ein Teil dieses Experiments gewesen zu sein, und wollte uns in Sicherheit bringen.«

Mein Gott, und Mum hatte davon gewusst. Sie hatte es gewusst – oder es zumindest geahnt. Deshalb hatte sie darauf bestanden, dass wir nach Dads Verschwinden ihren Nachnamen annahmen. Damit uns der Orden schwerer finden konnte.

Umsonst. Sie hatten uns trotzdem aufgespürt und mit einem Trick dafür gesorgt, dass Levi und ich hierherkamen. Nach Dundee. Zu ihrem Hauptsitz.

Dieses verdammte Stipendium, für das ich so hart gearbeitet hatte und auf das ich so stolz gewesen war, war nichts weiter als eine Lüge gewesen. Denn es ging gar nicht um meine Noten oder wie gut ich mich für diesen Studiengang eignete. Es ging nur um meinen Namen. Mein Blut. Meine Kräfte – von denen der Orden die ganze Zeit gewusst haben musste.

Genau wie bei den anderen. Wahrscheinlich müsste ich nur ein bisschen nachforschen und würde ebenfalls auf den Orden stoßen, wenn es darum ging, warum Jax und seine Tante Josie, Savina und Cameron in Dundee waren – und warum es auch all die anderen Kinder von damals nie wirklich aus Großbritannien herausgeschafft hatten. Die Mitglieder des Ordens hatten unsere Blutsbrüderschaft so akribisch geplant, da würden sie es nicht dem Zufall überlassen, wo alle Beteiligten lebten.

»Dein Vater wurde zu einem Problem«, erzählte Kingsley bedächtig. »Von ihm stammte der Vorschlag für dieses Experiment, doch nach der Umsetzung fing er an zu zweifeln. Er begann den Orden und unsere Motive zu hinterfragen und zu kritisieren.«

»Also habt ihr ihn aus dem Weg geschafft. Ist es nicht so?«

Sie schwieg, was mich nur noch wütender machte. Ich musste keine Gedanken lesen oder jemandem die Wahrheit mit jeder Frage entlocken können. Ich kannte sie bereits.

»Weder ich noch ein anderes Mitglied dieses Ordens hat ihn getötet, falls du das damit andeutest. Wir bedauern seinen Verlust sehr, Faith. Das musst du mir glauben. Er war einer von uns. Ein sehr geschätztes Mitglied.«

»Dann habt ihr ihm also nicht selbst den Dolch in die Brust gerammt, sondern ihn den Dämonen ausgeliefert, damit er im Kampf stirbt. Habe ich nicht recht?« Meine Stimme wurde mit jedem Wort lauter.

Meine Professorin zuckte nicht mal zusammen. Ihre Miene war völlig unbewegt. Hatte ich sie früher für ihre ruhige, unantastbare Art bewundert, hasste ich sie jetzt für ihre Gleichgültigkeit. Für diese Kaltblütigkeit. Nichts schien ihr nahezugehen. Nicht meine Vorwürfe. Nicht der Mord an meinem Vater. Nicht einmal die Tatsache, dass sie das Leben von dreizehn Kindern riskiert hatten.

»William wusste genauso gut wie wir alle, dass wir es versuchen mussten. Die Dämonen sind zu stark geworden. Wir können nicht jedes Mal mit den Hexen zusammenarbeiten und uns auf sie und ihre Form der Magie verlassen. Das geht gegen alles, wofür dieser Orden seit eintausend Jahren steht. Wir brauchen eigene Waffen. Eigene Kräfte, damit nicht noch mehr Unschuldige sterben müssen.«

»Also habt ihr einfach dafür gesorgt, dass …«

»Wir mussten praktisch gar nichts tun. Die Idee mit der Blutsbrüderschaft kam von euch. Einer der Betreuer hat euch lediglich den Ort genannt und den Weg gewiesen. Wir wussten, dass die Hexenmagie zu diesem Zeitpunkt schwach war und das Ritual bald erneuert werden sollte. Aber so gut wie jeder Zauber lässt sich brechen, wenn das unschuldige Blut von dreizehn Kindern vergossen wird. Vor allem, wenn in den Adern von zweien auch noch das Blut jener fließt, die den Dämon eingesperrt haben.«

Isabelle und James Beauvil. Ihr Blut floss in meinen und Levis Adern. Gott … Sie hatten wirklich alles von langer Hand geplant. Dabei waren wir doch noch Kinder gewesen. Unschuldige Kinder, die es nicht besser gewusst hatten. Die geglaubt hatten, ein Abenteuer zu erleben und ewige Freundschaft zu schließen.

»Und was ist mit den Jungen und Mädchen aus dem Camp, die in den letzten Monaten gestorben sind?« Irgendwie brachte ich die Worte hervor, obwohl mir nach Weinen zumute war.

Kingsley zuckte mit den Schultern. Strich mit den Fingerkuppen über ein Mikroskop. »Das ist der Preis dafür, die Kräfte zu übertragen. Nur durch den Tod geht diese Form von Magie von einem Träger auf den anderen über.« Sie hob den Kopf und sah mir geradewegs in die Augen. »Opfer müssen erbracht werden für das große Ganze.«

Ich runzelte die Stirn. Ein unangenehmes Ziehen meldete sich in meiner Magengrube. Ein stummer Alarm. Den Aufzeichnungen des Ordens zufolge hatten damals dreizehn Kinder diese Blutsbrüderschaft geschlossen. Dreizehn Kinder für dreizehn Kräfte. Laut unserer eigenen Liste und den fünf Menschen, die bereits gestorben waren, hätte der Brollachan letzte Nacht viel stärker sein müssen. Er hätte uns mit einem ganzen Arsenal an Fähigkeiten angreifen müssen, aber bisher hatte er nur drei gegen uns eingesetzt: die Naturkraft, die er sich von Cameron geholt hatte, die lähmende Angst und die Beeinflussung, die uns seinem Willen unterwarf und zwang, das zu tun, was er wollte. Aber was war mit den anderen Kräften, die er sich mittlerweile angeeignet haben musste? Warum hatte er die bisher nicht gegen uns eingesetzt?

»Mein liebes Kind. Hast du wirklich geglaubt, wir starten ein Experiment dieses Ausmaßes und lassen euch einen der mächtigsten Dämonen aller Zeiten befreien, ohne alles die ganze Zeit über genau im Auge zu behalten? Ganz recht. Wir wussten immer, wo ihr seid.«

Die vielen Umzüge … die ständige Flucht … sogar die Änderung unseres Nachnamens. Wir hatten uns nur etwas vorgemacht, als wir geglaubt hatten, tatsächlich vor unserem Schicksal davonlaufen zu können. Der Orden hatte stets gewusst, wo sie uns finden konnten. Nate war der beste Beweis dafür, schließlich war er damals in Edinburgh auf Levi und mich angesetzt worden und hatte sich mühelos in unser Leben geschlichen. Und Barnes … Der nette alte Mann aus dem Pub. Der Stammgast. Er war letzte Nacht hier gewesen, also gehörte auch er zum Orden. Mit Sicherheit hatte er Jax beobachten sollen und war deswegen so häufig im Pub gewesen … Ein anderer Gedanke drängte sich auf einmal in den Vordergrund. »Woher wissen Sie so genau, wie der Dämon es gemacht hat? Wie er sich seine Kräfte zurückgeholt hat?«

»Ach, Faith.« Professor Kingsley schüttelte den Kopf, als wäre sie enttäuscht von mir. »Dachtest du wirklich, wir würden all das auf uns nehmen, ohne dafür zu sorgen, dass die Magie des Dämons am Ende von den Richtigen kontrolliert wird?« Kingsley hob die Hand. Zwischen ihren Fingern erschien wie aus dem Nichts eine schimmernde Kugel aus Wasser. Im selben Moment meldete sich das vertraute Summen in meiner Brust.

Nein …

Ich wich vor ihr zurück. »Sie waren das. Sie haben die anderen beiden getötet, nicht wahr? Das war gar nicht der Brollachan. Sie haben seine Kräfte.«

»Sehr gut. Das gibt extra Credit Points. Wenn du jetzt noch die letzte Frage richtig beantwortest, lasse ich dich vielleicht meinen Kurs bestehen.«

Ich stieß mit dem Rücken gegen die Wand. »Welche Frage …?«

Sie lächelte kalt. »Welche Fähigkeit werde ich mir als Nächstes holen?«

Kapitel 49

Das konnte nicht wirklich passieren. Das musste ein Albtraum sein. Ein schrecklicher, endloser Albtraum, aber nicht die Wirklichkeit. Sie würde sich meine Heilkraft holen. Sie würde mich töten und meine Magie an sich reißen.

Die ganze Sache mit der Blutsbrüderschaft und unseren Kräften war ein Experiment des Ordens gewesen. Ein Plan, an dem mein eigener Vater mitgewirkt hatte. Er war tot, weil er doch noch so etwas wie ein Gewissen entwickelt hatte und seine Kollegen und Kolleginnen ihn aus dem Weg geschafft hatten.

Und ich würde die Nächste sein.

Instinktiv wollte ich zurückweichen, doch die Wand in meinem Rücken gab nicht nach. Meine Gedanken arbeiteten fieberhaft. Die Tür war drei Meter entfernt. Ich könnte es versuchen, aber irgendetwas sagte mir, dass Kingsley nur darauf wartete. Hektisch sah ich mich im Labor um. Lauter Reagenzgläser, weiße Laborbecher aus Kunststoff, eine Flasche Desinfektionsmittel, diverse Röhrchen und Kanülen.

Keine Waffen. Nichts, womit ich mich verteidigen könnte, und niemand, der mir zu Hilfe kommen würde. Ich war auf mich allein gestellt.

Kingsley näherte sich mir so langsam und bedächtig wie einem wilden Tier. In der Hand hielt sie jetzt einen Dolch. Die lange Klinge blitzte im bläulichen Licht des Labors auf.

Das würde hässlich werden.

Ich tat so, als würde ich mich gegen die Wand hinter mir drängen, dabei tastete ich in Wahrheit nach Nates Dolch in meinem Gürtel. In dem Moment, in dem ich den Griff umfasste, machte Kingsley einen Satz nach vorne. Die Klinge sauste auf mich herab. Ich reagierte instinktiv. Ich riss meinen eigenen Dolch hoch und blockte die Attacke ab. Metall traf auf Metall. Ein lautes Klirren ertönte. Doch dann rutschte Kingsley ab und etwas Heißes streifte meinen Arm.

Sofort wich ich zur Seite aus und starrte ungläubig auf die Blutspur an meinem Oberarm. Die Klinge hatte mein Shirt zerfetzt und mit Sicherheit ein paar Muskeln und Sehnen durchtrennt. Ein normaler Mensch könnte jetzt nicht mal mehr seinen Arm heben. Aber ich war nicht normal. Schon lange nicht mehr. Und zum ersten Mal empfand ich das als etwas Gutes, denn jetzt rettete es mir das Leben.

»Es ist also wahr«, flüsterte Kingsley ehrfürchtig und betrachtete meine sich schließende Wunde wie etwas, das sie liebend gern unter ihrem Mikroskop studiert hätte. »Die Heilung setzt sofort ein. Hast du eine Ahnung, wie vielen Menschen wir mit dieser Fähigkeit helfen könnten? Wie viele Krieger und Kriegerinnen des Ordens davon profitieren könnten?«

Wie seltsam, dass ich bis vor Kurzem derselben Meinung gewesen war wie sie. Ich war hierhergekommen, um durch mein Studium, durch die Genetik mehr über meine Magie zu erfahren. Ich hatte Mum helfen wollen. Das wollte ich noch immer. Aber nicht so. Nicht zu jedem Preis. Nicht für …

Die Tür wurde aufgestoßen.

»Faith!« Levi war in zwei Schritten bei mir. »Ich hab gespürt, wie …« Sein Blick landete auf dem Dolch in Kingsleys Hand. »Was geht hier vor sich?«

Kingsleys Lippen verzogen sich zu einem Lächeln. »Sieh an, der andere Beauvil-Erbe. Es wird mir ein Vergnügen sein, dich ebenfalls von deiner Magie zu befreien.«

»Was …?« Verwirrt sah Levi zwischen uns hin und her.

Ich nickte ihm zu – und betete innerlich. Ich brauchte meinen Bruder an meiner Seite. Nicht den Verräter. Nicht den Lügner. Ich brauchte den Kerl, den ich schon mein Leben lang kannte. Der mich beschützt hatte, seit ich denken konnte, und um den ich mich im Gegenzug immer gekümmert hatte.

Plötzlich ging alles viel zu schnell. Kingsley riss die linke Hand hoch. Levi sprang schützend vor mich. Ich schrie auf. Ein Schwall Wasser schoss auf uns zu, riss Levi mit sich und drückte ihn gnadenlos zu Boden. Er schnappte nach Luft, keuchte, hustete, schluckte Wasser, aber er kam nicht gegen diese Macht an, konnte sich nicht rühren. Verdammt, gleich würde er ertrinken!

Ich wollte zu ihm rennen, unterdrückte den Instinkt jedoch und wirbelte mit gezogenem Dolch herum. Kingsley wich ohne Probleme aus. Sie strauchelte nicht mal oder atmete schneller, was bewies, dass sie deutlich mehr und länger beim Orden trainiert hatte als ich. Und als ich realisierte, warum sie zuließ, dass ich sie immer tiefer ins Labor hinein drängte, war es bereits zu spät.

Ich hatte mich von Levi entfernt. Ich konnte ihn nicht heilen.

Das Summen in meiner Brust, das ich konstant wahrnahm, solange Kingsley ihre Wasserkraft gegen Levi einsetzte, durchfuhr plötzlich ein so heftiger Ruck, dass ich zusammenzuckte.

»Oh mein Gott!«, rief Savina und schüttelte Tommys Arm, den sie fest umklammert hielt. »Du hattest recht! Es hat geklappt! Du bist nicht tot! Du … oh.« Ihr Blick fiel auf Kingsley und mich, dann auf den am Boden kämpfenden, röchelnden Levi. »Oh Scheiße!«

Ein kurzer Blickwechsel mit Tommy – und Savina löste sich auf, während das gleiche heftige Summen in mir explodierte wie kurz zuvor.

Levi musste ihnen Bescheid gegeben haben, bevor er ins Labor gestürmt war. Oder Tommy hatte wieder meine Gedanken gehört und Savina hergelotst.

Kingsley rannte los. Rannte mit erhobenem Dolch auf Levi zu.

»Nein!«

Unvermittelt explodierte das Summen wieder in meiner Brust und Savina tauchte mit einer weiteren Person auf. Einer Person, die sich auf Kingsley stürzte, bevor sie meinen Bruder erreichte, und sie mit sich zu Boden riss.

Ich rannte hinüber, mit Tommy an meiner Seite, und konnte nicht fassen, was ich da sah. Es war Jax. Er hatte sich auf Kingsley gestürzt und Levi damit das Leben gerettet.

Hustend rollte sich mein Bruder zur Seite und spuckte Wasser aus, während Tommy und ich neben ihm knieten. Ich wollte ihm die Hand auflegen, aber er schüttelte den Kopf. »Es … geht … schon«, krächzte er.

Aus dem Augenwinkel sah ich etwas aufleuchten. Flammen in Jax' Hand. Doch Kingsley löschte sie mit einer einzigen Handbewegung und einem Schwall Wasser sofort wieder. Beide sprangen auf die Beine. Umkreisten sich schwer atmend. Jax wies zwei blutige Schnitte an Brust und Arm auf, schien sie aber genauso wenig wahrzunehmen wie die Brandwunden an seiner rechten Hand.

Unvermittelt tauchte erst Ailsa im Labor auf, wenige Sekunden später dann auch Ryu, während sich Savina erschöpft gegen eine Wand sinken ließ. Wir waren fast vollzählig – Kingsley noch immer allein.

Hinter mir spürte ich Levi und Tommy. Mein Bruder atmete noch immer schwer und musste völlig am Ende sein, aber er stellte sich Kingsley mit uns gemeinsam. Vielleicht gab es ja doch noch Hoffnung …

Ein Wasserstrahl von der Wucht einer Kanonenkugel traf mich

in den Bauch und riss mich von den Füßen. Die Welt drehte sich. Mein Denken setzte aus, aber meine Reflexe übernahmen die Kontrolle. Ich ließ mich so fallen, dass ich ohne Schaden auf dem Boden aufkam, rollte über die Schulter und nutzte den Schwung sogar, um den Dolch aufzuheben und wieder auf die Beine zu kommen. Und dann brach die Hölle los.

Levi rappelte sich neben einem Labortisch auf, den er im Fallen mit sich gerissen hatte, und entwaffnete Kingsley mit einer schnellen Handbewegung und seiner Telekinese. Sie stieß einen Fluch aus und wich zurück. Ein heftiger Wind wirbelte auf, ließ Papiere, Kunststoffröhrchen und alles, was nicht niet- und nagelfest war, durch die Luft wirbeln und richtete sich in seinem ganzen Zorn gegen die Professorin. Im selben Moment hielt Kingsley mit einem Schwall Wasser dagegen. Die Kräfte prallten aufeinander und die Erschütterung ließ das ganze Gebäude erzittern.

Ich entdeckte Jax am anderen Ende des Raumes und rannte zu ihm. Er war bereits wieder auf den Beinen. Ein kurzer Blick genügte, dann hielt er mir seine linke Hand hin und ich schlug ein. Einen Wimpernschlag später rasten Feuerbälle durch die Luft, geradewegs auf Kingsley zu, die … sich plötzlich in Luft aufgelöst hatte?

Die Wasserattacke versiegte. Ailsas Wind prallte gegen die gegenüberliegende Wand und ließ die Regale erzittern. Jax' Feuermagie schlug daneben ein und hinterließ schwarze Flecken an den Wänden.

»Wo ist sie?«, rief ich. Ohne die Verbindung zu Jax zu lösen, drehte ich mich in alle Richtungen.

»Sie ist noch hier«, kam es von Ryu, der Position neben einer unnatürlich bleichen Savina bezogen hatte. »Ich kann sie spüren.«

Genauer gesagt ihre Kräfte. Und er hatte recht. Wenn ich ganz tief in mich hineinhorchte, spürte ich ein konstantes Summen. Aber das würde ja bedeuten …

»Sie ist unsichtbar«, knurrte Jax.

Und so schnell war unser Vorteil dahin. Wenn Kingsley sich wirklich unsichtbar machen konnte, war sie dazu in der Lage, uns jederzeit anzugreifen. Im Gegensatz zu ihr gaben wir plötzlich ein viel zu leichtes Ziel ab. Und daran, dass sie es tun, dass sie sich unsere Fähigkeiten holen würde, hegte ich nicht den geringsten Zweifel. Sie hatte es schon mal getan. Sie hatte schon zwei von uns getötet. Sie würde es wieder tun.

»Ihren Körper kann sie ja vielleicht verschwinden lassen, aber nicht ihre Gedanken.« Tommy trat vor, ein konzentrierter Ausdruck auf dem Gesicht. »Vor mir kann sie sich nicht verstecken.«

Niemand sagte ein Wort. Himmel, wahrscheinlich atmeten die meisten von uns kaum noch. Die Stille im Labor war ohrenbetäubend. Jeder sah sich um, suchte nach einem Hinweis, einem Flimmern in der Luft, einer Veränderung in dem vertrauten Summen – irgendetwas. Doch da war nichts. Sie hätte sich genauso gut wegteleportieren können wie Savina. Es hätte keinen Unterschied ge–

Tommy wirbelte zu Ailsa herum. »Achtung!«, schrie er.

Ein Zucken lief durch Ailsas Körper und mit einem Mal wurde Kingsley hinter ihr sichtbar. Dann noch ein Zucken und Ailsa fiel zu Boden. Blut glänzte an Kingsleys Dolch.

Nein …

Nein, nein, nein! Ich ließ Jax los und rannte zu ihr. Fiel neben ihr auf die Knie und drückte meine Hände auf ihre Wunde, als wäre ich nicht mehr ich selbst, sondern würde all das von außen beobachten. Doch die vertraute Wärme blieb aus. Sie sammelte sich nicht wie sonst in meinen Händen – stattdessen verließ sie Ailsas Körper mit jeder weiteren Sekunde.

Sie war tot.

Hämmernde Schritte. Die Tür zur Labor wurde so heftig aufgerissen, dass sie gegen die Wand knallte. Ordensmitglieder strömten herein. Krieger und Kriegerinnen. Bewaffnet. Bereit zum Kampf.

Ich wischte mir die Tränen weg und sah zu ihnen hoch, während ich Ailsas reglosen Körper in den Armen hielt. Sie waren gekommen, um uns zu helfen. Sie mussten uns einfach helfen. Selbst wenn Nate nicht unter ihnen war, mussten sie uns einfach …

Ein Dolch wirbelte durch die Luft und geradewegs auf Jax zu, der in letzter Sekunde auswich. Zwei Krieger schnitten Savina den Weg ab und packten sie grob an den Armen. Mehrere Leute trieben Tommy und Ryu zusammen. Und die beiden letzten … Lyla und Greer … stellten sich Levi entgegen.

So sollte es nicht sein. Alles daran war falsch. Ich sprang auf, um meinen Freunden zu helfen, um Tommys Wunden zu heilen und Jax' im Kampf zu unterstützen.

Aber ich kam gerade mal einen Schritt weit.

Etwas Heißes schoss durch meinen Bauch. Es war, als würden sich glühende Tentakel in mein Fleisch bohren. Ich sah an mir hinunter, ungläubig blinzelnd, weil dieses Bild nicht stimmen konnte. Die Harpune, die ich im Waffenlager gesehen hatte. Die Harpune, die für den Feind gedacht war, für seelenlose, grausame Dämonen, für Kreaturen, die gnadenlos Menschen töteten … steckte in meinem Bauch.

Ein Ruck ging durch meinen Körper, als jemand an der daran befestigten Kette zog, und ich stolperte nach vorne. Als ich den Kopf hob, blickte ich in Alistairs faltiges Gesicht.

»Tut mir leid, Kleines«, murmelte er und wirkte ehrlich bekümmert. Aber nur für einen Moment, dann zog er erneut an der Kette.

Und plötzlich war der Schmerz da, explodierte in meinem Bauch und zwang mich in die Knie. Wärme sammelte sich an der Stelle. Meine Heilung setzte ein, doch mit jedem Ruck riss die Wunde erneut auf. Ich hatte mich immer für unverwundbar gehalten, aber das hier … das konnte ich nicht heilen. Nicht, solange dieses *Ding* in mir steckte. Es war der einzige Weg, meine Kräfte nutzlos zu machen. Und der Orden hatte ihn gefunden.

Schreie und Kampfgeräusche drangen an mein Ohr, aber ich nahm sie nur wie durch einen dichten Nebel wahr. Ich stützte mich auf den Händen ab, weil ich mein eigenes Gewicht nicht länger tragen konnte. Schweiß brannte in meinen Augen und Übelkeit zog meinen Magen zusammen. Ich würde sterben. Zum ersten Mal in meinem Leben hatte ich wirklich Angst davor, zu sterben.

Ich könnte die anderen nicht mehr heilen. Würde weder Jax noch Nate je wiedersehen. Könnte mich nie mit Levi versöhnen. Würde Mum nie mehr in die Arme schließen …

Der nächste Ruck beförderte mich der Länge nach auf den Boden. Jemand schrie auf. War ich das? Das Ziehen nahm kein Ende, doch plötzlich … plötzlich war der Druck fort. Etwas fiel klirrend zu Boden und der Geruch von geschmolzenem Metall drang mir in die Nase. Gleich darauf kniete Jax neben mir.

»Scheiße. Halt durch, Schneeflöckchen. Du musst durchhalten!«

Leichter gesagt als getan. Meine Brust hob und senkte sich viel zu schnell. Meine Atemzüge waren zu hektisch. Zu flach. Meine Muskeln begannen zu zittern.

Etwas blitzte ganz in der Nähe auf und ich ließ den Kopf zur Seite fallen, um es besser erkennen zu können. War das Einbildung gewesen? Doch dann blitzte es erneut und ich erkannte den Grund. Das Licht im Labor spiegelte sich in der langen Klinge eines Schwertes wider. Das Schwert der Beauvils in Levis Hand. Er musste es aus der Bibliothek geholt haben.

Sekunden später war er bei mir und legte die Finger tröstend an meine Wange. »Das wird jetzt wehtun«, warnte er. »Aber ich muss es tun.«

Ich wagte kaum zu atmen. Schweiß lief mir den Rücken hinunter und sammelte sich auf meiner Stirn. »Mach schon.«

Jax hielt mir seine Hand hin und ich ergriff sie ohne das geringste Zögern. Diesmal nicht, um ihn im Kampf zu heilen, sondern um mich an ihn zu klammern, um mich festzuhalten, während …

Ich schrie vor Schmerz. Mein Körper bäumte sich von allein auf und Jax musste mich zurück auf den Boden drücken, als Levi die Harpune mittels Telekinese aus meinem Körper riss.

»Schhh«, machte Jax und schlang die Arme um mich. »Es ist vorbei. Du hast es geschafft.«

Krämpfe schüttelten mich, aber die vertraute Wärme sammelte sich bereits in meinem Bauch. *Heilung.* Diesmal ohne dass etwas sie daran hinderte. Vor Erleichterung hätte ich am liebsten geweint.

Ich wusste nicht, wie lange Jax mich so festhielt, während sich mein Körper regenerierte. Ein paar Minuten. Vielleicht waren es auch nur Sekunden. Denn als ich den Kopf hob, war der Kampf noch in vollem Gange. Die Mitglieder des Ordens auf der einen Seite, neben Kingsley, obwohl sie genauso über dämonische Kräfte verfügte wie wir. Nur dass wir niemanden dafür ermordet hatten. Auf der anderen Seite standen meine Freunde mit Levi an der Spitze. Er holte mit dem Schwert aus, als hätte er das schon immer so getan, als wäre er für diesen Zweck, für diesen Moment geboren worden, und stürzte sich auf Kingsley.

Mitten im Angriff traf ihn ein brutaler Windstoß und riss ihn von den Füßen. Levi knallte so hart gegen die Wand, dass er einen Abdruck hinterließ. Putz rieselte herab. Risse zogen sich durch das gesamte Fundament. Und mein Bruder ging zu Boden. Fiel einfach in sich zusammen. Das Schwert landete klirrend neben ihm.

Ich riss mich von Jax los, kämpfte mich auf die Beine und stieß jeden zur Seite, der sich mir in den Weg stellte. Innerhalb von Sekunden war ich bei Levi. Doch als ich ihn auf den Rücken drehte, rührte er sich nicht. Er schlug nicht die Augen auf. Warf mir keinen blöden Spruch an den Kopf oder ermahnte mich wieder mal, auf mich aufzupassen.

Blanke Panik explodierte in mir. Ich tastete nach seinem Puls. Prüfte seine Atmung. Nichts.

Um mich herum ging der Kampf weiter, aber ich blendete alles davon aus. Levi konnte nicht einfach … Nein, verdammt. Das würde ich nicht zulassen.

Meine Hände zitterten wie verrückt, als ich ihn abtastete und nach offenen Wunden suchte. Als ich an seinen Hinterkopf fasste, spürte ich etwas Warmes über meine Finger laufen. Sofort richtete ich all meine Heilkräfte auf diese Stelle. Es würde funktionieren. Es hatte schon so oft geklappt. Wir waren schon in so viele dumme Situationen hineingeraten. Das hier war nur eine weitere. Es musste … musste einfach …

Levis Gesicht verschwamm vor meinen Augen. Hektisch blinzelte ich die Tränen weg. Ich konnte seine Blutung nicht stoppen. Da war keine Wärme in meinen Fingern, nur eine leere Kälte.

»Nein«, krächzte ich. »Bitte, Levi … Du musst überleben.«

Ich tastete nach seinem Brustbein, stützte mich mit beiden Händen darauf und begann mit der Wiederbelebung. Levi würde *nicht* sterben. Das würde ich nicht zulassen. Er durfte nicht gehen. Nicht so. Nicht jetzt. Er durfte mich nicht allein lassen.

Ich bog seinen Kopf zurück, hielt ihm die Nase zu und pumpte Atemstöße in seinen Mund, dann machte ich weiter mit der Herz-Lungen-Massage. Zählte. Pumpte. Beatmete.

»Komm schon!«

Aus dem Augenwinkel nahm ich eine Bewegung wahr und riss den Kopf zur Seite. Savina gab ihre Deckung auf und eilte in unsere Richtung. Doch in diesem Moment raste ein Wirbel aus Wasser geradewegs auf sie zu.

Ich konnte nichts tun. Nicht reagieren. Konnte sie nicht mal warnen.

Bevor der Wirbel sie erfasste, riss eine große Gestalt sie mit sich zu Boden.

Mein Herz setzte einen Schlag lang aus. *Nate.* Er war hier. Und er hatte Savina gerade das Leben gerettet.

Als ich mich das nächste Mal zu Levi hinunterbeugte, spürte ich einen warmen Lufthauch. Oh mein Gott. Atmete er etwa wieder? Tatsächlich. Schwach, aber er atmete. Auch sein Puls war schwach, aber er war am Leben.

Fragte sich nur, wie lange noch.

Ich hob den Kopf und schaute mich um. Das Labor hatte sich in ein Schlachtfeld verwandelt.

Zwei Ordensmitglieder lagen am Boden, schwer verwundet. Von Alistair und seinen Waffen war nichts mehr zu sehen, dafür drängte Kingsley Jax immer weiter in die Ecke. Seine Augen glühten, die Ärmel seines Shirts waren bereits verbrannt, genau wie seine Haut. Du liebe Zeit, er würde das nicht mehr lange durchhalten. Genauso wenig wie Tommy, der den Angriffen von gleich zwei Leuten allein kraft seiner Telepathie schnell genug ausweichen konnte. Doch auch ihm war die Erschöpfung anzusehen. Er war kein Kämpfer. Nicht so wie Levi. Nicht so wie … Ailsa.

Als ich zur anderen Seite sah, entdeckte ich Ryu. Er hatte hinter einem umgekippten Tisch Deckung gesucht. Unsere Blicke trafen sich. Seine Schwester war die Einzige, die nicht hier war. Die nicht an diesem Kampf beteiligt gewesen war.

»Wir brauchen Himiko.«

Ryus Augen weiteten sich. »Auf keinen Fall! Nein.«

»Es ist die einzige Möglichkeit!«

Mit ihr hatten wir vielleicht den Hauch einer Chance, lebend hier rauszukommen. Aber ohne sie? Ausgeschlossen.

Ryu fluchte, dann sah er sich suchend nach Savina um, die wenige Meter weiter in Deckung gegangen war, und nickte ihr zu. »Hol sie! Jetzt!«

Savina verschwendete keine Zeit. Sie verschwand sofort und kehrte nur Sekunden später mit einer verängstigt wirkenden Himiko zurück.

Mein Herz brach für das Mädchen. Für die Jüngste von uns, die bereits Schreckliches erlebt hatte und die ich jetzt auch noch in diese Auseinandersetzung hineinzog. Aber wir hatten keine andere Wahl.

Ich schaute mich ganz bewusst nicht nach Nate um, weil ich nicht wissen wollte, was er gerade tat. Ich wollte nicht mit ansehen müssen, auf welcher Seite er kämpfte. Selbst wenn er Savina reflexartig gerettet hatte, bedeutete das nicht, dass er … Schluss damit!

»Levi braucht ein Krankenhaus.« Ich sah Himiko bittend an. »Wir müssen so schnell wie möglich hier raus. Du musst uns helfen!«

Abwehrend schüttelte sie den Kopf, gestikulierte schnell mit den Händen. Selbst wenn ich keinerlei Kenntnis von Gebärdensprache gehabt hätte, war das *Nein* unmissverständlich.

»Bitte«, flehte ich. »Er stirbt sonst. Mein Bruder stirbt. Bitte, Himiko!«

Sie reagierte nicht darauf, als hätten meine Worte sie überhaupt nicht erreicht. Dann jedoch fixierte sie Levis reglose Gestalt auf dem Boden. Und schließlich zuckte ihr Blick zu Ailsa, der niemand mehr helfen konnte.

Unvermittelt drehte Tommy den Kopf in ihre Richtung, als hätte er ihre Gedanken aufgeschnappt. Überraschung zuckte über sein Gesicht und wurde dann von wilder Entschlossenheit ersetzt.

Ohren zuhalten, wenn ich das Zeichen gebe!, ertönte Tommys Stimme auf einmal glasklar in meinem Kopf.

Auch wenn ich es bisher vermieden hatte, nach ihm zu suchen, fand ich Nate in Sekundenschnelle. Unsere Blicke prallten aufeinander. *Lauf!*, formte ich mit den Lippen.

Er setzte sich sofort in Bewegung.

Himiko hatte sich eine günstige Ecke gesucht, von der aus sie alle Angreifer im Sichtfeld hatte. Ihr Brustkorb hob sich, als sie tief Luft holte.

Jetzt!, rief Tommy in meinem Kopf.

Himiko öffnete den Mund – und schrie so laut sie konnte.

Kapitel 50

Schützend warf ich mich auf Levi und presste meine Hände auf seine Ohren, um ihn vor den tödlichen Schallwellen zu schützen, die über uns hinweg brandeten. Ich musste mich an ihn klammern, um nicht selbst fortgerissen zu werden. Meine Muskeln bebten und ein heftiger, stechender Schmerz schoss durch meine Ohren, bevor die Heilung augenblicklich einsetzte.

Und dann war es vorbei. Himikos Schrei verstummte. Zurück blieb nur eine schreckliche Stille – und ein wie durch Watte gedämpftes Schrillen in meinen Ohren.

Rasch prüfte ich Levis Vitalfunktionen – er atmete noch, zum Glück – und richtete mich dann ächzend auf. Ich tastete an meine Ohren und starrte einen Moment lang auf das Blut, das nun an meinen Fingerspitzen klebte. Dann hob ich den Kopf.

Vor meinen Augen breitete sich ein Bild der Verwüstung aus. Das Labor war völlig zerstört. Glasscherben überall. Waffen lagen auf dem Boden, genau wie Menschen, die sich nicht mehr rührten. Aber Jax bewegte sich, genau wie Tommy. Wie Savina und Ryu.

Dann wurde mir klar, dass das Zittern, das ich wahrnahm, nicht in meinen Muskeln oder Händen war. Es kam aus dem Boden. Aus den Wänden. Der Decke. Als würde Himikos Schrei noch in ihnen nachhallen. Feine Risse zogen sich durch den Stein, verästelten sich immer weiter, wurden immer größer.

Putz rieselte herab und ein Krachen ertönte, das ich trotz des

Klingelns in meinen noch immer beschädigten Gehörgängen wahrnahm.

»Raus hier!«, brüllte Tommy. »Wir müssen sofort raus, bevor alles einstürzt.«

In diesem Moment löste sich ein Teil der Decke und verfehlte ihn nur um wenige Zentimeter. Staub wirbelte auf. Und das war erst der Anfang. Das Ächzen in dem Gemäuer wurde immer lauter, das Beben immer stärker.

Ich legte mir Levis Arm um die Schultern und versuchte ihn hochzuziehen, aber er war so verdammt schwer und ich … ich hatte einfach keine Kraft mehr. Ich wusste nicht, wie …

»Lass mich helfen.« Auf einmal war Nate da, blutig und angeschlagen, mit wilder Entschlossenheit im Blick.

Er packte Levi auf der anderen Seite und schlang den Arm um seine Taille. Mit vereinten Kräften schafften wir es, ihn auf die Beine zu hieven.

»Da lang!«, rief Nate und deutete auf etwas am anderen Ende des Labors, das einmal eine Tür gewesen sein musste. Jetzt lag Geröll davor, aber der Durchgang war noch immer frei. Wir mussten ihn nur erreichen.

Ich biss die Zähne zusammen und machte einen Schritt vorwärts. Dann noch einen.

»Bitte bring sie weg. Sofort!« Das war Ryu. Er redete auf eine bleiche Savina ein, die eine große Platzwunde an der Stirn hatte.

Das Klingeln in meinen Ohren wurde nur geringfügig schwächer, aber ich verstand die anderen jetzt besser.

»Ich kann nicht zurückkommen«, protestierte sie und sah sich hektisch um. »Das Haus stürzt auf dieser Seite komplett ein. Ich kann mich nicht in Trümmer hinein teleportieren!«

»Schon gut. Wir schaffen es auch so raus.« Ryu umarmte seine Schwester zum Abschied. Sie klammerten sich für einen Moment aneinander, dann schob er sie entschieden von sich und auf Savina zu. Die griff nach Himikos Hand und war im nächsten Augenblick verschwunden, genau wie Ryus Schwester.

»Was ist mit Ailsa?«, hörte ich Tommy rufen, als ich Levi mit Nates Hilfe Stück für Stück weiterschleppte. Jetzt blieben wir jedoch stehen.

Irgendwo dort hinten lag sie inmitten der Verwüstung. Alles in mir wehrte sich dagegen, sie einfach zurückzulassen, aber wir konnten nicht …

Doch, wir konnten. Jax lief hinüber und hob sie trotz seiner Wunden auf die Arme. Dann nickte er uns grimmig zu.

Von Kingsley und den anderen Ordensmitgliedern war nichts mehr zu sehen. Vielleicht waren sie unter den Trümmern begraben oder schon geflohen. Im Moment war mir das völlig egal. Ich hatte nur noch ein Ziel: Meinen Bruder lebend hier raus und in ein Krankenhaus zu schaffen. Nichts anderes zählte mehr.

Wir kämpften uns gemeinsam voran. Tommy ging voraus, als wollte er den Weg mit seiner Telepathie auf mögliche Gegner prüfen, um uns rechtzeitig warnen zu können. Als Nächstes kamen Nate, Levi und ich. Jax lief mit Ailsa hinter uns und Ryu bildete den Abschluss.

Durch die Tür. Einen Gang hinunter, der an jenen Geheimgang erinnerte, durch den ich letzte Nacht hierhergekommen war. An herabgefallenen Balken und Steinen vorbei. Weiter, immer weiter, während ich das Ächzen und Knarren um uns herum immer deutlicher wahrnahm.

»Scheiße«, stieß Ryu keuchend hervor. »Wir werden es nicht schaffen.«

»Wir schaffen es.«

Wir mussten einfach.

Das Knarren wurde lauter. Und dann …

»Heilige Scheiße!« Tommy machte einen Satz nach vorne, der ihm das Leben rettete.

Als sich der Staub gelegt hatte, blieb mir fast das Herz stehen. Steine waren zwischen uns zu Boden gekracht, aber es war der dicke Balken direkt darüber, der uns endgültig den Weg versperrte.

Hilfesuchend sah ich mich nach Jax um, doch der schien völlig erledigt zu sein. Seine Haut war überall gerötet. Verbrannt. Er blutete aus mehreren Wunden. Einen weiteren Einsatz seine Feuermagie würde er nicht überstehen.

Verdammt! Wir brauchten eine Lösung, und zwar schnell. Obwohl Nate mir half, wurde Levis Gewicht immer schwerer auf meinen Schultern. Ich zitterte vor Anspannung und Erschöpfung am ganzen Körper. Wir mussten diesen verfluchten Balken wegschaffen. Irgendwie musste es doch eine Möglichkeit geben. Er musste nur ein wenig zur Seite rücken oder in der Mitte auseinanderbrechen. Es *musste* einfach möglich sein.

Etwas krachte. Instinktiv zog ich den Kopf ein. Und als ich ihn wieder hob, konnte ich nicht glauben, was ich da sah: Der Balken war in der Mitte zersplittert. Die beiden Teilstücke zu beiden Seiten zu Boden gefallen. Der Durchgang, den die Steine bildeten, war eng, aber wir würden hindurchpassen.

Fassungslos sah ich zu Levi. Er hatte die Augen zusammengekniffen, schien jedoch kaum bei Bewusstsein zu sein. Trotzdem hatte er es geschafft, uns den Weg mithilfe seiner Telekinese freizumachen. Ich würde mich später bei ihm dafür bedanken. Zuerst mussten wir lebend hier raus.

Kapitel 51

Die nächsten Stunden erlebte ich wie in Trance. Die Flucht aus dem Ordensgebäude durch einen der geheimen Tunnel. Das ziellose durch die Straßen Irren. Verzerrte Stimmen. Ohrenbetäubendes Sirenengeheul. Die Fahrt im Rettungswagen. Levis bleiches Gesicht. Er hatte das Bewusstsein verloren und öffnete die Augen nicht mehr. Warum öffnete er sie nicht mehr?

Irgendwie war ich im Krankenhaus gelandet und wartete. Es fühlte sich wie eine Ewigkeit an, dabei konnten nur ein paar Stunden vergangen sein, seit Levi im OP war.

In meinen Ohren war noch immer ein leises Klingeln, das jedoch endlich nachließ. Auch das Gefühl, dass eine Wand aus Watte zwischen mir und der restlichen Welt lag, verschwand zunehmend. Ich war mir ziemlich sicher, dass Himikos Schrei mir das Trommelfell zerrissen hatte, weil ich nicht auf Tommys Warnung gehört hatte. Aber ich hatte Levi helfen müssen und jetzt … jetzt waren wir hier und ich wusste immer noch nicht, ob er …

Ein dampfender Becher tauchte vor meinem Gesicht auf. Ich hatte Jax' Verbrennungen geheilt, so gut ich konnte, gleich nachdem wir aus dem Tunnel ins Freie gestolpert waren, aber seine Haut war stellenweise noch immer etwas gerötet und leicht vernarbt.

Mechanisch nahm ich den Becher entgegen. Das Aroma von billigem Kaffee aus einem Automaten drang mir in die Nase. Normalerweise würde ich das Zeug nicht trinken, doch jetzt brauchte ich es. Brauchte das Koffein, um mich weiter aufrecht halten zu können.

Brauchte eine Beschäftigung, selbst wenn es nur so etwas Simples war, wie den Becher zum Mund zu führen.

Als ich aufsah, begegnete ich Jax' besorgtem Blick. Nicht weit entfernt saßen die anderen im Wartezimmer. Ryu, der die ausgestreckten Beine an den Knöcheln verschränkte, nur um sich Sekunden später nach vorne zu lehnen und die Ellbogen auf die Knie zu stützen, ehe er sich wieder zurücklehnte. Neben ihm saß Himiko, die Augen geschlossen, den Kopf an Tommys Schulter gelehnt, der sich keinen Millimeter rührte, um sie nicht zu wecken. Unweit von den dreien lief Savina auf und ab und sah noch immer so verschreckt drein, als wollte sie jeden Moment die Flucht ergreifen; gleichzeitig wirkte sie aber auch wild entschlossen, hierzubleiben. Sie hatte eine notdürftig versorgte Platzwunde an der Stirn und war vom Kampf gezeichnet, genau wie alle anderen. Jeder hatte etwas abgekriegt und keiner heilte von allein. Keiner außer mir.

Als ich mich auf wackligen Beinen erhob, war Jax sofort wieder an meiner Seite und legte die Hand an meinen Ellbogen. »Was hast du vor?«

»Ihr seid noch verletzt.« Gott, ich klang genauso brüchig und müde, wie ich mich gerade fühlte. »Ich will –«

»Ich weiß, was du vorhast«, unterbrach Jax mich forsch und senkte die Stimme, obwohl wir allein im Wartebereich waren. »Das wirst du nicht tun. Du musstest schon enorm viel heilen und jedem hier geht es gut.«

»Aber …«

»Sieh dich um«, verlangte er. »Keine lebensgefährlichen Verletzungen. Du musst nicht bei jedem Kratzer aufspringen. Du darfst dich ausruhen.«

Mich ausruhen? *Ausruhen?* Ich starrte ihn fassungslos an. Ich hatte es ja nicht mal geschafft, Levi zu helfen. Er war in meinen Armen gestorben, weil ich es nicht hingekriegt hatte, ihn zu heilen. Zwar hatte ich ihn wiederbeleben können, aber wenn ich nur meinen Job richtig gemacht hätte, läge er jetzt nicht in diesem verdammten OP. Wenn ich meine einzige Aufgabe erledigt hätte, dann wäre Ailsa jetzt noch am Leben.

»Tut mir leid …«, stieß Tommy plötzlich mit schmerzverzerrtem Gesicht hervor. Behutsam machte er sich von Himiko los und sprang auf. »I-ich … ich halte es hier nicht aus. Ich muss gehen.«

Er wartete keine Antwort ab, sondern machte auf dem Absatz kehrt und ergriff die Flucht. Dabei stieß er an der Tür fast mit dem Arzt zusammen, der in diesem Moment das Wartezimmer betrat.

Ich bekam nicht mit, was er sagte. Ich bekam nicht einmal mit, wie ich mich bewegte und das Wartezimmer verließ. Alles war in einen dicken Nebelschleier gehüllt bis zu dem Moment, in dem ich die Intensivstation betrat.

So blass und reglos in dem Krankenhausbett wirkte Levi zum ersten Mal klein und verletzlich. Am liebsten hätte ich ihn vor der ganzen Welt beschützt. Trotz allem. Ich hasste ihn für das, was er getan hatte, aber er war immer noch mein Bruder. Er musste die Augen aufschlagen und gesund werden, damit ich ihn anschreien konnte. Ich konnte nicht auf jemanden wütend sein, der an zig Geräte angeschlossen war und im Koma lag. Er musste aufwachen.

Ich wartete ein paar Minuten, bis die Schwestern nicht hinsahen, dann trat ich näher ans Bett. Rein äußerlich schien er bis auf ein paar Kratzer und Schrammen keine Verletzungen zu haben, aber ich erinnerte mich noch gut an die Verletzung an seinem Hinterkopf.

Ich streckte die Hand aus, befühlte seinen bandagierten Kopf, bis ich die Stelle fand. Während des Kampfs war ich zu aufgewühlt gewesen, doch jetzt musste es klappen. Diesmal musste es einfach funktionieren.

Mit zusammengebissenen Zähnen wartete ich auf die Wärme.

Auf das Prickeln in meinen Fingern. Darauf, dass die Magie von mir auf ihn überging und seine Wunden heilte.

Aber es passierte nichts.

»Tu mir das nicht an«, flehte ich und versuchte es erneut, setzte alles daran, die vertraute Wärme in meinen Händen hervorzurufen. »Bitte tu mir das nicht an. Du musst gesund werden, hörst du? Du musst einfach wieder ganz gesund werden!«

Nichts. Keine Reaktion. Keine Antwort. Keine Veränderung seiner Werte.

Keine Heilung.

»Ich kann dich nicht heilen …« Zitternd zog ich meine Hand zurück und grub die Fingernägel in meine Handflächen. Heiße Tränen liefen mir übers Gesicht. »Warum kann ich dich nicht mehr heilen? Warum kann ich …«

Meine Knie gaben unter mir nach.

»Schhhh.« Jemand schlang die Arme von hinten um mich und hielt mich aufrecht. Lieh mir etwas von seiner Kraft, da ich keine mehr für mich selbst hatte. »Ist ja gut. Alles ist gut, Schneeflöckchen.«

Heftig schüttelte ich den Kopf. *Nichts* war gut. Kein bisschen.

Mein Bruder lag im Koma und ich konnte ihm nicht helfen. Konnte ihn nicht retten. Genauso wenig wie Mum. Genauso wenig wie Dad.

Wozu hatte ich denn diese verfluchte Kraft, wenn ich nicht die Menschen retten konnte, die ich liebte?

Kapitel 52

Es war kalt und dunkel, als ich das Krankenhaus verließ. War es Nacht geworden? Oder waren wir schon über vierundzwanzig Stunden hier und der nächste Tag war bereits angebrochen? Ich wusste es nicht, hatte jedes Zeitgefühl verloren. Verdammt, ich hatte jedes *Gefühl* verloren, das nicht blanke Panik und Verzweiflung war.

Der einzige Grund, warum ich das Gebäude überhaupt verließ und auf den Parkplatz hinaustrat, war, dass Jax mich dazu überredet hatte. Na gut, eigentlich hatte er mich dazu zwingen müssen, von Levis Seite zu weichen und mir eine Pause zu gönnen.

Ich schnaubte. Eine Pause. Na klar.

Die Luft war frostig und jagte eine Gänsehaut über meinen Körper. Ich schlang die Arme fester um mich, während ich weiterging und dabei zu Boden starrte. In der Ferne war Sirenengeheul zu hören, das immer näher zu kommen schien. Ein weiterer Notfall.

Tommy und die anderen waren mit Jax' Auto hierhergefahren, da im Krankenwagen nur Platz für mich gewesen war. Vor fünf Minuten hatte Jax mir den Schlüssel dafür in die Hand gedrückt und mir versprochen, dass er bei Levi bleiben und sich sofort melden würde, sollte sich etwas an seinem Zustand ändern. Ich bereute jetzt schon, gegangen zu sein, aber nachdem ich in den letzten Stunden mehrfach versucht hatte, meinen Bruder zu heilen, und immer wieder daran gescheitert war … konnte ich nicht mehr.

Zuerst hatte ich nicht mal gewusst, wo ich hin sollte. Meine WG oder das Ordenshaus kamen definitiv nicht infrage, doch dann hatte mir Jax seine Wohnung über dem Pub angeboten. Nur für ein paar Stunden Schlaf. Dann würde ich mich sofort wieder auf den Weg hierher machen und …

Auf einmal spürte ich ein Prickeln im Nacken. Doch erst als ich den Kopf hob und erkannte, zu wem dieser durchdringende Blick gehörte, blieb ich abrupt stehen.

»Nate …«

Das letzte Mal hatte ich ihn am Ausgang des Geheimgangs gesehen, als er mir dabei geholfen hatte, Levi hinauszutragen. Danach war er verschwunden. Und ich hatte nicht die Kraft gehabt, ihn zu fragen, was er als Nächstes tun würde.

Doch nun stand er erneut vor mir, keine drei Schritte von mir entfernt. Obwohl er sich umgezogen und geduscht hatte, sah er nicht viel besser aus als ich nach den Ereignissen der letzten Stunden. Schatten lagen unter seinen grünen Augen und er hatte die Lippen zu einer grimmigen Linie zusammengepresst. Wollte er Levi besuchen? Doch sein Blick zuckte kein einziges Mal zum Krankenhaus hinter mir, sondern blieb die ganze Zeit über an mir haften.

»Du bist nicht wegen Levi hergekommen.« Es war mehr eine Feststellung als eine Frage. Unbewusst umfasste ich die Schlüssel so fest, bis sich jede Kante in meine Haut bohrte.

»Nein, Faith.« Er blieb dicht vor mir stehen. Dicht genug, um die Wärme zu spüren, die sein Körper ausstrahlte. Dicht genug, um sein leichtes Zittern zu bemerken. Sein Blick war hart, drängend – und so schuldbewusst, dass ich unwillkürlich den Atem anhielt.

Wir waren ganz allein auf dem Besucherparkplatz. Das Sirenengeheul war mittlerweile verstummt. Der Rettungswagen war auf der anderen Seite des Krankenhauses angekommen. Auf dieser Seite jedoch standen nur Nate und ich.

»Hat der Orden dich geschickt?«

Er antwortete nicht. Stattdessen hob er die Hand und strich mir das zerzauste Haar in einer so zärtlichen Geste zurück, dass es mir die Kehle zuschnürte. Seine Finger fühlten sich rau und warm auf meiner Haut an. Sanft. Wie der Vorbote von etwas Schrecklichem.

»Warum bist du hier?«, flüsterte ich.

In seinen Augen blitzte etwas auf, das ich nicht deuten konnte. Wut? Schuld? Reue? Es spielte keine Rolle, denn es war nicht der seltsame Ausdruck in seinen Augen, der alles für immer veränderte.

Es waren seine Worte.

»Ich bin gekommen, um dich zu töten.«

Danksagung

In dieser Geschichte steckt so viel Geschwisterliebe, dass ich als Allererstes meiner eigenen Schwester Linda danken möchte. So unterschiedlich wir auch sind, so sehr ähneln wir uns in anderen Punkten. Danke, dass du immer für mich da bist.

Ein herzliches Dankeschön geht an meine Agentinnen Kristina Langenbuch Gerez und Gesa Weiß, insbesondere an Kristina, die das Lektorat übernommen hat. Ich weiß noch genau, wie wir telefoniert haben und ich dir vorgeschlagen habe, diese neue Idee mit den Kindern im Sommercamp, der Blutsbrüderschaft und den Dämonenkräften dem Verlag vorzustellen. Und jetzt sind wir hier, mit dem fertigen Buch in der Hand. Danke für deine Geduld, dein Verständnis, dein Vertrauen und deine Begeisterung.

Ein großes Dankeschön geht an meine Lektorin Nadja Korthals, an die Programmleiterin Iris Praël, an die verlegerische Geschäftsführerin Dr. Anuschka Albertz, an Stefanie Böhmer, an Johanna Just und an alle anderen Mitarbeiter*innen des Ravensburger Verlags für eure Begeisterung und euer Vertrauen in mich. Danke, dass ihr mich meine Geschichten so erzählen lasst, wie sie erzählt werden müssen. Ich bin so froh, dass ihr Faith, Nate, Jax und allen anderen aus *Twisted Fate* das perfekte Verlagszuhause gegeben habt.

Danke an Nina für die schöne Rechercheresie durch Schottland. An dieser Stelle auch Danke an Anabelle, die Reiseführerin in London für uns gespielt hat. Eine Szene aus dem Pub mit Jax und Faith wurde von einem Pubbesuch in London inspiriert.

Danke an Nicole, Laura, Nina, Kristina und Nadja für eure Unterstützung beim Brainstormen und Plotten. Danke an Mandy und Michael Plöchl für die Hilfe bei den medizinischen Themen. Danke an Ava, Tami und Klaudia fürs Zuhören, fürs Fangirlen und für eure Begeisterung für *Twisted Fate*.

Und zu guter Letzt ein riesengroßes Dankeschön an meine Leser*innen. Danke für eure immerwährende Begeisterung, danke, dass ihr meine Bücher kauft, lest, liebt und weiterempfehlt. Ohne euch wäre ich nicht dort, wo ich heute bin. Danke für alles.

Die Geschichte von Faith und den anderen geht in *Twisted Fate – Wenn Liebe zerstört* weiter – und ihr könnt euch auf ein episches Finale freuen!

EIN SCHICKSAL, DAS SIE VERBINDET.
EINE LIEBE, DIE NICHT SEIN DARF.
EIN FEIND, DER SIE JAGT.

Sturmtochter
BIANCA IOSIVONI
FÜR IMMER VERBOTEN

Sturmtochter
BIANCA IOSIVONI
FÜR IMMER VERLOREN

Sturmtochter
BIANCA IOSIVONI
FÜR IMMER VEREINT